O acorde secreto

Geraldine Brooks

O acorde secreto

Tradução: Claudio Carina

G/OBO LIVROS

Copyright © 2016 Editora Globo S. A. para a presente edição
Copyright © 2015 Geraldine Brooks

Todos os direitos reservados. Nenhuma parte desta edição pode ser utilizada ou reproduzida — em qualquer meio ou forma, seja mecânico ou eletrônico, fotocópia, gravação etc. — nem apropriada ou estocada em sistema de banco de dados sem a expressa autorização da editora.

Esta edição foi publicada sob acordo com Viking, um selo da Penguin Publishing Group, uma divisão da Penguin Randonm House LLC.

Texto fixado conforme as regras do Acordo Ortográfico da Língua Portuguesa
(Decreto Legislativo nº 54, de 1995).

Título original: *The Secret Chord*

Editora responsável: Amanda Orlando
Editora assistente: Elisa Martins
Preparação de texto: Luciana Paixão
Revisão: Tomoe Moroizumi, Huendel Viana e Juliana de Araujo Rodrigues
Diagramação: Gisele Baptista de Oliveira
Capa: Ana Dobón
Imagem de capa: rubchikovaa/Schutterstock

1ª edição, 2016

CIP-BRASIL. CATALOGAÇÃO-NA-FONTE
SINDICATO NACIONAL DOS EDITORES DE LIVROS, RJ

B888a
Brooks, Geraldine
O acorde secreto / Geraldine Brooks ; tradução Claudio Carina. - 1. ed. - São Paulo : Globo, 2016.

Tradução de: The secret chord
ISBN 978-85-250-6150-8

1. Romance australiano. I. Carina, Claudio. II. Título.

16-32204　　　　　　　　　　CDD: 828.99343
　　　　　　　　　　　　　　　CDU: 821.111(436)-3

Direitos de edição em língua portuguesa para o Brasil adquiridos por Editora Globo S. A.
Av. Nove de Julho, 5229 — 01407-907 — São Paulo — SP
www.globolivros.com.br

Para Nathaniel...
"... a ilha é cheia de ruídos,
sons e ares suaves que deleitam e não queimam."

"Mas, veja, os atos do rei Davi, primeiro e último, estão escritos nas palavras do vidente Samuel, e nas palavras do profeta Natã..."
1 Crônicas 29

"Mas o restante dos atos de Salomão, primeiro e último, não estão escritos na história do profeta Natã..."
2 Crônicas 9,29

Nomes

Nitzevet, mãe de Davi de acordo com o Talmude
Yishai (Jessé), pai de Davi

Irmãos e irmãs de Davi
Eliabe
Abinadabe
Samá
Radai
Natanael
Zeruia
Abigail

Esposas de Davi
Mical, filha do rei Saul, primeira esposa de Davi
Ainoã, segunda esposa de Davi
Abigail de Carmel, terceira esposa de Davi
Maaca de Gesur
Hagite
Eglá
Abital
Betsabá

Sobrinhos de Davi
Joabe, general de Davi, filho de Zeruia
Abisai, irmão guerreiro de Joabe
Asael, irmão guerreiro de Joabe
Amasa, filho de Abigail
Jonadabe, filho de Samá

Filhos de Davi
Amnon, filho de Ainoã
Daniel, filho de Abigail
Absalão, filho de Maaca
Tamar, filha de Maaca
Adonias, filho de Hagite
Itreão, filho de Eglá
Sefatias, filho de Abital
Salomão, filho de Betsabá
Natã, filho de Betsabá

Outros
Samuel
Abner, general de Saul
Moisés
Yehoshua (Josué)
Avram (Abraão)

Havia um broto de amendoeira, ontem. Abrindo suas pétalas pálidas em um galho que se enrola e se retorce no parapeito da minha janela. Esta manhã, o broto morreu, e a palidez no graveto virou neve. Nestas montanhas, não dá para confiar no aquecimento gradativo da terra.

Meu corpo está encarquilhado como o galho da árvore. O frio é uma dor em meus ossos. Tenho certeza de que a colheita deste ano será a última que verei. Só espero poder ver mais uma safra das frutas de verão, sentir a carícia do sol quente em minhas costas, os figos maduros, tirados mornos das árvores, derramando seu doce néctar nestes meus dedos retorcidos. Acabei gostando desta casa simples, aqui em meio aos pomares. Já deitei a cabeça em muitos lugares – em gordurosas peles de carneiro na orla de campos de batalha, sob o espaço escuro de tendas de pele de cabra, sobre a rocha fria de cavernas e em perfumados lençóis de palácios. Mas este é o único local que posso chamar de meu lar.

Eles já estão no trabalho, em Har Moria. Do outro lado do rio, posso ouvir o gemido baixo das plainas nos troncos. Trabalho difícil trazer essas árvores até aqui; abatidas nas florestas do Líbano, enfeixadas em jangadas, flutuando para o sul pelo mar, arrastadas por bois desde a costa. Agora o aroma do cedro cortado perfuma o ar. Logo o rei virá, como vem todas as manhãs, para inspecionar o progresso do trabalho. Fico sabendo quando ele chega pela aclamação dos homens. Até mesmo trabalhadores conscritos e escravos bradam em seu louvor, pois ele os trata com justiça e reconhece suas habilidades.

Fecho os olhos e imagino como será quando as muralhas se erguerem do assentamento das fundações de pedra: os vastos pilares esculpidos com lírios e romãs, a luz do sol cintilando no revestimento dourado...

É a única maneira que as verei: com essas imagens da minha mente. Não vou viver para subir suas grandes escadarias, para me posicionar nos recintos dourados enquanto o aroma da gordura queimando e do incenso subir aos céus. Tudo bem. Eu não gostaria de estar lá sem ele. Houve um tempo em que pensei que estaríamos juntos. Ainda posso ver seus olhos brilhando com a alegria da criação, enquanto escolhia e planejava os materiais, os adornos, andando de um lado para o outro, agitando os braços e dando forma aos pilares que visualizava, os dedos longos esculpindo o ar. Mas isso foi antes de dizer que ele jamais iria construir esse templo. Antes de ter de dizer que toda aquela matança – o próprio sangue, pode-se dizer, que umedece a argamassa das pedras dessa fundação – o havia manchado muito profundamente. Estranhas palavras, é de se pensar, vindo da mesma fonte que exigiu dele essas matanças.

Palavras duras, como golpes. O clamor do céu, emitido pelos meus lábios. Palavras nascidas de pensamentos que não tive, enunciadas com raiva. Que não ouvi, derramadas em uma voz que eu nem sabia ser minha. Palavras cuja razão nenhum coração humano poderia apreender. A civilização é construída sobre as costas de homens como ele, cujo sangue e suor tornam isso possível. Mas chega a paz, e o mundo civilizado tem poucos lugares para tais homens. Coube-me dizer isso a ele.

E como todas as palavras que se formaram em meus lábios, essas se tornaram de fato verdade. Aconteceu exatamente como a voz disse que seria: essa querida ambição lhe seria negada. Para se tornar um legado para seus herdeiros.

Nisso, sou mais afortunado que ele. Vivi para concluir o grande trabalho da minha vida. Enrolei e amarrei os pergaminhos com minhas próprias mãos, lacrei-os com breu, guardei-os em recipientes de argila, e providenciei para que fossem levados para as cavernas altas e secas onde brinquei na infância. Durante as noites, que se tornaram tão longas para mim, penso naqueles pergaminhos e sinto certa paz. Lembro-me tão claramente daquele dia, na virada do ano, no mês em que os reis partem para a batalha. Com quanta cautela abordei a questão. Pode parecer estranho dizer isso, pois toda minha vida sob seus serviços foi orientada por esse propósito: falar a verdade, fosse ou não bem recebida. Porém uma coisa é transmitir o pensamento divino na torrente de uma furiosa tempestade de ruído sagrado, outra bem diferente é escrever uma história forjada por vozes humanas, lembranças imperfeitas, descrições enviesadas.

Eu relatei tudo isso, do início ao fim, a luz e a escuridão. Por causa do meu trabalho, ele continuará vivo. Não somente como uma lenda, como uma história tranquila contada à beira da fogueira, própria para o ouvido dos jovens. Nada a respeito dele jamais foi tranquilo. Por minha causa, ele viverá na morte como viveu em vida: como um homem que habitou o implacável olhar do divino, mas que suou e fedeu, prevaricou sem restrições, massacrou inocentes, traiu os que lhe foram mais leais. Que amou imensamente, que foi bondoso; que ouviu a verdade brutal e honrou quem dizia a verdade; que se torturou por seus erros; que construiu uma nação, produziu música que agradou o céu e deixou poemas em nossos lábios que serão recitados por pessoas que ainda não nasceram.

Vivi um grande número de dias e fui muitas coisas. Guerreiro relutante. Servo, conselheiro. Algumas vezes, talvez, até seu amigo. E também fui mais: fui um junco oco através do qual o respiro da verdade soou em suas notas discordantes.

Palavras. Palavras ao vento. O que restará, talvez, seja o que escrevi. Se for o caso, será o suficiente.

I

Um homem sozinho em uma sala. Nada de extraordinário. Mas, quando entrei, tive a sensação de que alguma coisa estava fora do lugar. Meus olhos percorreram o espaço, as almofadas, as mesas baixas com suados jarros de água fresca... tudo em ordem, mas alguma coisa não estava certa. Só então entendi. Já fazia algum tempo que eu não o via sozinho em uma sala. Durante muito tempo, ao que parecia, ele estava sempre em meio a um grupo de pessoas: membros desta casa, os homens de seu exército, filhos, servos, sicofantas.

Estava em frente à janela aberta, de costas para mim. De onde eu estava, perto da porta, não conseguia ver o que ele via, mas os sons deixavam claro o que retinha seu olhar: o estalido das bandeiras na brisa, o barulho dos cascos dos cavalos, o som áspero de ferro sobre pedra. Entranhado em tudo aquilo, como um fio dourado perpassando o tecido, os repentinos gritos animados de garotinhos. Para eles, nascidos durante os anos da vitória, a arregimentação para a guerra era razão para uma alegria descomplicada. Eu conhecia aquela emoção irrefletida. Também já fui um garoto. Quando ele, recém-saído da juventude, liderava o bando que saqueou minha aldeia.

Seus punhos fechados apoiavam-se no largo parapeito da janela, os punhos envoltos em braceletes de cobre polido. Os cabelos, da mesma cor do cobre, estavam descuidados, escorrendo numa densa juba pelo belo tecido de lã de sua manta. Os braceletes cintilavam sob o sol rasante da primeira luz e os músculos dos seus braços eram marcantes. Ele estava contraído, da cabeça aos pés.

Não sou covarde. Estar a serviço dele não permite covardias. Em algumas ocasiões, minha vida exigiu que eu extraísse coragem de poços profundos, e fico feliz em dizer que nunca encontrei esse poço seco. Mas como decidi estabelecer um relato abrangente aqui, devo começar com uma honesta avaliação de mim mesmo. Naquela manhã, eu estava com medo. Ainda estava escuro quando fui tirado da cama, e, embora o escravo que foi me chamar tenha trazido uma bandeja de pão quente, recém-saído dos fornos, eu não toquei em nada. Agora meu estômago vazio latejava. Nessas horas os sons se destacam, e enquanto eu esperava na antessala, nem mesmo a pesada porta de cedro conseguia abafar as vozes irritadas lá dentro.

Quando Joabe saiu da sala, irrompeu tão abruptamente pela porta que o jovem guarda mal teve tempo de se posicionar em atenção, e o cabo de sua lança só bateu no piso alguns segundos depois de seu general já ter passado por ele. Os lábios de Joabe estavam apertados como uma tira de pano, a pele igualmente pálida. Parou por um momento, ajustando uma tira nas perneiras. Sua mão, que percebi estar levemente trêmula, não conseguiu fechar a fivela. Conheço Joabe desde que eu era criança, quando ele era um jovem pensando em me matar. Já o vi cercado de inimigos no campo de batalha e abater um homem em combate direto. Já o vi ser acusado de assassinato, esperando uma sentença de morte. Mas nunca tinha visto sua mão tremer. Ele percebeu que eu tinha notado e fez uma carranca.

— Entre — disse conciso. — Ele quer falar com você. — Depois, quando passei por ele: — Tome cuidado. Ele está furioso. De péssimo humor.

O guarda abriu a porta para mim, sem olhar nem para a esquerda nem para a direita, quando passei da antessala para a câmara interna.

Parei assim que entrei, esperando para ser recebido. Depois de algum tempo, sem saber se ele sabia que eu estava lá, limpei a garganta. Mesmo assim ele não se virou. Fiquei ali imóvel, mantendo os olhos na nesga amarelada da luz do sol se espraiando pelas lajotas. Embora ainda fosse cedo, o aposento estava esquentando. Logo mais estaria quente. Senti uma gota de suor se formar no meu cenho.

De repente, ele abriu os punhos e fechou a janela. Virou-se, ondulando o manto leve. Depois de servi-lo durante anos, eu já estava acostumado com aquele rosto, com sua beleza grave, com o olhar brilhante que podia despertar amor ou medo. Mas sua expressão não era a que eu esperava. Joabe era filho da irmã mais velha do rei; os dois haviam se tornado homens ao mesmo tempo. Ele conhecia Davi tão bem quanto qualquer pessoa viva. Joabe tinha dito "furioso", e a fúria estava lá, mas não apenas fúria. A postura tensa do corpo mostrava sua força de vontade em ação, uma ira contida, mas também pesar. O brilho em seus olhos era uma lágrima, acredito.

— De que vale ser um rei ungido, Natã, se devo ficar confinado aqui como um prisioneiro?

— Seus generais agem somente por amor...

A mão dele golpeou o ar.

— Eles agem por medo. — Ele nunca foi um homem chegado a platitudes. — Amor? — Ele cuspiu a palavra. — Não existe amor nisso, e sim medo e desconfiança. E para quê? O lapso de um momento, meramente. Quantas guerras nós já fizemos juntos? Você esteve ao meu lado, muitas vezes, quando lutamos contra os filisteus. Estava comigo no sul quando esmagamos os moabitas, e no norte contra os arameus. E você sabe muito bem – melhor do que ninguém – que eu já era um guerreiro muitos anos antes. Em todas essas batalhas, quando eu cheguei a vacilar? Diga. Diga uma vez em que eu tenha hesitado. — A voz estava mais firme agora, e subindo de tom.

Aquela voz. Tão familiar para mim. Tão familiar para todos nós. *O meigo cantor de Israel*. Assim as pessoas o chamavam, bem antes de se tornar rei. Já tinha ouvido aquela voz de cantor encher um salão, provocar lágrimas no rosto de guerreiros experientes. Mas também a havia ouvido no campo de batalha, feroz e selvagem, sobrepujando o clangor das armas e os gritos dos moribundos.

— Nunca — respondi.

Não era uma lisonja, mas a pura verdade. Em minha mente, as visões se amontoavam, camadas sobre camadas, todas elas com a cruel nitidez de lembranças forjadas em momentos em que a própria vida está em risco. Podia ver seus cabelos claros esvoaçando do elmo de ferro enquanto ele avançava à nossa frente contra uma chuva de flechas, os tendões facetados de suas pernas galgando uma escada de assalto, os músculos de suas costas retesados pela força do arco vergado sobre a *merkava*. Todas as lembranças que tinha dele eram vistas por trás. Simplesmente porque, nos momentos mais mortais, ele sempre estava na frente.

Eu estava atrás dele, como sempre, no final dessa mais recente campanha, da qual ele agora falava. Estávamos lutando havia mais de uma semana, com o inimigo levando vantagem, não nós. O dia estava quente, sem vento. O ar estava espesso da fumaça que pairava sobre as ainda fumegantes piras funerárias da noite. O fedor de ossos queimados misturando-se com o odor de podridão e vômito, merda e suor. Eu nunca gostei de guerra da maneira como alguns homens a adoram. Sempre lutei por necessidade, como qualquer homem da minha idade com duas pernas, dois braços e juízo suficiente para seguir uma ordem simples. Era o que os tempos, e o Rincão, exigiam de nós.

O sol estava quase se pondo no oitavo dia. Estávamos lutando desde o amanhecer. Eu já havia chegado àquele ponto além da exaustão, em que todos os músculos tremiam e minha mente não conseguia ter nenhum pensamento além do próximo passo, e depois o próximo, a próxima respiração e a respiração seguinte. Avançávamos impelidos pela pura força de vontade – a vontade dele, aquela força que podia convencer um homem a fazer algo que estava além de seus limites. Finalmente, nas sombras alongadas do fim da tarde, os filisteus começaram a recuar para a planície. Retirando-se em direção ao pé das montanhas. Outro general teria deixado que se fossem e se sentido contente. Mas ele viu que, se ocupassem aquele ponto mais alto, poderiam se reagrupar e nos atacar novamente, dessa vez com seus arqueiros em posição de vantagem. Foi então que nos chamou às fileiras com um grito pavoroso. Vislumbrei seu rosto em meio a uma multidão de homens. Estava sanguinolento, sujo, ávido. Virou o rosto para o céu e partiu, no ritmo de seus mais velozes corredores, jovens dez anos mais novos que ele. Mesmo subindo a encosta, ele parecia voar sobre as pedras soltas que deslizavam do alto e me faziam escorregar e praguejar.

Fiquei para trás, quase o perdendo de vista. Outros – homens mais jovens, melhores lutadores – me ultrapassaram, juntando-se a ele, compelidos por sua coragem. Quando afinal o avistei novamente, ele estava acima de mim, em uma saliência estreita e comprida, envolvido em uma batalha feroz. Ao tentar encurtar a distância entre nós, me desequilibrei no terreno irregular. Escorreguei. Metal, couro e carne esfolados na rocha viva que mordia como dentes serrilhados. Só consegui controlar minha queda quando apoiei o pé em alguma coisa que cedeu sob meu peso. Um homem tentava se arrastar, apoiado na mão que lhe restava, o sangue jorrando do toco pulsante do braço da espada. Minha bota esmagou seu pescoço na rocha, acabando com aquilo. Quando ergui o pé, o homem emitiu um gargarejo molhado e se imobilizou. Limpei a sujeira da minha bota na pedra mais próxima e segui em frente.

Quando cheguei à saliência, o rei estava acabando com outro soldado. Estavam próximos, olho no olho. Sua espada cravou-se pouco acima da virilha do homem. Ele retirou a espada num movimento para cima, num arco longo e lento. Quando puxou a lâmina – lustrosa, gotejante –, despejaram-se longos tubos de tripas. Pude ver os olhos do homem moribundo, arregalados de horror, as mãos segurando as vísceras, tentando empurrá-las pelo rasgo em seu ventre. Os olhos do rei estavam inexpressivos – todo seu calor engolido pela mancha negra das pupilas dilatadas. Davi estendeu um braço e deu um empurrão forte no peito do homem. Ele caiu para trás, desabando da saliência e rolando a encosta, as entranhas se estendendo como uma esteira brilhante.

Àquela altura, eu estava engalfinhado com um lanceiro de pescoço de touro que exigia minhas últimas forças. Era maior do que eu, porém desajeitado, e usei seu tamanho contra ele, esgueirando-me para um lado quando me atacou com a lança, o que o desequilibrou e o fez cair direto na adaga que eu segurava ao lado do corpo. Senti o metal arranhando os ossos da costela dele, antes de reunir força suficiente para empurrar a ponta para cima, mergulhando a lâmina inteira em seu corpo, visando o coração. Senti a umidade quente de seus órgãos internos envolvendo meu pulso. Íntimo como um estupro.

Quando terminei e olhei para cima, o rei tinha avançado de novo, para uma aresta mais alta, contra um adversário em fuga. Com as pernas abertas, ele ergueu a espada. Naquele momento o ar tremulou com um rufar de asas. Uma ave de rapina. Por reflexo, meus olhos a seguiram. Foi assim que vi o lanceiro. O sol no horizonte escondia-se num babado de nuvens púrpuras, mas nesse exato momento uma língua de fogo amarela rompeu os limites e, no faixo daquela luz súbita, divisei um lampejo atrás de um afloramento – uma lança, pronta para ser arremetida. O lanceiro estava acima e à direita do rei. As pernas bem plantadas, em um alinhamento perfeito. A haste de bronze partiu de sua mão. Teria sido um lançamento mortal, se Abisai, o irmão mais novo de Joabe, não arriscasse a própria vida para desviá-la.

Abisai saltou entre o rei e a lança, a cabeça para trás, uivando. Esperando morrer. Todos os homens naquela saliência estavam olhando. No último segundo, seu instinto guerreiro fez com que modificasse a postura em um fio de cabelo e erguesse o arco. A ponta da lança acertou o arco, rachando a madeira e desviando para a encosta rochosa. Era o tipo de coisa que já tínhamos visto Davi fazer. Agora um homem mais jovem havia feito por ele.

Todos nós comemoramos, é claro. Alguém matou o lanceiro, e logo a luta recomeçou, no inebriante frenesi surgido da catástrofe evitada.

Mas o rei não queria ouvir isso de mim. Não hoje. Por isso, soterrei a imagem de sua quase morte e falei:

— Todos os homens que serviram sob suas ordens sabem que você prevaleceu. Todos nós sabemos quem você é.

— "Sou", não. Diga quem eu "era". É Joabe quem está dizendo: "Você foi um poderoso soldado, mas agora temos que lutar as suas batalhas". Vou dizer uma coisa, quando Abisai pulou na frente daquela lança, eu sabia como aquilo seria visto. Tive de elogiar Abisai diante dos homens. Ele fez por merecer. Mas as palavras foram bile na minha boca. E apesar de ele ser filho da minha irmã, e irmão do meu general, vou dizer uma coisa, Natã: eu queria matá-lo. Queria pegar a ponta daquela lança quebrada e enterrar no corpo dele. Vivi a maior parte da minha vida em barracas de soldados. Eu sei o que eles viram. Sei o que pensaram. A confiança deles azeda tão depressa como leite coalhado.

— Não é assim. Você pode pensar que conhece a mentalidade dos soldados comuns, mas, com todo respeito... você não é igual a eles, e já faz algum tempo. Os homens sabem disso, mesmo que você não saiba. Os tempos mudaram, e você, meu rei, mudou junto com eles. Não é mais aquele pequeno chefe de guerra que comandava bandos de fora da lei em escaramuças nas montanhas. Porque agora não precisamos mais nos esconder na mata, entre rochas e espinhos, como fazíamos sempre que um destacamento saía do Egito para invadir nossas terras. Porque agora não precisamos nos refugiar mais nas terras altas enquanto os filisteus dominam as passagens para as terras férteis. Não faz muito tempo que ainda tínhamos de nos rebaixar para obter ferro para nossos instrumentos agrícolas, e nunca para armamentos. Agora nós os rechaçamos para o litoral e os perseguimos até os portões de suas cidades. Então seus melhores guerreiros vêm oferecer suas espadas aos nossos serviços. Você sabe que eles não se ajoelhariam ante nenhum outro homem. Não eles, nem os hititas ou os jebuseus, nem quaisquer outros estrangeiros que os servem. Não venha me dizer que você quer arriscar tudo isso – depois de tudo que nos custou para conseguir – por uma espécie de orgulho guerreiro. Você, que não precisa provar nada para ninguém sobre seu valor ou habilidade nas armas. Você ensinou nossos inimigos a nos temer. É o farol de Israel. Você se arriscaria a arruinar tudo isso?

Achei que minhas palavras seriam um golpe em sua vaidade. Mas ele só me lançou um olhar. Seus olhos, aquela mirada cor de âmbar em que eu costumava ver calor e afeição, estavam gelados.

— Poupe-me, Natã. Já estou cansado de ouvir essas mordacidades femininas, essa piedade vazia. Pelo menos de você, eu prefiro ouvir a verdade. A verdade é que eu construí esse exército. Fui eu quem os motivou, quem lhes deu confiança. Confiança demais, ao que parece. Agora eles acham que podem prosseguir sem mim, me jogar de lado como um ídolo de deus da guerra enfeitando uma lareira, exposto em um templo para trazer boa sorte. — Virou-se para o outro lado, voltando a olhar pela janela. Abriu uma das venezianas. Poucos minutos depois, a voz de Joabe se ergueu, dando ordens para a marcha.

— Você não vai descer? Para animar o coração dos soldados?

— Descer? — Reproduziu meu tom solícito numa voz pastosa de desprezo. — Para lembrar meus homens que vou ficar para trás? Que pela primeira vez na lembrança deles eu não vou liderá-los? Você ficou louco? Claro que eu não vou descer.

Um grande urra retumbou quando os batedores partiram. Primeiro os soldados da infantaria – lanceiros, arqueiros, fundeiros. Seguiram-se o clangor dos cascos de cavalos e o rangido das rodas de metal quando cinquenta carretas de combate – metade do que dispúnhamos na época – partiram atrás deles. Partículas de poeira se ergueram da rua e entraram no recinto, coruscantes. O rei se afastou da janela, atravessou o aposento e tocou de leve em sua harpa. Sempre havia uma harpa ao alcance de sua mão; todos os servos se mantinham atentos a isso. Uma harpa pequena pendia perto da janela de seu quarto. Ele dizia que, quando um vento noturno vibrava suas cordas, era sinal de um bom despertar. Levantava da cama e rezava para o Nome, que tanto o havia abençoado. O instrumento que acariciava agora era um de seus favoritos, uma bela harpa alta feita no Egito, com uma curva esguia na caixa de som e um arco harmonioso e perfeito que só artesãos daquelas terras sabiam construir. Mas, como todas as suas harpas, essa havia sido adaptada para seu uso, com o dobro do número de cordas, para possibilitar uma estranha afinação, com meios tons e quartos de tom que conferiam à sua música um som único e complexo.

— Suponho que saiba por que Joabe mandou você falar comigo.
— Fiquei sem saber ao certo como responder. Não queria que pensasse que Joabe e eu discutíramos maneiras de lidar com ele, mesmo que fosse verdade. Mas parece que ele não esperava uma resposta. Fez um som gutural e abriu um sorriso sem nenhuma alegria. — Eu sei o que se passa pela cabeça de Joabe: ele me vê sentado aqui com você, puxando o fio da meada de meus feitos como uma mulher com sua cesta de costura. Quer me dar uma ocupação enquanto usurpa meu lugar e conduz meus homens à guerra. Imagino que você o apoie nessa proposta.

— Não, não apoio.

— Não? — Ergueu os olhos. — Como assim? Você não concorda com Joabe?

— Não acho que uma récita de suas vitórias valha o seu tempo. — Respirei e fui mais a fundo. — Nem o meu.

— É mesmo? Minhas vitórias não são dignas do seu talento?

Muito cuidado, Natã, disse a mim mesmo. Uma coisa é falar duras verdades a um rei com uma estranha voz vindo dos céus. Outra coisa bem diferente é falar francamente com ele de homem para homem, principalmente sendo um homem a seu serviço. *Eved hamalek*. O servo do rei. Porém, que serviço poderia eu oferecer se não este: falar, quando outros homens manteriam uma omissão cautelosa. Fosse qual fosse o risco, eu estava diante dele agora. A raiva do rei estava mudando, de Joabe para mim. Eu tinha atraído o javali. Agora precisava espicaçá-lo.

— Qualquer escriba sem talento pode gravar uma estela dizendo desse ou daquele lugar em que o rei conquistou esse ou aquele povo. Tenho certeza de que tanto o grande rei de Dois Rios como o faraó seu vizinho têm uma legião de escribas trabalhando neste momento, erigindo belos monumentos.

— E por que não deveriam estar fazendo isso?

— Porque os entulhos dessas placas forram as paredes dos estábulos em que abrigamos nossos carneiros. E a poeira de outros milhares paira sobre o Rincão, reduzida à areia.

Ele me lançou um olhar que, embora não caloroso, não era mais uma aresta de rocha fria. Voltou a contemplar a harpa, passando um dedo na suavidade da madeira granulosa.

— Prossiga.

— Na adega da nossa casa havia uma pedra gravada que apoiava o lintel. De basalto, acho, bem lapidada. Destacava-se entre as pedras calcárias, e acho que por isso me chamou a atenção quando eu era garoto. Havia apenas umas poucas palavras na inscrição, muito desgastadas. Fiquei entusiasmado quando a encontrei – é o tipo de coisa que incendeia o pensamento de uma criança – e mostrei ao meu pai.
— Lembrei-me da caverna fria e escura escavada na rocha, as altas e suarentas fileiras de cântaros, o cheiro de biscoito exalado pela argila, o aroma pungente da fermentação. A mão grande de meu pai, manchada de tanto amassar uvas, dedilhando os recôncavos gravados na pedra. Lembro que ele se virou para mim e sorriu, e me instou a prestar aten-

ção. — Meu pai era um homem inculto, mas achou que a escrita poderia ser no estilo dos hititas. Sem dúvida louvando a vitória de algum líder importante. Eu olhei para aquelas palavras e me perguntei: Quem era esse líder? Que espécie de homem? O que o deteve...? — Fiz uma pausa, sem saber se continuava. Mas o olhar de Davi se mantinha em mim, interessado. Por isso continuei.

— Fosse quem fosse, já não estava entre nós. Por mais gloriosa que tivesse sido, sua história estava perdida, e tão totalmente esquecida que seu monumento havia se reduzido a pedras de construção usadas no depósito de um humilde taverneiro. — Ali havíamos chegado ao nó da questão. Minha voz aumentava de volume enquanto eu falava. Respirei fundo, abaixei o tom. — Você conhece a minha primeira profecia. — No momento em que disse aquelas palavras, senti uma vertigem com minhas lembranças. Quando alguém se torna o instrumento sonoro da voz do invisível, existe um preço a pagar: a cabeça latejante, a visão escurecida, a respiração ofegante, os ataques e espasmos. E quando isso acontece em um dia em que tudo foi perdido, um dia cruel de morte e matanças, é realmente difícil rememorar o momento. A simples lembrança perturbava minha respiração.

— Claro que conheço. Eu construí tudo isso — fez um gesto largo e abrangente, envolvendo mais que o belo aposento e o palácio bem construído — sobre os pilares daquelas palavras. Qualquer homem vivo sabe o que você disse naquele dia.

— Não fui eu quem disse — murmurei, mas ele descartou minha correção.

— Mas o que isso tem a ver com essa questão?

— Sua dinastia não vai fracassar. Você sabe disso. Mas a memória certamente será falha. Seus filhos... do que eles vão se lembrar? Ou os filhos que nascerem depois? Quando todos os que o conheceram em vida não passarem de ossos embranquecidos e poeira, os seus descendentes, o seu povo desejará ardentemente entender que espécie de homem você foi quando realizou essas façanhas, antes e depois. Não apenas as façanhas. O homem.

Ele ficou me olhando por um longo tempo. Sua expressão era um enigma. Pegou um banco baixo e lavrado, e, quando me aproximei para sentar à sua frente, ele me dispensou. Levou o banquinho até a harpa e se preparou para tocar. Como que pensando melhor, fez sinal para eu me sentar, por isso afundei com prazer nas almofadas e soltei um suspiro que nem tinha percebido que estava segurando. Inclinou a grande harpa, apoiando-a delicadamente no ombro, como uma mulher acomodando um filho. Seus dedos tangeram alguns tricordes a esmo, mas seu olhar estava fixo nas montanhas ao longe, nas oliveiras prateadas sob a luz do sol.

— O que você diz é verdade. — Não havia mais irritação na voz dele. — Quando eu era jovem, aprendendo a guerra, eu costumava pensar nisso. Ouvíamos falar de homens como Salmaneser e Sargon, que venceram grandes batalhas. De Ramsés, que construiu seus imponentes templos com o suor de nossos ancestrais, ou de Hamurabi, que, dizem, governou com leis de sabedoria. Mas são apenas nomes. Seria diferente saber sobre a natureza deles. Conhecê-los como homens. — Fez uma pausa, o olhar ainda distante. — Ser conhecido como um homem.

As pontas dos seus dedos tocaram as cordas com mais firmeza. Suas mãos eram fortes, mas os dedos eram finos, movimentando-se com agilidade pelas longas cordas, tecendo sons dos filamentos. Era como se a harpa fosse um tear, e as notas que extraía, um fio brilhante formando um esplêndido estampado. Ele sempre tocava daquela maneira, às vezes interrompendo reuniões com seus generais. Dizia que a música – com sua ordem e precisão – o ajudava a encontrar a ordem das coisas, um caminho e uma direção em meio à confusão de eventos e opiniões, uma ordem e, mais ainda, uma inspiração.

Ficou tocando por algum tempo. Não sei se estava improvisando ou tocando de memória. A melodia era doce, intrincada e tranquilizante.

Era possível ler seus pensamentos pela música, sempre. Senti a tensão do meu corpo se aliviar. Eu tinha enfrentado sua ira e sua tristeza, mas a música revelava um apaziguamento de seu estado de espírito. Finalmente ele chegou ao fim, numa graciosa sequência de notas, e voltou a pôr a harpa na vertical. Virou os olhos para mim. Agora não estavam mais frios, mas a expressão continuava impenetrável.

— Captar um verdadeiro retrato, ver uma reflexão pura na água de um poço, você não vai gostar dos defeitos do rosto que está vendo.

Lutei para suprimir um sorriso. Nunca imaginei que seu próprio reflexo lhe causasse muito pesar. O brilho dourado de sua juventude fora temperado em sua idade adulta como um metal trabalhado, de forma que mesmo agora, na meia-idade, ele continuava a brilhar. Os anos apenas acentuaram uma beleza que se mostrava irresistível, tanto para homens como para mulheres. Mas ele estava sério, considerando a fundo o que havia dito. Achei melhor não acrescentar nada, deixar a linha de seus pensamentos o levar às suas próprias conclusões. Ele voltou a tocar, mas depois de um tempo seus dedos pararam e ficaram pairando sobre as cordas. Virou-se para olhar para mim.

— Talvez ao menos nisso eu possa me provar corajoso. Vou pensar a respeito. Pode ir.

Quando a lança do jovem guarda bateu no chão e a porta se fechou atrás de mim, ele começou a tocar plenamente. Suas mãos grandes e fortes conseguiam extrair uma amplitude de sons que geralmente não se associam à delicadeza de uma harpa. Conseguia fazer o instrumento falar com mil vozes, suaves ou tempestuosas. Era o que fazia agora. Em seguida, ouvi aquele outro instrumento que ele tão bem dominava – a sua voz. Era uma velha canção; eu a reconheci. Ele a havia cantado em sua coroação.

> *... no dia do teu poder,*
> *nas belezas da santidade*

> *surgindo do útero da manhã:*
> *tens o orvalho de tua juventude...*

Ótimo, pensei. Ele já transferiu os pensamentos do áspero presente para o luminoso passado.

No dia seguinte, ele mandou dizer que eu poderia fazer a história se assim o desejasse. Imaginei que iria me chamar quando estivesse pronto para começar. Enquanto esperava sua convocação, me ocupei com a pedra-pomes, amaciando a pele de boi. Era um trabalho que não podia confiar à frágil argila. Ainda preciso ensinar a um servo como preparar uma pele segundo os meus padrões, e os pergaminhos para registrar a vida de um rei tinham de ser imaculados.

Mas em vez de um chamado para uma audiência, o que veio dele naquela tarde foi uma tábua de argila com uma lista com três nomes. Aparentemente, os nomes haviam sido gravados com certa pressa por Seraiá, seu escriba. Tive de levar a tábua à luz para conseguir entender sua caligrafia. De início, não entendi o que Davi queria dizer com aquilo, mas depois compreendi seu propósito. Estava me mandando falar com aqueles que o conheceram na infância e na juventude, antes de eu entrar para os seus serviços. Ao final da curta lista de nomes, Seraiá tinha acrescentado uma nota: *O rei diz: depois disso, você conhece a história tão bem quanto qualquer um e poderá fazer o que julgar apropriado.* Sorri quando vi o que ele planejava. Parecia não pretender fazer nenhum relato. O trabalho recairia todo em mim, em reunir e registrar esses depoimentos, escrever meu próprio relato. Corri um dedo pelos nomes. *Mical.* Apenas esse nome, por si só, mostrava que ele não desejava um retrato lisonjeiro. Mical, para quem seu simples nome era uma bile. Bem, pensei, será um encontro difícil. Mical fora sua primeira esposa e continuava sendo sua esposa, ao menos no nome, embora, até onde eu soubesse, ela e Davi não se vissem ou trocassem palavra havia anos. Mas como ela continuava parte de sua casa, seria obrigada a falar comigo se o rei a mandasse, ou pelo menos a me receber.

Para um vidente, eu era extraordinariamente obtuso. Agora eu sei disso, mas na época não sabia. Joabe e eu havíamos conspirado para encontrar alguma ocupação que, embora válida por si mesma, servisse também para distrair um rei inquieto e infeliz. Entretanto, o rei preferiu *me* distrair, me tirar do caminho. Um homem pode silenciar a voz da própria consciência quando quiser cometer um pecado. Mas se a sua "consciência" andar e respirar como um homem vivo a seu serviço, talvez seja necessário empreender um esforço adicional. Eu não percebi isso. Não percebi que um homem vital e orgulhoso, que temia o enfraquecimento da própria masculinidade, poderia fazer uma jogada ousada para se provar que tal não era verdade. Ao colocar meus talentos ao seu serviço, tive de renunciar boa parte do que torna um homem completo. Agora sei que esse sacrifício me deixou cego para certas coisas. Posso ver o que outros não veem, mas às vezes não percebo o que é aparente para o mais desatento simplório.

Na época, me senti arrebatado pelo projeto e interessado nos nomes da lista. Um deles me era desconhecido, mas foi o primeiro que ele anotou. O escriba Seraiá sublinhou-o com ênfase e escreveu uma observação: *O rei diz: Este, antes de qualquer outro.* O nome a seguir, *Samá*, eu conhecia bem. Samá era um dos irmãos mais velhos de Davi. Dos sete irmãos, Samá era o único ainda vivo. Esteve conosco nos anos em que éramos fora da lei, quando o rei Saul se voltou contra Davi e ordenou sua morte. Mas o ódio de Saul por Davi se alastrou como uma mancha para seus parentes mais próximos. Todos foram obrigados a se esconder com ele naqueles anos, pois a alternativa era o aprisionamento ou a execução. Agora Samá mantinha uma casa na periferia de Beit Lehem e administrava o assentamento em nome do rei. Segundo a tábua, o nome desconhecido, *Nitzevet bat Adael*, era de uma mulher que fazia parte da casa de Samá.

Já era tarde demais para partir naquele dia, por isso mandei uma mensagem ao estábulo para preparar uma mula para a manhã seguinte, e outra para as cozinhas, pedindo algumas provisões. Parti à primeira luz.

II

Houve uma época, não muito tempo atrás, em que ninguém viajaria sozinho pela estrada que liga Jebus, então chamada Ir David, a Beit Lehem. É fácil esquecer como eram as coisas no Rincão, agora que as rotas de comércio estão em bom estado, a maioria das fronteiras é respeitada e os bandoleiros se transformaram na infantaria do exército do rei. Claro que Davi entendeu muito bem o que era necessário fazer quando chegou ao poder, pois ele próprio passou muitos anos como bandoleiro e salteador, vivendo de pedágios cobrados de infelizes viajantes e de ataques rápidos a aldeias mal defendidas como a minha.

Eu tinha dez anos a primeira vez que o vi. Meu pai detestava inatividade, por isso quando a prensagem da uva estava concluída, e antes da época da poda, ele me mandava com as cabras em busca de melhores pastagens do outro lado dos riachos que abriam um caminho pelas montanhas que assomavam íngremes sobre a nossa aldeia. Eu não me incomodava com isso. Gostava de sair sozinho, me distanciar do olhar dos adultos, que sempre requeriam alguma tarefa de uma criança desocupada. Naquelas colinas ensolaradas, eu ficava deitado sobre uma pedra observando a encosta iluminada, fazendo pouco mais do que atirar de vez em quando uma pedra para redirecionar as cabras que se afastavam muito do rebanho. Um garoto podia deixar os pensamentos vagar naquelas horas ociosas, sonhando com centenas de coisas, ou com nada. Às vezes, eu olhava para as colinas desnudas de Moabe através do ar denso que pairava como uma névoa sobre o Mar Morto, imaginando se lá haveria também um garoto como eu perto de uma nascente, e como era a vida dele, no que ele pensava. Mas, naquele dia, o calor me derrotou. Senti a pressão que se fazia sobre mim como uma grande fera peluda, esmagando até o desejo de ter pensamentos. Caí em um sono profundo. Fui acordado pela ferroada de um pedregulho.

— É melhor acordar, pequeno pastor, antes que seu rebanho esteja a meio caminho de Beersheva. — A voz, irônica, veio de cima e de trás de mim. Levantei e me virei, piscando. Ele estava numa saliência ao lado, o sol por trás, os raios luminosos dançando como labaredas em seus cabelos claros. Saltou lépido da saliência e veio na minha direção. Ergui a mão para sombrear os olhos e vi que era um jovem, talvez de uns vinte anos, e armado. Meu desalento deve ter transparecido em meu rosto. Meu medo não era provocado por seu arco ou sua espada curta. Era por imaginar que eu poderia ter perdido o rebanho. A perda de uma única cabra já era uma ofensa punida pelo açoite.

Ele sorriu, estendeu a mão e desarrumou meu cabelo, como faria um irmão mais velho carinhoso.

— Que encontro fortuito, pastorzinho. Que bom que te encontrei. Quando seu rebanho entrou no meu acampamento, lá atrás, os homens já começaram a afiar suas facas. Falando de um guisado de cabrito esta noite.

— Por favor, não! O meu pai...

— Não se preocupe. O seu rebanho está seguro. Também já fui pastor, não muito tempo atrás. E eu não tomo sem pedir. Você mora naquela aldeia lá embaixo? — Concordei com a cabeça. — Você conhece o chefe?

— Meu pai é o chefe.

— Realmente, que encontro auspicioso. Mande minhas saudações ao seu pai, e diga a ele que meu bando vai acampar aqui por alguns dias. Somos guerreiros armados, duas vintenas de homens, e uns poucos de nós com as famílias. Gostaríamos de algumas provisões. Diga a seu pai que quem está pedindo é Davi, filho de Jessé de Beit Lehem.

Meus olhos se arregalaram.

— Você? Você é aquele que matou o gigante de Gate? — Passei o dedo na minha têmpora, onde o pedregulho havia arranhado. Um pedregulho não muito maior tinha virado a maré para nós na famosa batalha de Wadi Elá. Qualquer garoto do Rincão conhecia aquela história.

Ele sorriu.

— Assim o chamavam. Era muito grande, mas não um gigante. Era lento, eu fui mais rápido. Ele me subestimou. Só isso. Às vezes é bom ser pequeno. Lembre-se disso. Use o seu tamanho enquanto ainda pode. — Olhou para mim de alto a baixo, da mesma forma que um comprador examinaria uma ovelha em pé. — Vejo pelas suas mãos e pés que você vai ser um homem alto quando crescer. Seu pai é alto? Você deve ter puxado a ele. Agora venha buscar suas cabras.

Atravessei o vale com ele e passei pelas palmeiras de tâmaras até chegar a uma clareira onde o acampamento fora montado. Era um assentamento frugal, limpo e bem organizado, com quatro ou cinco grandes tendas de pele de cabra. O tipo de acampamento de uma unidade militar, que pode ser rapidamente desarmado e facilmente transportado. Minhas cabras tinham sido tangidas para um cercado improvisado, e enquanto eu separava minhas cabras das deles, percebi que uma das mulheres olhava para mim. Seu manto cobria a parte inferior do rosto, mas os olhos dela eram tão verdes e profundos quanto a figueira sob cuja sombra se encontrava, e eu retribuí o seu olhar. Ela ergueu uma dobra da manta, mostrando um pulso fino e acenando com a mão. Foi um gesto sutil, mas bastante claro. Ela queria que eu me aproximasse.

Quando me aproximei, ela se levantou – era muito alta para uma mulher – e deu um passo atrás, mais para a sombra, fora da visão do acampamento principal. Eu a segui, pois essa era nitidamente a sua intenção.

— Meu marido te encarregou de entregar uma mensagem? — A voz dela era baixa e ágil. Fiquei confuso por um momento. Não pensei que por "marido" ela estivesse se referindo a Davi. A mulher era muito bonita, mas parecia alguns anos mais velha que o jovem que eu acabara de encontrar. Na minha aldeia, era comum a esposa ser muito mais jovem que o marido, nunca o contrário.

Ela pareceu entender minha confusão. Soltou o véu para que eu pudesse ver seu rosto. Um leve sorriso brincou nos seus lábios, que eram cheios, mas já marcados por linhas finas da maturidade. A pele, de uma cor clara e azeitonada, era um pouco castigada, como a da minha mãe, por conta de muitos verões na implacável secura do Rincão. Mas seus olhos verdes eram sinceros e inteligentes, e as linhas de sua silhueta pareciam mais esboçadas pela diversão do que pelo trabalho.

— Eu sou Abigail de Carmel, terceira esposa do nosso líder, Davi. Sou esposa dele por causa do meu primeiro marido, Nabal, que era tolo e beberrão e se recusou a mandar suprimentos para os homens de Davi quando ele os requisitou. Nós poderíamos ter concordado... tínhamos três mil ovelhas. Eu sabia que o custo dessa negativa recairia sobre nós. Por isso eu mesma cuidei disso, me encontrei com Davi na estrada e entreguei os suprimentos antes que ele e seu bando chegassem à nossa aldeia. Diga ao seu pai o seguinte: Davi não é um bandido comum, um homem comum. Quando meu marido morreu, eu vim a ser esposa de Davi, deixando para trás uma casa abastada para viver como você me vê aqui agora, entre bandoleiros mendigando por suprimentos. Garoto, diga ao seu pai que isso não é uma coisa trivial. Não deixe que ele cometa o mesmo erro que meu tolo marido. Se ele fizer isso, você...

Abigail não terminou a mensagem que eu deveria levar, pois Davi a chamou, ela jogou o véu sobre os ombros e me deixou sozinho na sombra. Fiquei esperando lá algum tempo, antes de voltar a separar e reunir as minhas cabras rapidamente. Quase desci a montanha correndo com elas para voltar para casa, ansioso com a minha notícia. Quando cheguei, já tinha moldado a história de modo a omitir qualquer menção de ter colocado o rebanho em risco. Mesmo assim, quando meu pai ouviu o que eu tinha a dizer, seu cenho fechou.

Naquela noite, todos os homens importantes da aldeia se reuniram na nossa casa. Minha mãe mandou que eu servisse vinho. Não se deve pensar que nossa comunidade era isolada, apesar da distância que estávamos de outros assentamentos. Por conta da resina de bálsamo que produzíamos, bem como das muito procuradas fragrâncias que sabíamos preparar com ela, nossa aldeia era bem conhecida no Rincão, e próspera também; a rota de comércio era viajada por todas as classes e tipos de homens. Por isso, quando nossos líderes se reuniam, eles estavam bem informados. Nosso vizinho Shem, um produtor de resina, e por isso um homem importante, estava falando.

— Eu digo que devemos pagar o que ele pede. Esses homens nos prestam um serviço quando acampam no vale. Funcionam como uma muralha para nós, mantendo os jovens pastores, como seu próprio filho aí, a salvo de animais selvagens ou bandidos errantes. Eles são disciplinados, não roubaram nossos animais nem pilharam as tamareiras...

— Eles são irresponsáveis, rebeldes e arruaceiros. — Meu pai, geralmente educado, interrompeu Shem no meio da frase. — O líder deles se posicionou contra o nosso rei, que deixou bem claro que deseja esse homem morto. Se nós pagarmos para ele, estaremos apoiando um fora da lei, um homem condenado. Você quer incorrer na ira de Saul?

— Eu prefiro correr esse risco a me arriscar a irritá-lo, acampado na nossa porta. — Era meu tio Barack que falava, apontando com a cabeça na direção das montanhas. — O rei está longe daqui, em Jeba. Como ele vai ficar sabendo sobre uma dúzia de odes de vinho e alguns barris do nosso estoque de grãos? Foi uma boa colheita, uma boa vindima. Podemos arcar com esse custo.

— E se fizermos isso com o filho fora da lei de Jessé de Beit Lehem, que escória teremos a seguir na nossa porta, exigindo comida da boca de nossos filhos e frutas colhidas pelas mãos de nossos trabalhadores? Escravos fogem de seus senhores todos os dias, mas nós não somos obrigados a ajudá-los. Esse bandoleiro não é melhor do que eles. Pior, eu diria. Correm rumores de que ele serve a Aquis de Gate, aquele filisteu *seren*. Vocês o ajudariam, apoiando o nosso pior inimigo? Eu digo que não devemos dar nada.

— Esse "bandoleiro", como você o chama, pôs os filisteus para correr na batalha do Vale de Elá quando ainda era um garoto. O rei não achou que fosse um bandido na época. Nem quando o adotou como escudeiro, quando o casou com sua filha ou quando o criou como líder de seus guerreiros. Você sabe como ele lutou naqueles tempos. Quando todos pensávamos que ele era abençoado pelo Nome, por conta de tantas vitórias alcançadas. Os reis são volúveis. Você sabe disso, irmão. Dizem que Saul atirou uma lança no garoto no salão do palácio, durante a refeição, sem nenhum motivo. Quem não fugiria, nesse caso?

— Quem não fugiria? Um homem inocente. Um homem que fosse honrado. Não nos cabe questionar o julgamento do nosso rei. Você quer que ponhamos comida na boca de um traidor?

— Eu faria isso, sim. Melhor do que deixar que venha com seus homens para pegar a comida.

— Se esse traidor e sua escória vierem aqui, nós lutaremos. Alguns de nós sabem lutar. — Meu pai não falava muito a respeito, mas ele e o irmão haviam pegado em armas contra os amonitas na juventude.

Eu amava meu pai e acreditava que ele também me amava. Acho que não passou pela cabeça dele que negar aqueles suprimentos fosse colocar vidas em perigo, mas quando saí da sala para reabastecer o jarro de vinho vazio, trombei com minha mãe ouvindo a conversa no corredor. Vi o rosto dela, antes que conseguisse disfarçar. Havia terror em sua expressão, e também raiva. Ela virou para o outro lado e me levou até o armazém de vinhos. Quando ergueu a tampa da ânfora, suas mãos estavam tremendo.

— O que foi? — cochichei. Ela abanou a cabeça e apertou os lábios, sem responder. Tirei a caneca da mão dela. Suas mãos estavam trêmulas demais para encher o jarro sem derramar o vinho. — Você acha que o pai está errado em negar o pedido desses fora da lei?

— Não me cabe dizer que ele está errado — sussurrou ela, respeitosamente. — Nem a você pensar sobre isso. Vá, sirva o vinho e fique em silêncio.

— Mas eu conheci uma mulher no acampamento dele. Uma de suas esposas. Ela me alertou que seria arriscado recusar o pedido. Disse que o marido dela recusou, mas ela o desobedeceu e entregou os itens pessoalmente. Foi assim que ela...

— Quieto. — Minha mãe levantou a mão e pôs os dedos na minha boca. Eram dedos ásperos, calejados pelas centenas de tarefas que realizavam. Mas eram dedos delicados também, sempre prontos para acariciar. — Seu pai manda nesta casa. Lidera esta aldeia. Não nos cabe duvidar dele. Não sou uma marafona como essa mulher, que se jogou aos pés de um estranho e contestou o desejo do marido.

— Mas ela fez isso para salvar...

— Quieto, já disse. Você vai me obedecer e vai obedecer ao seu pai. Agora vá. Eles estão esperando o vinho. Sirva e fique em silêncio, como eu mandei.

Uma dúzia de odres de vinho e alguns barris de tâmaras. Teria sido um preço baixo, e eu poderia ter tido uma vida diferente. Poderia ter ficado naquela aldeia banhada pela luz do Mar Morto. Atingido a idade adulta como filho de uma próspera casa, aprendendo a ser um produtor de vinho ao lado de meu pai. Sentindo o peso das uvas mornas em minhas mãos depois de cada verão de amadurecimento, manejando a faca de poda com habilidade até as longas fileiras de parreiras antigas erguerem seus ramos para o céu hibernal. A esta altura as vinhas estariam sob meus cuidados, e eu estaria ensinando meus filhos a me suceder. Ou ao menos é o que gosto de pensar. Mas talvez este outro destino não pudesse ser impugnado. Não sei. Só sei que os suprimentos não foram entregues, e fui instruído a levar as cabras para o vale ao sul, não para o riacho que corria para o norte. Dois dias depois, Davi voltou a fazer o pedido. Um de seus homens – um jovem, na verdade, não mais velho que Davi – apresentou-se na aldeia perguntando por meu pai. Foi recebido e fez seus pedidos – ou, devo dizer, suas exigências – de uma forma mais urgente do que aquela que Davi havia me apresentado. Meu pai ficou bravo. Ouvi-o dizer palavras duras: "traidor", "ladrão". O jovem também ficou irritado. Levantou a voz ainda mais que meu pai, de forma que pude ouvir todas as palavras que disse como se eu estivesse na sala.

— Você se atreve a falar assim de um homem cujo cuspe não é digno de limpar. Davi, filho de Jessé, é o líder de direito de nosso povo, o melhor líder, o melhor homem, com quem qualquer um de nós já serviu. Até o rei de Jeba já soube disso. Pois não fez de Davi seu genro antes de ser acometido pela loucura? Agora ele odeia Davi por causa de suas qualidades, que são uma prova de seus próprios fracassos. Você devia perguntar a Jônatas, filho de Saul, se duvida de mim. É bem sabido de que lado está o coração *dele*. Não fosse pela obrigação de honrar o próprio pai, ele agora estaria conosco, e não apoiando um homem louco e babão...

Nesse momento meu pai o interrompeu em voz alta, irado, dizendo que não suportaria tais palavras de traição proferidas na casa dele. Meu pai não era um homem estúpido: a essa altura ele já percebia o perigo, tenho certeza. Entretanto, tinha uma natureza teimosa e defendia suas opiniões. Defeitos pequenos, talvez, pelo preço que pagou por eles. Mas nem mesmo meu pai não podia remendar a casca de um ovo quebrado. Instantes depois, o estrangeiro jovem e alto passou por mim, empurrando-me contra a parede com tanta força que a pedra esfolou a pele do meu braço. Quando ele me olhou no rosto, vi sua cólera em estado puro. Para mil homens, talvez aquele olhar tenha sido a última coisa que viram. O mensageiro que Davi mandara para falar com meu pai era Joabe, que se tornaria o nosso mais poderoso general, embora naquele dia eu ainda não soubesse o seu nome.

Na manhã seguinte, passei pelo sangue derramado de meu pai e fiquei frente a frente com seu matador. Davi tinha vindo à noite, rápido e silencioso. Matou meu pai e meu tio Barack com a presteza de um profissional cumprindo sua função em um matadouro. Quando me aproximei de Davi, pude ouvir minha mãe gritando. A voz dela era horrível, rascante e estridente.

— Não se aproxime — gritou. — Fuja. Vá se esconder.

Entretanto, eu estava cansado de tanto obedecer. Seria tão difícil obedecer minha mãe como parar as batidas do meu coração. Andei até Davi. Ele olhou para mim de cima, perplexo. Imagino que via uma criança chorosa, comovida ou estúpida demais para temer o assassino de sangue-frio à sua frente.

— Você não me ouviu, pequeno pastor? Eu não disse que mataria todos os seus familiares que conseguissem mijar em pé contra uma parede?

Joabe ergueu sua lança, mas eu não arredei. Davi logo levantou a mão.

— O garoto é um simplório — murmurou. — Deixe estar. — Deu de ombros e se virou.

Então eu falei. Mais tarde, outros tiveram de me contar o que eu disse. Eu sabia que meus lábios e minha língua estavam se movendo, mas não conseguia ouvir minhas palavras, pois minha cabeça vibrava como uma pedra sob os golpes de uma marreta de ferro, batidas que açulavam o sangue atrás dos meus olhos. Fiquei ali, nas ruínas sanguinolentas da minha vida, enquanto as palavras se despejavam. Apesar da névoa avermelhada, vi os rostos dos guerreiros de Davi contorcidos de espanto. Joabe baixou a arma, boquiaberto. A própria expressão de Davi se contraiu, confusa. Depois mudou. Seu olhar tornou-se cobiçoso. Começou a falar, mas não consegui discernir as palavras em meio ao alarido na minha cabeça. Vi-o estender a mão para mim, e logo depois desmaiei.

Quando voltei a mim, estava na tenda dele. A mulher Abigail debruçava-se sobre mim, passando um pano molhado na minha testa. Davi estava ao lado do meu catre. Quando viu meus olhos piscarem, acenou para Abigail, que foi até o cântaro e encheu uma cuia de água. Davi pegou a cuia da mão dela, acariciando sua mão no processo, agradecendo-a mesmo por aquela tarefa tão simples. Mesmo em meu sofrimento, eu percebi. Meu pai nunca tinha tratado minha mãe com tal distinção. Davi me ajudou a levantar para tomar água, antes de levar o copo aos meus lábios. De início, recusei o seu toque, mas ele me pegou pelo ombro com autoridade e delicadeza.

— Beba — falou. Quando a água tocou meus lábios, percebi que minha boca estava seca. — Devagar — recomendou, afastando a cuia e pondo-a de lado.

Ele já tinha se lavado do sangue do meu pai e estava usando uma túnica limpa de um belo algodão. Para minha total perplexidade, ele puxou a túnica pelo pescoço e a rasgou. Depois se levantou e andou até a fogueira, onde se abaixou para pegar um punhado de cinzas e esfregar nos cabelos claros.

— Eu quero que você entenda que lamento essas mortes. Estou de luto pela sua família. Mas o que fiz foi necessário. Esses homens são meus guerreiros e eles e suas famílias confiam em mim. Preciso fazer todo o necessário para sustentar essa gente. Fique sabendo que eu não matei o seu pai e o seu tio por alguns barris de tâmaras. Matei o seu pai porque se eu aceitasse a recusa dele, a notícia teria se espalhado, e eu não conseguiria mais alimentar minha gente, essa gente que arriscou tudo por mim. Não posso permitir isso. Foi o acordo que estabeleci. Eles morreriam por mim, por isso devo viver por eles. E matar por eles, quando for necessário. O seu tio eu tive de matar para evitar um feudo de sangue. Eu devia ter matado você também, pela mesma razão. Você sabe disso. Mas aqui está você. E vai ver como as coisas são, agora que é um de nós.

E eu vi. E ouvi e cheirei. Nos meus sonhos, até agora, ouço os gritos dos cavalos de guerra do inimigo cambaleando depois de Davi ter ordenado que cortassem os seus tendões. Sinto o fedor dos intestinos soltos dos aterrorizados cativos moabitas, alinhados em filas no chão enquanto os homens de Davi passavam uma fita métrica por seus corpos encolhidos, medindo vidas como se medem tecidos, estabelecendo a medida dos que iriam viver e sentenciando os que restaram depois da ponta da fita a serem chacinados onde estavam.

Seja o que for. O que fosse necessário.

Essas palavras poderiam estar gravadas como motes de seu reino. O que fosse necessário, e não mais. Ele poupou uma centena dos cavalos armênios – são os que hoje puxam a nossa *merkavot*. Poupou o que considerou um número seguro de moabitas, que agora nos pagam tributo e não mais nos incomodam com excursões de guerra. E poupou a mim, também, para ser uma pedra em sua sandália e um incômodo em sua pele. Pois ele me colocou a seu serviço naquele dia, e desde então poucas vezes saí de seu lado.

Pode parecer estranho que um garoto pudesse desertar com tanta facilidade tudo o que conhecia para servir ao assassino do próprio pai. Pareceu estranho para mim também. Porém quando estava lá naquele momento, com minha aflição explícita e a mente aturdida, não me senti confuso quanto ao lugar a que passara a pertencer. Eu sabia, no fundo, mesmo bem no começo das coisas, que o coração de um profeta não lhe pertence por direito. Eu precisava continuar seguindo Davi, quisesse ou não. E não só porque ele assim desejava. Se tivesse me espancado, me jogado ao chão e me deixado moribundo na beira da estrada, eu teria me arrastado atrás dele, gritando as palavras que ele precisava ouvir. Mais tarde, se ele tivesse me exilado (como poderia muito bem ter feito, depois de alguns de meus pronunciamentos) para alguma crosta seca de cristais brancos no meio do Mar Morto, eu teria nadado de volta para ele. Mas eu não precisei fazer nenhuma dessas coisas. Até agora ele tem me mantido por perto, mesmo quando minhas palavras o repreendem. Acho que ele entendeu o que se passou entre Saul e seu profeta, Samuel. Percebeu que a realeza de um povo como o nosso não pode se inspirar na realeza de outras nações. No nosso caso, trata-se de um dote frágil e misterioso, que nos é proporcionado por uma mão tão poderosa e que pode ser arrancado de volta em um piscar de olhos.

O mais notável é que ele me reconheceu, já naquele dia, pelo que eu era. Passaram-se muitas estações antes que eu voltasse a falar naquela voz estranha e, quando falei, de início a mensagem que transmiti não foi absolutamente bem recebida. Mas sua fé em mim nunca se abalou. Foi me permitido ver muitas coisas – coruscantes fragmentos de visões que às vezes previam eventos da maneira como se desdobraram, ou em outras vezes como devaneios que vêm e vão deixando menos marcas que a névoa no vale ou a fumaça sobre um altar. Algumas dessas palavras se tornaram famosas; outras se destinaram apenas aos ouvidos dele. Algumas levam meu nome, outras são lembradas agora como se tivessem se originado diretamente da boca do divino. Não importa, não para mim. Na verdade, é melhor – mais verdadeiro – que os homens pensem assim. Pois elas não são mais palavras minhas. Com frequência, como daquela primeira vez, é preciso que outros me digam o que anunciei.

Naquele primeiro dia na tenda, ele não me contou o que eu havia dito. Na época, ele não percebeu que eu não sabia. Consegui reunir o conteúdo de minhas palavras com os homens ao redor dele. Foi fácil fazer isso, pois o acampamento inteiro comentava sobre o que já chamavam de oráculo de Natã.

Eu tinha prometido um trono a Davi. Mais do que isso: a voz que usou minha boca profetizou um império e uma dinastia que jamais deixaria de passar de geração a geração. Agora, quando a primeira daquelas duas promessas se realizou, é difícil lembrar o quanto as palavras soaram estranhas. Davi, na época, era um fora da lei. Um homem procurado, acusado de traição. E o Rincão, esse estreito desfiladeiro gretado e dividido por cadeias de montanhas escarpadas, mal chegava a ser um país passível de se tornar um império. Nossas tribos viviam em uma aliança tênue e fugaz, fragmentadas pela inimizade e lideradas por um rei com um comportamento errático, se não insano, já desabonado por Samuel, seu profeta designado. Estávamos espremidos entre o Povo do Mar no litoral, os exércitos do faraó ao sudoeste e os poderosos povos dos Dois Rios ao leste. Nosso principal e mais próximo inimigo, o Povo do Mar, ou filisteus, como eles se denominavam, controlava tão completamente o acesso ao ferro que éramos obrigados a usar escavadeiras de madeira em nossos arados. O latão e o cobre, como os que dispúnhamos, não estavam à altura dos que forjavam as armas dos inimigos. Não podíamos passar livremente nem pelo território que reivindicávamos, a estreita faixa entre Dan e Beersheva, mas Davi acreditou nas palavras que proferi naquele dia, assim como seus seguidores. Eles ganharam força com aquela convicção, e os eventos seguiram rapidamente a maré de sua confiança. Quando as estações passaram por mais quatro colheitas, Davi tinha sido coroado rei de Judá. Quando foi considerado adulto, ele já havia acrescentado a coroa do reino de Israel e finalmente unificado as tribos do Nome em um só povo.

No dia em que meu pai morreu, deixei as coisas da infância para trás. Apesar de continuar sendo um simples garoto na avaliação do mundo, nunca mais fui tratado como tal. Se eu recebesse ordens, era de Davi, como um homem servindo seu líder voluntariamente. A tribo do meu nascimento passou a não significar nada para mim. Eu não era benjamita nem levita, nem judaíta ou efraimita, mas simplesmente um homem de Davi. Ninguém me supervisionava ou me tinha como subordinado. Ninguém me atormentava com trabalhos a fazer ou dizendo quando eu poderia ir e vir. Daquele dia em diante, trilhei meu próprio caminho, sempre ao lado de Davi.

Deixei para trás todos os meus parentes próximos. Deixei minha mãe viúva e minha irmã mais nova. Minha mãe voltou para a casa do pai dela. Se meu tio houvesse sido poupado, teria ficado a cargo de cuidar de minha mãe, mas, do jeito que as coisas se sucederam, ela não teve escolha. Nosso último encontro foi amargo. Ela não me deu suas bênçãos quando saí para seguir Davi – como poderia? –, mas também não fez pressão para que eu ficasse ao seu lado. Ela não gostava de coisas misteriosas, e a voz que falara através de mim a amedrontou quando ela a ouviu, abafando os gritos em seus lábios quando tomei a atitude que ela pensou que fosse o meu fim.

No distanciamento da minha mãe, senti a primeira de muitas rejeições. Foi difícil para uma criança sentir aquele amor se afastando, perceber um estranhamento que eu não podia fazer nada para impedir. De minha parte, ainda a amava tanto quanto no momento em que abri a boca e as palavras se despejaram de mim. Porém, assim como o leproso que mostra as primeiras lesões que escurecem e laceram sua pele, eu fiquei estigmatizado aos olhos dela, maculado, desamável. Sofri ao deixá-la e desejei ter o poder de fazê-la compreender que eu ainda era o garoto que ela tinha carregado e amamentado, não uma coisa estranha e maculada. Quando ela morreu, de uma febre súbita, Davi ainda não era rei, por isso minha mãe não viveu para saber o valor do meu dom, para ver as palavras que enunciei se tornarem de fato verdadeiras.

Dado que meu lugar com Davi me tornava um fora da lei aos olhos do mundo, meu avô não permitiu contatos com minha irmã mais nova. Quando meu status mudou, ela já era uma noiva prometida e eu, um estranho para ela, não fazia parte de sua vida. Lamento muito tudo isso, mas, como já esclareci, não tive escolha.

Eu sabia tudo isso já naquela época, quando era um garoto de dez anos. Nenhum ruído humano deveria se interpor entre mim e aquela misteriosa voz. Pela mesma razão, quando chegou o momento de escolher uma esposa, eu não o fiz. Sabia que as alegrias simples e as intimidades de uma vida comum não eram para mim. E no meu caso, quem iria querer alguém como eu? A verdade é que as pessoas aguardam tipos como eu, mas ninguém os ama. Existe admiração, mas não afeto. Nos acostumamos ao ombro que se vira, às costas que se afastam, à entusiasmada conversa que se transforma em um murmúrio quando entramos numa sala, o suspiro de alívio quando saímos.

Só Davi entendia o que eu era para ele e por que precisava de mim ao seu lado. E essa foi minha vida, gêmea à dele. Desde que me juntei a ele, eu o conheci melhor do que qualquer outro homem vivo.

Porém o que eu não sabia – o que precisava aprender com diversos outros a fim de estabelecer um relato total e verdadeiro da vida dele – era quem ele havia sido até aquele dia quente, seco e mortal que me trouxe ao seu lado. Eu tinha ouvido histórias, é claro. Não existe uma única pessoa viva no Rincão que não tivesse ouvido. Mas as histórias que se desenvolvem em torno de um rei são vinhas fortes, com um aperto feroz. Arrancam a vida de quaisquer superfícies que aderem, enquanto as raízes, talvez, murcham e apodrecem até não se conseguir encontrar o lugar de onde a semente da videira realmente brotou. Essa era a minha tarefa: descobrir essas primeiras raízes. E Davi me dirigiu à sementeira.

III

O Portão das Ovelhas ainda não estava aberto quando parti. O capitão da guarda, ao me reconhecer, logo me deu as ordens necessárias e toquei a mula adiante. Nunca me canso da vista desse portão, onde o terreno desce íngreme a partir das muralhas da cidade e a luz prateia as folhas dos pomares de oliveiras que aderem de forma tão tenaz ao solo fino. Abaixo, o vale já estava banhado por tonalidades de verde. Famílias que chegavam cedo para trabalhar no frescor da manhã curvavam-se em seus canteiros de linho e cevada, conseguindo de alguma forma extrair bastante do solo pedregoso que parece mais pedra que terra. Um homem manobrava seu arado puxado por dois bois, tocando os animais pelo sulco. Ali perto, seus filhos batalhavam com cardos protuberantes e arbustos de espinhos que ameaçavam a jovem semeadura. Essa é a única batalha que eles têm pela frente agora, graças ao rei. Pessoas comuns não são mais afastadas de suas plantações. Nosso exército sempre de prontidão, treinado e organizado, é suficiente para as escaramuças que ainda tumultuam as nossas fronteiras.

A estrada para Beit Lehem passa por uma região montanhosa, e logo o terreno começa a subir novamente. Deixo a mula estabelecer seu próprio passo seguro quando começamos a subir. Aos poucos, as terras cultivadas cedem terreno para os bosques de figueiras que se espalham entre as áreas ocupadas. Quando passamos pelas densas folhagens cor de esmeralda, o sol já está suficientemente alto para me fazer sentir contente por estar sob a sombra perfumada.

Quando cheguei à periferia de Beit Lehem, parei em um poço para pedir informações. As mulheres se enrolaram em seus véus quando me aproximei, mas souberam me indicar o caminho até uma propriedade em uma subida suave a leste da cidade. Era um complexo bem organizado, atrás de altas muralhas. Lá dentro, três casas pequenas erigidas sobre colunas ocupavam um grande pátio. Este era dividido em duas partes por uma videira. As coisas malcheirosas – os estábulos, o esterco secando ao sol – ficavam a sota-vento, enquanto uma mesa e o *tannur* em forma de colmeia situavam-se sob uma velha cidreira no outro lado. A árvore estava em flor, e o odor cítrico misturava-se com o aroma dos pães da manhã que ainda pairava no ar.

Foi aqui que me recebeu Samá, o irmão de Davi. E não de boa vontade. Estava andando de um lado para o outro. O pátio estava riscado por uma linha recente de terra amarela marcada por seus passos pesados. Era um homem grande, que deixou sua estrutura maciça engordar nos anos desde que saiu do exército e assumiu o cargo de juiz local. Não se parecia em nada com o irmão. Não só por ser uma década mais velho. Os dois eram diferentes no físico, na cor, na voz, nos modos, no jeito de andar.

Havia uma mesa posta sob a sombra da cidreira, mas Samá não me convidou a sentar. Fiquei em pé enquanto um garoto – sobrinho ou neto de Samá, não ficou claro – fechou o portão de madeira atrás de mim e se encarregou da minha mula, levando o animal ao estábulo. Samá andou até mim e parou ao meu lado. Eu sou bem alto, mas sua estatura era ainda maior, e seu pescoço e os ombros maciços bloquearam o sol.

— Por uma boceta de mula, o que meu irmão está tramando agora? "Conte tudo a Natã." Que merda é essa?

Fiquei surpreso pelo tom de Samá, mais ainda pela implicação de suas palavras, de ele saber que eu vinha e conhecer minhas razões de estar ali. Para que a informação tivesse chegado a Samá antes de mim, o rei devia ter despachado um mensageiro real logo depois do nosso encontro, antes mesmo de me enviar a lista de nomes. Devo ter mostrado minha surpresa.

— Sabe que ele me deu ordens para receber você? Acha que eu teria concordado em admiti-lo aqui nessa tarefa maluca se ele não tivesse feito isso? Ele mandou uma mensagem ontem à noite, fez meu filho Jonadabe galopar até aqui no escuro, e na mula do príncipe Amnon, ainda por cima, para percorrer o trajeto em um bom tempo. Desde então, minha mãe está trancada em seu aposento chorando. Jonadabe disse que ela terá de falar com você.

Nitzevet, o nome que eu não conhecia. A primeira pessoa com quem devo falar. Então era a mãe dele. Durante todo esse tempo em que conheço Davi, nunca tinha ouvido o nome dela. Poderia haver duas razões para um homem manter a mãe em tal obscuridade. Uma era o desejo de proteger a honra de uma mulher ao cuidar para que não falassem dela, outra era, de alguma forma, ter vergonha de sua origem. Samá não dava nenhum indício de qual seria o caso, mas continuou expressando seu descontentamento.

— Eu não gosto disso, e ela gosta menos ainda. — Virou a cabeça e cuspiu na terra. — Vou alertá-lo, se você provocar qualquer aborrecimento maior... — Não terminou a ameaça, pois ela apareceu na porta da menor das casas, apoiando-se pesadamente no braço de uma garotinha.

— Está tudo bem, Samá. — Era uma voz trêmula, que revelava idade, era porém ritmada, melodiosa. A voz de Davi, em versão feminina. — Se o rei o deseja, que assim seja. Ele deve ter boas razões.

— Razões? Que razões? Esfregar velhas cicatrizes até sangrarem... o que de bom pode decorrer disso? Mas você sempre o favoreceu. Faça o que quiser.

Samá encolheu seus enormes ombros e virou para o outro lado. Ergueu a pesada tranca do portão como se fosse um graveto, abriu a porta e saiu, descendo a ladeira com passos rápidos em direção à cidade. Nitzevet levantou a cabeça e ficou olhando para ele, até o garoto que havia pegado minha mula atravessar o pátio correndo e fechar o portão. Foi quando ela se virou e olhou para mim. Eram os olhos do rei: o mesmo tom luminoso de âmbar que parecia iludir a luz e a sombra. Embora fossem velados em pregas de pele cansada, eram olhos grandes e profundos, como os dele, definidos por sobrancelhas pesadas.

— Perdoe Samá. Ele também tem suas razões para essas atitudes. E elas lhe parecem boas. Agora você vai saber por quê, ouso dizer. — Andou com certo esforço em direção à mesa e nos sentamos, as pétalas dos botões de flores caindo sobre nós como flocos de neve. Cuias de jacinto se distribuíam ao redor de nossos pés.

A garota ajeitou uma almofada atrás dos ombros frágeis de Nitzevet e serviu um vinho com água, antes de se retirar para a sombra do pórtico. Não conseguia vê-la, mas podia ouvir o ruído rascante de seu moinho manual, a áspera roda de basalto rolando pela canaleta, esmagando o trigo da última colheita. Talvez Samá a tivesse instruído para ficar por perto e ouvir o que seria dito.

Organizei as canetas de junco e o frasco de tinta que tinha preparado e fiquei esperando. Quando a anciã começou a falar, sua voz tinha um leve farfalhar, como uma brisa soprando um gramado ressecado. Falava em voz baixa, por isso tive de me esforçar para ouvi-la.

— "Conte tudo a Natã." Essa foi a mensagem do rei. Sua ordem. — Os lábios dela se afilaram quando ela disse isso. Houve um silêncio constrangedor entre nós.

— A mensagem não agradou Samá. Também não agrada a você.

— Me agradar? Como poderia me agradar? Tenho vivido com discrição todos esses anos. A história do rei nunca me incluiu, e por boas razões. Nunca pensei que ele desejaria que alguém ouvisse o que soterrei há tanto tempo em silêncio. Você terá de ter paciência comigo, portanto. Essas coisas que de repente ele quer ver reveladas não são temas fáceis. Depois de tudo de bom que aconteceu com ele, não consigo imaginar por que o rei quer mexer com essas antigas feridas. "Conte a Natã", diz meu filho. Como se não fosse nada. Bem. Talvez não seja, para ele, agora...

Sua voz esmaeceu e ela desviou o olhar, os olhos úmidos. A garota apareceu ao seu lado em seguida, oferecendo uma cuia de água de rosas e um pano úmido. Nitzevet pegou o pano e segurou-o na testa por um momento. Seu rosto era todo marcado por rugas, mas a pele era delicada e sem máculas, com uma ossatura leve abaixo da pele envelhecida. Consegui ver sua grande beleza de outrora. Apostaria um talento que debaixo de seu turbante de linho os cabelos prateados ainda eram mechados com evanescentes línguas de fogo. Quando ela começou a falar outra vez, sua voz era grave e cheia de emoção. Podia ver a tensão em seu rosto enquanto tentava se controlar.

— O nome que eu dei a ele. Amado. Foi meu ato de rebeldia, sabe. Foi o único dos meus filhos a quem dei um nome. O pai dele foi rápido em dar nomes a todos os outros, mas para ele não deu nada. Nem um olhar de relance. Ele odiava sua simples presença. Se o bebê tivesse morrido, Jessé teria comemorado.

O que ela disse me deixou tão chocado que parei de escrever para olhar para ela. Ela retribuiu o olhar, e seus olhos preocupados mostraram certo prazer.

— Vejo no seu rosto que duvida de mim. Porém você vai saber por quê. Os garotos mais velhos aceitavam a liderança do pai. Tratavam o irmão mais novo como se fosse um estranho indesejável. Até Natanael, mais perto em idade, o mais delicado de todos, o ignorava. Era o que melhor o tratava. Os irmãos mais velhos punham vinagre na bebida dele e fel na comida. Batiam nele e o acusavam de roubos dos quais era inocente. Ninguém sabe essas coisas que estou lhe contando. Ninguém fora da família. E antes dessa estranha ordem do rei, se você perguntasse a Samá ou qualquer dos outros, eles negariam.

Eu conhecia os filhos dela, a maioria, mas não muito bem. Nenhum era próximo do rei, nenhum fazia parte de seu círculo interno. Enquanto estava viva, Zeruia, a irmã, contava com sua afeição e confiança, e seus três filhos, mais especificamente Joabe, eram homens proeminentes. Os irmãos de Davi, por outro lado, ocupavam postos menores na corte. Mas, durante todo meu tempo ao lado do rei, nunca houve qualquer indício de inimizade. Nitzevet pareceu ler esses pensamentos enquanto passavam pela minha cabeça. Abriu um leve sorriso.

— Ninguém quer lembrar como era. O rei, talvez, menos ainda. Mas eu me lembro. Como poderia não lembrar? Quando ele mal tinha seis anos, o pai o mandou embora da *beit av*, da casa da família, para cuidar das ovelhas no alto da montanha. Para morar numa pequena cabana de pedras e galhos e só vir para casa para pegar mantimentos. Para afastá-lo de casa, percebe, para que Jessé não tivesse de olhar para ele. E mais uma coisa: naquela época as montanhas eram infestadas de leões, não como agora, quando raramente se fica sabendo de um ataque. Como um garoto de seis anos poderia sobreviver sozinho lá em cima? Acredito que Jessé esperava que ele morresse. Chorei no dia em que ele partiu, com o cajado grande demais para ele apoiado nos ombros estreitos, os punhos finos ao redor do bastão. Levando os queijos, as azeitonas e as tâmaras secas que embalei para ele em uma trouxa nas costas. Parecia pequeno, indefeso e solitário. Meu coração doeu ao ver aquilo. Foi uma agonia para ele. Mas agora acho que foi uma coisa boa, por ele ter se afastado das perseguições dos irmãos e do ódio ostensivo do pai. Aqueles anos nas montanhas ensinaram muitas coisas a ele. Pode-se dizer que fizeram dele o homem em que se tornou. Mudaram-no para melhor... — Fez uma pausa e respirou fundo. Abriu um sorriso pálido e fugaz. — "Conte tudo", foi o que ele disse. Então. Tudo.

Enquanto ela falava, minha pena arranhava o pergaminho e minha mente se enchia de lembranças de Davi em nosso primeiro encontro nas altas montanhas que assomavam minha aldeia. Imaginei-o como aquele pequeno pastor, vivendo em longos silêncios rompidos apenas pelo balido das ovelhas e o cascatear das pedras deslizando com o movimento dos animais. Imaginei o cheiro forte do tomilho esmagado sob seus cascos, o canto dos passarinhos nos arbustos espinhosos.

Ele deve ter encontrado formas de preencher seus longos dias e os silêncios. Talvez ele tenha descoberto o lenitivo da música naquela quietude. Interrompi a mãe dele para fazer essa pergunta, e ela me disse como ele construiu sua primeira harpa. Davi só tinha ouvido um harpista uma vez, quando um músico itinerante foi tocar em Beit Lehem, mas naquela cabana, usando chifres e tendões de carneiros, por tentativa e erro, ele construiu sozinho um rude instrumento e aprendeu a extrair um som prodigioso.

Foi lá que ele encontrou a própria voz, disse a mãe. Lá, onde ele podia cantar alto e por quanto tempo quisesse sem que ninguém se queixasse.

Enquanto eu escrevia aquelas palavras, me ocorreu que ele deve ter encontrado algo mais por lá. Algo que um garoto que passa a vida inteira numa casa cheia de gente, ou em uma cidade populosa, jamais poderia encontrar. Descobriu a capacidade de ouvir. Naqueles intermináveis dias e noites silenciosos, acredito que tenha aprendido o que significa realmente ouvir, um talento que já o vi utilizar com grande efeito. Os homens adoram o som da própria voz, e Davi realmente sabia como levá-los a falar. Já vi muitos guerreiros taciturnos e emissários dissimulados se desmancharem ante a capacidade de Davi de extrair suas palavras. Ele não tinha medo dos silêncios que a maioria de nós se apressa para preencher.

E mais uma coisa: nossos homens santos sempre procuraram locais ermos para ouvir a voz do Nome. Abraão estava no meio de um longínquo deserto sob o céu incrustado de estrelas quando o Nome lhe prometeu que seus descendentes seriam tão numerosos quanto aquelas estrelas. Moisés estava em montanhas remotas, e também era pastor, quando Javé falou com ele ao crepitar de uma fogueira. Davi também ouviu algum eco da voz divina ali, tenho certeza. Pois quando chegou a hora de ele falar ao mundo, suas palavras estavam imbuídas do rugido do fogo sagrado. De que outra forma explicar sua poesia, aquelas palavras que enchem nossa boca e nosso coração e nos dão voz para orar, lamentar, suplicar e reconciliar?

Chocado com essa percepção, deixei meus pensamentos se afastarem de Nitzevet, que recontava detalhes mais práticos da vida em família na época.

— Eu era o único contato dele — falou. — Quando ele vinha para casa buscar provisões, os outros todos o evitavam. Mas eu passava horas com ele. Dava-lhe banho, cortava seu cabelo, o vestia com roupas quentes que tecia para ele. Tentava dar amor suficiente para compensar a maneira como o pai o tratava. Mas nunca era o bastante. Como poderia ser?

Aquiesci enquanto anotava suas palavras. Entendi então que eu havia testemunhado sua longa busca por aquele amor perdido. Aquela carência era, pode-se dizer, sua maior força e sua maior fraqueza. Logo em seguida ela disse algo que me fez mudar de lugar na cadeira.

— Jessé era um bom homem. — Nitzevet percebeu meu movimento involuntário, estendeu a mão e inclinou a cabeça num gesto que parecia me pedir para prestar mais atenção ao que ela estava para dizer. — Estou percebendo, depois do que acabei de falar, que você duvida de mim. Mas é a verdade. Era um homem decente, que se sacrificava muito e obedecia à lei, na letra e no espírito. Era conhecido por isso. As pessoas o procuravam para se orientar. Eu era uma criança quando me casei com ele, então para mim ele era como um pai e marido ao mesmo tempo. Delicado, gentil, generoso. Herdou um rebanho mediano e o transformou no maior de toda Beit Lehem. Também ampliou a nossa casa, com o tempo. Não este lugar. — Fez um gesto indicando as construções agradáveis, porém modestas ao redor. — Nossa *beit av* era feita de cedro e pedra revestida, muito bonita. Ficou com o mais velho, Eliabe, é claro, quando Jessé morreu, e agora passou para o filho de Eliabe por sua vez. Mas naqueles dias eu tinha uma ala só minha, para mim e meus serviçais, com uma sala para os teares, onde podíamos trabalhar abrigados das intempéries. Criei os filhos fortes e as filhas modestas de Jessé, e ele me honrava por isso. O que mais uma mulher poderia esperar da vida? Tenho ciência de que muitas recebem bem menos.

"Mas você é homem; deve saber como são essas coisas. Quando uma mulher já deu muitos filhos a um homem, mesmo que ainda seja jovem, ela deixa de ser a noiva outrora tão desejada."

Eu não a interrompi. Não sabia como eram essas coisas, como ela supôs. Como poderia saber?

— É uma coisa comum — continuou ela. — Mas para um homem com o caráter de Jessé, não é tão fácil abrir mão da luxúria, como poderia ser para um homem inferior. Ele poderia ter tido outras esposas, mas já havia me prometido, no ardor inicial da nossa união, que jamais faria isso. E foi um homem que honrou sua palavra.

"Mesmo assim, comecei a ver que seus olhos vagavam em outras direções. Sabia que ele lutava. E aí chegou minha nova serva, uma canaanita. Era muito parecida comigo. Era uma coisa estranha. Mais nova, claro. Acho que na verdade foi por isso que ele a contratou, mesmo que não soubesse. Era uma boa garota, de uma família honesta, que a mandou para nos servir graças à retidão do nome de Jessé. Se fosse uma oferecida qualquer, eu teria agido de forma diferente. Poderia ter feito vistas grossas e deixado as coisas acontecerem, mas podia ver como ela erguia ainda mais o véu quando Jessé entrava no recinto, como se apressava para terminar suas tarefas e se afastar logo dele. Como fazia o máximo que podia para não ficar sozinha com ele. As atenções de Jessé a assustavam. Ela queria o que qualquer garota deseja, um casamento honrado e seus próprios filhos. Sabia que a vontade de Jessé, se satisfeita, a colocaria em perigo. Mas eu sabia que um dia aquilo aconteceria. Ela não poderia se esconder dele indefinidamente. Por isso a mandei para a casa da minha filha Zeruia, sob um pretexto qualquer, pois minha filha andava acamada depois do nascimento de seu terceiro filho. Ao fazer isso, deixei Jessé irritado, mesmo que ele não pudesse admitir. Ela era formalmente minha criada e eu poderia dispor dela como quisesse, mas o ressentimento de Jessé se agravou e ele começou a se voltar contra mim. De qualquer forma, foi nessa época que ele começou a remexer na questão de seus antepassados, tentando lançar dúvidas na legitimidade da nossa união.

"Já mencionei que Jessé era muito estrito no cumprimento das leis. E você deve saber que desde Moisés as leis dizem que os hebreus não devem se casar com nenhum dos moabitas, por pertencerem à tribo que negou passagem por suas terras quando os hebreus fugiram do Egito. Também deve saber que a avó do meu marido era a moabita Rute, que se deitou com Boaz pouco antes de ele morrer. Alguns duvidam que o pai de Jessé, que resultou dessa união, fosse filho legítimo de Boaz, e houve boatos na época. Tudo isso tinha terminado muito antes do nosso casamento, e ninguém levantou qualquer questão por Jessé ter me honrado ao me escolher como esposa.

"Mas quando seu desejo ilícito se tornou cada vez mais ardente, ele apelou para essa antiga fofoca sobre sua avó Rute. Começou a se torturar, dizendo que nosso casamento era impróprio, que ele, neto de uma moabita, não tinha o direito de se casar com uma israelita de linhagem pura, que nosso casamento era impuro e que devíamos nos separar. Você pode imaginar o quanto isso foi difícil para mim. Mais difícil ainda quando ele passou a se recusar a deitar comigo, e isso se tornou cada vez mais raro desde que foi tomado por sua paixão pela minha criada. A cada dia ele se tornava mais obcecado com a imaginada impureza em que havia se envolvido. Recusava-se a pegar um prato da minha mão, um pano para enxugar a testa. No fim, ele me afastou totalmente e eu voltei para a casa do meu pai, envergonhada.

"Mesmo comigo já fora da casa, Jessé não assumiu de imediato sua luxúria. Acredito que tenha lutado consigo mesmo, sabendo de coração que aquele desejo distorcia sua alma. Mas afinal seus instintos básicos o sobrepujaram, e ele mandou uma mensagem à nossa filha ordenando que devolvesse a canaanita para nossa casa. A garota veio até mim, em segredo, chorando, dizendo que Jessé havia feito exigências que ela não podia mais negar e que ele pretendia possuí-la naquela noite.

"Já disse que ela era parecida comigo. E a infelicidade da minha situação me levou a jejuar e a perder a carne proveniente dos partos. Também me envolvi em tarefas físicas, para afastar a mente das minhas tristezas. Minha própria irmã, depois disso, pegou meu rosto em suas mãos e refletiu, com alguma surpresa, que minha infelicidade me fizera muito bem, tendo me devolvido minha forma juvenil, mesmo que houvesse extinguido toda minha alegria. Foi essa observação, creio, que plantou uma ideia em minha cabeça. Disse à minha criada para voltar para Jessé, servir seu vinho sem água naquela noite, o mais que ele aguentasse. Quando o momento chegasse e ele insistisse em se retirar com ela, orientei que alegasse seu direito de donzela à modéstia e pedisse que as luzes fossem apagadas. Naquele momento, prometi, eu tomaria o seu lugar. Juntas, fomos ao mercado e compramos um bálsamo perfumado. Ela o usaria naquela noite, assim como eu, quando tomasse o seu lugar."

Nitzevet parou de falar. Um rubor pálido havia subido pela pele gretada de seu pescoço, e ela puxou o véu para cobri-lo. Desviei meu olhar para amenizar sua vergonha. Como o silêncio persistiu, eu falei em voz baixa, tomando cuidado para manter meus olhos apenas no pergaminho sob minha mão.

— E assim a luxúria ilícita de Jessé foi correspondida pelo corpo de sua legítima esposa?

— Sim — ela murmurou.

Pelo canto dos olhos, pude ver as mãos dela se movendo, esfregando-se uma na outra em sua agitação. Logo depois ela se recompôs e continuou falando depressa:

— Apesar de todas as minhas artimanhas, eu usei uma clara de ovo para imitar a suculência de uma garota jovem, manchei a cama com gotas de sangue de galinha, não precisei representar um papel. Eu chorei, assim como aquela garota inocente poderia ter chorado, e minhas lágrimas o incitaram. Sua luxúria parecia se alimentar da ideia de minha impotência e desespero e do poder dele sobre mim, e quando ele me possuiu, foi com as mãos ríspidas de um estranho. Esposa ou não, eu me senti deflorada. Quando ele desabou sobre mim dormindo como um bêbado, eu me levantei e saí em silêncio. Àquela altura, a lua havia se erguido. Quando abri a porta, ele levantou a cabeça para olhar para mim. Naquele momento, tive certeza de que ele perceberia minha farsa. Tive medo. Mas claro que ele ainda estava bêbado, semiacordado, e não deu sinal de ter me reconhecido. Porém também não me chamou de volta. De manhã ele mandou chamar a criada e a demitiu, apontando-a, injustamente, como a causa de seu pecado. Veio até mim, implorando para que voltasse para ele. Eu voltei. Sentia saudade da minha casa, de voltar a ser uma mãe apropriada para meus filhos, mas muita coisa havia sido arruinada entre mim e Jessé, e mesmo assegurando que eu o tinha perdoado, ele não conseguia mais se comportar como homem quando se deitava comigo. Para dizer a verdade, àquela altura eu não me importei. Minha afeição estava travada, eu não ansiava mais por seu amor carnal. Mas logo isso se tornou um problema, quando não pude mais esconder o fato de estar esperando um filho. Isso ocorreu no quinto mês desde que ele tinha se deitado comigo sem saber. Claro que, antes de qualquer outra explicação, ele acreditou que a criança que eu tinha no ventre fora gerada de forma adúltera durante a nossa separação. Não consegui dizer a verdade, por medo do que isso iria custar em termos de humilhação à criada. Nem mesmo quando ele tentou expulsar a criança do meu corpo batendo em mim.

Olhei para cima. Seu olhar encontrou o meu, agora mais firme.

— Oh, sim. Ele se rebaixou a esse ponto. Só uma vez, quando estava bêbado. Mas o simples fato de ter acontecido só confirmou os meus temores do que ele seria capaz, e por isso fechei a boca e mantive o segredo. Foi por isso que o bebê, meu último filho, se tornou, aos olhos do pai, um *mamzer*.

Ela pareceu engasgar com a palavra, e com razão. Aquela palavra, cujas raízes derivam do fundo da podridão, da corrupção, do estigma de alguém indesejado, de um estrangeiro desprezado.

— O filho que chamei de Davi, Amado, era, pela visão de Jessé, um proscrito da congregação de Israel até a décima geração, de acordo com a lei de Moisés. Desobedecendo à nossa lei e, devo dizer, indo contra sua própria natureza, Jessé não falou sobre aquilo com ninguém. Claro que ele deveria ter comparecido à reunião do portão, onde se encontrava com outros anciões, e nos desgraçado a ambos: a mim e a criança que eu carregava. Não sei se ele se manteve calado por conta de algum afeto que ainda sentia por mim, como mãe de seus outros filhos, ou para se proteger para que eu, acusada, não o acusasse por minha vez. De qualquer forma, para o mundo, nós parecíamos uma família como qualquer outra em que a consideração se dissipou entre o homem e a mulher, e em que um pai cria uma cisma com um filho específico por razões particulares e que não concernem ao público. Eu me iludi pensando que as coisas iriam mudar. Durante a melhor fase, os homens não se interessam muito pelos filhos, por mais que sejam graciosos, mas quando a criança começa a andar e a falar, a se parecer com eles em gestos e feições, às vezes o coração amolece e aumenta o interesse. Já vi isso, com Jessé e com muitos outros homens. E Davi foi uma criança linda, do tipo que chamava a atenção. Foi precoce também, em andar e falar, uma criança vivaz, com uma natureza curiosa e um temperamento meigo. Mas todas essas benesses pareciam espicaçar Jessé ainda mais. E não ajudou muito o fato de Davi, de todos os meus filhos, ter puxado a mim, sem traços de Jessé em seu semblante. Se o filho corria para ele, Jessé o rejeitava ou reagia àquele gesto atirando um punhado de areia. Davi logo aprendeu a não tentar chamar a atenção do pai, e desde então se manteve afastado de Jessé.

Eu não conseguia me conter. Parecia-me impossível que uma mãe tivesse guardado um segredo que se mostrara tão penoso ao seu filho. Por isso fiz a pergunta diretamente:

— Nem mesmo depois que alguns anos se passaram você achou que poderia contar a Jessé que Davi era filho dele?

Nitzevet passou uma das mãos trêmulas pela testa.

—Ah, eu acabei contando a ele afinal. Tinha de contar. Tornou-se tão doloroso vê-lo atormentando aquela criança. Àquela altura a criada estava fora de seu alcance, honrada e casada com um jovem de outra aldeia e eu... não me importava mais com o que aconteceria comigo. Seria melhor eu ser o objeto daquela raiva do que meu filho. Mas não adiantou. Ele continuou odiando Davi por ele lembrá-lo daquela noite de fraqueza e porque, quando soube a verdade, se sentiu humilhado, feito de tolo.

Ela suspirou. Seu corpo frágil estremeceu. Mas ela respirou fundo e continuou.

— Nem tudo era infelicidade em nossa casa. Os filhos mais velhos, Eliabe, Abinadabe, Samá e os outros nos deram muito orgulho e alegria, tornando-se adultos honrados. Casamos as meninas em boa época, com maridos adequados. Eliabe se destacou como soldado no exército de Saul. Abner, o general de Saul, percebeu suas qualidades e o promoveu a líder de uma unidade de campo. Com o tempo, ele se tornou um dos principais oficiais de Abner. Acho que você é muito jovem para se lembrar desses tempos, quando Saul também ainda era jovem e foi alçado relutantemente à realeza. Você já passou por duras batalhas, tenho certeza. Mas a maior parte de suas experiências de guerra foi como vitorioso. Não era assim naquela época.

Não a interrompi para dizer que sabia disso. Aquela época era tema de meu estudo, analisar todos os detalhes que pudesse sobre Samuel e seu relacionamento com Saul. Eu só havia visto Saul uma vez – rapidamente, à meia-luz da aurora. Eu ainda era garoto e estava em um transe de medo, numa névoa entre dois momentos de profecia. Aquele homem imenso, nosso rei e perseguidor, adormecido, seu destino nas mãos de Davi. Porém nunca havia visto Samuel. Ele morreu quando eu estava começando a perceber que tinha o mesmo dom que ele, ou que carregava o mesmo fardo. Gostaria muito de ter me sentado ao seu lado para ouvir seus conselhos. Não há muitos homens que se posicionem como eu ao lado de um rei, que digam o que deve ser dito, sejam ou não palavras indesejáveis. Por isso fiz o que pude para aprender com Samuel, interrogando todos os homens que o conheceram. Suas memórias eram dos tempos em que cada tribo se apegava à sua própria aldeia dispersa, constantemente chamada para esta ou aquela escaramuça. Ainda éramos pastores em pequenos assentamentos, sempre ameaçados pelos filisteus das ricas cidades costeiras, onde adoravam seus muitos deuses, forjavam seu ferro, produziam uma bela cerâmica em vermelho e branco e teciam ricos tecidos que tipos como nós, com nossas peles de carneiro e tecidos caseiros, raramente víamos. Eram organizados e unidos sob seus *serens*. Mas nós não lutávamos como um povo naqueles tempos, e por isso éramos fracos.

Então chegou o dia em que os filisteus nos impuseram uma derrota total, adentrando fundo em nosso território, matando milhares e capturando a arca do Nome. Eles a levaram para longe, para trás de suas linhas, para Asdobe, sua principal cidade. A arca, que há quinhentos anos é a alma do nosso povo. O próprio Javé instruiu Moisés em seu projeto, criado pelo artista Bezalel – a madeira de acácia, forrada e revestida do mais puro ouro; as figuras entalhadas do querubim, habilidosamente moldado em uma só peça com a tampa, as asas douradas abertas, abrigando as tábuas da Palavra em seu interior. Era o nosso maior tesouro: lindo e precioso, sagrado e poderoso. Quando nossos sacerdotes a transportavam para o campo de batalha, as pontas das asas douradas refletiam a luz do sol, enviando um clarão que causava temor em nossos inimigos, mas também estimulava e dava força aos nossos guerreiros. Funcionava para nós como uma arma poderosa, como ainda funciona agora. Olhamos para ela e nos lembramos de quem somos: o povo do Um, os filhos do grande Alento de Vida. Lembramos que o solo onde pisamos nos foi prometido, sempre nos provocando um novo frenesi em nosso sangue. O poder da ideia se infla numa grande onda – é possível senti-la pulsando por dentro, ao redor. O exército se unifica com sua ideia, e nos abatemos sobre o inimigo com força total.

Mas, daquela vez, a força não foi suficiente, e a arca foi perdida. A aflição decorrente drenou nossos corações. Quando um mensageiro trouxe a notícia, nosso chefe e alto-sacerdote Eli caiu da cadeira e morreu na hora. Todas as nossas glórias pareciam ter se dissipado com a arca nas mãos dos nossos inimigos e guardada, segundo ouvimos, em um templo pagão ao lado do ídolo deles, o deus dos grãos, Dagon, como se fosse apenas mais um troféu de guerra.

Foi quando começaram as conversas de que precisávamos ter um rei, assim como outras nações, para nos liderar nas batalhas. Foi uma conversa nascida de corações desesperados, fruto de nossa grande aflição. Samuel alertou o povo contra essa ideia. Disse que um rei seria um jugo sobre nossa liberdade e um fardo para nossos bolsos. Ele era famoso por não tirar nada do povo, nem uma tira de sandália ou uma pele de carneiro. Mas à medida que ele envelhecia, seus filhos começaram a assumir parte de suas funções e a se mostrarem corruptos. E isso aumentou o clamor por um rei. A lei de Moisés abria a possibilidade de um rei, e afinal Samuel abriu mão. Encontrou Saul, alto e bonito, e o ungiu como o povo exigia. A princípio relutante, Saul aceitou seu destino e o tomou com mão de ferro. Unificou o povo com ameaças, matando um boi e enviando os pedaços para cada uma das tribos, anunciando que os que não o aceitassem seriam chacinados da mesma maneira.

Talvez ainda não reconciliado com a ideia de uma realeza, Samuel exerceu forte pressão em Saul. Parece que ele não conseguia fazer nada direito; Samuel o avaliava severamente, e nem a fé nem a belicosidade de Saul atenderam aos seus critérios. Nem mesmo as vitórias contra os filisteus o satisfizeram. Samuel preferiu proclamar que o Senhor dos Exércitos comandasse uma guerra total contra os amalequitas, em represália a antigos reveses. Nada deveria ser poupado. Assim, Saul fez a guerra, venceu o inimigo e capturou seu rei. Porém depois da batalha, quando os soldados quiseram se apossar dos espólios, como era o costume, Saul hesitou. Teve medo de enfrentar uma rebelião de suas tropas se negasse as recompensas habituais depois de um duro combate. Por isso permitiu que ficassem com os melhores rebanhos. Quando Samuel chegou e ouviu os carneiros balindo nos cercados, ele castigou Saul por desobedecê-lo.

— Você desobedeceu ao comando do Nome, por isso ele também o rejeita como rei — declarou, virando-se para ir embora. Pedindo perdão, o rei agarrou a bata de Samuel, que rasgou em suas mãos. — É assim que o Nome arranca a realeza de você — disse Samuel. Retirou-se para suas terras em Ramá e nunca mais viu Saul enquanto viveu. Essa desavença pesou muito em Saul. Alguns dizem que o fez enlouquecer.

Nitzevet tinha vivido durante esse período, mas eu não, por isso deixei-a contar tudo em suas palavras, esperando pacientemente o final de seu relato para retornar à sua história pessoal. O que aconteceu então, não muito depois daquela desavença final, num dia em que Samuel chegou inesperadamente em Beit Lehem à procura de Jessé.

— Eu não sabia o que sentir naquele dia — disse Nitzevet. — Tive medo de que Jessé se envolvesse em intrigas contra o rei, principalmente com nossos filhos servindo ao seu lado. Samuel alegou que tinha vindo somente para fazer um sacrifício, e seus servos trouxeram uma novilha para esse propósito. Jessé e todos os anciões subiram ao altar e cumpriram os ritos na presença dos aldeões. Jessé me disse para deixar tudo preparado para receber Samuel depois dos ritos, e assim o fiz. Pedi que os serviçais tirassem os colchões do aposento superior para serem espanados. Eu estava supervisionando a substituição e administrando os braseiros, já que era inverno e fazia muito frio, quando Jessé e Samuel chegaram. Vi a expressão no rosto de Jessé e fiquei surpresa. Ele estava radiante de prazer e antecipação, como um archote. Não consegui imaginar o que Samuel dissera para tê-lo afetado daquela maneira. Samuel não tinha nada para dar que Jessé já não tivesse. O velho juiz era famoso por sua vida de austeridade, pela simplicidade de sua casa em Ramá. Tampouco uma noite com ele seria uma ocasião para frivolidades. Era um homem severo que só pensava em seus deveres. Mas lá estava Jessé, sorrindo como um homem que acabara de ganhar um casal de bois.

"Decidi que a única forma de chegar à raiz daquilo era estar naquela sala. Por isso, sob o pretexto de prestar uma honraria especial ao nosso juiz, peguei a bandeja de uma das criadas e disse que serviria o prato pessoalmente. Jessé me olhou com surpresa quando entrei no recinto, pois geralmente eu não aparecia lá quando havia convidados presentes, mas ele estava muito preocupado para pensar a respeito. Quando acabei de servir os pratos, me posicionei num lugar em um canto, meio escondida por uma pilastra.

"Vi Samuel virar a cabeça depressa quando Eliabe, nosso filho mais velho, entrou na sala. Samuel se levantou e deu vários passos em direção a Eliabe, que enunciou as saudações apropriadas. A expressão do ancião ficou marcada por rugas de concentração enquanto observava meu filho. Pude perceber que aprovava a altura e a postura de soldado do jovem, seu rosto bonito, seus modos claros e diretos. Admito que me senti orgulhosa ao ver aquilo. Eliabe tinha se tornado um ótimo rapaz, sóbrio, responsável, do tipo que outros seguem prontamente. Samuel ficou olhando para ele um longo tempo antes de fechar os olhos e erguer as mãos para o céu. Uma expressão azeda passou pelo seu rosto. Ele abriu os olhos, abanou a cabeça e virou-se para Jessé mais uma vez. 'Não é esse.' Eliabe pareceu surpreso com sua curta resposta ao seu cumprimento cortês. Virou-se para o pai, a confusão transparecendo em seu rosto. Jessé, por sua vez, olhou para Samuel com espanto. Samuel deu de ombros. 'Os homens não veem o que Javé vê. Javé vê além do que é visível. Vê dentro do coração.'

"Jessé pousou a mão no ombro de Eliabe num gesto de consolo e disse em voz baixa: 'Mande Abinadabe vir até nós'. Abinadabe era pouco mais de um ano mais velho que Eliabe e sempre vivera sob sua sombra, imitando-o de todas as maneiras. Era também um jovem ereto e bonito. Mas Samuel descartou-o. 'Javé não escolheu este tampouco.' E assim foi com todos os nossos filhos, até que o jovem Natanael, pouco mais que um garoto, foi chamado e dispensado por sua vez.

"'Esses são todos os filhos que você tem?', demandou Samuel. 'Não há outro?' Jessé baixou os olhos, evitando o olhar de Samuel. Percebi que estava prestes a negar com a cabeça. Para ele, afinal, não havia outro filho que considerasse seu, porém deve ter sentido meus olhos inquisidores, ou talvez eu tenha feito um movimento involuntário que nem percebi, pois ele olhou para o local onde eu me encontrava. Eu estava de joelhos, numa espécie de súplica. Jessé olhou nos meus olhos e percebi que hesitou. Eu não sabia o que Samuel queria com um de nossos filhos, mas claramente era algo importante, algo que Jessé muito desejava. E se ele considerava bom para Eliabe ou para qualquer um dos outros, fosse qual fosse a honraria ou posição resultante, meu Davi também deveria ter sua oportunidade. 'Há mais um', murmurou Jessé. 'Mas ele é apenas um garoto. Está fora, cuidando das ovelhas.'

"'Então mande buscá-lo. Pois não sairemos deste lugar até ele chegar.' Eu não sabia quem Jessé enviaria para chamar Davi, mas queria ter certeza de que fosse em uma boa montaria. Mandei o rapaz selar a mula, e não o jumento. Finalmente, Radai apareceu, com uma pesada manta e uma expressão emburrada, afrontado por ter sido escolhido para ir buscar seu desprezado irmão mais novo e de ter de aguentar uma noite fria com o rebanho no lugar dele.

"A hora já era tardia quando ouvi a mula retornando. Já havia mandado os criados dormir, contente com minha vigília solitária. Quando ouvi o ruído dos cascos no ar parado, acendi uma lamparina a óleo e saí. Como eu esperava, Davi estava sujo e desarrumado. O cabelo estava desgrenhado, embaraçado com pedaços de gravetos e líquens, a pele encrostada de terra e, para completar o quadro de desleixo e selvageria, ele havia de alguma forma curtido e costurado uma espécie de manta esquisita. Eu já estava com a água preparada e as roupas limpas que Natanael já não usava mais, mas Samuel apareceu no umbral da escada externa e mandou levar o garoto imediatamente até ele. Jessé tinha adormecido, refestelado em um dos divãs. Samuel não havia sequer cochilado. Mostrava-se alerta e agitado, esperando perto da porta, a lamparina erguida na mão. Quando Davi subiu a escada em sua direção, aquele rosto duro suavizou. Os olhos se encheram. 'Tragam o óleo', disse em voz baixa. Jessé agora estava acordado, de pé, de boca aberta e olhos arregalados. O criado de Samuel acorreu à sua bagagem e tirou um chifre de carneiro retorcido vedado com cera. Aproximou-se de Samuel, ajoelhou e destapou o chifre, segurando-o à sua frente. Samuel pegou o chifre e o ergueu acima da cabeça de Davi. Uma fina espiral do líquido viscoso e dourado gotejou nos empoeirados cabelos de Davi, que não pareceu confuso nem surpreso. Seu rosto estava calmo e sério, apontado para Samuel, os olhos abertos. Era como se conseguisse enxergar através das paredes, vendo o futuro que o esperava. 'Vejam!', disse Samuel. 'O ungido do Nome.' Depois se ajoelhou. Eu também. Pelo canto dos olhos, vi Jessé também se ajoelhando ante o filho que desprezava.

"Samuel fez então um gesto para Davi e os dois se afastaram juntos, desceram a escada e saíram na noite fria. Não sei, até o dia de hoje, o que foi dito. Mas quando eles voltaram, Samuel foi imediatamente descansar e Davi me deixou ajudá-lo a se banhar e a vestir uma roupa de dormir limpa. Não conversamos muito, nem sobre o propósito dos estranhos eventos daquela noite. Ele me respondia quando eu falava com ele, mas seus pensamentos estavam em outro lugar, bem longe do meu alcance. Levei-o até o catre vazio de Radai, no quarto onde seus irmãos dormiam, indiferentes.

"De manhã, Samuel e seu criado partiram para Ramá e Davi voltou para os carneiros, e foi como se todo aquele negócio estranho nunca tivesse acontecido. Não falei a respeito com meus outros filhos, e quando perguntei a Jessé se eles sabiam o que havia ocorrido, ele disse que, se soubessem, também estavam cientes de que era melhor não falar, nem pensar, sobre a unção de Davi. Disse que Saul continuava sendo o nosso rei e que eu tirasse esse assunto da cabeça.

"Mas, claro, não se passava um dia sem que eu pensasse a respeito e conjecturasse. Em seguida, pouco depois, estávamos mais uma vez em guerra contra os filisteus, e meus filhos mais velhos foram chamados pelo general Abner para lutar pelo rei, na batalha do Vale de Elá..."

IV

A VOZ DELA ESMAECEU. Pegou a taça de vinho, mas estava vazia. Acenou para a filha de Samá, mas nem havia necessidade. A garota estava acendendo um pequeno fogo para cozinhar embaixo de um grande caldeirão assentado em um tripé de três pedras. Mas assim que percebeu a avó se mexendo já estava ao seu lado, enchendo nossas taças. Deixou o jarro suarento, com gotículas do calor da tarde, na mesa entre nós. Foi ficando tarde enquanto conversávamos. As sombras retorcidas dos galhos da cidreira se alongavam, formando manchas escuras no chão. Nitzevet deixou a taça e levou a mão ao cenho.

— Estou cansando você — falei. — Desculpe.

— Não, eu não estou cansada. Não é isso. É que é difícil falar de coisas que mantive guardadas comigo por tanto tempo. Vejo você anotando minhas palavras e... eu... sinto tanta vergonha, tanta vergonha...

Comecei a dizer alguma coisa para consolá-la, mas ela me silenciou com um gesto.

— Sei que meu filho sancionou isso, por razões que devem parecer sábias a ele, mas as pessoas comuns conhecem uma história tão diferente. A história que conhecem começa com aquele garoto radiante que de repente apareceu nas montanhas. Será que elas precisam, eu me pergunto, saber o que veio antes? — Ela não estava olhando para mim, mas para as próprias mãos.

— Isso será decisão do rei — falei. — Ele vai decidir o que será registrado e o que será deixado de fora.

— Muito bem — disse ela. Em seguida acenou de novo para a garota e começou a se levantar.

— Só isso? — perguntei, mais enfático do que pretendia. — Imaginei que você fosse prosseguir.

— Prosseguir? Por que deveria prosseguir? Samá pode contar melhor sobre o Vale de Elá. Samá e os outros que estavam lá. Minha parte da história não tem mais significado além do que contei a você. Dê-se por satisfeito.

Levantei-me e fiz uma reverência. A garota aproximou-se e ofereceu o braço a Nitzevet. As duas desapareceram na casa e fiquei sozinho, recolhendo meu material de escrita. A garota voltou para cuidar do caldeirão. Aromas pungentes – cebola, cominho, coentro – bafejavam do recipiente. Minha boca salivou e percebi que estava com muita fome. Pouco antes do pôr do sol, dois jovens voltaram ao complexo, conduzindo seus animais à frente. O mais novo, que estivera cochilando em um canto, correu para distribuir palha pelos compartimentos inferiores do estábulo, uma tarefa que imaginei que deveria ter sido realizada algum tempo antes.

A garota me trouxe um cesto de pão folhado, uma bandeja cheia de grãos aromáticos e temperados e um prato de iogurte para acompanhar. Estava claro que eu não iria jantar com a família, pois todos haviam se retirado para uma sala no andar superior na maior das três casas. Comi o que me foi servido, feliz na minha solidão. Meus pensamentos ocupavam-se com as notáveis palavras aprisionadas no meu pergaminho e com o conselho final de Nitzevet. Palavras sábias. Era melhor falar apenas com os que estavam onde os eventos ocorreram. A vida de Davi já era sujeita a especulações desenfreadas. Os homens sempre constroem mitos ao redor de seus reis. Eu precisava me acautelar com esses homens.

Quando acabei de comer, a garota estava lá de novo, ao meu lado, segurando uma cuia de água de rosas para que eu pudesse lavar meus dedos.

— Se estiver pronto, eu o levo até seu aposento. — Então eu iria ficar. Não sabia ao certo se Samá me ofereceria um teto, ou se deveria procurar algum abrigo dúbio na cidade.

— Acho que vou ficar aqui mesmo por enquanto — falei. E assim fiz, contando as estrelas que surgiam até o céu se tornar cintilante. Já era bem tarde quando um garoto veio para me levar ao meu quarto. Samá não retornou. Uma luz pálida já se infiltrava pelas venezianas quando despertei de um sono inquieto para ouvi-lo entrar, bêbado, cambaleando e praguejando. Ouvi o nome do rei e o meu, entremeados de referências a colhões de jumento e bosta de camelo. Virei de lado e voltei a dormir, deduzindo que levariam muitas horas até Samá estar pronto para falar comigo.

A casa ganhou vida pouco tempo depois. Dormitei aos sons das tarefas matinais, os animais sendo soltos dos estábulos, os homens e garotos saindo para o pasto e a plantação. Quando afinal levantei, só restavam duas mulheres no pátio, assando o pão do dia no *tannur*. A que eu tinha encontrado no dia anterior trabalhava ao lado de uma mulher mais velha, que deduzi ser esposa de Samá. Levantou os olhos por um instante da massa em que trabalhava e fez um breve aceno de reconhecimento antes de voltar ao pão. A garota retirou uma fatia quente da parede curva do *tannur* e me trouxe, fumegante, junto com um punhado de azeitonas. Perguntei por Nitzevet, pois não a vi no pátio. A garota respondeu que ela estava descansando. Sentia-se muito cansada da longa conversa do dia anterior, disse a garota, com um ar de repreenda. Quando acabei de consumir minha refeição matinal, as mulheres tinham terminado de assar o pão e se preparavam para ordenhar as ovelhas e cabras que pastavam ali perto. Quando pegaram seus baldes, desenrolei uma pele para rever o que havia escrito no dia anterior.

O sol estava alto no céu quando Samá entrou pisando duro no pátio. Destacou um pedaço de pão fresco e se jogou pesadamente numa cadeira à minha frente, mastigando. Limpou a boca com as costas da mão e me lançou um olhar de total desagrado.

— Eu nunca entendi por que meu irmão aguenta a sua presença — resmungou. — As coisas que você diz a ele. É espantoso que ele ainda não o tenha trespassado com uma lança.

Não havia resposta para isso, então eu não disse nada. Enrolei com cuidado a pele que estivera lendo e peguei outra em branco. Samá deu um rosnado.

— Então você torceu minha mãe como um trapo imundo e agora se propõe a fazer o mesmo comigo, para ver quanto mais sujeira pode espremer?

— O seu irmão...

— Ah, sim, o meu irmão quer assim. Meu santo, miraculoso e poderoso irmão, adorado por todos, homens, mulheres, até por Javé. Ele quer assim. E ele sempre consegue o que quer. Bem, agora você já sabe que nem sempre foi assim. Antes do homem com o frasco de óleo aparecer por aqui, aquele garoto conhecia o seu lugar... e era um lugar forrado de esterco e de poeira. — Abriu um esgar para si mesmo, uma piada interna e maldosa. — Ainda consigo ver o olhar no rosto de Eliabe. E também de Abinadabe, aliás... — Deu uma risada gutural e fez uma careta, levando a mão à têmpora. Os excessos da noite anterior estavam cobrando seu preço habitual.

— Bem, nenhum de nós acreditou no que o velho disse. Como podia ser que Davi, aquele merdinha inútil... não me olhe dessa maneira. Era o que pensávamos dele; já sei que ela lhe contou isso. Mas aposto que não contou que ele merecia essa reputação. Não. Aposto que disse que Davi era o seu queridinho perfeito. Bem, ele não era perfeito. Era um merdinha ardiloso. Aprendeu a ser assim. Sabia como se manter alerta a qualquer pequena vantagem e não tinha escrúpulos para se aproveitar, assim que ela se mostrasse. Nesse quesito ele era igual a você. — Fez uma carranca para mim, o rosto maldoso. Seus lábios se retorceram em um esgar. — Você esquece. Eu estava lá no dia em que ele matou seu pai. Assisti à sua maravilhosa interpretação. Foi muito boa, devo lhe dar os créditos. Na época eu pensei: esse garoto tem peito. Tudo aquilo que você elaborou... Reino, coroa, todo aquele negócio. E ainda teve a coragem de fazer o espetáculo com o sangue do seu pai nas canelas. Aquilo salvou sua vida, e olhe só para você agora. O profeta do rei. Um homem reconhecido. Bem, você pode ter enganado meu irmão, mas não me engana. Achei que você era um espertinho fraudulento naquele dia em que salvou a própria pele, e agora acho que é um charlatão astuto. Mas ninguém dá um *shekel* pelo que penso. Sou apenas o velho irmão bêbado do rei. Por isso mantenho a boca fechada e fico longe do meu filho para ele poder fazer o que você fez e ser alguém na corte quando o príncipe Amnon assumir seu papel. — Pegou o pão e deu uma mordida.

— Acredito que estávamos discutindo sobre o seu irmão no Vale de Elá — comecei a dizer. — Não sobre sua opinião sobre mim, ou suas ambições em relação a Jonadabe.

Samá deu um suspiro dramático.

— Tudo bem. Então vamos acabar logo com isso. — Começou a imitar meu tom altivo: — Meu irmão no Vale de Elá. O mesquinho e insignificante *mamzer* fazendo o próprio nome. Para ser justo, ele tinha razões para ser como era. Tinha motivos, amplos motivos, assim como uma mula surrada tem motivos para ser amarga e maliciosa, sempre em busca de uma oportunidade para desfechar um coice. Nós, todos nós, faríamos qualquer coisa para ganhar a aprovação do nosso pai, e se ele tratava Davi como um vira-lata aleijado, nós fazíamos o mesmo.

Nunca dissemos uma palavra gentil àquele garoto. Ele teve de usar sua espersteza para sobreviver naquelas montanhas como sobreviveu, sem a orientação de um adulto. Por isso, quando chegou ao Vale de Elá, ele mergulhou como um abutre, tentando se alimentar da infelicidade daquele campo de batalha. E que cadáver putrescente encontrou lá! E como ele se fartou com a refeição!

Eu escrevia freneticamente para anotar aquelas palavras, palavras tão amargas quanto a tinta de fel que usava para escrevê-las. Por mais que Nitzevet houvesse sido sincera, ele estava me contando outro tipo de verdade. Samá agitava-se na cadeira, mudando o corpanzil de lugar, desatando os nós de seus ombros. Levantou e começou a andar de um lado para o outro, usando o mesmo trajeto no pátio que eu havia notado no dia anterior. Arrancou um galho da cidreira e começou a bater na própria coxa enquanto andava.

— Imagino que tenha uma ideia do que foi aquele dia. Quem não tem? O tecido dessa história já virou farrapo, de tanto ser contado. É sempre um divertimento para mim, que estava lá, ouvir relatos fantasiosos de um jeito ou de outro, remendados a ponto de eu não saber se os eventos descritos são os que eu vivi e testemunhei com meus próprios bons olhos. Cada vez que escuto esses relatos, o campeão filisteu aumentou um cúbito de peso e meu heroico irmãozinho perdeu um ano de idade. Depois de todo esse tempo, acho que consigo vê-lo como você o vê naquele dia. Você vê um garoto reluzente, não é? Lá vem ele, saindo saltitante das fileiras dos homens comuns. Que garoto lindo e corajoso. Você tem razões para isso. Não está sozinho. É o que todo mundo pensa. Bem, em primeiro lugar, ele não era mais tão garoto. Meu irmão tinha completado catorze anos. Havia muitos da idade dele na tropa, testados em batalha, considerados homens. E Davi tinha crescido como um cacto, amargo e espinhoso, resistente o bastante para sobreviver ao que surgisse à sua frente.

"Mas meu irmão alimentou outras lendas. Na verdade, ao fomentar isso nos outros, acho que ele também acabou acreditando. Provavelmente até ele acredita agora na história do garoto luminoso e abençoado contra o gigante horrendo e imponente. Não é verdade. Todo esse verniz e polimento só ocorreram a ele mais tarde, depois que Saul e Jônatas o transformaram no que se tornou. Proporcionando a ele, para ser honesto, o amor que nós, sua própria família, fizemos questão de negar. A corte de Saul não era nada demais naqueles dias. Sem cantores e cantoras, ninguém da estirpe dos que enchem o salão de Davi hoje em dia. Era o simples quartel-general de um chefe. Nada mais. Sem nada dessa pompa orgulhosa de hoje. A maior parte das vezes ele reunia o conselho embaixo de uma árvore, como um soldado. Mas para um garoto rejeitado e carente, vestido de peles enlameadas, a chamada corte de Saul era o jardim do paraíso e, graças à loucura e aos excessos de Jônatas, Davi floresceu lá. E lá também foi corrompido. Ah, não me olhe dessa maneira. Não você. Já ouvi você dizer coisas piores, e na cara dele...

"Enfim, lá estava nossa tropa esfarrapada em cima de uma colina e as forças deles em outra, do lado oposto do vale. Todo mundo imagina que foi um confronto maciço, com dois grandes exércitos, mas isso não é verdade. Nunca aconteceu. Foi apenas mais um combate numa longa e tediosa temporada de escaramuças. Eles estavam sempre em cima de nós nas temporadas de batalha, tentando saquear uma aldeia ali, um vilarejo lá. Roubar nossos animais, destruir as plantações. Eles eram bons nisso e tinham armas melhores que as nossas. Aquilo já durava meses, e todos nós já estávamos envolvidos. Parecia que nenhum dos lados queria tocar as trombetas da batalha. E Saul era perspicaz naquele tempo. Sabia que, para nós, um impasse era uma vitória. Enquanto os guerreiros filisteus estivessem mobilizados no Vale de Elá, eles não estariam acossando a Shefala, saqueando colheitas e roubando gado. Acho que para ele estava muito bom manter aquela situação até os aldeões terminarem suas colheitas. Então o tempo mudaria e todos nós poderíamos voltar para casa.

"Mas aí eles começaram a nos provocar com o seu campeão de Gate. Ele era grande; tenho que admitir. E mais bem armado que qualquer um de nós. Mais do que Saul. Mais do que qualquer um que tivéssemos visto naquela época. Nem usava o equipamento normal dos filisteus, tampouco. Eram coisas procedentes dos povos insulares do oeste. Envergava um elmo de bronze estrangeiro esquisito e uma armadura de escamas. Eu me lembro disso por ser uma coisa incomum naquele tempo. Um grande peitoral de bronze e perneiras. A lança dele era comprida como o bastão de um tecelão, com uma ponta de ferro maciço. Portava também uma espada curva.

"Para dizer a verdade, quando ele descia até o vale e bradava suas provocações, ninguém tinha vontade de se apresentar para enfrentá-lo. 'Apresentem-me um homem', gritava ele. E ria quando ninguém se apresentava. O problema era o seguinte: qualquer homem que tivesse chance de derrotá-lo seria muito valioso para ser perdido. Saul não deixou Jônatas lutar, e seus outros filhos, os príncipes mais jovens, não estavam dispostos. Também não permitiu que Abner aceitasse o desafio, e com razão, pois a derrota de alguém como eles, o príncipe coroado ou o general, tiraria a coragem dos homens e alimentaria o entusiasmo do inimigo na batalha. Mas alguns jovens tolinhos da tropa emitiam alguns rosnados, principalmente depois que o odre de vinho circulava algumas vezes. Eles não gostavam daquela situação, que Saul ficasse lá engolindo aqueles insultos. Falavam muito alto à noite. Mas não pareciam tão corajosos quando chegava a manhã.

"Nós três, Eliabe, Abinadabe e eu, estávamos no vale havia semanas, e nosso pai, em casa, deduziu que nossa comida estaria acabando. De alguma forma, Davi conseguiu assumir a tarefa do reabastecimento. Ou talvez tenha interceptado o trabalho de algum escravo da cozinha. De todo modo, lá estava ele com o jumento, os cestos carregados de milho seco, filões de pão e rodelas de queijo. Sua missão era trazer a comida para nós e voltar ao trabalho com o rebanho. Mas você acha que ele fez o que foi ordenado? Claro que não. O merdinha se ausentou num piscar de olhos, cuidando de si mesmo. Quando Eliabe o procurou, ficou sabendo que ele já estava bem longe da carroça de suprimentos, misturando-se com as tropas, atormentando todo mundo para obter informações. Estava se vangloriando quando o encontrei, fazendo pouco dos verdadeiros guerreiros que travavam aquela batalha enquanto ele cochilava nas montanhas ou enfiava o pintinho em alguma ovelha desprevenida..."

— Não — interrompi. Não consegui me conter. Ninguém falava da Luz de Israel daquela maneira. Porém Samá só me lançou um olhar irônico.

— "*Não.*" — Levantou a voz num gemido alto. — Não o quê? Não diga a verdade? Mas você disse que queria a verdade. Eu estou lhe contando. Você *quer* ouvir ou não? Ah, bom. Cale a boca e escreva. — Jogou fora o galho da cidreira, esfregou os olhos com os polegares grossos e achatados, examinou a remela extraída e limpou os dedos na túnica. — Então, lá está ele, falastrão, apontando o lugar no vale onde estava o campeão filisteu. "Estão vendo como ele é lento?", ia dizendo. "Viram como tropeça quando desce a encosta? Toda aquela armadura deve atrapalhar os movimentos dele. Sim, ele tem altura, e está bem armado, mas seria possível atacar à distância, sem entrar num combate corpo a corpo, nos termos dele. Se ele não tiver uma chance de..." Eu o interrompi nesse momento, pegando-o pela orelha e arrastando-o até Eliabe. Ainda consigo ouvir sua vozinha choramingando: "O que eu fiz desta vez? Eu só estava perguntando". Mas Eliabe já estava farto daquilo. Repreendeu-o por seus esquemas maldosos e suas gabolices pomposas e disse para voltar para o trabalho. Mas era tarde demais. Alguém havia falado com Saul sobre os rompantes vazios de Davi, e um mensageiro veio dizer que Davi estava sendo chamado à tenda do rei. Eliabe achou que aquilo seria uma lição para Davi e o despachou com um sorrisinho.

"Tudo bem, eu confesso: Todos nós queríamos ver Davi no seu devido lugar. E todos nós o subestimamos. Davi viu sua oportunidade e a aproveitou. Acho que percebeu que poderia não ter outra e que valia a pena se arriscar para mudar sua miserável vidinha."

Samá parou de andar de um lado para o outro e voltou a sentar pesadamente na cadeira à minha frente. Apoiou os cotovelos na mesa e o queixo nas mãos. Levantei os olhos, esperando que continuasse, e vi que estava olhando para mim. Por um momento, pensei que a aversão que sentia pela minha pessoa, e por aquela incumbência, o havia dominado, que estava prestes a encerrar o assunto. Mas ele parecia arrebatado pela história que contava, a despeito de si mesmo.

— Todos nós fomos com Davi até a tenda do rei. Achamos que era uma grande piada, assim como Saul no início. Quando Davi repetiu suas jactâncias na cara do rei, Saul simplesmente deu risada. Como podia um garoto pastor, sem treinamento algum, lutar contra um soldado profissional? Em seguida, Davi iniciou uma história absurda de como tinha matado um leão, agarrando-o pela juba e arrancado uma ovelha de suas mandíbulas. Bem, era verdade que ele usava uma pele de leão, mas sempre imaginei que tivesse esfolado a fera já encontrada morta e depois inventado o resto da história. Porém parece que o rei acabou sendo envolvido na coisa toda. E Davi estava dando tudo que tinha: "O Nome me salvou do leão e me salvará do homem", falou. Não sei se Saul já estava um pouco alterado, se estava desesperado ou se simplesmente não dava a mínima para o que acontecesse com meu boquirroto irmão. Talvez ele tenha pensado: e daí se o homenzarrão matar o garoto? A morte de um pastorzinho desconhecido não seria uma grande perda para nós, nem grande façanha para quem o matasse. Mas Saul ofereceu a própria armadura ao meu irmão, então suponho que ao menos tenha considerado o garoto corajoso. Tivemos que conter nossa risada, vou lhe dizer, ao ver Davi tentando andar com o peitoral de Saul, que chegava até seus joelhos magricelos. Quando ele desafivelou o equipamento e o pôs de lado, achei que iria usar aquilo como desculpa para recuar, mas não. Pegou seu cajado de pastor e partiu para o vale. Recolheu algumas pedras, sopesando-as nas mãos, procurando as mais densas, e saiu com sua funda de couro em punho. O rei ficou olhando para ele. Virou-se para o seu comandante. "De quem esse garoto é filho, Abner?" Abner deu de ombros e disse que não fazia ideia. Eliabe, Abinadabe e eu não falamos nada. Não o reconhecemos como nosso irmão, pois tínhamos certeza de que Davi iria se enterrar na areia quando Golias aparecesse.

"E tudo aconteceu como de costume. Os arqueiros filisteus se alinharam, assim como nós, com os habituais insultos e escudos batendo. Golias apareceu e lançou seu desafio. E foi aí que o nosso irmãozinho saiu da formação, brandindo seu cajado. Quando Golias o avistou, abanou a cabeçorra e deu risada. Ora, e não era para rir? Como um mosquito poderia preocupar um urso? Ele gritou na direção de Davi: 'Será que sou um cão para você me enfrentar com um pedaço de pau?'. Àquela altura ele só tinha visto o cajado. Não tinha notado a funda. Davi avançou correndo, já bem longe das nossas defesas, mas ainda fora do alcance dos lanceiros. Carregou uma pedra na funda e disparou. Errou, claro. Estava muito longe. A voz do grandalhão ficou mais feroz. 'Venha aqui', gritou. 'Vou dar sua carne aos pássaros do céu e às feras da mata.'

"E foi então que Davi surpreendeu a todos nós. Ele sempre teve aquela voz; você já ouviu, sabe do que estou falando. Davi replicou, nítido como um trompete: 'Você me enfrenta com espada, lança e dardos, mas eu me oponho em nome de *Hashem tzva'ot*, o senhor dos exércitos, o Deus das fileiras de Israel, a quem vocês desafiaram'. Nós fomos criados em uma casa religiosa – mantínhamos os jejuns, fazíamos os sacrifícios, você sabe disso, mas esse tipo de conversa, bem, nem mesmo nosso pai saía por aí vociferando essas coisas. Nenhum de nós sabia de onde ele tinha tirado esse tipo de discurso. Foi meio estranho, para dizer a verdade. Comecei a sentir meus pelos arrepiarem..."

Samá levou a mão à nuca, recordando. A expressão de seu rosto havia perdido a carranca à medida que as lembranças o envolviam. Por alguns instantes, era como se tivesse esquecido que eu estava ali no pátio. Não estava mais sentado embaixo da cidreira, conversando relutantemente com um homem de quem não gostava. Estava longe, um jovem no Vale de Elá, observando, incrédulo, o irmão mais novo arremeter de cabeça em direção ao seu destino.

— Foi aí que os filisteus começaram a zombar de seu próprio homem. Instigando-o. "Você vai aguentar isso de um fedelho magrelo?" O gigante estava sendo escarnecido pelas duas colinas, e dava para ver que ficava cada vez mais abalado. Davi lança outra pedra, e Golias sentiu o vento quando o projétil passou perto. Precisa se esquivar, com toda aquela armadura, e tropeça, e todo mundo cai na risada, os homens dele e os nossos. Davi é o único que não está rindo. Entrou numa espécie de transe, trombeteando: "Neste mesmo dia o Nome o entregará em minhas mãos", e mais coisas do gênero, que simplesmente brotavam dele, o tipo de palavrório que pessoas como você usam: "Todo o Rincão saberá que existe um Deus em Israel...". Não era o tipo de coisa que se esperasse ouvir da boca de um jovem pastor. Se o filisteu tivesse arremessado sua lança naquele momento, as coisas poderiam ter sido diferentes, mas ele continuou ali parado, os pés plantados no chão, atônito com aquele pequeno boquirroto fazendo-o de bobo. Virou-se para xingar os homens de suas próprias fileiras, para que calassem a boca. Isso foi sua ruína, tenho certeza. A pedra da funda estava voando quando ele voltou a olhar para Davi, e quando o fez já era tarde demais para se esquivar. E é preciso dar crédito, a pontaria de Davi, ou sua sorte, foi perfeita. A pedra acertou bem na testa. — Samá levantou a mão gorda e botou dois dedos entre os olhos. — Bem aqui, um fio de cabelo abaixo da aba do elmo de bronze. Deu para sentir, mesmo de longe. Como se desse para ouvir. Plá.

Samá bateu as mãos gordas e levou a cabeça para trás, imitando o instante do impacto.

— Pedra. Osso. Craque. Você devia ter visto a cabeça do gigante estalar. O elmo saiu voando da cabeça dele. O grandalhão desabou, de repente, caindo de joelhos. Tentou pegar a espada, mas não conseguia enxergar. O sangue escorria pelos seus olhos. Você já esteve na guerra, sabe como sangram os ferimentos no escalpo. E Davi não parou. Nem reduziu o passo. Continuou indo em frente, atrás da pedra, e os arqueiros filisteus disparando, mas sem conseguir acertar. Aí ele grita alguma coisa sobre *Hashem tzva'ot* estar conosco, e foi o que bastou para nossos jovens de cabeça quente romperem as fileiras e avançarem atrás dele. Ouvi Abner tentando chamá-los de volta, gritando e praguejando, mas não adiantou, porque havia muito tempo eles estavam esperando aquela luta.

"Até eu avancei naquele momento, seguindo atrás de Davi. Estava quase o alcançando quando ele chegou até Golias. Arrancou a espada da mão dele. Era pesada demais para o garoto. Cambaleou quando tentou erguê-la, e achei que estava liquidado. Mas ele conseguiu se equilibrar, empunhando a espada com as duas mãos, como um machado. Ainda assim, ele mal conseguia levantar aquela coisa, que caiu com o próprio peso. Bem no pescoço grosso do grandalhão. Devia estar bem afiada, pois a cabeça foi decepada. Davi pegou a cabeça pelos cabelos e a levantou, para que todos pudessem ver. Nesse momento, nossos homens ganharam coragem, abatendo-se sobre o inimigo. Foi assim que a batalha virou. Os filisteus se dispersaram e fugiram. Nós os perseguimos até os portões de sua cidade, Ecrom. Quando voltamos, saqueamos o acampamento que eles haviam abandonado.

"Ouvi dizer que Davi voltou direto ao rei com a cabeça ainda gotejante na mão. Disse o seu nome e de quem era filho. Abner não ficou feliz. Como poderia ficar depois de perder o controle de seus homens para aquele pequeno desconhecido? Mas claro que Davi não continuou sendo um qualquer. Jônatas já estava ao seu lado, elogiando sua coragem e liderança. E assim começou toda essa loucura entre os dois. Acho que naquela mesma noite, seria capaz de apostar nisso. Bem, você sabe como é, quando se abate o primeiro homem. Você logo quer sexo. Ou talvez você não saiba. — Olhou para mim com um misto de aversão e desprezo. — Bom, só posso dizer uma coisa: um garoto normal meteria em qualquer lugar, depois de matar pela primeira vez. Garota, velha, mula. E se um príncipe quiser chupar o seu pau..."

Virou a cabeça de lado e cuspiu no chão.

— Não quero falar sobre isso. Mas foi assim. Os dias de humilde pastoreio tinham acabado. Jônatas não deixou que ele voltasse para casa, e sem dúvida Davi não fazia questão de voltar. De repente ele já era o escudeiro do rei. Depois alguém mencionou que ele tocava harpa. Saul começou a pedir que tocasse sempre que era acometido por algum estado de espírito malévolo, e dizem que a música o aliviava por algum tempo. Mas não sei muito a esse respeito. Davi sentia muito rancor em relação a nós e sempre tramou para que não fôssemos convidados à corte de Saul. Bem, suponho que era o que merecíamos. Mais tarde, quando Saul se voltou contra ele e nos transformou a todos em fora da lei, a história foi diferente. Não tivemos escolha a não ser nos juntarmos a ele ou sermos eliminados. Eu e meus irmãos fugimos com ele; Davi arranjou refúgio para minha mãe e meu pai em Moabe, do outro lado do Jordão, sob a proteção do rei de lá. Mas você sabe disso tudo, pois logo depois já estava entre nós. No fim, ele cuidou para que sobrevivêssemos, e todos nós tivemos de mudar para nos darmos bem uns com os outros nos anos seguintes. Não digo que ele não tenha sido generoso. Quando subiu ao trono, ele cuidou para que recuperássemos tudo que perdemos por causa dele, e bem mais até. Mas chega. Estou cansado de falar sobre ele, e me sinto ressecado como um areal.

Samá pediu água e o garoto veio correndo. Sem esperar que o servisse, ele agarrou o cântaro e deixou que a água escorresse pela boca e o queixo. Quando sua sede foi saciada, Samá levantou mais o cântaro e despejou água na cabeça, depois se sacudiu como um cachorro. Espalmou as mãos em cima da mesa e se levantou.

— Traga a mula deste homem — ordenou ao garoto, e se afastou. Eu estava dispensado.

V

O TRAJETO DE VOLTA FOI FÁCIL, no frescor do crepúsculo. A mula estava de boa vontade e com passo firme, por isso deixei-a livre, com as pedras exalando o calor do dia e o suave manto do céu mudando seus matizes de dourado a roxo e púrpura real. Já era tarde quando afinal tive de cutucá-la um pouco para subir a última encosta e chegar ao portão da cidade. A lua já estava no céu, cheia, banhando as pedras brancas com um lustro perolado. O portão estava fechado, claro, e quando uma das sentinelas mais jovens me interpelou, ouvi seu oficial superior adverti-lo em voz baixa:

— Seu tolo! Não está vendo que é o profeta? Deixe-o passar.

O metal das trancas gemeu, e na luz dançante das lamparinas vi que as mãos do jovem tremiam enquanto seguravam o pesado portão. Nunca me acostumei com o respeito que os homens comuns têm por gente como eu. Suponho que seja por me sentir igual a qualquer homem comum. Até menos, talvez. Nada mais que um instrumento na mão de um artesão invisível, algo a ser usado quando necessário e depois descartado casualmente.

Porém acabei aceitando esse temor e distanciamento. Até meu escravo, um garoto hitita chamado Muwat, a meu serviço já há dois anos, ainda me olha de lado. É um jovem competente, ainda assim, habilidoso não só em atender minhas necessidades mais simples como também em interpretar o humor da casa. Descobri que as pessoas comuns, e em certas ocasiões até mesmo gente que deveria ter um melhor entendimento das coisas, como o rei, nutrem estranhas ideias a meu respeito. Não compreendem que me é dado ver apenas questões que perturbam os céus. Esperam que eu saiba de tudo. Muwat me ajuda muito nesse aspecto, mantendo os ouvidos abertos às fofocas nos aposentos dos escravos, nos estábulos e na cozinha, onde quem souber ouvir pode aprender muita coisa. Mais útil ainda, por ter servido na infância em reinos orientais, ele cresceu entre eunucos e não partilha a aversão comum da maioria dos jovens em relação a esses infelizes. Fez amizade com um ou dois, e de vez em quando fico sabendo até mesmo de assuntos particulares que se passam nos aposentos das mulheres por seu intermédio. Mesmo cansado como estava naquela noite, pude perceber, enquanto Muwat ia e vinha com a água do meu banho e minha roupa de dormir, que ele tinha novidades para me contar. Era um rapaz tímido, que chegara até mim depois de um serviço difícil com um patrão que não permitia intimidades. Eu tinha aprendido a extrair suas confidências. Assim, quando eu já tinha tomado banho e me vestido, ao me trazer um pouco de pão, tâmaras e vinho com água, apontei com a cabeça um banquinho no canto.

— Sente-se, Muwat. Sirva-se de uma bebida e me diga o que preciso saber esta noite.

Ele se sentou, os olhos fixos no chão e o pé tamborilando nervoso. Não pegou uma taça, por isso me levantei e peguei uma para ele. Diante disso, me lançou um olhar confuso por baixo de seus longos cílios.

— Vamos, Muwat. Nós estamos sozinhos. Não precisa fazer cerimônia comigo. — Mesmo assim, ele não falou nada. — O que foi? Diz respeito ao rei? — Ele aquiesceu.

— Bem, talvez. Quer dizer, é o que estão dizendo...

— Quem está dizendo? O que estão dizendo?

— Dizem que o rei não é mais o mesmo homem. Bem, o senhor sabe disso, é claro. Mas desde que o senhor o deixou, na manhã de anteontem, ele não dormiu. Os camareiros dizem que ele não se recolheu para descansar, que fica andando pelos corredores. Na noite passada, ele visitou suas concubinas, pediu uma, pediu outra e afinal uma terceira. Mas Golaga, o senhor o conhece, creio, é o mais jovem dos eunucos, disse que o rei mandou todas de volta sem... bem... o senhor sabe... — O rapaz corou, o rubor se espalhando como uma mancha em sua pele clara. Não tinha pegado sua taça, por isso a empurrei em sua direção. Ele deu um longo trago. Davi sempre foi um sensualista. Nos anos como fora da lei, ele tinha duas esposas. Ainoã ele pegou porque queria um herdeiro com urgência e ela era uma garota robusta e conformada, que aguentava as durezas da vida de um proscrito, e depois Abigail como parceira amorosa. Em Hebron, ele acrescentou outras. A maioria, como a princesa Maaca de Gesur, por razões diplomáticas bem fundamentadas, para selar uma aliança, assegurar uma fronteira ou unir uma tribo. Foi só depois da morte de Abigail, em minha opinião, que ele desistiu da continência e adotou o excesso, somando e subtraindo concubinas simplesmente porque podia, para saciar as luxúrias de um dia ou de uma semana.

"Estão dizendo que hoje ele foi ríspido com todos os que chegaram perto. Não trabalhou nem se encontrou com ninguém, nem ao menos recebeu em audiência o mensageiro de Joabe do campo de batalha. E na cozinha eles dizem que ele devolveu toda a comida intocada. Por causa disso, os criados tiveram um dia infeliz, com o cozinheiro chefe de mau humor e procurando alguém para botar a culpa."

Passei a mão pelos cabelos. O apetite de Davi – na cama e na mesa – era bem conhecido. Assim como sua ansiedade por notícias de qualquer luta de que não estivesse participando ativamente. Também era famoso por sua zelosa atenção à governança. Essa falta de compromisso com a vida não era característica e era igualmente preocupante.

Mesmo cansado como estava, pedi que Muwat me trouxesse uma túnica limpa para ir até os aposentos do rei. Usaria como pretexto estar trazendo saudações de Nitzevet, mesmo que tal mensagem não houvesse sido enviada. E mesmo que ele não me recebesse, achei que poderia ficar sabendo de alguma coisa útil.

Entretanto, quando cheguei à antecâmara, o atendente disse que o rei não havia se recolhido. Tampouco soube dizer onde ele estava.

— Quando o rei chegar, diga que eu gostaria de falar com ele quando estiver disponível, não importa o adiantado da hora — falei. Percorri o longo caminho de volta para meus aposentos desejando me encontrar com ele por acaso ou com alguém que soubesse onde estava. Mas não podia persegui-lo a noite toda, por isso acabei voltando ao meu quarto e fiquei esperando, totalmente vestido, por uma convocação. A vela se extinguiu e não me dei ao trabalho de acender outra. Meu corpo doía de fadiga, mas minha mente estava inquieta. Aí meus obsequiosos companheiros — os espasmos intestinais e a cabeça latejante — chegaram para se unir à minha vigília. Ao menos dessa vez os recebi de bom grado, esses precursores de uma visão. A lua estava cheia naquela noite e banhava o recinto com uma luz difusa. Mas ela se recolheu nas primeiras horas da madrugada, e a escuridão tornou-se tão completa que não saberia dizer se meus olhos estavam abertos ou fechados. Fiquei escrutando a escuridão, na esperança de que um súbito clarão do vislumbre irrompesse. Minha cabeça latejou a noite toda, e uma ameaça pesada pousou seu grande punhal no meu coração. Mas não houve nenhuma visão. Não houve nenhum lampejo que me instruísse sobre o que eu deveria fazer para ajudar o rei.

Agora eu sei por que a visão me falhou naquela noite. Já vivi tempo suficiente para discernir o quadro que começou a ser esboçado naquela madrugada. Porém, por muitos anos, conjecturei a respeito. Quanta dor, quanta loucura e quantos pecados poderiam ter sido evitados se ao menos a visão tivesse me levado ao telhado onde Davi se encontrava, desfrutando da aragem leve sob a luminosidade da lua. E mesmo assim, *se* a visão tivesse me levado até lá, quanta grandeza teria deixado de se realizar, como um projeto descumprido, um futuro perdido. Décadas se passaram, e ainda não sei bem o que pensar a respeito dessa questão que até hoje me aflige. Na época, enquanto vivia a situação, tateei pelo que se seguiu como um homem de boa visão cujos olhos estivessem de repente anuviados, temendo que o obstáculo seguinte me fizesse tropeçar.

Houve um tempo em que eu saberia exatamente a quem recorrer com minhas preocupações. Teria disposto a madeixa emaranhada dos meus pensamentos no colo de Abigail, e juntos a desembaçaríamos. Abigail se tornou minha amiga quando me juntei aos fora da lei de Davi. Ele próprio me incentivava a passar um tempo com ela – isso era permitido por eu ser ainda muito novo e ter permissão para frequentar a tenda das mulheres.

— Você pode aprender com ela — disse. — Ela sabe como ler o coração dos homens.

E aprendi mesmo muito com ela, principalmente sobre ele. Abigail queria que eu o entendesse e, por isso, me expôs a questões específicas que os homens em geral não compartilham uns com os outros.

— Você é novo demais para ficar sem sua mãe — disse Abigail. — Não digo que posso tomar o lugar dela. Ninguém pode fazer isso. Mas se você se sentir sozinho aqui, se precisar dos cuidados de uma mulher...
— Lembro-me de ter enrubescido. Ela sorriu meigamente. — Não se sinta tão constrangido. Logo você será um homem. Mas, por enquanto, não pode se restringir a ficar só entre os soldados. Davi vai chamar você muitas vezes, pode estar certo. Ele costuma usar de todos os meios que tem à mão.

Naquela noite, no meu aposento no palácio silencioso, esperando ser usado mais uma vez em serviço do rei, me lembrei da bondade de Abigail para comigo nos tempos de fora da lei. Lembro como ela estendeu seus longos dedos e levantou meu queixo para me forçar a fitar direto seus olhos verdes profundos. Eu era novo, me senti envergonhado com a intimidade daquele ato. Tenho certeza de que ela sabia disso, mas queria que eu entendesse a nossa afinidade.

— Nós somos parecidos de alguma forma, você e eu. Os dois fomos mandados para Davi, para ajudá-lo com o que dispomos.

Na época, garoto que eu era, achava que ela falava literalmente. Não tendo filhos com Nabal, ela tinha herdado uma parte da riqueza do ex-marido e trazido a Davi no casamento. Eu sabia que eles dividiam a cama, claro, mas como ainda não havia despertado para o desejo, essa parte da relação dos dois me era obscura. Agora, em retrospectiva, sabendo sobre a infância de Davi, posso ver com mais nitidez e compreender verdades que me eludiam à época. A diferença de idade entre eles significava que Abigail era mais do que uma esposa para Davi. Era como uma irmã e, até certo ponto, também uma mãe, proporcionando um afeto do qual o rei havia sido privado enquanto criança exilada.

Logo depois de ter saqueado minha aldeia, Davi levantou acampamento. Os suprimentos obtidos foram dez vezes mais do que ele pedira. Era assim que funcionava naqueles dias. Montava-se um acampamento ou esconderijo temporários num conjunto de cavernas. Se os suprimentos não fossem entregues, seriam obtidos com uma incursão punitiva; depois, colocavam-se mais uma vez em movimento, para se manter um passo adiante de Saul, que nos perseguia com afinco. Mal se passava uma semana sem a chegada de novos recrutas, ansiosos para se juntar a nós. O comportamento errático de Saul fazia com que muitos bons homens desertassem. Alguns magoados, alguns sobrecarregados de dívidas e outros descontentes de uma forma geral ou desanimados com a condução de sua liderança. Esses homens procuravam Davi, aumentando nosso número. Às vezes, quando algum novo homem vinha ao nosso encontro, Davi me chamava. Ele sempre saudava a todos eles, oferecia bolos de mel ou vinho, extraía suas histórias. Ouvia com empatia, fazendo questão de que soubessem que os considerava patriotas, não traidores. Abigail estava todo o tempo conosco também, servindo comida, despercebida dos estrangeiros. Mas eu a notava, e notava que ela não perdia nada.

Eu estava lá numa dessas tardes, quando ela reunia restos e farelos de uma refeição que Davi havia partilhado com um homem que se apresentou como um mercador de tintura púrpura de Siquém, no norte. Como se tratava de um comércio de risco, implicando viagens ao longo de Derek Hayyam, o Caminho do Mar, que passava pelo território filisteu, o homem alegava ser também perito em armas e se ofereceu para servir como guerreiro. Quando Davi perguntou por que ele tinha desistido do comércio de tintura, o homem respondeu que o procurador do rei havia se negado a pagar uma grande soma. Quando tentou levar o assunto pessoalmente a Saul, o rei se recusou a recebê-lo. Fiando-se apenas na palavra do procurador, o rei o proibiu de continuar a fazer negócios com a corte, o que o arruinou.

A refeição fora amistosa: o mercador era um bom contador de histórias e manteve os comensais entretidos com relatos de suas viagens. Mas quando o homem se retirou, Davi puxou Abigail de lado.

— O que você achou? — perguntou.

— Ele tinha mãos muito brancas — respondeu Abigail. — Imagino que um mercador de tintura não precisa manipular seu produto, mas... — Deixou a voz esmaecer.

— E o que mais?

Abigail inclinou a cabeça, pensativa.

— Para um mercador de tintura, ele pareceu um tanto confuso quando falou de *tekelet* e *argaman*.

— Como assim? — perguntou Davi. — Então existe uma diferença?

—Ah, sim — confirmou Abigail. — Uma é de tonalidade púrpura azulada, a outra é mais quente, mais avermelhada. É verdade que a diferença pode ser difícil de perceber — ela sorriu —, se você não for esperto. Uma é muito mais barata, e nenhuma mulher atenta em busca de uma boa tintura se deixaria enganar. Mas para alguém que é do ofício e disso extrai o seu sustento... e se ele diz que vende para um rei...

Abigail sempre formulava suas palavras daquela maneira, mais abrindo uma pergunta do que oferecendo uma resposta certa, para que Davi sentisse que havia chegado à verdade por conta própria.

— Alguma coisa mais?

Ela fez uma pausa.

— Bem, ele disse que fez diversas viagens por Derek Hayyam, mas enquanto falava ficou claro que não lembrava que a estrada se vira para o interior nas montanhas de Carmel para atravessar a planície de Jezrael em Megido.

Davi franziu o cenho.

— Um espião, você acha?

— Talvez não. Acho que um espião de Saul seria mais cuidadoso. O mais provável é que seja um salteador com um passado não respeitável que não deseja revelar.

— Seja qual for o caso, vou despachá-lo pela manhã. Não vou me arriscar com ele.

Se tivesse acontecido o contrário, tivesse Abigail considerado a história do homem convincente, Davi teria se fiado em sua palavra. Haveria uma celebração para comemorar sua adesão ao bando – com cantos, danças e histórias compartilhadas. Essas noites eram cheias de música e alegria e bons sentimentos. Era como Davi atraía os homens e os arregimentava. Nunca se esquecia da história de alguém ou de enunciar os nomes de todos os familiares e entes queridos dos homens, chorava suas perdas com eles, comemorava na alegria. Sabia quais homens gostavam de uma brincadeira de ribalda e quais desaprovavam obscenidades, moldando suas palavras de acordo. Não havia nenhuma falsidade nisso. Davi continha os dois elementos em sua natureza, o rude e o refinado. Conseguia ser um predador ao meio-dia e um poeta no crepúsculo. E dispunha de um tato incomum com seus homens, pondo-se no lugar deles, em vez de exigir que sempre se conformassem. Com o tempo aprendi que essa é uma qualidade rara em qualquer homem, e mais ainda em um líder.

Os que conheciam ou gostavam de música estabeleciam um vínculo instantâneo com Davi. Não se pode harmonizar na música ou tocar instrumentos juntos sem ouvir um o outro, sentindo o momento de aumentar ou reduzir o tom, quando tomar a dianteira ou ceder. Acho que poucos entendem a relação entre fazer guerra e fazer música, mas durante longas noites, quando a fogueira tremulava nas paredes das cavernas e as vozes se juntavam e subiam com a de Davi, eu aprendi a unidade entre as duas coisas.

Por ter tido tão pouco amor por parte dos próprios irmãos, era aquela família adotada que Davi apreciava, e eles retribuíam esse afeto. Mas ninguém entrava naquela família sem o escrutínio de Abigail. Nunca soube de um mau julgamento da parte dela. Por isso vim a confiar em Abigail para me ensinar a interpretar os homens. E as mulheres também. Eu gostava dos momentos que passava na tenda das mulheres. Gostava da sutileza dos modos femininos umas com as outras, as veladas indiretas de suas conversas. Com a maioria dos homens, bastava olhar para seu rosto para saber seu estado de espírito, e em geral seus discursos seriam o primeiro pensamento que passasse pela cabeça antes de ser enunciado pelos lábios. Mas as mulheres, cuja vida às vezes podia depender de ocultar seus verdadeiros sentimentos, falavam uma linguagem mais ardilosa, mais difícil de entender.

Davi também quis que eu aprendesse outras coisas, naqueles dias de espera ansiosa. Tive de aprender sobre armamentos, como qualquer homem ou garoto. Costumava praticar com o irmão mais novo de Joabe, Abisai, que era poucos anos mais velho que eu, mas já perito em armamentos. No início, eu mal tinha força para puxar a corda de um arco, e era desajeitado ao manejar uma lâmina. Por sorte, Abisai era um treinador incansável e entusiasta, de pavio curto, mas bem-humorado, diferente de seu sorumbático irmão mais velho, e me mostrou como usar minha limitada aptidão. Eu não mostrava grande talento para essas coisas, mas era jovem, saudável e alto para minha idade e, por ter visto meu pai ser morto diante dos meus olhos, tinha vontade de aprender a me defender.

No início, revelei menos apetite pelas instruções de meu outro professor. Seraiá era um rapaz magro e sem habilidade nas armas, mas que trabalhara como escriba a serviço de Saul. Davi escalou Seraiá para me ensinar as letras. Como filho de um negociante de vinhos, eu não esperava ter de aprender tantas coisas e, ao contrário de meu treinamento com armas, de início não entendi o propósito daquilo. Mas Davi via mais além do que eu, e me repreendia quando eu não me esforçava. (Na época ele ainda não poderia saber que o melhor uso dessas habilidades seria no que estou fazendo – a crônica de sua vida.) Como desejava sua boa vontade, eu parei de resistir e logo descobri que Seraiá, que adorava seu trabalho, era um ótimo professor. Com ele, vim a entender que havia um grande poder em rabiscos feitos sobre pele ou argila, a partir dos quais um homem podia conhecer o pensamento de outro, mesmo que separados por anos de distância. Seraiá me mostrou que aquelas marcas lavradas numa pedra ou desenhadas à tinta numa pele enrolada podiam fazer um homem viver outra vez, bem depois de sua morte. Assim, durante uma hora ou mais por dia eu me sentava ao seu lado e desenhava figuras na terra, mexendo os lábios em silêncio para reproduzir os sons representados por cada rabisco, até que um dia aquelas estranhas marcas se resolveram diante dos meus olhos. Em pouco tempo, eu podia ler com facilidade qualquer pergaminho ou tábua que caísse sob meus olhos e produzir minhas próprias marcas quase com a mesma habilidade que Seraiá.

Dezenas de homens de Davi tinham trazido as esposas com eles, e junto com elas surgiram inúmeras crianças. As meninas, claro, ficavam com as mães na tenda. Mas também havia meninos; crianças em sua maioria, e um ou dois garotos imberbes mais ou menos da minha idade. Não fiz amizade com eles, como poderia ter acontecido em outra ocasião. Eu tinha ido além, e não era mais criança. Então, quando tinha um tempo de folga, procurava Abigail, prestando atenção ao que ela tinha a me dizer, observando o que podia ser comunicado sem troca de palavras. Uma mulher mais jovem estava sempre ao seu lado, que era também esposa de Davi. Ainoã era uma camponesa forte e calada do Vale de Jezrael. Respeitava Abigail, apesar de sua precedência por direito, por ser de um casamento anterior. Ainoã tinha pouco a dizer. Lembro-me principalmente de sua beleza plácida e bovina. Davi a tratava com o respeito adequado, chamando-a com frequência para passar a noite. Mas durante o dia era Abigail quem ele desejava ao seu lado.

Eu sabia — todo mundo sabia — que esses casamentos do acampamento eram turvados por outros casamentos, anteriores. A famosa primeira esposa de Davi, Mical, a filha do rei Saul, não estava entre nós. Ela havia instigado a fuga de Davi do domínio do pai, e em reprimenda Saul a tinha casado com outro homem.

— Não fale sobre isso — acautelou-me Abigail. — É um assunto difícil para Davi. — Um exemplo do quanto me sentia à vontade com ela foi ter a liberdade de perguntar se aquilo a entristecia, o fato de Davi ainda gostar de sua esposa perdida. Abigail sorriu. — Você é muito novo — falou. — Novo demais, talvez, para entender essas coisas. — Baixou os olhos e examinou as próprias mãos no colo. — Se há alguém da família de Saul que provoca os meus ciúmes, não é Mical — prosseguiu em voz baixa, antes de levantar o queixo e olhar ao longe. — Não, não ela. Não aquela pobre garota.

VI

Algumas semanas depois, acordei de repente de um sonho – um sonho confuso, povoado por feras estranhas. Eu estava em casa de novo, nas montanhas de Ein Gedi, lutando contra uma leoa que tentava pegar minhas cabras. No sonho, eu era estranhamente forte, mas, assim que consegui tirar o cabrito das mandíbulas da leoa, ela mudou de forma e se transformou numa ursa, e suas garras me pegaram e me abraçaram contra sua pelagem, de forma que eu não conseguia respirar. Foi aí que acordei, o coração batendo mais forte, contente em ver que meu rosto estava sendo apenas pressionado por uma gordurosa faixa de pele de carneiro. Fiquei deitado no escuro, esperando meu coração desacelerar, ouvindo uma chuva leve batendo na terra do lado de fora da caverna. Fiquei ali aspirando o perfume da pedra úmida e dos animais molhados enquanto os homens ao meu lado se agitavam e resmungavam durante o sono.

Então percebi outro ruído. Pés chapinhando na terra molhada. Alguém andando perto da entrada da caverna. Sentei para ouvir mais de perto e vi um vulto passando pela abertura. Sempre havia uma sentinela de guarda, por isso de início não me senti inquieto. Os homens tinham de atender aos chamados da natureza, mesmo durante a noite. Mas aqueles passos leves não combinavam com os de um homem cansado e sonolento caminhando em direção à latrina. Eram passos com um objetivo, e encaminhando-se diretamente para a caverna de Davi. Levantei, cobri a cabeça com minha manta escura e saí na chuva.

Avistei-o quando ele chegava à caverna onde Davi dormia. Era alto e forte, e mesmo no escuro pude ver que usava a indumentária do exército de Saul. Assassino. Os cabelos da minha nuca se eriçaram de medo. A atitude mais racional teria sido gritar para chamar os guardas – homens armados que poderiam realmente ser úteis contra um assassino treinado. Mas eu estava longe de pensar racionalmente. Alguma outra faculdade me possuiu, pois corri em direção à caverna de Davi, meus pés descalços escorregando na lama formada pela chuva. Quando cheguei à entrada, senti um aperto no estômago. O homem grande já pegava Davi pelo pescoço, imobilizando-o com um braço forte. Em seguida o assassino ergueu a outra mão e agarrou uma mecha dos cabelos claros de Davi, puxando sua cabeça para trás para expor seu pescoço. Já estava esperando ver o lampejo de uma lâmina. Quando Davi soltou um gemido – um som profundo e animalesco –, abri a boca para gritar.

Mas o grito morreu na minha garganta. O estranho não tinha lâmina nenhuma. Puxou a cabeça de Davi em sua direção e inclinou-se para a frente, e a cortina de seus cabelos escuros caídos não escondeu a verdade daquele encontro. Os dois se beijaram. Havia violência naquele ato, e poder, como um relâmpago percorrendo o caminho do céu à terra.

E isso, como quase todo mundo sabe agora, era o que acontecia entre Davi e Jônatas. Um amor tão forte que zombava de uma regra ancestral, hostilizava os laços entre pai e filho e desafiava a vontade de um rei. Só quando estive ao lado de Davi enquanto ele lutava contra sua tristeza para compor o lamento – "A canção do arco", que todos hoje sabem de cor –, acho que consegui entender completamente o poder do amor que eles tinham um pelo outro. E soube também que Abigail sabia de tudo, do que tinha aguentado, e por que sentia pena de Mical. Mas naquela noite só me senti confuso e envergonhado. Afastei-me da caverna e voltei para minha cama, esperando que ninguém tivesse me visto.

Não consegui mais dormir aquela noite, fiquei virando de um lado para o outro, perturbado pelo que havia testemunhado. Eu ainda era muito jovem. Jovem demais para compreender a força dos desejos dos adultos. Só tinha sentido as primeiras agitações brutas da luxúria simplória de um garoto; o vergonhoso intumescimento que surgia desenfreado e provocava uma ribalta de zombarias se percebido por homens mais velhos. Uma noite, ainda em casa, bisbilhotando quando meu pai recebia mercadores de vinho da costa, entreouvi uma conversa sobre os estranhos comportamentos dos Povos do Mar. O mercador afirmava que alguns dentre eles exaltavam o amor entre homens, chegando a ponto de manter destacamentos de casais de guerreiros comprometidos um com o outro nos campos de batalha. O homem estava dizendo que as unidades assim formadas eram muito temidas, pois os guerreiros lutavam não só pela própria honra, mas também pela honra de seu amado. Não dei muito crédito àquilo, situando aquele relato entre outras histórias implausíveis de viajantes que falavam de monstros do mar e cidades de ouro. Na nossa tribo, tais alianças eram consideradas indesejáveis, até mesmo impuras, e os que se entregavam a elas o faziam com certo sigilo. Senti-me aflito por Davi, preocupado que outros no acampamento acordassem e descobrissem a verdade.

Quando Joabe levantou-se, à primeira luz, saí correndo da minha cama de pele de carneiro e fui atrás dele. Ele parou para fazer sua água, depois foi direto para a caverna do rei. Gritei seu nome, ele se virou.

— O que foi? — perguntou com impaciência.

— Davi — balbuciei. — Ele... ele não está... talvez fosse melhor não...

Joabe levantou a mão num gesto enfadado, como que para espantar um mosquito irritante.

— Davi não está sozinho? É isso que está tentando me dizer?

Senti o rosto quente como uma brasa e aquiesci, olhando para o chão.

— Garoto tolinho. É o filho do rei, Jônatas. Ele mandou uma mensagem ontem dizendo que viria. — Agarrou-me pelo ombro e me obrigou a olhar para seu rosto. — Jônatas ama Davi. Todos os homens desse acampamento conhecem esse fato. Mais do que isso, ele é leal a Davi. De que outra forma você acha que escaparíamos da implacável perseguição de Saul, com um bando grande como o que nos tornamos agora? Se Jônatas não arriscasse o pescoço para nos informar sobre os espiões do rei, não conseguiríamos nos manter um passo à frente dessa perseguição. Vá cuidar da sua vida e não pense mais nisso.

Alguns meses depois, estávamos acampados em um planalto de Hores, nas florestas de Zife. Sem sabermos, espiões de Saul haviam nos seguido até ali. A partir dessa informação, Saul viu uma oportunidade de finalmente nos encurralar e veio pessoalmente, liderando uma grande tropa. Jônatas apareceu no acampamento bem a tempo de nos alertar. Eu estava com Davi quando ele chegou e não fui dispensado, não sem antes Davi me apresentar. Para minha surpresa, Jônatas me abraçou, me agradecendo por meus serviços prestados. O encontro foi breve: o perigo era iminente e todos nós tínhamos tarefas a fazer para levantar acampamento e partir em silêncio antes de sermos cercados na montanha. Jônatas e Davi trocaram um abraço de despedida, sem se importar com minha presença. Quando se separaram, Jônatas segurou Davi pelos ombros e o manteve à distância de um braço.

— Não tenha medo — falou. — A mão de meu pai jamais tocará em você. Você será o rei de Israel e eu serei seu segundo em comando. Até meu pai, Saul, sabe que será assim.

Quando ele parou de falar, senti uma punhalada de gelo me atravessar. Tomei consciência de uma voz terrível.

O vermelho recobre a espada na mão de Saul. De sangue real.

Vi os dois olharem para mim. Percebi a avidez de Davi, o espanto de Jônatas.

Jônatas! Por que não ajudas teu rei? Por que permaneces em Jabes, dormindo à sombra da tamargueira?

Perdi totalmente o fôlego, caí de joelhos e não consegui manter a cabeça erguida, que bateu no chão rochoso com um baque. Tive de ser carregado numa liteira, ainda inconsciente, quando levantamos acampamento. Quando acordei, Jônatas já tinha partido havia muito tempo, e todos os sábios e sacerdotes do bando de Davi tentavam decifrar o sentido das minhas palavras.

Davi estava ao meu lado quando acordei, com uma expressão perturbada. Dessa vez, não enxugou minha testa nem ofereceu um solícito copo de água. Continuou andando de um lado para o outro. Com uma voz baixa e monocórdica, ele me repetiu as palavras que eu tinha falado. Depois se virou para mim, expectante.

— O que você quis dizer? De quem é o sangue que você viu na espada de Saul? Era o meu? Era o de Jônatas?

— Eu não sei.

— Como pode não saber? Você disse as palavras. Você deve saber.

— Não era eu quem falava. — Respirei fundo. O menor esforço fazia minha cabeça gritar, e fiz uma careta.

Davi assomou sobre mim, ameaçador. Chutou o chão, erguendo uma nuvem de cascalho. Depois pegou uma pedra do chão da caverna. Eu me encolhi. A expressão dele registrou o meu medo, respondendo com um esgar de desdém. Virou-se e jogou a pedra na parede.

— De que serve então esse seu dom? Você fala – as palavras saem da sua boca – sobre as pessoas que me são mais queridas... palavras sobre sangue e espadas. Mas ninguém consegue me dizer o que fazer com elas. — Fechou os punhos e os abriu na direção do céu em um gesto de súplica. — Por quê? — Foi quase um gemido.

— Eu não sei — repeti. E lágrimas rolaram pela minha face. Em meu estado fragilizado, eu não tinha como impedi-las. Odiei aquela sensação, que era uma decepção para Davi. A pergunta dele – De que serve? – me queimava. Por que tive de deixar minha família para trás e entrar para seu serviço se não podia atender às suas necessidades?

— Levante-se — disse ele rispidamente. Levantei, ainda inseguro sobre os pés. — Estou cansado de ser a caça. Esta noite eu vou caçar, e você vai caçar comigo. Esteja pronto ao anoitecer.

Eu não tinha ideia do que ele estava dizendo. Vesti roupas quentes; a noite estava fria. Cada movimento era um sacrifício. Eu estava além do cansaço. Tentava manter a cabeça firme, pois cada movimento provocava uma pontada de dor que atravessava minha mandíbula e o cenho, como se minha cabeça fosse apertada por uma morsa. Enquanto esperava, a dor aos poucos diminuiu, até eu conseguir cair numa abençoada soneca que se transformou em sono profundo.

Quando acordei, Abisai, o sobrinho de Davi e meu mestre de armas, estava me sacudindo.

— Vamos — falou. — Está na hora.

Para minha surpresa, não havia mais ninguém: apenas Davi, Abisai e eu caminhando pela escuridão, e a passos rápidos, pelo planalto da montanha. Eu me sentia leve e vazio, e para minha surpresa consegui manter o ritmo. Do outro lado da montanha, eu sabia, ficava a trilha para a aldeia de Jesimom.

— Aonde estamos indo? — perguntei, mas Abisai me silenciou com um gesto brusco. Quando chegamos à beira do penhasco, a escuridão começava a se granular com a proximidade da aurora. Lá embaixo, na base da colina, via-se um acampamento militar com mais de uma centena de soldados, todos dormindo. Espiei pela luz difusa, procurando uma linha de piquete, sentinelas de vigília, mas não vi nada. Onde eles estavam? Seria uma armadilha?

Davi e Abisai andavam depressa e abaixados, esgueirando-se entre os arbustos. Eu os seguia, acompanhando seus movimentos, parando quando eles paravam. Quando encontramos uma cobertura, dobrei o corpo ao meio e vomitei em silêncio, com refluxos secos que criaram gotas de suor no meu cenho. Davi ficou imóvel, atento, esperando para ver se algum homem adormecido se mexia. Então nos movemos de novo, rápido e em silêncio, até nos posicionarmos no meio das figuras adormecidas. Meu coração explodia no peito, de medo e do esforço. Saímos andando no meio daquela grande tropa, homens de bruços, homens de costas, homens enrolados em suas túnicas como bebês. Pareciam estar sob o efeito de alguma droga potente, e passamos por eles como se fôssemos sombras, ou uma brisa. E de repente Davi estava em cima de um homem grande. Esparramado e em sono profundo, a lança espetada no chão perto da cabeça. Uma manta púrpura cobria seu corpo. Embora tivesse o rosto de um homem mais velho, até dormindo de boca aberta ele era bonito, com uma barba cheia e ainda sem fios brancos. Davi ficou olhando para baixo, seu rosto uma máscara insondável. Abisai aproximou-se por trás. O rosto *dele* eu conseguia interpretar plenamente. Iluminava-se com o triunfo nervoso de um caçador que afinal consegue acuar sua presa. Soube então que o homem alto deveria ser Saul, nosso rei. Nosso inimigo. Comecei a tremer, violentamente. Tremi ainda mais quando Abisai falou. A voz dele era um sussurro urgente, transbordando raiva e ódio.

— Deixe que eu acabe com ele aqui e agora, vou pregar sua carcaça no chão. — Seus olhos cintilavam. — Só vou precisar de uma estocada.

Mas Davi balançou a cabeça.

— Ninguém pode encostar a mão em um ungido.

Então eu falei. *Ele partirá para a batalha para perecer.*

Davi tapou minha boca com a mão. A voz da profecia não sussurrava. Mas nenhum homem adormecido se mexeu. Falando baixinho, Davi repetiu para mim o que eu havia dito. Lançou-me um olhar severo.

— Nada mais? — perguntou. Abanei a cabeça. Em seguida se virou para Abisai. — Pegue a lança de Saul. E me dê também esse jarro de água. Vamos embora.

Até hoje não sei como conseguimos entrar e sair daquele acampamento sem sermos vistos. Como enunciei uma profecia em voz alta em frente ao rei adormecido sem despertá-lo, nem a nenhum daqueles soldados experientes, adormecidos como que drogados ou sob algum encantamento.

Voltamos a subir a encosta e ficamos esperando o sol nascer. Tínhamos uma perfeita visão do campo de batalha e do local onde o rei estava dormindo. Quando o céu clareou, Davi nos apontou Abner, o famoso general, dormindo sentado, tão marcado pelas intempéries quanto a pedra que o apoiava. Quando os primeiros raios de sol iluminaram a montanha acima, Davi ergueu sua potente voz e gritou.

— Abner!

O general saltou e se pôs em pé com os reflexos de um experiente guerreiro, pegando sua lança e o escudo num só movimento fluido.

— Quem se atreve a erguer a voz? — bradou.

A resposta de Davi respingou um sarcasmo sedoso.

— Não existe ninguém como você em Israel. — Jogou a cabeça para trás e abandonou a voz untuosa. Suas palavras seguintes foram numa voz alta e ríspida: — Por que você não mantém vigília sobre o seu rei? Olhe ao redor! Onde está a lança do rei? Onde está seu jarro de água? Você sabe que estavam ao lado da cabeça dele.

Saul levantou-se, ainda desequilibrado, tateando em vão em busca da lança. Escrutinou a encosta da montanha, levantando a mão trêmula para proteger os olhos do sol que se erguia rapidamente.

— Essa é a sua voz, Davi, meu filho?

Davi afastou-se da cobertura das árvores para que Saul pudesse vê-lo.

— Sim, senhor meu rei. — A voz dele soou meio vacilante. Aquela palavra, *filho*, o havia perturbado. Percebi que lutava para recuperar o autocontrole. Abisai deu um passo à frente para protegê-lo, um reflexo de soldado. – Davi era um alvo nítido ali no alto da colina, com uma centena de lanceiros bem treinados, confusos e alarmados olhando para ele. Mas Davi estendeu o braço e o afastou com um gesto firme.

— Por que, meu senhor, continua a perseguir seu servo? O que eu fiz?

De que delito serei culpado? Aqui está sua lança, meu rei. Deixe que um de seus homens suba até aqui para pegá-la. Pois o Nome o ofereceu a mim esta noite, mas não consegui levantar a mão contra o senhor. Assim como valorizo sua vida, que o Nome valorize a minha e que me resgate de toda essa contenda.

Saul retrucou:

— Fui eu quem errou. Fui um tolo. Volte para mim, Davi, meu filho...

Davi cerrou os punhos ao lado do corpo.

— Ele está me chamando de filho. — Sua voz soou jovem e melancólica.

Abri a boca para dizer: "Atenda ao chamado. Você queria uma reconciliação, ele a está oferecendo". Mas as palavras formuladas por meus pensamentos não foram as que meus lábios pronunciaram. Não consegui fôlego para expressar minhas ideias. Em vez disso, minha língua se agitou, impotente – sons sibilantes e fricativos se formaram contra minha vontade, transmitindo uma mensagem totalmente diferente.

Fuja deste lugar. Se não quiser perecer nas mãos dele.

Davi virou-se de mim para o rei, a expressão angustiada. Um soldado da guarda de Saul já subia a encosta, vindo em nossa direção para exigir os pertences do rei. Abisai agarrou o braço de Davi.

— Você trouxe o profeta conosco — sibilou com urgência. — Ouça o que ele diz. — Davi ergueu a lança do rei e a lançou, acertando o solo um pouco à frente do jovem soldado. Deixou o jarro de água onde estava, no chão. Em seguida virou-se e saiu correndo, e nós o seguimos.

No meio da manhã, estávamos na estrada para a costa, saindo das terras de Judá. Fosse pelas palavras que enunciei, ou pela voz em seu próprio coração, Davi tomou sua decisão. Não foi capaz de confiar em Saul, instável como havia se tornado. Aquilo nos deixou com apenas um lugar para buscar refúgio, onde Saul não nos perseguiria. Estávamos a caminho de Gate para oferecer nossos serviços a Aquis, o *seren* filisteu daquela cidade e dos territórios ao redor, que fora nosso flagelo e inimigo.

Muitos nos culparam naquela época. Alguns ainda nos culpam. Mas as mesmas palavras que custaram a vida de meu pai ainda balizavam as ações de Davi. *Seja o que for. O que fosse necessário.*

E assim partimos da região montanhosa em direção às planícies dos filisteus do leste às margens do Grande Mar. Foi uma jornada desgastante e exaustiva. Quando senti a brisa quente do mar no rosto, lembrei-me do aroma salgado da minha infância. Meu coração deveria se alegrar, porém fui acometido por uma grande melancolia. Nenhum homem – nem mesmo um bandoleiro perseguido – apresenta-se de boa vontade para ser vassalo de seu mais ferrenho inimigo.

Em troca da promessa de Davi de servi-lo, o *seren* de Gate permitiu que nos assentássemos em uma velha fortaleza na cidade de Ziclague. Davi e outros com esposas e famílias alojaram-se ali, enquanto os homens solteiros se aquartelaram com famílias filisteias nas imediações. Apesar de fazermos as refeições juntos na fortaleza, durante a noite eu ficava na casa de um próspero ferreiro que fornecia quase todos os armamentos do *seren*. É uma dura lição, aceitar refúgio nas casas de pessoas que fomos criados para desprezar. Mas a família com quem me alojei era simpática, e os outros homens solteiros acabaram relutantemente admitindo o mesmo. Embora não tivessem razão para nos acolher — rudes estrangeiros —, eles não nos trataram mal. Com o passar do tempo, me senti envergonhado do ódio infundado que nutria por aquela gente.

O mais difícil para mim, no início, foi viver entre idólatras, sempre desviando os olhos das estranhas estátuas com cabeças de pássaros que pareciam espreitar de cada recesso ou desvão. Para dizer a verdade, muitos de nosso povo mantinham esses antigos ídolos em casa, apesar de serem castigados pelos sacerdotes por causa disso. Mas nossa gente, creio, os mantinha como decorações sentimentais, lembranças de um tempo passado. Poucos realmente acreditavam que tivessem algum poder. Os filisteus, por outro lado, reverenciavam aquelas coisas. Percebi nitidamente essa reverência quando fui ao templo deles. Somente uma vez. Eu me obriguei a ir lá. Um homem como eu, em segurança nas mãos de um Deus ciumento, não tem nada a temer de ídolos e deveria entender o poder que exerciam sobre seus inimigos. Ou ao menos foi o que disse a mim mesmo.

Para minha surpresa, me senti estranhamente comovido pelos seus rituais. Não somos todos gratos pelas chuvas suaves e balsâmicas que propiciam a colheita, pelas espigas douradas de uma plantação que amadurece? Todos tememos o poder do relâmpago que rasga os céus. E daí se eles chamam essas coisas de Dagon ou Baal? *Elohim hayyim*, nosso único Deus vivo, que sabe de tudo, deve saber que esses agradecimentos e oferendas pertencem a ele. Será que faz tanta diferença para ele que alguns povos precisem de uma estátua para rezar? Essas questões perturbaram o meu sono. Nunca mais voltei ao templo deles.

Meu quarto na casa do ferreiro era melhor do que qualquer um que eu já estivera, bem melhor que as tendas e cavernas dos anos que passamos perseguidos. A jovem esposa do ferreiro era muito bonita, quando nos acostumamos aos estranhos artifícios que eram moda entre eles. Ela não escondia os cabelos, por exemplo, usando-os em um arranjo bastante estranho: minúsculas tranças caídas até o ombro. Pintava os olhos com linhas pesadas de *kohl* e tingia os lábios com um vermelho chamativo. Podia-se saber onde ela estava pelo intenso perfume floral que usava.

O aposento principal da casa era um salão colunado construído em volta de uma lareira de pedras onde os amigos do ferreiro se reuniam para beber e festejar. Eles preferiam bebidas destiladas, que tomavam em homenagem a seu deus dos grãos, Dagon. No início, achei a bebida áspera demais para o paladar do filho de um produtor de vinhos. Mas com o tempo passei a desejar — e depois a demandar — o oblívio que me trazia.

Pois aquele foi um período de mentiras e matanças, com as quais fazíamos jus à nossa ignominiosa hospedagem. Saul não nos perseguiu na terra dos filisteus. Não tinha os meios para atacar Aquis em seu próprio território. Assim, em troca de nosso refúgio seguro, Davi empreendeu muitas incursões em nome do *seren* filisteu. Eram incursões brutais, que não serviam a nenhum propósito além de ganhar as boas graças de Aquis, que acreditava que estávamos atacando nosso próprio povo. Mas Davi era muito astuto – e leal demais – para fazer isso. Por isso, costumávamos saquear assentamentos periféricos dos amalequitas e dos gesuritas e mentíamos a Aquis sobre a origem das pilhagens.

Essas mentiras resultavam em uma cascata de más consequências. Para ocultar nossa duplicidade, Davi ordenava que não deixássemos ninguém vivo nas aldeias saqueadas para contar o que havíamos feito. Eram lutas feias, cruéis e assimétricas. Nós éramos soldados experientes e bem armados; os aldeões eram simples pastores e fazendeiros, em geral se defendendo apenas com foices e enxadas.

Em um desses escaldantes dias, eu lutava ao lado de Davi quando ele abateu um homem que o enfrentou bravamente — o líder da aldeia, ao que parece. Houve algo na maneira decisiva, quase casual com que Davi o matou, alguma coisa na forma como o homem tombou, a expressão mostrando mais surpresa do que medo ou pânico — e em seguida vi um garoto debatendo-se nos braços da mãe que chorava. Um garoto da idade que eu tinha quando Davi tirou a vida do meu pai, exatamente com o mesmo distanciamento.

A bile subiu para minha garganta. O desespero desabou sobre mim como um esmagador deslizamento de terra. Quando Davi se virou e andou em direção ao garoto e à mãe, eu gritei:

— Não faça isso!

Davi parou por um momento, uma expressão perplexa no rosto, para em seguida se mover como um lince e em dois golpes de espada despachar a mulher e o filho. Virou-se para mim e ergueu os ombros.

— Era necessário. Não podemos deixar ninguém vivo. Você sabe disso. — Depois se afastou, em busca de sua próxima vítima.

Fiquei ali em meio à nuvem de pó, olhando o corpo do garoto. Caído em cima da mãe, a mão aberta no chão como que tentando tocar no rosto dela. Não consegui controlar meus soluços convulsos, despejados numa torrente contínua. Mal conseguia respirar. Eram as lágrimas que nunca havia vertido pelo meu pai, a dor que o feroz arrebatamento da visão havia arrancado de mim. Ajoelhei-me ao lado do garoto, pus a mão em sua cabeça. Outros do nosso bando passaram por mim. Alguns pararam por um instante para ver se eu estava ferido. Depois da inspeção eles prosseguiam para o centro do massacre, até que todos estivessem mortos.

Não demorou muito. Nunca demorava. Não me mexi quando Davi deu ordens para eu me afastar, já com os espólios carregados. Foi Abisai quem me levantou e me acomodou numa mula carregada no fim da caravana de despojos. Quando chegamos ao acampamento, o serviçal de campo esperava, como sempre, com água quente, roupas limpas e um engradado lindamente enfeitado de ânforas transbordando destilado de cereais.

Bebi o meu inteiro e fiz sinal pedindo mais um. Naquela noite eu bebi até desfalecer, e com o destilado dos filisteus não precisou muito. Aquilo se tornou um hábito. Eu tomava um engradado antes de partirmos, para me entorpecer, e bebia o quanto fosse necessário para assegurar meu desfalecimento quando voltávamos. Mas a dor pela perda de meu pai continuou candente, como se o meu luto tivesse começado naquele dia, naquela aldeia estrangeira, longe de minha casa e de minha gente.

Talvez o embotamento causado pela bebida explique por que, apesar de todas as injustiças que testemunhei – e, sim, de que tornei parte –, minha voz interior nunca tenha se manifestado contra nada daquilo. Nem quando aquela anciã morreu queimada viva em sua choupana. Ou diante do bebê, morto com a marca do solado das botas de um de nossos guerreiros em sua pele macia. Às vezes eu me ajoelhava em meio ao sangue e à fumaça, exausto e vomitando, esperando que os espasmos em minhas vísceras fossem um prelúdio para minha visão. Esperando que o rugido dos céus se manifestasse pelos meus lábios e censurasse o que estávamos fazendo, que a ira divina me despedaçasse e me deixasse ali entre os cadáveres desmembrados. Mas isso nunca aconteceu. Era como se *Hashem tzva'ot* – o senhor dos exércitos – tolerasse aquela carnificina. *Seja o que for. O que fosse necessário.* Não tive visões durante todo aquele período, e já começava a duvidar de meu próprio oráculo. Não conseguia ver nenhuma trilha à frente que conduzisse Davi daquele vergonhoso exílio ao poderoso trono e ao glorioso destino que eu havia profetizado.

Quando levava os espólios para Aquis – os rebanhos e bens comerciáveis que saqueávamos –, Davi dizia ao rei que tinha atacado nossas próprias tribos no Negev. Secretamente, porém, ele mandava uma parte dos despojos para Judá, para os que sabiam serem amigos, aos anciões cuja boa vontade esperava angariar, e a todos os lugares por onde nosso bando havia passado e obtido suprimentos. Tal era sua esperteza, que Aquis continuou confiando nele até o final do ano. Até onde ele sabia, a dissidência de Davi com seu próprio povo era total, e essa dissidência alimentava o seu ódio. Aquis acreditava que Davi seria seu vassalo para sempre.

Mas nem todos se deixaram enganar. Os principais generais de Aquis, muitos dos quais haviam combatido Davi nos campos de batalha, continuavam céticos quanto à sua suposta nova lealdade. Quando nos juntamos a eles para o que seria um grande ataque às forças de Saul, os generais foram contrários. Sem querer avançar com dissensões em suas fileiras, Aquis nos mandou de volta a Ziclague.

Antes de chegarmos lá, sentimos um cheiro azedo de queimado. À distância, pudemos ver uma coluna de fumaça subindo da cidade. Aumentamos o passo, e quando chegamos encontramos os portões da cidadela desguarnecidos. Entramos na cidade e nos encaminhamos em direção à coluna de fumaça, que logo percebermos ascender da fortaleza de Davi. Os portões tinham as dobradiças rompidas, e vimos além do pátio que o forte fora reduzido a ruínas fumegantes. Davi e seus homens precipitaram-se pelas vigas desmoronadas, chamando os nomes de suas mulheres e filhos. Mas ninguém respondeu.

Finalmente, Abisai arrombou a porta de uma casa vizinha e arrastou de lá um relutante morador. Era um velho. Os jovens da cidade tinham partido – estavam agrupados conosco e continuavam marchando com Aquis.

O rosto de Abisai estava enegrecido de raiva.

— Quem fez isso? Fale!

— Os amalequitas. Meu senhor, eles atacaram com força. Os que ficaram aqui não puderam fazer nada.

Fora um ataque de vingança. Nós havíamos destruído diversos assentamentos amalequitas. Eles souberam esperar, aguardando, como imaginavam, que todos os nossos guerreiros partissem para a guerra. Mataram o guarda no portão e levaram as mulheres e crianças, amarradas uma a uma pelo pescoço, antes de incendiarem a fortaleza.

Atrás de Abisai, Davi se prostrou de joelhos. As mãos escavaram o chão, jogando terra na própria cabeça. Estava aniquilado pelo conhecimento de que aquilo fora o que suas táticas – todos aqueles massacres, todas as mulheres e crianças mortas – haviam nos acarretado.

— Levante-se — ordenei. — Não é hora de deixar a culpa e a tristeza o esmorecer.

Joabe, que revistava as ruínas, chegou correndo pelo pátio. Falou depressa, dando voz aos meus pensamentos.

— Os amalequitas pensam que estamos indo para o norte; não esperam que os persigamos. Temos que usar essa vantagem e partir. Já. Antes que eles violem e matem as nossas mulheres.

Mas Davi não se levantou, continuou prostrado na terra. Examinei os rostos ao redor, muitos deles também marcados de lágrimas. Mas o que vi não foi solidariedade. Foi raiva. Davi tinha perdido suas esposas, mas eles haviam perdido seus filhos. Naquele momento, não queriam um líder de luto: queriam um vingador de sangue-frio.

Eu nunca tinha visto algo assim. Davi conhecia os seus homens, conhecia seus corações, sabia interpretar todos os seus sentimentos. Como a relação entre a cabeça e os movimentos da mão, sempre tinha sido assim entre Davi e seus homens. Às vezes eu achava que ele os interpretava melhor do que eles entendiam a si mesmos. Mas ali, naquela praça, piscando os olhos diante das brasas ardentes e cuspindo a cinza ressequida da boca, vi que aquele dom o havia abandonado.

Um dos homens pegou uma pedra do chão. Não faço ideia do que pretendia, nem mesmo se estava consciente, em sua ira, que tinha uma pedra na mão. Esperei que Joabe o detivesse, mas ele ficou imóvel e olhou firme nos olhos do homem, quase que o instando à ação. Outro homem abaixou-se e pegou uma pedra. Depois um terceiro. Começaram a avançar na direção de Davi, praguejando, enquanto ele continuava cambaleante, ausente.

Que loucura era essa? Eu estava na periferia do que rapidamente se tornava uma turba. Como não era casado nem tinha filhos, fiquei alheio àquele frenesi. Nesse momento caí em mim. Por que razão tinha eu resolvido ser celibatário e estéril se não por isso? Para defender Davi de seus próprios emaranhamentos humanos, da fraqueza que engendravam. Adentrei pela aglomeração, empurrando homens com o dobro do meu tamanho, até me postar entre Davi e aquele mar de expressões furiosas.

— Para trás! — gritei. Nunca havia ouvido minha voz tão alta e ressonante sem estar sob o poder do Nome. Desembainhei a espada e tracei um arco coruscante e amplo à minha frente. Minha recém-encontrada ferocidade deve ter funcionado contra o natural medo e reverência que os homens sentiam por mim, pois eles realmente recuaram, praguejando e resmungando.

Eu sabia que não tinha muito tempo, mas naquele momento de incerteza assumi o risco e virei de costas para eles. Abaixei-me e agarrei Davi pelos ombros da túnica e o levantei. Era um peso morto em minhas mãos, mas de alguma forma encontrei forças para colocá-lo de pé. Na verdade, eu o estava sacudindo. Vi seu rosto, uma máscara de dor, se reconfigurando numa expressão atônita.

Gritei mais uma vez. Ainda era a minha voz, apenas. Mas ninguém além de mim sabia disso.

Perseguir!, gritei. *Perseguir! Pois haverás de superar e resgatar!*

A cabeça de Davi foi jogada para trás como se eu o tivesse golpeado. O olhar bacento desapareceu de seus olhos, como se sua alma, ausente, tivesse reentrado em seu corpo. Soltou um brado e os homens responderam com um rugido.

Outros escreveram sobre essa perseguição, de como Davi nos instigou até cairmos de cansaço, todo o percurso entre Ziclague e o Vale de Besor. Um terço de nós, exaustos demais para prosseguir, foi deixado para trás. O restante continuou, liderado pela vontade de Davi e por minhas palavras. Por sorte, ou por providência divina, encontramos um escravo egípcio quase morto que ficara doente e fora deixado para morrer por seus donos amalequitas. Demos água e comida ao homem, e ele nos forneceu a posição dos amalequitas em troca de sua liberdade. Davi continuou sua marcha durante a noite, para organizar um ataque surpresa ao amanhecer.

Já relatei os detalhes de algumas das coisas mais notáveis que fizemos, mas nessa escaramuça nos excedemos em nossa brutalidade. Semienlouquecidos de tristeza e exaustão, homens cujas esposas e filhos haviam sido levados se abateram sobre os inimigos em um frenesi de sanguinolência. Cadáveres foram despedaçados, cabeças decepadas eram chutadas de homem a homem até seus rostos se tornarem uma polpa de carne moída. Foi tudo muito rápido. Os que continuaram vivos para testemunhar o que acontecia com os tombados deram meia-volta e saíram correndo para a floresta. Nós não os perseguimos. Davi caminhava pelas pilhas de corpos mutilados, chutando membros decepados, as botas vermelhas até as canelas, até chegar onde estavam as mulheres e crianças amarradas, atadas como animais e tangidas a picadores. Chegou primeiro até Abigail, cortando as amarras que a prendiam. Depois caiu de joelhos, enlaçando os braços nas coxas dela, chorando. Estava pegajoso de sangue e massa encefálica, mas ela não se importou. Abigail enlaçou os dedos nos cabelos dele, levantou-o e e o abraçou. Em seguida, pegou a faca de Davi e cortou as amarras de Ainoã, presa ao seu lado. Pegou a mão do rei e pousou-a no ventre protuberante de Ainoã. O rosto dele passou por todo um espectro de expressões, de confusão a entendimento e alegria. Ainoã estava grávida do primogênito de Davi, Amnon. Ele tinha mais a perder naquele dia do que chegara a imaginar. Davi puxou Ainoã para um abraço agradecido. Mas, quando ele se afastou, vi uma marca de mão sanguinolenta na bata dela, e sabia o que era aquilo. Uma unção agourenta.

VII

TODAS ESSAS MEMÓRIAS BROTARAM NAQUELA NOITE, em minha vigília solitária na casa de Davi, na cidade que agora leva seu nome, com os anos de exílio num passado remoto. Raramente reavivo na memória aqueles tempos amargos e brutais. Mas a lembrança de Abigail e a falta que senti de seus conselhos me remeteram vividamente àqueles meses. Se ela ainda vivesse, mesmo agora, com a casa de Davi ostentando as mulheres mais adoráveis e bem-nascidas de meia dúzia de nações, acredito que ele ainda continuaria confiando na afeição e na sabedoria dela. Quando ela morreu, Davi prateou-a com luto e jejum. Mas não cantou para ela um lamento tão maravilhoso como o que compôs para Jônatas.

Nem cheguei a cochilar durante a noite, o que pode ter sido melhor. Quem sabe que sonhos poderiam ter ocorrido naquele estado, suspenso no limiar de uma visão, mas incapaz de desvendar o malcheiroso atoleiro da dúvida. Lá fora, o amanhecer ainda estava distante, mas finalmente a escuridão da noite fechada começou a se erguer até ser possível voltar a distinguir o formato do jarro sobre a mesa, a superfície acolhedora de meu intocado colchão de dormir. Levantei da cadeira e fui abrir a janela para a escuridão que começava a recuar. Muwat, em seu catre baixo na alcova, se agitou e emitiu um gemido involuntário. Ouvi quando andou até o cântaro, escutei a água respingando na bacia. Quando me passou as toalhas de linho, disfarçou um bocejo. Levei o tecido frio ao rosto. Meu corpo doía, as juntas e os músculos. Deixei a cabeça pender para um ombro e depois para o outro, soltando os tendões que enodavam meu pescoço. Muwat saiu em direção à cozinha para esperar o primeiro pão. Não disse a ele que não tinha conseguido dormir. O terror que me abria um fosso no estômago não me permitiu.

Eu iria até o rei assim que fosse apropriado. A janela de meu aposento dava para o leste. Fiquei ali olhando para a protuberância escura de Har HaZeitim, o Monte das Oliveiras, esperando que o sol logo escalasse suas curvas. Finalmente, uma lasca de luz começou a se derramar pela montanha amarronzada e logo alcançou o Vale do Cédron, despertando um galo para coroar a alvorada. Fiquei observando o feixe de luz percorrer os muros das casas periféricas, avançando centímetro a centímetro pela lama, percorrendo célere um telhado achatado, iluminando um criado esvaziando uma tina de água suja na rua abaixo. Camada por camada, a luz subiu pelos níveis da cidade, pelas ruas sinuosas e casas angulosas, até afinal preencher a lacuna entre a cidadela e a casa do rei e subir pelas pedras de cantaria da base da parede onde eu apoiava meu corpo exaurido. Sacudi-me, alonguei os braços e pernas, joguei uma manta nos ombros e saí.

Eu mal tinha descido um lance de escada quando Muwat virou a esquina, a bandeja de pão na mão e os olhos se destacando no rosto, quase tão grandes quanto a bandeja.

— Obrigado, Muwat, mas eu não...

Eu estava para dizer que não ia comer nada quando ele me interrompeu, algo pouco comum. Tocou de leve na manga de minha bata e apontou com a cabeça na direção da entrada para o nosso alojamento.

— Então? — perguntei em voz baixa. Em seguida, caso estivéssemos sendo ouvidos: — Acho que vou aceitar uma fatia, afinal.

Entramos no quarto e fechei a porta. Muwat depositou a travessa.

— O senhor sabe que o rei não está sozinho. — Era uma afirmação, transmitida com um ar que já me era familiar: a suposição dos homens normais de que eu, como profeta, já sabia de tudo. — O senhor sabe que ele está com uma mulher.

Bem, pensei, não era preciso ser profeta para saber disso. E aquilo não parecia ser razão para a expressão preocupada no semblante de meu criado. Na verdade, me senti aliviado pelo rei estar se comportando de forma mais normal.

— E daí? — perguntei, sorrindo. — Quando é que o rei *não* está com uma mulher?

— Não é uma das mulheres da casa. É a esposa de Urias.

— Urias?

Muwat aquiesceu, parecendo surpreso diante da minha perplexidade e ao mesmo tempo um pouquinho gratificado por ter me contado algo que eu na verdade não sabia.

— Urias, o capitão hitita?

Muwat aquiesceu mais uma vez. Respirei fundo. Que loucura era aquela? Urias era um dos principais guerreiros de Davi, corajoso e leal, conhecido por sua honra e disciplina. Estava participando do sítio com Joabe, liderando sua própria companhia. Sentei-me. Então essa era a razão da minha inquietação. Davi tinha seus apetites, como já disse, mas esse tipo de comportamento incontinente não era típico dele. Nunca abusava de seu poder dessa maneira. Seus laços com os homens sob seu comando eram de amor, amizade e respeito. Mostrava-se mais propenso a recompensar um bom soldado como Urias com a honra de uma virgem de sua casa do que o corneando.

— Não fale com ninguém sobre isso — proferi. Muwat me lançou um olhar que eu merecia, me informando que não era tão bobo a ponto de precisar de tal recomendação. — Mande uma mensagem a Josafá perguntando se posso ter a primeira audiência da manhã. Ou a primeira depois de quaisquer questões militares urgentes a serem tratadas. — Quando ele se virou para sair, eu o chamei. — Não. Esqueça. Melhor procurar o jovem que serve o aposento do rei, ver se ele pode informar quando o rei estiver sozinho.

 Seria preferível, pensei, se eu pudesse confrontá-lo sobre esse assunto em seu quarto, antes que a pressão das pessoas nos assolasse. Mesmo se ele esvaziasse o salão e nos encontrássemos sem ninguém presente, haveria ouvidos por toda parte e línguas troçando sobre o que poderia ou não ter se passado entre o rei e seu vidente. Muwat anuiu. Era um jovem sagaz; entendia essas coisas. Ele saiu e fiquei andando de um lado para o outro. Aquela questão precisava ser encoberta, e rapidamente. Era o tipo de coisa corrosiva, como uma gota de lixívia caída no linho. De início não se vê o efeito, mas com o tempo as fibras enfraquecem e se esgarçam, o furo se alarga e o traje está perdido. O prejuízo só pode ser evitado se a gota for lavada imediatamente.

 O sol ainda não estava muito alto quando Muwat voltou para me informar que a mulher tinha saído do palácio escoltada, envolta da cabeça aos pés por mantos e véus. Fui até lá então e subi para os aposentos do rei no andar superior. O guarda na escadaria não me parou, e o atendente do quarto me lançou um olhar ligeiramente contrariado por eu ter pedido para ver o rei tão cedo. Entretanto, era fato estabelecido que as regras impostas aos outros na casa do rei não se aplicavam a mim.

 Davi estava de pé em frente à janela quando entrei, exatamente como dois dias antes. Porém dessa vez o rosto que ele virou para mim estava relaxado e radiante.

 — Você chegou cedo — falou. — Tem notícias da minha mãe para mim? Como ela está?

 — Sua mãe está bem de saúde. Seu irmão, como sempre, bebendo demais. Foi uma visita interessante; podemos falar sobre isso depois, se quiser. Mas não é por isso que estou aqui agora. — Apontei na direção dos atendentes da câmara com a cabeça.

Davi ergueu uma sobrancelha e fez um sinal para dispensá-los, mas não disse nada. Quando a porta se fechou, ele foi até a mesa, onde havia um jarro.

— Tome um pouco de coalhada — falou, servindo-me um copo. — Está muito boa. As cabras gostam dos capins desta estação.

Abanei a cabeça. Só a visão daquele líquido cremoso escorrendo no copo já piorou meu enjoo. Davi deu de ombros, tomando a coalhada em grandes goles e limpando a boca com a desfaçatez de um garoto.

Ainda estava sorrindo quando voltou a falar:

— Então, o que o traz aqui, se não há notícias e você não quer fazer um desjejum? — Os olhos cor de âmbar estavam fixos em mim, atentos agora, apesar do sorriso.

— O que você acha que está fazendo com a esposa de Urias?

Percebi um lampejo de irritação.

— Essa é uma pergunta impertinente, mesmo vinda de você. — Pôs o copo na mesa com um estrondo. — Eu deveria saber que não posso ter privacidade nem na minha cama – na minha cama! – com um vidente por perto. Não se preocupe. Foi um impulso momentâneo e já está acabado. Não vai dar em nada. Ela é discreta. Vai ter de ser – afinal, é ela quem mais tem a perder com tudo isso. Urias nunca vai saber de nada. Mas, Natã... foi uma coisa incrível... – A expressão dele suavizou, assim como seu tom de voz. Ele não estava mais sendo rude ou conciso, mas sim distante, quase sonhador. — Eu a vi por acaso. Não estava conseguindo dormir. Você sabe como estou me sentindo desde que as tropas partiram. Estava no telhado, andando de um lado para o outro, tentando acalmar os pensamentos, e vi aquela mulher no telhado da casa em frente – sabe qual é? –, ela e a criada. A criada estava ajudando em seu banho. Ah, eu sei. Eu deveria ter olhado para o outro lado assim que percebi que ela estava se despindo. Juro que não sabia quem era ela, ou eu não teria feito isso. Você vai dizer que eu deveria ter resistido à tentação, independente de quem ela fosse.

Mas não consegui. Na noite anterior, eu não tinha conseguido... com uma garota... isso não costuma me acontecer, e aquilo estava me incomodando. O que seria de mim, se não podia lutar nem foder? Mas quando olhei para ela, me senti vivo – me senti como eu mesmo – pela primeira vez desde que os soldados partiram. Havia alguma coisa na luz do luar nos ombros dela, o movimento dos cabelos... — Seus longos dedos acariciaram o ar, descrevendo uma imagem em sua cabeça, e ele sorriu. — Vou dizer, nem você, Natã, com toda sua disciplina férrea – nem você teria resistido.

É pouco provável, eu quis dizer. Mas não disse.

— O que está feito está feito, mas devo dizer que considero uma imprudência. O que lhe dá tanta certeza de que Urias não vai ficar sabendo? A notícia chegou até mim tão rapidamente quanto a sua proeza. Não, não da forma como pode estar pensando. Fique tranquilo, minhas visões não chegam até seu quarto de dormir. Fiquei sabendo de maneira humana e normal. Fofoca de serviçais. — Não contei a ele sobre minha vigília noturna, o presságio de alguma coisa suja e desprezível. Tentei controlar minha respiração. — Presume-se que você mandou um servo buscá-la, e já é uma boca que deve se manter em silêncio. Os guardas do palácio tiveram de admiti-la, e para tanto precisariam saber quem ela era. Seus atendentes mais próximos – dois? Também devem ficar em silêncio. Então, vamos fazer as contas: até agora, estamos com oito, dez ou doze entre nós que sabem do fato. Além da criada dela, também. O porteiro da casa dela. Então. Com que velocidade chegamos perto de uma vintena. O que o faz pensar que tantas línguas permanecerão em silêncio? E se a notícia chegar a Urias, que danos poderá causar, sendo ele um guerreiro leal e adorado por seus homens? Você não precisa se arriscar a uma inimizade desse tipo por conta de um espasmo momentâneo.

— E você, Natã, não precisa ser tão pessimista e santarrão. Não se trata de uma questão de alta política do tipo que lhe diga respeito. Eu precisava disso, e foi bom. Se tivesse uma mulher de vez em quando, você poderia saber... — E aí o tom dele mudou. Passou a mão pela cabeça e baixou os olhos como um garoto castigado. — Desculpe. Eu sei que você vive como vive por minha causa. Eu deveria me sentir grato pelo sacrifício, não o espicaçando.

Ergui uma das mãos, descartando o assunto.

— Não pode haver desculpas entre mim e você. Eu não meço minhas palavras com você – na verdade, nem posso fazer isso. E não tenho direito nem desejo que você meça as suas. Lembre-se: eu sou *eved hamalek*, um homem a seu serviço, sempre. — Aí me permiti um pequeno sorriso. — Mesmo que às vezes você prefira que eu não o seja.

A expressão dele desanuviou. Veio até mim e apertou o meu ombro.

— Realmente, acho que você não precisa se preocupar com isso. Eu a dispensei com um presente e não vou voltar a vê-la. Sim, eu pequei. Sei que você se considera o guardião do meu caráter. Mas realmente, Natã, você acha que Javé vai me castigar mais do que os cem outros homens que cometeram adultério ontem à noite dentro dessas muralhas?

— Você *não é* "cem outros homens". Como sabe muito bem. — Foi só o que eu disse. Fiz uma reverência e pedi permissão para sair. Ele me dispensou com um gesto de mão. Seu bom humor tinha se dissipado, mas não muito. Quando fechei a porta, pude ouvi-lo cantarolando. Quando cheguei à escada, ele estava cantando em alto e bom som.

O que Davi havia dito provavelmente era verdade. Seus criados o adoravam; eram escolhidos a dedo, leais e bem tratados. Só se podia esperar que os dela também não fossem tão leais com o marido, que guardassem seu segredo, mesmo que apenas para poupar Urias da dor do insulto à sua honra. Com certeza, ela dificilmente contaria ao marido guerreiro que tinha sido abusada pelo rei.

Fui direto para o salão de audiência. Queria observar o comportamento de Davi. Ocupei meu lugar habitual, entre os conselheiros. Embora nem sempre eu comparecesse, havia um entendimento tácito de que eu podia ir e vir de tempos em tempos. Às vezes ele se voltava para mim em busca do meu conselho sobre esse ou aquele assunto, mas em geral eu ficava lá como um observador silencioso.

Enquanto ele lidava com despachos e petições, tive de admitir que a tresloucada falha de julgamento da noite tinha lhe feito muito bem. Davi parecia atento e concentrado. Para dizer a verdade, ele ficou animado com as boas notícias do front. O mensageiro trouxe informações de Joabe. Nossas tropas tinham devastado Amom com poucas baixas em nossas fileiras. Depois seguiram para Rabá, onde empurraram os defensores para dentro das muralhas da cidade e acamparam em frente para organizar o sítio. Só uma vez, quando o nome de Urias foi mencionado em despachos por seu valor, vi os músculos do rosto do rei se contraírem, mas ninguém mais na sala poderia ter notado aquele detalhe, e ele logo voltou a sorrir quando falou sobre o sítio.

— Um belo trabalho — disse, juntando as mãos e observando o entorno com simpatia. — Qual é a época do ano que mais favorece os sitiantes? Eles vão ficar nos olhando das muralhas e vendo suas plantações oscilando na brisa. Vamos deixar que triturem o que restar de seus grãos armazenados e assem seus pães escassos. Que engasguem enquanto veem a cevada amadurecer longe de seu alcance.

Davi já estava atendendo às petições, lidando com cada caso com atenção e justiça quando me levantei e saí. Então, por que meu coração ainda continuava apertado no peito?

A lua havia crescido e minguado, e crescido novamente quando percebi o motivo de minha inquietação. Durante aqueles dias e noites, dediquei-me bastante à tarefa que me fora designada. Suponho que tenha sido por me sentir tão doente que resolvi falar com Mical naquela ocasião. Eu precisava vê-la. Ela retinha na lembrança a peça que faltava ao meu relato: o período de ascensão de Davi como favorito de Saul e como esse período azedara, transformando Davi no fora da lei que era quando o encontrei pela primeira vez. Mical — filha de Saul, irmã de

Jônatas, a primeira mulher de Davi. Uma testemunha mais íntima do que qualquer outra pessoa viva daquele período. Como eu não podia esperar que fosse uma visita fácil, era melhor fazer aquilo quando meu estado de espírito já estivesse melancólico do que deixar para amargar um futuro e eventual dia feliz.

VIII

Mical me recebeu sem euforia, mas com mais cortesia do que eu esperava. Seu aposento era uma pequena cela, escura e fria, na periferia do alojamento das mulheres. A janela era uma fenda que dava para o norte, com a vista obstruída pelo amontoado de barracas que assomavam do outro lado de uma alameda estreita, roubando o pouco de luz que poderia chegar até lá para aquecer as pedras. Joguei minha manta sobre os braços. Este quarto deve ser gelado no meio do inverno, pensei. Sua camareira, uma pobre velha corcunda, ocupava uma alcova baixa separada por uma cortina. Eram os aposentos de alguém que havia caído em desgraça, mais adequado a um serviçal privilegiado do que à filha de um rei e esposa de outro.

Ela havia suavizado o atulhado espaço da melhor forma possível, com algumas boas tapeçarias, almofadas bordadas e uma mesa baixa de tábuas de oliveira bem entalhada. Fez sinal para eu sentar e, enquanto organizava meus apetrechos de escrita, se acomodou nas almofadas à minha frente. Os anos não transpareciam nela nas formas habituais – Mical continuava alta e magra, como eu me lembrava, e o xale que usava contra o frio e a umidade mostrava um pouco dos cabelos, ainda cheios e lustrosos. Suas feições eram uma imagem do irmão, num molde mais feminino e delicado. Os dois tinham a altura do pai, a testa alta e inteligente, o queixo esculpido e o pescoço longo e nobre. Eu não conhecia a mãe dela, mas Saul tinha a pele clara, e, portanto, a cor dela – o cabelo negro e os olhos cinza-claros sombreados com cílios vistosos e escuros – deviam vir da mãe. Mical e Jônatas poderiam ser gêmeos, em termos de aparência, ainda que oito anos separassem o nascimento dos dois, enquanto uma irmã, Merabe, loira como Saul, ficava entre os dois na ordem de nascimento.

Entretanto, se o tempo não a havia devastado, a vida o fizera. Seu rosto era chupado, e os olhos, outrora vívidos e atraentes, pareciam mortos como um poço profundo no qual a água houvesse sido envenenada havia muito tempo. A primeira vez que a vi, ela estava exausta e estivera chorando. Mas, mesmo em sua tristeza daquele dia, ela mantinha o brilho de uma mulher amada e desejada. Agora não. Não depois de todos os anos de malquerença que lhe haviam sido impostos, ainda que ela não os tivesse provocado.

Mical sempre fora atipicamente direta para uma mulher, e logo descobri que aquilo continuava verdadeiro.

— Eu o amava. Você sabe disso, suponho?

Ela começou a falar enquanto eu ainda apontava minha pena. Deixei de imediato a faca de lado e comecei a escrever, apesar da ponta ainda imperfeita.

— É importante que você saiba. Quero que escreva isso: "Mical era apaixonada por Davi". Ninguém nunca escreve sobre a mulher. O amor que vale ser registrado é sempre o do homem. Já percebeu isso? Em todas as crônicas, eles dizem o mesmo. Bem, escreva aí como foi. Era eu quem amava.

Sua observação era bem verdadeira. De fato, na maior parte de nossas histórias importantes, é raro as esposas serem mencionadas, e muito menos suas afeições são observadas. Por isso escrevi o que ela pedia. Pouco depois fiz uma pausa e olhei para ela.

— Por certo não seria uma inverdade escrever que Davi era apaixonado por Mical? Ele a amou... naquele tempo.

Ela jogou a cabeça para trás, o xale escorregou para seus ombros. Ela não se preocupou em arrumá-lo, apenas retribuiu o meu olhar diretamente.

— Você quer a verdade, não é? A verdade é que, naquela época, outro amor o consumia. Havia pouco espaço para mim. Você sabe como ele é, está sempre em busca de amor, como se fosse calor ou alimento, e nunca rejeita nada. Mas Davi estava no auge de sua paixão pelo meu irmão quando se casou comigo. Quando fazíamos amor, ele não escondia nada. Pedia para eu fazer coisas com ele no escuro que o lembravam do meu irmão.

Olhou para mim e seus olhos mortos lampejaram uma espécie de luminosidade irada.

— Esta verdade é demais para você, profeta?

Como soldado, eu já tinha visto tudo que um corpo podia fazer com outro. Ao término de uma batalha, quando mulheres e garotos são tomados como espólios, soldados fogosos não se preocupam em buscar um lugar privado para sua devassidão. Mas nunca uma mulher tinha falado daquele jeito comigo. Imagino que o choque tenha ficado claro na minha expressão. Ela me olhou de forma desafiante.

— Sabe o que é engraçado em tudo isso? Eu não me incomodava. Pois eu o adorava. Amava Davi por nós dois. As pessoas que só sabem o que aconteceu entre nós quando ele se tornou rei duvidam. Porém antes de tudo isso, antes da atitude odiosa e vingativa do meu pai, antes de Davi passar a aquecer nosso leito matrimonial com outros corpos, eu o aceitava sob quaisquer condições, seria o que ele quisesse, teria feito qualquer coisa que despertasse o seu desejo. Só me importava tê-lo em meus braços. Sim, claro, eu gostaria que fosse de outro jeito. Que mulher não gostaria de ser amada por si mesma, não por ser uma versão pálida e mais suave do irmão? Gostaria de ter sido a virgem tímida e trêmula, que pudesse desfrutar das ternas carícias do meu amor enquanto meus sentidos despertassem, um a um, delicadamente, com paciência, até eu estar pronta e molhada. Sabe como ele veio até mim na noite do casamento? Ainda quente do meu irmão, fedendo a suor. Deixou claro como seriam as coisas, se alguma coisa acontecesse...

A voz dela transformou-se num sussurro gutural e profundo. Os pesados cílios caíram sobre olhos vítreos, os lábios brilharam, seu rosto corou. Desviei os olhos para a parede de pedra atrás dela, tentando imaginar sua textura áspera e o toque frio enquanto sua voz, íntima e insinuante, descrevia as declividades cálidas e escorregadias e os diversos dedos e apêndices que haviam sido empregados. Afinal ela interrompeu o discurso.

— Você não está anotando isso. Por quê? Será que eu entendi mal? Pensei que você quisesse saber a história toda do meu vilipendiado casamento. O mensageiro do rei foi bastante explícito: "O rei ordenou que você receba Natã e que conte tudo". E aqui estou eu, tentando, afinal, ser uma esposa obediente. Mas, espere. Eu tinha esquecido. Você é um castrado voluntário, não é? Celibatário, eles dizem. Será que está ficando excitado? Será que isso é possível? Você ainda tem ereção? Ou foi cortado, como um garoto escravo estrangeiro?

Agora a expressão dela era cruel. A mesma expressão cruel de quando disse as palavras que levaram o casamento com Davi a uma desavença feia e irrevogável. De repente eu entendi, de uma forma que nunca havia entendido, como aquilo tinha acontecido. Agora, para mim o milagre era o fato de Davi não a ter matado. Eu sabia do que ele era capaz quando saía do sério. Eu mesmo tive vontade de agredi-la, até eu, que me orgulhava de meu autocontrole. Fechei os olhos e respirei fundo, sentindo minhas costelas se expandirem no peito e voltarem para o lugar quando exalei lentamente.

— Nós estávamos falando sobre amor — eu disse friamente. — Parece que mudamos de assunto.

— Ah, sim. Amor.

Jogou o cabelo para trás, sobre o ombro direito, e passou a mão pelos fios brilhantes. A mão tinha dedos longos, sem máculas de trabalho.

Não se vê muitas mulheres da idade dela com mãos como aquela. Era uma lembrança de que era a primeira de sua estirpe — uma israelita de sangue nobre.

— Eu queria Davi. Quis durante muito tempo, eu o desejava antes mesmo que o casamento fosse possível. Porém meu pai prometeu Davi a Merabe, minha irmã mais velha, logo no começo, quando ainda adorava o jovem e corajoso guerreiro que saíra das peles de carneiro para nos propiciar uma vitória. Davi era inculto e desajeitado. Hesitante. Dava para ver que não sabia nada, ficava observando como nos comportávamos. Merabe achava aquilo engraçado e desprezível. Eu achava meigo. E ele aprendeu depressa, claro. Não demorou nada para passar a se comportar como um cortesão nato. Mas quando meu pai falou com Merabe sobre o arranjo, ela chorou e pediu que ele reconsiderasse. Quando meu pai a ignorou, ela esbravejou, ficou amuada e passou a se queixar para quem lhe desse ouvido. Choramingava que merecia coisa melhor que um pastorzinho arrivista quatro anos mais novo que ela. Chegou a se queixar até com Jônatas, que amava Davi, que faria qualquer coisa por ele. Veja só o quanto era tola. Jônatas tentou argumentar, mostrar que aquele era o melhor arranjo possível, mas ela não se convencia, e continuou com seus suspiros e resmungos. Fiquei felicíssima quando meu pai mudou de ideia e deu Merabe a um homem mais velho e mais rico. Achei que estava apenas procurando ter mais paz em casa. Não vi o verdadeiro propósito daquela decisão: o esfriamento de seu sentimento, a gênese da inveja e da suspeita que o devoraria vivo. Davi, é claro, fingiu concordar com a decisão. Na época ele era só modéstia e reverência, quando se tratava do meu pai. Disse que nunca se imaginara como o genro de um rei. Na época, achei que ele pensava assim mesmo. Mas nós dois sabemos, agora todo mundo sabe, o quanto aquilo o magoou, e a forma como se vingou do insulto quando teve a oportunidade, e o poder. No fim, Merabe pagou amargamente por sua atitude. Eu chorei por ela, mas não muito, para ser honesta. Nenhuma mulher, nenhuma mãe merece uma coisa dessas, mas ela era vaidosa, tola, uma garota mimada. Era preciso ser muito burra para não ver quem era Davi, no que se transformaria. Essa era Merabe. Davi nunca esqueceu, nunca a perdoou. Ele é assim, não é? Incapaz de perdoar...

A arrogância de seu tom de voz amainou, o olhar duro suavizou. Olhou para o chão e deu um suspiro profundo, e achei que estava prestes a chorar. Mas eu a subestimava. Aquela era uma mulher criada em uma casa turbulenta, que cedo havia aprendido a se controlar. Suas palavras seguintes pareceram seguir meus próprios pensamentos.

— Não foi uma coisa fácil fazer parte dessa família. — Olhou para mim, em busca de uma resposta. — *Por que* Samuel escolheu meu pai para ser rei? Como pode um profeta cometer um erro tão grande? Você pode me explicar, Natã? Você nunca se perguntou sobre isso? Quando você fala daquela maneira, com tanta intensidade, tanta certeza? Samuel, o grande vidente. Mesmo assim não conseguiu pressagiar a loucura do meu pai.

Eu não respondi. Não tinha uma resposta. Aquela pergunta me mantinha acordado com muita frequência. Samuel fez de Saul um rei contra a vontade e as propensões do próprio, na verdade, tirando-o de seu esconderijo para ungi-lo. Depois, quando Saul lutou para corresponder ao seu indesejado destino, Samuel suspendeu seu apoio e seus conselhos, amaldiçoando-o, solapando-o e talvez até provocando sua loucura. Como sua visão pode tê-lo enganado? Essa pergunta me atormentava. Entretanto, a pergunta dizia respeito a Samuel, não à voz que falava através de mim. Mical não entendia. Como poderia? Embora eu pudesse questionar as ações de Samuel, não podia questionar a voz que bradava através de minha alma.

— Sabe qual é a maior crueldade da loucura, Natã? É o poder que tem de macular uma pessoa. Quando um homem enlouquece, é preciso lutar para se lembrar como ele era ainda são. A loucura é tão voraz que devora tudo, até as lembranças. Quando se lida com um louco, quem consegue relembrar as alegrias comuns, as delicadezas diárias que existiam antes? Eu preciso me esforçar para me lembrar de como era meu pai quando eu era pequena. Mal consigo viver um dia, uma hora, em que o veja com clareza: aquele homem grande e poderoso, meigo e paciente, delicado e inteligente.

"A música de Davi conseguia trazer aquele homem de volta. Acho que as sementes do meu amor foram plantadas ali, no solo que a loucura do meu pai rastelou. Todos nós, todos os que amavam meu pai, teríamos considerado com afeição qualquer um que conseguisse fazer o que Davi fazia. Por um breve período, ele trouxe a alegria de volta à nossa casa. Quando ele chegou aqui como escudeiro de meu pai, o jovem herói do Vale de Elá, não fazíamos ideia da mudança que acarretaria. Naquela primeira vez em que ele pegou sua harpa, uma coisa rude e feita à mão por ele mesmo, meu pai logo encarregou nosso melhor artesão de fazer um instrumento melhor. Ninguém prestou muita atenção quando ele feriu as primeiras notas. Mas logo todas as cabeças se voltaram para ele. Nenhum de nós tinha ouvido algo semelhante."

Eu sabia que ela não estava exagerando. Já tinha ouvido até mesmo viajantes da corte do faraó – homens falando em particular, que não tinham razão para agir como bajuladores – dizerem que ninguém se comparava a Davi em termos musicais. Para mim, até hoje, depois de tantos anos ouvindo-o tocar quase todos os dias, continua sendo maravilhoso que um homem possa extrair tais sons de um pedaço de madeira e algumas cordas feitas de tripa. Suas harmonias sobrepostas, a forma como as cordas tocadas avançam e retraem, avançam e retraem, e a cada minuto, a cada instante, ele justapõe novas melodias embaladas por harmonias que permanecem ressoando. Não são só os ouvidos que sentem prazer. Pode-se sentir a vibração na pele. Os pelos do braço se eriçam. A pulsação, a respiração, os próprios batimentos cardíacos. É uma espécie de feitiçaria, uma possessão do corpo e do espírito, que se unem como um todo. E há um acorde, uma perfeita conjuntura de notas que nenhuma outra mão consegue tocar. O som desse acorde, puro e crescente, vago, faz o espírito ascender para preencher o espaço entre as notas. Tão sublime que os sacerdotes pediram a Davi para oferecê-lo em sacrifício... a música subindo ao céu com a fumaça sagrada. Qualquer alma que o ouvir se sente nova e restaurada. Era assim com Saul.

Percebi que Mical se recordava daquela música, relembrava seu choque glorioso daquela primeira vez. O rosto dela estava virado para cima, para refletir um reles feixe de luz que irrompia brevemente pela fenda na parede. Davi deve ter reparado naquele rosto adorável quando tocou na corte pela primeira vez – na época, um rosto de menina.

— Eu senti medo dele, apesar de cantar e tocar tão lindamente. Antes de ele começar a tocar, naquela primeira vez, havia uma tensão no ambiente. Todo mundo sabia que meu pai estava caminhando à beira do abismo de novo. Bem, era assim que eu definia, quando sobrevinha a loucura. Ele parecia um homem cambaleando à beira de um abismo – que era sua cólera –, e quando a beirada cedia ou ele tropeçava, ele podia agarrar em qualquer um que estivesse por perto e arrastar a pessoa para o precipício. Todos nós tínhamos aprendido que não era seguro tentar argumentar com ele, nem mesmo distraí-lo. Quem fizesse isso estaria sujeito a ser sugado para a escuridão. Então, quando ele mais precisava de nós, nós nos afastávamos. A conversa morria em um silêncio constrangido e meu pai ficava sozinho, chafurdando em seus próprios pensamentos sombrios. Por isso, quando Davi pegou a harpa, eu temi por ele. Tive medo de que em sua tentativa de acalmar o meu pai, ele se tornasse o objeto de sua ira. Aí ele começou a tocar. Deu para sentir a tensão do ambiente se amainar. O brilho de sua música apaziguou todo mundo. Mas para o meu pai era muito mais do que isso. Para ele, a música funcionava como um bálsamo calmante em uma ferida aberta, como uma tala que coloca um osso fraturado no lugar adequado. Davi cantou e tocou, afastando o espírito do meu pai da beira do penhasco. Foi essa a razão de eu ter começado a amá-lo.

"Com Jônatas a coisa era diferente. Ele não precisava de uma razão. Simplesmente amava. Era como se uma alma houvesse se dividido pela metade, depois lançada no mundo respirando em dois corpos separados, cada metade ansiosa para encontrar a outra. Foi como eles se encontraram, ou ao menos pareceu para mim, jovem como era. Acho que os dois se tornaram amantes na noite depois da batalha do Vale de Elá. Embora a vida de cada um fosse diferente em todos os aspectos, um podia concluir as frases do outro, um sabia o que o outro pensava. Nunca tinha visto meu irmão tão leve e animado como ficou quando Davi chegou até nós. E aquilo também alimentou o meu amor. Pois meu irmão era triste e Davi o tornou alegre. Não sei se você consegue imaginar o quanto a vida de Jônatas era triste sob a brutalidade dos punhos do meu pai, mas ele nunca deixou de tentar apoiá-lo e fornecer razão e governança quando o rei não era capaz. Seria um grande fardo para qualquer homem, e Jônatas assumiu esse papel quando ainda era pouco mais que um garoto aos olhos do mundo. Até a chegada de Davi, a lealdade de Jônatas ao meu pai era absoluta, mas ele sentia seu dever para com o nosso povo também, e manter o equilíbrio entre essas duas coisas quase o destruiu.

"Mas a despeito de tudo isso, a despeito de todas as suas preocupações, ele era bom para mim quando eu era menina, e bom para meus irmãos mais novos também. Foi mais um pai para mim do que meu pai conseguia ser. Não sei como conseguia, mas ele encontrava tempo para brincar com a gente, esculpir cavalinhos de brinquedo com galhos de oliveiras, ouvir as nossas histórias absurdas, nos ensinar canções."

Seus olhos se reanimaram enquanto falava. A voz também se tornou mais leve e animada. Pobre garota, pensei, por ter tido tão poucos e breves momentos de alegria – pranchas estreitas para se apegar no naufrágio de sua vida.

— Eu cresci sabendo que Jônatas me protegeria. Faria tudo para meu pai me arranjar um bom casamento, que não me usaria simplesmente como uma peça num jogo de Estado, nem me entregaria num acesso de raiva. Foi Jônatas quem insistiu para que meu pai me concedesse a Davi quando Merabe se casou com outro homem. Àquela altura, porém, a afeição de meu pai por Davi já esmaecera. Já havia concordado com minha vaidosa irmã que Davi não era bom para ela. Ou ao menos foi o que ele disse, e Merabe se alimentava de lisonjas. Meu pai começou a se tornar imprevisível em todas as questões, porém mais especialmente em relação a Davi. Podia elogiá-lo e querer tê-lo ao seu lado num dia. No outro o rejeitava, com sua mente perturbada atormentada pela suspeita. Demorou, mas Jônatas pressionou o assunto com delicadeza, e afinal nosso pai cedeu, ou assim pareceu. Concordou que Davi ficasse comigo, mas em seguida enunciou o meu preço como noiva: cem prepúcios de filisteus mortos.

"Você deve se lembrar, é claro, que não era uma época de grandes batalhas contra os filisteus. Eles não nos atacavam mais em grandes números, só nos fustigavam com incursões contra nossos assentamentos mais longínquos. Nessas escaramuças, o número de inimigos mortos chegava a dezenas, nunca a centenas. Por isso Jônatas ficou desalentado. Ele percebeu a intenção do meu pai. Uma coisa era matar um homem como o campeão de Gate num confronto direto, ou comandar uma unidade para rechaçar um destacamento de invasores na fronteira. Outra era enfrentar um exército experiente, que era a única maneira de Davi cumprir sua horrenda missão. Meu pai pensou que estava sendo esperto, mandando Davi para a morte e colocando a culpa nos filisteus. Jônatas observou que, ao forçar aquela situação para o casamento, ele se tornaria o agente involuntário da morte de Davi.

"Davi, porém, deu risada de Jônatas e partiu cantando. Ele fazia isso, sabe, cantar enquanto marchava. Disse que aquilo mantinha o moral dos homens. Jônatas e eu mantivemos vigília juntos, esperando notícias. Eu estava com Jônatas quando chegou o primeiro mensageiro, poucos dias depois, trazendo notícias de que Davi havia montado uma armadilha para uma brigada filisteia perto de Gaza e matado pelo menos os cem que lhes foram requisitados.

"Meu irmão não conseguia acreditar. Gaza ficava a cinco dias de marcha. Meu irmão perguntou ao mensageiro como fora possível uma coisa daquela, que Davi tivesse levado seus homens até a periferia de Gaza, travado uma batalha e já enviado notícias para nós, tudo em menos de uma semana. O mensageiro respondeu que ele havia estimulado os homens a 'marchar depressa'. Meu irmão riu estrondosamente ante aquilo. 'Estimulado vocês a fugir, você quer dizer?' O mensageiro contou tudo. Como Davi nunca se cansava. Como percorria a coluna e voltava mais ou menos a cada hora, retornando ao seu posto na vanguarda, trocando palavras com todos os homens. Como cantava para eles para manter seus espíritos animados.

"Meu irmão sorria enquanto o mensageiro contava, a expressão radiante de afeição, orgulho e alívio ante a realização e conclusão daquela tarefa mortal. Mas quando perguntou quando Davi voltaria, o mensageiro disse que o regimento seguira em frente, para continuar a campanha com uma incursão a Asdode. Não consegui me conter diante daquilo. Eu não deveria falar nada quando meu irmão recebia despachos, porém deixei escapar: 'Mas você disse que ele matou os cem homens'.

"O mensageiro se virou para mim: 'Ele nos disse que ser genro do grande Saul não deveria custar tão barato. Quer pagar o dobro pelo preço da noiva'.

"Jônatas pareceu preocupado. 'Quer pagar o dobro? Será um número maior do que os que tombaram em todas as escaramuças desde a batalha de Elá. Ele a considera um grande prêmio, irmã.' Jônatas olhou para mim e eu senti frieza, como se me culpasse pela impetuosidade de Davi.

"É claro que meu pai não teve escolha a não ser permitir meu casamento. Foi difícil para ele, pois o rei não poderia mostrar tristeza diante de vitórias tão marcantes. Entretanto, nas semanas de preparação das bodas, dava para sentir a tensão de meu pai tentando aparentar o bom humor exigido."

Mical se levantou, andou até a janela estreita. Soltou um longo suspiro. Mas quando se virou para voltar a sentar, sua expressão estava mais leve. A sombra de um sorriso ergueu os cantos de sua boca.

— Eu me senti tão feliz no dia da festa de casamento. Davi entrou no salão e cantou para mim o amor do noivo pela noiva. Mas mesmo na minha alegria, eu não estava cega. Vi seu olhar passar através de mim enquanto cantava. Sabia para onde ele estava olhando. Jônatas estava logo atrás de mim no tablado. Jônatas já havia dado tudo o que podia a Davi: seus trajes reais, suas melhores armas. Até mesmo, ocasionalmente, seu lugar na afeição do meu pai. Eu era apenas mais um presente, depositado no altar daquele grande amor. E eu me sentia grata. Era uma alegria para mim, dividir Davi com meu irmão. Estava feliz em ser uma ligação entre os dois.

"Naqueles tempos, Davi nunca errava como guerreiro. A maior parte das jovens noivas tremia quando os maridos iam à luta, mas eu não. Sabia que Davi venceria, e ele vencia. Sempre que os filisteus tentavam nos desgastar pelas bordas, sempre que invadiam nossos terrenos de debulha, ou pastoreavam seu gado em nossas terras, Davi conseguia rechaçá-los. Jônatas ensinou a Davi tudo o que ele sabia sobre armas e táticas de ataque. Davi aprendeu essas lições e acrescentou seus próprios talentos estratégicos, seu jeito próprio de liderança interna, parecendo nunca comandar, esperando apenas que os homens estivessem lá quando ele avançasse. Em pouco tempo eles se tornaram dois capitães unidos, mas depois Davi eclipsou inclusive Jônatas. Os homens o adoravam, embora alguns dos comandados tivessem o dobro de sua idade. O fato de ser corajoso ajudava. Nunca pedia que um homem fizesse mais do que ele próprio faria. Sempre se punha na frente. Bem, disso você sabe, pois lutou ao lado dele. Por isso eu não preciso lhe dizer essas coisas, você mesmo presenciou tudo isso, enquanto eu só ouvi em relatos contados à mesa. Mas havia muitas histórias desse tipo. Jônatas vinha sempre à nossa casa, e eu ficava ouvindo quando eles falavam sobre todas aquelas batalhas. Meus irmãos mais novos também se inspiravam em Davi. Tinham a idade dele, ou eram mais jovens, mas mesmo os mais próximos dele em idade ainda estavam longe de merecer um comando. Poderiam ter sentido ciúme, mas não sentiam. Todos veneravam Jônatas, é claro, e aceitavam sua liderança na deferência que mostravam a Davi.

"No começo meu pai comemorou as vitórias de Davi como todos nós, partilhando os louros da glória de seu jovem capitão. Mas depois ele mudou. De repente, meu pai se cansou dele. Finalmente, ele viu.

"Eu estava com meu pai, esperando a volta dos guerreiros, da unidade de Davi, mais uma vez vitoriosa. As mulheres o saudaram com seus tambores e tamborins, como sempre saudavam os homens que retornavam. Uma delas destacou-se da multidão, ergueu a voz, uma bela voz, clara e doce, envolvente e usou palavras antigas, da antiga poesia, em que se canta sobre mil e depois sobre dez mil. Todos ouviam as rimas, cantadas por um ou outro. O primeiro número, o menor, na primeira estrofe, com o número aumentando na segunda estrofe. Ela começou com o nome do rei, naturalmente. Sempre começa com o rei. Mas logo pôs Davi na segunda estrofe."

Mical ergueu a voz e cantou os versos conhecidos:

— "Saul, Saul matou mil, e Davi, Davi, seus dez mil." Logo todas as mulheres acompanhavam o canto. Meu pai ficou ali, mas seu rosto empalideceu. Eu sabia o que ele estava pensando. Olhei para ele e peguei na sua mão. "Não quer dizer nada, pai. É só uma antiga rima." Mas ele não conseguiu ser racional. Ao ouvir aquela velha frase estagnada uma frase que já tinha ouvido uma centena de vezes, sua loucura o fez tomar aquilo como um insulto pessoal, que as mulheres consideravam Davi o maior guerreiro, um homem maior do que ele. Eu o vi olhar para Davi com ódio. Depois vi quando olhou para Jônatas, vi quando percebeu o que era óbvio para todo mundo havia muitos meses. Jônatas submetendo-se a Davi como se Davi fosse o príncipe. Davi, por sua vez, tratando Jônatas como um querido tenente. Afinal meu pai viu seu trono, sua dinastia, em perigo. E viu que Jônatas não se importava. Que Jônatas havia entregado de bom grado seu direito de nascença àquele arrivista. Viu de verdade, daquela vez, apesar da loucura que tantas vezes distorcia sua visão. Meu irmão tinha deposto sua vida aos pés de Davi; todas as suas atitudes denotavam isso.

"Davi partiu no mês seguinte para mais uma incursão contra os filisteus e foi, como sempre, o mais vitorioso dos oficiais de meu pai. E a cada nova vitória mais seu ódio aumentava. Ele começou a pedir a seus auxiliares mais próximos que matassem Davi. Em seguida, louco como estava, pediu que Jônatas fizesse isso. Um teste de amor, imagino. E prevaleceu o amor maior. Imediatamente Jônatas procurou Davi para alertá-lo. Davi fez pouco caso da ameaça. Suponho que se sentia seguro, imerso na afeição de meu pai. Ou talvez acreditasse no valor de suas façanhas; que seu sucesso o salvaria. Sopesava a questão com pensamentos racionais, e Jônatas não conseguiu convencê-lo de que a mente de meu pai não funcionava mais de forma racional. Agarrou Davi pelo braço e quase o sacudiu. 'Venha amanhã de manhã. Nós vamos caçar, meu pai e eu. Há um terreno baldio perto do local. Fique lá escondido. Quando chegarmos, vou falar com ele a seu respeito, e você vai ouvir por si mesmo e julgar se existe ou não uma ameaça.'

"E assim eles foram, e Jônatas falou com nosso pai sobre o valor e os bons serviços de Davi. Implorou que não fizesse mal a um jovem que não tinha feito nada. Alertou que aquilo mancharia o reino com o sangue de um inocente. Meu pai estava lúcido naquela manhã e conseguiu ouvir os pedidos de Jônatas. Fez um juramento de que não iria executar Davi. Então, durante um tempo, tudo pareceu estar bem. Davi continuou servindo meu pai como antes, como músico e guerreiro, de acordo com as exigências.

"Mas depois, bem, você sabe o que aconteceu. Davi estava tocando harpa depois da refeição, como sempre fazia quando não estava no campo de batalha. Meu pai estivera sorumbático o dia todo. Deixou que sua taça de vinho fosse enchida muitas vezes. Ficou calado, ouvindo a música, ou assim parecia. Com os olhos fechados; parecia estar em paz. Ficamos todos aliviados, achando que o mau humor do dia parecia ter se dissipado. De repente, sem motivo algum, ele se levantou, pegou a lança da mão do guarda da porta e lançou-a direto em Davi, que tentou levar na brincadeira, no momento porém comentou comigo mais tarde, em casa, quando me mostrou o rasgo na manga que a lança tinha feito antes de se cravar na parede: 'Eu disse ao seu pai que da próxima vez que ele não gostar da minha música, é só mandar me calar.'

"'Não leve isso na brincadeira', eu o avisei. 'Agora que ele agiu dessa forma, qualquer um de seus capitães, por ciúmes ou em busca dos favores dele, pode ir atrás de você. Você não pode ficar sempre na defensiva. E da próxima vez ele pode não errar.' Mas Davi simplesmente sorriu, tirou o manto rasgado dos ombros e o jogou no chão. Depois abriu os braços. 'Eu tenho o seu amor, o de Jônatas e o do povo, o que importa que ele me odeie? Meu pai me odiou minha vida toda e eu sobrevivi a isso. Vou sobreviver agora também. Deixe que ele me odeie. Mas eu não acho que ele me odeia, na verdade. É só por conta da doença. Esse acesso vai passar.' Depois me puxou para a cama e me abraçou. Foi muito carinhoso naquela noite. Eu me lembro. Pensei que, se fosse conceber o filho dele, que fosse naquela noite. Mas é claro que não houve filho nenhum..."

Mical baixou os olhos. Eu parei de escrever. Havia algo na miserável inclinação de sua adorável cabeça que me encheu de pesar. A cólera inicial havia passado. Após um momento, ela voltou a falar:

— Depois que fizemos amor, ele pegou meu rosto entre as mãos. "Eu nunca pensei que teria uma vida assim", falou. "Sinto-me como um mendigo em um banquete que o rei preparou para mim. Eu devo isso ao seu pai. Não vou me esquecer disso, não importa o que ele fizer."

"Não consegui dormir naquela noite. E foi isso, acho, que o salvou. Levantei da cama, sem querer acordá-lo com minha agitação. Estava na janela quando os vi chegando. Uma unidade armada avançava no escuro. Acordei Davi. Nós dois sabíamos que estavam vindo buscá-lo, e se o levassem talvez ele nunca mais visse um novo dia. Minhas mãos tremiam quando amarrei as roupas de cama. 'Para onde você vai?', perguntei. 'Onde você vai estar a salvo do meu pai?' 'Vou para o norte, para Samuel em Ramá', ele respondeu. 'Samuel vai saber o que fazer. Ninguém conhece melhor o seu pai.' Até onde eu sabia, Samuel tinha destruído o meu pai, mas entendi que o plano dele fazia sentido. Samuel era a única pessoa que meu pai temia. Se Davi estivesse sob sua proteção, poderia ficar em segurança até a crise passar. Agarrei a mão dele e a beijei. Ele pulou pela janela e desceu pela corda que improvisamos com os lençóis. Vi quando ele desapareceu na escuridão enquanto recolhia os lençóis, desatava os nós e alisava o tecido o melhor que podia para cobrir a cama de novo. Depois, peguei o ídolo da casa que tínhamos em um pedestal no canto, sim, nós tínhamos um ídolo, que pertencera à minha família, e eu havia suplicado a Davi que me deixasse mantê-lo, mesmo ele desejando destruí-lo. Deixei-o na cama sob as cobertas com alguns pelos ruivos de cabra que tirei da cesta de bordado da minha criada. Quando o comandante do destacamento bateu na porta, eu tentei soar o mais imperiosa possível. Pensei em Merabe e em como ela teria vociferado se a tivessem interrompido em seu descanso. Disse ao capitão que Davi estava doente e que não os deixaria entrar de jeito nenhum; que ele não podia se levantar da cama, que atenderia ao chamado do rei mais tarde, se estivesse se sentindo melhor.

"Ouvi os homens em armas murmurando junto à porta, discutindo se estaria certo me confrontar e arrombar a porta. Se houvessem feito isso e exposto meu engodo, Davi não teria tido tempo de fugir. Agradeço à instabilidade de meu pai por afinal não terem forçado a entrada no meu quarto. Eles sabiam como o humor dele podia mudar de uma hora para outra, e ninguém quis se arriscar a ser o culpado por ter invadido o nosso quarto sem minha ordem expressa.

"Então eles disseram a Saul que Davi estava muito doente para atender sua convocação. Àquela altura meu pai já deveria estar insano, mas não era tolo. Os soldados voltaram, é claro, e meu pai veio junto com eles. Não tive escolha a não ser deixar que entrassem, esperando que Davi estivesse além do alcance. Eu estava trêmula quando meu pai me empurrou para o lado e entrou no quarto. Puxou as cobertas e viu o que eu havia feito. Seu rosto ficou vermelho de fúria. Agarrou meu pulso e me sacudiu, exigindo saber por que eu o desobedecera.

"'Foi necessário', menti. 'Ele ameaçou me matar se eu não o ajudasse a fugir.' Meu pai ficou me olhando até eu desviar os olhos. 'Que direção ele tomou?', perguntou. 'Foi para o sul. Pretende chegar a Beit Lehem.' Meu pai levantou meu queixo de uma forma rude, para que eu olhasse bem no rosto dele. Pôde ler a mentira em meu rosto. Naquele momento ele soube que também tinha me perdido. Atirou-me na cama, jogou a cabeça para trás e soltou um grito demente. Foi horrível. Nunca vou esquecer aquele som. De alguém ferido.

"Demorou dois dias para seus espiões trazerem a informação de que Davi estava em Ramá. Meu pai mandou um destacamento para prendê-lo e trazê-lo de volta, mas Davi fez a escolha certa ao procurar Samuel. Aquele homem tinha um estranho poder. O destacamento retornou sem Davi, todos desvairados e clamando por Javé. Então meu pai foi pessoalmente a Ramá. Mesmo depois de todas as desavenças, Samuel ainda mantinha seu antigo poder sobre ele. Ninguém jamais me contou o que realmente aconteceu lá. Só sei que Samuel humilhou totalmente meu pai, mantendo-o nu e rezando durante um dia e uma noite enquanto Davi fugia de volta para cá.

"Era Jônatas que ele queria ver, claro, não a mim. Mas eles se encontraram na nossa casa, e eu fiquei com eles enquanto tentavam decidir qual o melhor curso a seguir. Os papéis haviam se invertido. Acho que Samuel exerceu sua influência em Davi, despejou todos os seus pensamentos hediondos a respeito do meu pai em seus ouvidos. De qualquer forma, finalmente Davi se convenceu de que Saul pretendia matá-lo, e Jônatas não conseguia se convencer de que meu pai estava tão perdido. 'Meu pai não faz nada, importante ou não, sem me revelar. Eu saberia se ele pretendesse matar você.' Nesse momento eu intervi. 'Irmão, não seja bobo. Você acha que ele é cego, além de louco? Esse seu caso é parte da razão de ele querer Davi morto. Não se iluda. Ele *vai* matar Davi, assim que tiver uma oportunidade.' Jônatas abanou a cabeça, mas Davi o pegou pelo braço e olhou em seus olhos.

"'Sua irmã', foi o que ele disse, 'sua irmã', não 'minha esposa'; estranho, só agora percebi isso, 'Sua irmã vê a verdade. Só existe um passo entre mim e a morte.'

"'Diga o que devo fazer', falou Jônatas, olhando de um para o outro. Em seguida seus olhos pousaram em Davi, cheios de amor. 'O que você quiser, eu farei por você.' Davi o puxou para um forte abraço. Eu poderia nem estar lá, tal a intimidade entre os dois. Porém eu estava lá e tive medo, por um instante, do que Davi poderia pedir ao meu irmão.

"'Depois de amanhã à noite teremos lua nova. Se o rei retornar de Ramá, haverá o banquete comemorativo habitual. Antes de tudo isso acontecer, ele me convidou para me sentar ao seu lado na festa.' 'Você não pode estar pensando em ir', interrompi, assustada. 'É claro que não. Mas se ele der por minha falta, se perguntar onde estou, diga que fui procurar minha família em Beit Lehem, porque meu clã está se reunindo para o sacrifício anual. Se ele se mostrar satisfeito com essa desculpa, será uma prova de que seus sentimentos arrefeceram, que o acesso passou, e talvez ele não queira mais me fazer mal. Nesse caso, posso voltar para cá e podemos tentar seguir como antes. Mas se ele se enfurecer, vamos saber que não é o caso, e eu terei de fugir. Jônatas, você sabe que eu sempre quis servi-lo. Se acha que sou culpado de alguma coisa, pode me matar pessoalmente, mas não me faça voltar para o seu pai para ser morto.'

"'Não fale assim. Se eu achar que meu pai pretende matar você, é claro que vou avisá-lo.'

"'Mas como eu vou saber? Quem me trará a mensagem? Em quem podemos confiar?', disse Davi. 'Confie em mim', falei. Os dois olharam para mim. Vi Jônatas analisando meu rosto. 'Você não precisa se envolver nisso. Nosso pai já está furioso com você por causa da fuga.' Virou-se para Davi. 'Vamos lá para fora. Não precisamos causar mais problemas para Mical.'

"'Eu não me importo', falei. 'Davi é meu marido.' Estendi a mão e peguei no braço dele. 'Eu pertenço a você. Se você partir para o exílio, eu quero ir junto.'

"Davi olhou para mim com uma expressão solidária, mas já distanciada. 'Espero que não precisemos chegar a isso. Mas, se chegar, se eu tiver que fugir do seu pai, posso fazer isso mais rápido e em mais segurança sozinho. Levar você só aumentará a fúria dele e sua resolução de me perseguir. Mas não vamos falar disso agora. Eu e Jônatas precisamos traçar um plano, e mais tarde, depois de amanhã à noite, nós veremos o que fazer.'

"Os dois saíram na escuridão. Uma hora depois, Jônatas voltou sozinho, a expressão perturbada. Sua voz falseou quando me contou que tinham traçado planos e feito juramentos para proteger a vida um do outro. Para mim, sua mulher, Davi não fez nenhuma promessa. De mim, não levou nenhuma ternura em sua partida.

"A lua nova chegou, e o rei se apresentou para participar do banquete festivo. Ocupou seu lugar habitual, de costas para a parede.

Desde que fora acometido pela loucura, insistia em sempre sentar de frente para a porta, para estar preparado caso um inimigo o atacasse. Jônatas levantou-se, cedendo seu lugar para que Abner se sentasse ao lado direito do rei. Depois veio sentar comigo, em uma das mesas mais baixas. Mas o lugar à sua esquerda, o lugar de Davi, permaneceu vazio. De início, meu pai não falou nada a respeito. Depois se inclinou na direção de Abner e apontou para mim. Pelo gesto lascivo do meu pai e pela risada forçada e constrangida de Abner, pude ver que o rei estava fazendo alguma piada grosseira sobre a falta de continência sexual de Davi. Por ser um banquete ritual, não poderia ser tisnado por alguma impureza. Meu pai supôs que Davi estivesse ausente por uma razão muito comum: estar plantando sua semente em alguma mulher.

"Mas quando o sol se pôs, momento em que a lei estabelece que a pureza deve ser restaurada, Davi ainda não tinha chegado. Meu pai olhava incomodado para o lugar vazio. 'Por que o filho de Jessé não veio ao banquete?', perguntou em voz alta. Um sussurro percorreu o salão, silenciando o ruído da louça e as conversas. Todos sentiram a mudança da atmosfera. Eu prendi a respiração. O fato de ele não ter falado o nome de Davi foi um sinal de mau humor. Abri a boca para falar, mas Jônatas me impediu franzindo o cenho. Levantou a voz e se dirigiu ao nosso pai. 'Davi pediu permissão para ir a Beit Lehem. Solicitou isso como um favor especial: "Por favor, deixe que eu vá", falou, "pois vai haver uma festa de família e meu irmão mais velho foi convidado. Deixe-me estar ausente para ver meus parentes".' Foi o que ele disse, e eu concordei. É por isso que ele não está à mesa do rei.

"Meu pai levantou de repente, mostrando sua intimidante altura, jogando a taça no chão. Veio até onde Jônatas estava comigo. Jônatas começou a se levantar, mas não foi suficientemente rápido. O rei o puxou pela túnica. 'Seu filho de uma puta infiel! Eu sei que está do lado do filho de Jessé para sua vergonha, e para a vergonha da vagabunda que o pariu. Pois enquanto o filho de Jessé viver nesta terra, nem você nem seu reinado estarão seguros. Agora, então, lembre-se de quem você é. Traga-o até mim, pois ele está marcado para morrer.'

"Eu estava encolhida de medo pelo meu irmão. 'Não responda nada', sibilei. 'Ele não está em seu juízo normal.' Mas Jônatas estava furioso demais para me ouvir. Sua expressão era sombria, contorcida. Em vez de se afastar do meu pai, ele deu um passo em sua direção. 'Por que ele deveria ser executado? O que ele fez?' O rei então pegou uma lança e ergueu a ponta, encostando-a bem na garganta de Jônatas. 'Não!', gritei, levantando para agarrar o braço que empunhava a lança. Meu pai nem olhou para mim, simplesmente retraiu o braço e me esbofeteou com tanta força que me estatelei. Senti uma dor aguda quando meu corpo bateu na beira da mesa. Perdi o fôlego. A ponta de uma costela quebrada espetava minha carne. Escorreguei para o chão. Jônatas ficou ali, olho no olho com meu pai, enquanto a taça caída rolava de um lado para o outro. Dava para sentir a raiva como uma substância sólida entre os dois. Ninguém se mexia. Em seguida, sem tirar os olhos do rosto do meu pai, Jônatas abaixou-se e me levantou do chão. Segurando meu pulso com força, saiu da sala me arrastando atrás dele. Quando me deixou em casa em segurança, designou dois de seus homens leais para me guardar e partiu para o local de encontro combinado, para dar a notícia a Davi de que o rompimento com meu pai era letal. Mais tarde, quando ele me falou sobre isso, disse que os dois se beijaram e choraram juntos, e que Davi foi quem mais havia chorado.

"Meu pai teve sua vingança antes de Jônatas retornar. Os hematomas do meu rosto ainda estavam roxos quando meu pai me casou com Palti. Foi um ato de vingança brilhante, designado para me punir e humilhar Davi. Eu chorei e cambaleei durante o casamento, e gritei até chegar à cama depois da cerimônia, e não só porque o corpo musculoso de Palti machucou minha costela quebrada. Eu não precisava de nenhuma agonia física para saber que estava sendo estuprada. Palti estava bêbado por conta da festa de casamento, e depois se desculpou. Disse que tinha consumado o casamento porque o rei havia ordenado; disse que não me procuraria mais sem meu consentimento. Eu disse que jamais poderia consentir em ser uma adúltera, pois era assim que me via.

"Entretanto, com o tempo, como você sabe, eu mudei em relação a Palti. Fomos morar na casa dele nas montanhas, e ele foi generoso e paciente comigo, e para meu alívio manteve sua palavra. Era uma casa pacífica, como eu nunca conhecera. E quando Jônatas finalmente veio me visitar, trouxe notícias terríveis. Você sabe o que Davi fez; não preciso enumerar seus atos. As mentiras, as traições..."

Eu sabia que ela não estava mais falando só de questões pessoais. O comportamento de Davi depois que saiu da corte de Saul foi desesperado e repreensível. Ele cometeu roubos, sacrilégios, talvez até traição. Suas atitudes e suas mentiras provocaram morte e terror em pessoas inocentes.

— Eu não sabia o que tinha acontecido até Jônatas afinal decidir me contar — continuou Mical. — Só sabia que Davi havia me deixado nas mãos de meu pai quando eu estava ferida e indefesa. Sabia que ele tinha fugido sem víveres nem armamentos. Jônatas me contou que, para se abastecer, Davi parou no santuário de Nobe, no meio do caminho entre a nossa casa e a *beit* da família dele em Beit Lehem. Seu maior troféu, a espada do gigante de Gate, estava guardada no santuário, embrulhada em um tecido oleado, escondida atrás do éfode. Ele sabia disso, claro. Provavelmente foi a razão de ter se arriscado a parar lá. O sacerdote o cumprimentou, um tanto surpreso ao ver o capitão de Saul viajando sozinho e desarmado. Davi mentiu, disse ao sacerdote que estava em uma missão secreta para o rei, que suas tropas se encontravam acampadas ali perto. Disse que estavam sem suprimentos e pediu o pão consagrado da capela para alimentar os homens. Claro que ele levou a espada. E você sabe o que aconteceu depois...

"Foi um acontecimento abominável. Em sua loucura, Saul achou que o sacerdote da capela o havia traído ao alimentar e armar Davi. Não aceitou a verdade relatada – de que eles não tinham conhecimento de que Davi era um fora da lei; que não tiveram razão para duvidar que ele estava a serviço do rei como genro e serviçal mais confiável. Saul condenou todos à morte. Mas nenhum soldado do Rincão levaria a cabo aqueles assassinatos sacrílegos. Coube a um edomita, que seguia outros deuses, matar todos eles. A recusa de seus homens a fazer o que mandara aumentou ainda mais a fúria de Saul, que ordenou que toda a aldeia de Nobe fosse saqueada. Impingiu tanto temor da morte em seus soldados que dessa vez ninguém o desobedeceu. Eles mataram todos na aldeia: mulheres, bebês, os frágeis anciões."

Mical ficou em silêncio, o olhar perdido.

— Quer tomar um pouco de vinho? — perguntei. — Você está muito pálida.

— Estou? Jônatas também estava, quando afinal resolveu vir me ver em minha infelicidade. Eu estava quase louca de não saber, furiosa e magoada porque o meu irmão, meu protetor, não tinha ficado ao meu lado, não havia me salvado. Quando afinal ele apareceu, foi educado com Palti, mas mal conseguia olhar para mim. Eu vi o desprezo nos olhos dele. Pude ver que lutava consigo mesmo para ser justo comigo, para não me culpar por eu ter sido abusada, ter sido desonrada.

— Com certeza não foi isso — interrompi. Lembrei do Jônatas que eu tinha conhecido muito pouco; um homem tão leal que arriscava a própria vida para trazer a Davi as informações que garantiam sua segurança. Um homem assim não poderia ao mesmo tempo ser desleal com uma irmã querida que havia sido enganada na sua inocência.

Mical deu uma risada amarga.

— Até você, Natã, deve saber como são os homens quando se trata de questões de sexo e honra. Eu era irmã dele, e o que manchava minha honra manchava também a dele. Por isso, a vingança doentia do meu pai envenenou também minha relação com Jônatas.

"Por mais que me entristecesse a sua frieza, pude ver na expressão dele as coisas horríveis que tinham acontecido. Afinal exigi que me contasse o que sabia. Ele contou tudo: o massacre em Nobe, a fuga para Gate, tudo. E mesmo enquanto ele falava, vi que lutava para moldar tudo em sua consciência para parecer necessário e perdoável, apenas mais uma tragédia resultante da loucura do nosso pai. Ah, sim. Ele depositou toda a culpa naquilo, na maldita doença do nosso pai. Imaginei que precisasse ver daquela forma, para poder perdoar Davi, cujas atitudes impensadas e egoístas provocaram tamanha tragédia. Suponho que fosse apenas mais uma oferenda ao grande amor que sentiam um pelo outro: que até mesmo os mais graves pecados e atos de traição podiam ser perdoados. Claro que ele me disse que Davi lamentou muito aquelas mortes, que assumiu toda a culpa. Como se isso bastasse para absolver o massacre de homens santos e suas famílias, os lares arruinados e as plantações incendiadas. Perdões em abundância, menos para mim. Nenhum perdão para a irmã, que não era nada a não ser uma vítima.

"Porém eu, que havia sido a menos amada, me sentia menos propensa a perdoar. E é claro que ele me trouxe notícias de outra traição. Uma traição mais íntima. Estou falando do casamento com Ainoã. Eu já estava arrasada, mas aquela notícia acabou comigo. Jônatas tentou justificar, me oferecer um pouco de consolo. Davi não gostava nada daquela garota, afirmou. Era apenas uma moça simplória e bonitinha, uma camponesa saudável que não se queixava de acompanhá-lo em suas andanças, aguentava as durezas e não fazia exigências. Era simplesmente necessária para ele ter um herdeiro. Era o dever de qualquer homem fazer isso; ainda mais para um homem destinado a se tornar rei. Além do mais, ele não podia esperar até voltar a se reunir comigo, pois ninguém poderia dizer quando isso iria acontecer. Era preciso ter um herdeiro enquanto ele ainda era jovem suficiente para proteger e criar um filho. A vida de Davi era cheia de perigos; eu não deveria culpá-lo por querer fazer um filho. Meu futuro filho logicamente teria precedência sobre qualquer filho dessa tal de Ainoã, se ela tivesse um filho homem. Aliás, Jônatas me assegurou que Davi ansiava por mim, por nossa reunião, pela oportunidade de termos o nosso filho. Assim ele falou, e assim tentei acreditar, deitada na minha cama fria, com Palti batendo na porta em vão e eu o mandando, insatisfeito, ir embora.

"Depois, como você sabe muito bem, Davi se casou com Abigail de Carmel, a viúva de Nabal. Palti fez questão que eu soubesse. Quando afinal tive a oportunidade de confrontar Jônatas, ele confessou a verdade, e foi bastante honesto para confirmar o que Palti tinha contado, que dessa vez era um casamento por afeto e consideração mútua. Acho que meu irmão viu, àquela altura, que eu estava desperdiçando minha vida na casa de Palti, definhando por um futuro que poderia jamais acontecer, evitando o único homem que poderia me propiciar alguma felicidade no presente. Assim, pouco a pouco, minha fé foi se abalando. Comecei a acreditar que Davi nunca havia me amado. Comecei a ver Palti pelo homem que era: um homem decente, justo e delicado. E quando eu olhava para ele, percebia que olhava para mim com vontade, como se realmente me desejasse. A mim. Eu nunca havia sido desejada daquela maneira. No fim, acabei cedendo e me apaixonei por ele. Aí todos vocês fugiram para Ziclague, para o rei inimigo, ou ao menos assim imaginamos. Jônatas não pôde mais me trazer notícias ou mensagens de Davi. Comecei a querer esquecê-lo. Passavam-se dias, semanas sem que eu pensasse nele. E quando meus filhos nasceram, afinal ele se tornou uma lembrança amarga, sem nenhum poder de me magoar, foi o que pensei, erradamente, é claro. Então chegaram as notícias de Har Hagilboa..."

Ela parou de falar. Ergui os olhos da minha escrita. Os olhos dela marejavam e o queixo tremia. Olhei para ela, e o que vi foi o rosto de Davi, arrasado pela dor, no dia em que as mesmas notícias chegaram até nós no nosso exílio em Ziclague, que a batalha no monte Gilboa havia sido perdida. Que Saul e Jônatas estavam entre os muitos mortos.

— Já chega — falei, largando minha pena. — Não há mais necessidade.

Mical deu um suspiro entrecortado. Agora lágrimas escorriam pelo seu rosto. Estendeu um dos braço e pegou no meu.

— Obrigada. Você é... generoso. Não estou acostumada com isso.

Soprei os pergaminhos para secar a tinta e me levantei. Fiz uma reverência e me virei em direção à porta.

— Natã... você vai dizer ao rei que fiz o que ele ordenou?

— Sim — respondi. — Vou dizer que você atendeu ao pedido dele de forma integral.

Quando passei pela porta, ela me chamou outra vez.

— Natã?

— Sim?

— Será que você... — Sua voz esmaeceu. Ela respirou fundo, recompondo-se. — Será que pode fazer com que ele se lembre de mim?

Deixei-a naquela pequena cela acabrunhada e me afastei. Tinha chegado ali esperando um questionamento difícil com uma mulher inflamada pelo ódio. Havia me preparado para lidar com um silêncio refratário ou para aguentar um transbordamento de bile. Não esperava ser sobrepujado por tanto pesar.

A vida de todas as mulheres é assim, disse a mim mesmo enquanto subia a escada que levava aos salões mais bem cuidados da casa do rei. Qual delas chega a ser senhora do próprio destino? Nobre ou camponesa, não faz diferença. Ao menos Davi não mandou açoitá-la ou matá-la, como poderia ter feito outro rei.

Mas agora que tinha ouvido a história da vida dela em suas próprias palavras, meu coração estava triste por ela. Eu não precisava tê-la feito reviver os eventos que levaram à dissidência com Davi. Eu sabia tudo a respeito. Eu estava lá.

IX

A LUZ DO FINAL DA TARDE TINHA UM TOM amanteigado enquanto eu bebericava o meu vinho. Lá fora, cotovias e tentilhões desgrenhavam as árvores, cantando seu hino frenético ao dia minguante. Querendo ficar sozinho, dispensei Muwat, propiciando-lhe uma noite de liberdade. Ele saiu relutante, uma expressão ansiosa no rosto jovem. Eu devia estar parecendo bem adoentado, se minha aparência externa refletia meu estado de espírito soturno. Servi um pouco mais de vinho, observando a luz refletida no líquido que se despejava do jarro. Era um bom vinho, das adegas do rei. Meu pai teria valorizado a perícia do produtor. Pensei em nossas videiras, as parreiras verdes rabiscando as encostas íngremes e avermelhadas que se estendiam pela praia branca e plana. Conseguia me lembrar de cada gruta e reentrância, de cada tronco áspero de árvore, das folhas empoeiradas, das golfadas súbitas da água da nascente rolando pela pedra. Senti uma pontada de saudade da terra adamascada daqueles vinhedos, de meu pai esfregando-a em suas mãos ásperas, sentindo seu gosto, avaliando os torrões que se esfarelavam, nem muito pegajosos nem muito finos, a terra certa para abrigar as raízes e escorar as videiras. Tanta perícia perdida num trespasse de metal. Seu sangue empapando a terra. Mesmo na morte, nutrindo a terra que amava e tratava. Será que a morte dele era realmente necessária, como Davi garantiu e eu, ainda criança, tive de aceitar prontamente? Afastei aquele pensamento. A dúvida era como uma podridão. Deve ser extirpada ao primeiro salpico, à primeira mancha, ao primeiro sinal do fedor de decomposição. Mas então – imagino que minha cabeça estava no vinho – pensei em outro tipo de decomposição, a dos fungos macios e cinzentos que às vezes afligem as grandes plantações de uva se o ar fica inesperadamente úmido. Essa decomposição faz com que as uvas produzam um suco denso e viscoso, com um sabor rico e estupendo. O vinho resultante dessas uvas era o melhor de todos. Talvez às vezes as dúvidas seguissem esse mesmo processo. Talvez pudessem também resultar em frutas suculentas. Talvez então fosse bom duvidar. Talvez eu tivesse o direito de duvidar.

Porém aquele raciocínio não me trouxe paz. Eu não queria desabar de novo, como naquele dia, matando em nome de Aquis naquela aldeia amalequita, quando desmoronei ao pensar no meu pai. Eu tinha aprendido a viver minha vida sob o tacão de uma disciplina de ferro. Para um homem como eu, o autocontrole era tudo. Exerci essa disciplina, beberiquei o bom vinho e afastei meus pensamentos para outras paragens, para uma parte do Rincão que nunca havia visto.

Har Hagilboa, aquela cordilheira em forma de espinhaço que se assoma sobre o Vale de Jezrael. Dizem que é muito bonito lá nessa época do ano, as íris silvestres todas floridas, os sons melódicos dos pássaros migratórios, o cume branco e gelado do Har Hermon visível ao longe no norte. Nós nunca chegamos tão longe, é claro. Marchamos até Ziclague e nos juntamos às tropas de Aquis, ao exército de Gate. Nossos homens nutriam sentimentos diversos. Alguns, os que tinham sido maltratados por Saul, ansiosos por vingança e desejando radicalizar aquela luta – uma luta definitiva de exército contra exército, em vez de pequenas escaramuças que alguns consideravam desonrosas, eu inclusive. Mas para alguns de nossos homens, a ideia de juntar forças contra o nosso povo era dilacerante. Sua belicosidade era contra Saul, não contra o nosso povo como um todo, e apenas a lealdade a Davi os mantinha avançando.

Assim, marchamos sob as bandeiras de Aquis até Gate, e mais para o norte em direção a Suném, onde o exército filisteu se acantonava. Estava escuro quando chegamos, mas assim mesmo ficou óbvio que as forças ali reunidas compreendiam uma poderosa hoste. Armamos um rápido acampamento, e Davi me chamou à sua tenda. Joabe e Abisai já estavam lá. Davi havia traçado um mapa da disposição das tropas na terra sob seus pés, baseado no que conseguira ver.

— Está claro o que Saul pretende fazer — falou, apontando com a lança as linhas que representavam a posição das forças de Saul do outro lado do Vale em Gilboa. — Ele quer um ataque frontal. Acha que a posição em terreno mais alto lhe dá uma vantagem. Mas está subestimando as forças filisteias. A única chance, contra tantos soldados, é deixá-los tomar o Vale de Jezrael. Deixar que eles pensem que venceram. Depois cercá-los durante a noite e atacar pela retaguarda, aqui. — Ele espetou a lança na terra. — E pelos flancos, aqui. — Traçou um grande arco com a ponta da lança. — Não entendo o que Saul está pensando. Ele deve ter mandado espiões para avaliar as tropas, e por isso deve saber que um ataque frontal seria uma loucura.

— Bem, é exatamente isso — trovejou Joabe. — Como se precisássemos de mais provas de sua loucura.

O que notei foi que Davi tinha usado o termo *eles* para se referir ao exército ao qual supostamente pertencíamos. Pareceu-me uma coisa estranha na época. Por conta daquela reunião, do chão duro e da vigília normal antes da marcha para a batalha, eu dormi muito pouco aquela noite.

Levantei-me à primeira luz e fui até o campo que já se agitava. Todos os *serens* das cidades costeiras tinham respondido ao chamado às armas, suas diferentes bandeiras estalando na brisa forte. Subi a um ponto mais alto para observar a totalidade do acampamento. Nunca tinha visto um exército como aquele.

Quando voltei às nossas barracas, Davi estava em conferência com Aquis e vários outros líderes filisteus — *serens*, a julgar pelas sofisticadas armaduras e pelos ornamentos nos capacetes. Mesmo de longe, pude ver que a discussão era acalorada. Cheguei mais perto para ouvir melhor, quando alguém levantou a voz e apontou um dedo acusador para Davi.

— Este homem é nosso inimigo. Não vou entrar em batalha ao lado dele, nem com seus homens. Eles vão nos trair e nos atacar.

Aquis respondeu com uma voz firme e grave, mas de onde eu estava não consegui entender o que dizia. Qual fosse a resposta, não deve ter sido convincente. Um dos *serens* tirou o capacete e atirou-o aos pés de Aquis, praguejando em sua língua nativa. Vi Aquis voltar-se para Davi e pousar as mãos em seus ombros. Instantes depois, Davi fez uma reverência, virou-se para todos os *serens*, fez uma saudação e saiu de lá, chamando Joabe.

Até hoje não sei bem como Davi teria agido se nos fosse permitido continuar marchando. Acredito que tivesse algum estratagema, algum esquema para evitar que derramássemos o sangue de nosso povo. Parte de mim acredita que os *serens* filisteus perceberam a verdade: que Davi estava lá com a intenção de trair Aquis — para atacar os filisteus pela retaguarda, fechando um círculo mortal e dizimando suas fileiras até chegar afinal cara a cara com Saul, provando assim sua lealdade ao propiciar aquela vitória. O tipo do momento glorioso que teria elaborado para si mesmo durante o longo tempo de exílio. O tipo de movimento que talvez só ele pudesse ter imaginado e tornado real. Mas acho que sua intenção fraquejou quando ele viu a disposição das forças de Saul e a magnitude do exército reunido contra ele. De qualquer forma, aquele momento não se realizou. Não houve uma reconciliação no campo de batalha. Não houve uma vitória.

Como eu já havia estabelecido, não estávamos lá para presenciar a derrota. Enquanto nossa gente sangrava e tombava naquele campo de batalha, nós estávamos retornando a Ziclague, com nossas mulheres mostrando ainda as marcas avermelhadas da queimadura das amarras no pescoço e nos pulsos e as cicatrizes de terror nos olhos.

Todos nós trabalhamos juntos, limpando o entulho da fortaleza incendiada, com Davi à frente, as mãos enegrecidas como as nossas, a dissidência com seus homens sanada, senão esquecida. O trabalho progrediu rapidamente, acho que porque ansiávamos por nos distrair com difíceis tarefas físicas enquanto esperávamos por fragmentos de notícias do front. Um dia depois do nosso retorno, um mensageiro trouxe notícias de que a batalha estava conflagrada. Depois disso, nada, durante dois dias. Então, no terceiro dia, um sujeito esfarrapado, um estrangeiro, chegou cambaleando aos portões de Ziclague afirmando ter importantes notícias e esperando uma recompensa. Davi estava reunido com Joabe e alguns outros conselheiros mais próximos. O salão recendia à argamassa recente aplicada sobre as paredes atingidas pelo fogo. Eu estava lá, observando de longe, em silêncio, como costumava ser minha atitude durante aqueles dias de exílio, quando a voz não se expressava e minha visão do nosso futuro se mostrava enevoada de dúvidas.

— Traga-o aqui! — disse Davi, a expressão animada. — Se ele quer uma recompensa, devem ser boas notícias.

O homem chegou emanando o habitual fedor de um guerreiro exausto depois de uma batalha, o inconfundível odor de suor e medo de dias entranhado nas fibras de sua túnica rasgada e manchada de sangue. Assim que identificou quem era Davi, jogou-se ao chão numa atitude de prostração.

— De onde você está vindo? — perguntou Davi.

— Eu acabo de fugir do acampamento de Israel — respondeu, embora seu sotaque fosse estrangeiro.

— Levante-se — ordenou Davi. — Alguém traga um banquinho. E um pouco de água.

O homem sentou-se pesadamente e secou o copo. Quando acabou, Davi pediu para ele fazer seu relato.

O homem ergueu os olhos, inquieto. Disse que era um mercenário amalequita. Vacilou ao confessar isso. Considerando o jeito que as coisas estavam entre os homens de Judá e os amalequitas, nossos inimigos jurados, achei que ele era muito corajoso ou muito tolo em admitir isso. Depois declarou que havia sido capturado pelos homens de Jônatas no início da luta.

— Jônatas? — Davi levantou depressa, a expressão ansiosa por mais informações. — E onde eles mantiveram você preso? No acampamento de Saul? O que aconteceu? Conte tudo!

O exausto soldado, enervado pelo tom urgente de Davi, fez um relato gaguejante de uma batalha em que tudo dera errado, com as forças israelitas sobrepujadas em menor número, as grandes baixas e afinal a debandada, quando os sobreviventes fugiram para salvar a própria vida, deixando Saul, Jônatas e seus irmãos mantendo a posição com apenas um punhado de homens leais defendendo o ponto onde se encontravam.

Um encolhimento dos ombros. Uma leve inclinação da cabeça. Àquela altura eu conhecia Davi muito bem. Sabia como interpretar seu corpo. Vi quando ajustou a postura, como que para absorver um grande golpe. O mercenário deu um suspiro entrecortado e declarou o que eu — e também Davi, acho — já sabia ser verdade. Saul estava morto, com Jônatas ao seu lado.

Os ombros de Davi desabaram, o ventre se contraiu. Deixou escapar um suspiro, não mais do que isso. Em seguida deu um passo à frente, abaixou-se, levantou o amalequita pela túnica e falou com a voz monocórdica num sussurro áspero:

— Como você sabe sobre isso?

O homem olhou para seu rosto, mas logo desviou o olhar, como que para evitar o que tinha visto ali. Suas palavras jorraram num fluxo contínuo:

— Quando a luta se transformou em debandada, nossos guardas fugiram e todos os prisioneiros se espalharam. Estávamos fugindo para salvar nossas vidas, como o senhor deve entender. Por acaso cheguei até a cordilheira e dei direto com a unidade de Saul, e percebi que ele estava mantendo sua posição ali, naquele exato local. Dava para ver sinais de luta por toda sua volta. Havia muitos mortos. Aos seus pés vi alguém que eu conhecia: o corpo de Jônatas, filho de Saul, marcado por muitos ferimentos.

Davi franziu os olhos. Suas palavras saíram rascantes.

— Tem certeza? Você diz que o conhecia?

— Sim, meu senhor, conhecia. Foi a unidade dele que nos capturou, e nós desfilamos à frente dele. E era ele ali, a não mais de dez palmos de distância de onde eu estava.

A voz de Davi saiu ainda mais baixa. Puxou o homem para mais perto.

— Tem certeza de que ele estava morto? Os ferimentos... eram mortais?

— Meu senhor, nenhum homem poderia resistir àquilo. Ele estava eviscerado como um cervo trinchado.

Os olhos de Davi se fecharam. Os músculos da garganta intumesceram. Sua mão apertou ainda mais a túnica manchada do amalequita. O homem continuou, atropelando as palavras:

— Só o rei estava vivo, além de um jovem — apenas um garoto — acho que era seu escudeiro. — Davi estremeceu. Ele já fora aquele garoto. — Os dois, homem e garoto, estavam cobertos de sangue. O rei se apoiava pesadamente em sua lança para se manter ereto. Os arqueiros inimigos o faziam de alvo. As flechas tinham atravessado suas vísceras. Dava para ver o quanto era difícil se manter de pé. Ele observava a planície, por onde avançavam as bigas filisteias. Estavam perto, dava para ouvir o rangido de suas rodas. Em meio à poeira, podia-se divisar o brilho de suas lanças. Estavam quase ao pé da cordilheira. Em minutos os soldados iriam desmontar e subir a montanha. Vi o rei se virar para o garoto. Seu rosto... Meu senhor, era possível ver a dor que sentia. Ele sabia muito bem o que os filisteus fariam com ele, para ele, se o pegassem ainda respirando. Mal conseguia falar, mas conseguiu sussurrar uma instrução. "Desembainhe a espada", disse ao garoto. "Acabe comigo." Mas o garoto não conseguia. Caiu de joelhos, chorando, abanando a cabeça, bradando que não podia levantar a mão contra o rei que amava. Saul pegou a própria espada. Apoiou a empunhadura numa pedra e se jogou em cima. Nem chegou a gritar. Quando o vi ali estirado, a espada trespassada em seu corpo, achei que estava morto, mas de repente ele virou de lado e levantou uma das mãos, como que acenando ao garoto. O garoto não notou, em sua aflição. Estava de bruços, puxando os cabelos e chorando. Então eu me aproximei, para ajudar se pudesse. Quando me debrucei sobre ele, seus olhos adejaram. Ele olhou direto para mim. Meu senhor, ele mal conseguia erguer um dedo, mas fez sinal para eu me aproximar. Ajoelhei na terra ao seu lado. É dele este sangue aqui na minha túnica. Ele tentou falar. O sangue borbulhava pelos seus lábios. Tive de encostar o ouvido em sua boca para entender o que dizia. Perguntou quem eu era. Respondi que era um de seus prisioneiros amalequitas. "Então acabe comigo. Eu estou agonizando." Aí, tirei a adaga do cinto de seu filho morto e cortei o pescoço dele. Já estava quase morto quando fiz isso. Em seguida, peguei o adorno de seu elmo e o amuleto de seu braço e fugi para salvar minha vida. E os trouxe aqui para o senhor.

O homem fez menção de levar a mão a uma sacola de pano presa ao ombro. Vi um brilho dourado quando Davi bateu na mão dele. Houve um baque quando o adorno e o amuleto caíram dentro da sacola.

Davi largou a túnica do amalequita como se houvesse acabado de notar o quanto estava suja. Empurrou-o com tanta força que o homem cambaleou. Os olhos de Davi estavam vazios. Eu já tinha visto aquilo. Sabia o que significava.

— Como você se atreve? — disse Davi devagar, com a voz grave.
— Como se atreve a levantar sua mão e matar o ungido pelo Nome? Ninguém pode se arvorar a matar um rei.

A voz do amalequita soou trêmula e aguda:

— Meu senhor, eu sabia que ele jamais se levantaria de onde estava. Estava quase morto... Ele... me suplicou. Os filisteus teriam feito coisas terríveis... eu não...

Vi a mão de Davi se fechar na cintura, onde estaria sua espada se ele a estivesse portando. Virou-se para Joabe, que estava armado.

— Mate-o.

Joabe hesitou por um segundo, a sobrancelha erguida numa interrogação. Davi respondeu com um curto movimento de cabeça. Joabe desembainhou a espada e chegou até o amalequita com um passo de dançarino. Mergulhou a lâmina no peito do homem com a mão direita, e com a esquerda socou a empunhadura, enfiando-a até a guarda.

Davi levou a mão ao pescoço e rasgou sua bata, levantando a cabeça e emitindo um grito de lamento como eu nunca ouvira, e espero nunca mais ouvir. Todos no recinto rasgaram as próprias roupas e choraram com ele.

Sei que Davi chorou por Jônatas, que ele amava. Acredito que também tenha chorado em memória ao que Saul já tinha sido, e pela reconciliação que talvez ainda tivesse esperança de realizar. Sei que alguns naquele recinto odiavam Saul e invejavam Jônatas pelo lugar que ocupava ao lado de Davi. Mas eles também choraram. Suponho que tenham chorado por nosso povo e por aquela ignominiosa derrota.

Eu chorei por Davi. E, devo admitir, chorei pelo amalequita. Posso fechar os olhos e ver seu sangue, denso, vermelho e brilhante, escorrendo pelas lajotas cinzentas, formando pequenos riachos que penetraram os rejuntes das pedras. Acreditei no relato dele, que havia despachado um homem que sofria, salvando-o da tortura nas mãos dos filisteus. Imagino que tenha pensado que Davi gostaria da notícia da morte de seu maior perseguidor. Ele esperava uma recompensa. Pobre alma, teria sido melhor se houvesse ficado com a coroa e a braçadeira, que valiam mais do que ele já tinha ganhado na vida. Uma das sentinelas levantou o pobre cadáver pelos tornozelos e o arrastou para fora. Fiquei olhando fixamente para o rastro de sangue deixado nas lajotas.

Porém, mesmo enquanto chorava, comecei a sentir o mundo mudar. Eram lágrimas de purificação. As trevas de minha mente se desanuviaram e se abriram com um alívio, como que afastadas pelo vento como uma fumaça nociva que ardia em meus olhos e empesteava minhas narinas. Consegui ver, de novo, a estrada à nossa frente. Nosso exílio — as temporadas de golpes baixos e assassinatos libertinos — tinha se acabado. Sairíamos dessa planície úmida e arruinada para as montanhas, para o ar livre e a purificadora luz do sol. Voltaríamos ao Rincão, ao nosso povo. Iríamos para casa.

Mas primeiro, antes que tais planos fossem traçados ou mesmo comentados, nós pranteamos e jejuamos pelos mortos. Davi me pediu para ficar com ele, e assim o fiz. Fiquei em seu aposento o dia inteiro, mantendo uma vigília silenciosa enquanto ele dedilhava as cordas da harpa, compondo. À noite nos reunimos com os outros no salão, onde ele cantou, pela primeira vez, "A canção do arco", que anotarei aqui como a ouvi naquela ocasião, ainda que qualquer criança hoje possa oferecer alguma outra versão.

> *Tua glória, Israel,*
> *Jaz morta em tuas alturas.*
> *Como os poderosos tombaram!*
> *Não o digas em Gate,*
> *Não proclames nas ruas de Ascalão,*
> *Para que as filhas dos filisteus não se regozijem,*
> *Para que as filhas dos pagãos não exultem.*
> *Ó montanhas de Gilboa —*
> *Que não haja orvalho ou chuva em vós,*
> *Nem fontes ou enchentes,*
> *Pois ali enferrujam os escudos dos guerreiros,*

O escudo de Saul,
Não mais lubrificado com óleo...
Filhas de Israel
Chorem por Saul,
Que vos vestiu de seda e escarlate,
Que vos adornou de ouro.
Como podem os poderosos tombarem
No clangor da batalha —
Jônatas, morto em tuas alturas!
Choro por ti,
Meu irmão Jônatas,
Tu me eras o mais querido.
Teu amor me foi maravilhoso,
Mais do que o amor de mulheres.
Como os poderosos tombaram,
As armas de guerra pereceram.

Já escrevi aqui sobre como Davi tocava sua harpa. Não escrevi sobre a voz com que cantava. É difícil descrever um som sem fazer comparações com outro som, mas o timbre da voz de Davi era algo à parte. Tinha a urgência de um chofar, mas sem ser agudo. Podia provocar medo, como um forte vento uivando perigosamente através de galhos frondosos, ou causar deleite, como um inesperado trinado do doce canto de um pássaro. Podia saciar como o som de água corrente, purificando e acalmando um espírito sedento, ou podia causar inquietação, como uma fera selvagem uivando nas montanhas distantes. Para descrever o som, é preciso apelar para outros sentidos — tato e visão. O resvalar de uma seda fina pela mão; a maciez aconchegante de uma pele envolvente. Ou de um ourives martelando o metal no momento em que vira o folheado; o brilho súbito, como se a própria luz do sol tivesse sido capturada. A voz de Davi era aquele lampejo brilhante, dourado e bruxuleante. Conseguia transmitir luz e calor. Mas não só. Às vezes, a voz conseguia evocar tanto poder que não remetia à luz do sol, mas ao relâmpago — algo tão feroz e magnífico que deixava pasmo e chocado quem se visse atingido.

Naquela noite, enquanto cantava, ainda em uma pungente comoção, a voz dele fez todas essas coisas. Nenhum dos que o ouviram poderia voltar a ser o mesmo depois. Minha respiração ainda continuava ofegante quando ele fez sinal para eu me sentar ao seu lado, depois de largar a harpa. Não falou nada por algum tempo, mas eu podia sentir seus pensamentos, irrequietos. Fiquei esperando, em silêncio, até afinal ele se virar para mim. Davi falou com suavidade, para que os outros no recinto também pudessem ouvir o que dizia.

— "O vermelho recobre a espada na mão de Saul. De sangue real." Essas foram as suas palavras no acampamento em Hores. O próprio sangue de Saul em sua lâmina, você quis dizer. Ainda assim você me diz que não sabia que ele terminaria sua vida dessa maneira?

— Eu sabia que ele iria perecer em batalha. Só isso. Não sabia que seria como aconteceu.

— E quanto ao resto? O que você quis dizer sobre Jônatas, Jabes e a tamargueira?

Olhei para o chão e abanei a cabeça.

— Não faço... — Eu estava prestes a dizer "Não faço ideia", mas naquele momento um grande ruído de pássaros grasnando afogou minhas palavras. Houve uma lufada de fedor, um cheiro de podridão. Levantei as mãos para me proteger. Estava de pé, gritando. Pude ver que os outros no recinto também se levantaram.

Cadáveres decapitados, enegrecidos de abutres, empalados na parede. As asas dos pássaros se agitavam enquanto lutavam uns contra os outros para comer a carne. Cada batida trazia mais fedor às minhas narinas. Esquivei-me e agitei as mãos sobre a cabeça quando um pássaro passou voando baixo, com um pedaço de carne pendurado no bico.

Na base da muralha, rostos estrangeiros, distorcidos, rindo. Atirando pedras sobre os torços feridos.

Tragam-nos para baixo, ó homens de Jabes!, eu gritava, correndo de um estranho a outro, frenético. *Salvem seu rei dessa desonra!* Pouco depois a ruidosa visão clareou, e eu estava de novo em um salão em Ziclague, face a face com Davi, agarrando sua túnica com a mão. Abri a mão e deixei-a cair ao meu lado. Joabe e os outros tinham se afastado. Encolhidos contra a parede do outro lado, o medo estampado nos rostos. Mas a expressão de Davi era calma, paciente. Estendeu uma das mãos. Enxugou gotas de suor frio da minha testa com o polegar. Depois pôs as duas mãos nos meus ombros.

— O que devo fazer, Natã?

Em meio às pulsações da minha cabeça, não consegui ouvir as palavras que gritei: *Vá para Hebron, rei! Saul está enterrado. Os homens de Judá estão esperando para ungi-lo.*

X

Era uma linda árvore, antiga e esculpida pelo vento. Sua generosa copa fora empurrada para o leste pelas lufadas fortes e quentes do deserto ocidental, de forma que seu tronco se curvava no solo recém-afofado e estendia os maiores galhos como um par de braços protetores. Os leves borrifos da folhagem pairavam na brisa da tarde, amplificando cada passagem do ar.

As quatro covas eram pequenas. Os fétidos restos mortais haviam sido incinerados até virarem cinzas antes de serem enterrados nessa colina. Davi ficou contemplando os montes de terra amarela e pedras brancas por um longo tempo. Quando afinal relaxou, recostou-se no tronco áspero da tamargueira. Fizemos a longa viagem em direção ao norte e ao oeste porque Davi disse que desejava ver pessoalmente a sepultura que eu havia descrito em minha visão. De início, cogitei se ele duvidava de mim. Mas não me deixei perturbar. Pois sabia que ele encontraria o lugar exatamente como eu o havia visto.

Enquanto o sol mergulhava no cume ocidental, o poço de sombra ovalada se alongava e alargava. Observei o rosto dele, encovado pelo jejum, mas iluminado por dentro por alguma profunda fonte de energia. Estava com uma de suas pequenas harpas – que trouxera à montanha pessoalmente, afivelada às costas. Na última luz dourada daquele dia,

Davi a acomodou entre os joelhos e cantou "A canção do arco". Quando chegou ao verso sobre Jônatas, lágrimas rolaram por suas faces. Mas sua voz não vacilou, e ele manteve a última nota longa e pura em toda sua meiguice. Depois se levantou, e voltamos para a cidade de Jabes enquanto o crepúsculo se estendia.

Os homens tinham longas lembranças. Lembravam que Saul travara sua primeira grande batalha como rei por eles. Antes da loucura, antes da rejeição de Samuel, no auge de seu poder, ele tinha salvado a cidade deles da tirania que ameaçava saqueá-la, e arrancou o olho direito de todos os que a defendiam. Os homens de Jabes não esqueciam isso. Quando souberam que os filisteus haviam cortado a cabeça de Saul e de seus filhos – Jônatas e dois de seus irmãos mais novos – e empalado os profanados torsos nas muralhas de Beit Seã, eles resolveram pagar sua dívida. Entraram à noite, exigiram os cadáveres putrefatos e enterraram os restos calcinados com honra sob a tamargueira da encosta da montanha.

Davi entrou em Jabes com uma caravana de espólios dos anos que passara em Ziclague. Entregou-os aos homens da cidade que lideraram a incursão.

— Um dia — disse para mim —, quando eu puder, vou levar os restos mortais de Saul para as terras dele, para lhe dar um funeral real.

Depois voltamos para o sul, atravessamos o rio Jordão e rumamos para Hebron, no leste. A cidade abriu seus portões para Davi como para um filho muito amado e há muito aguardado. Coroaram-no rei de Judá assim que se encerraram os rituais do luto. Foi uma cerimônia contida, pois todos nós sabíamos que ainda havia pouco a comemorar. Estávamos furiosos com as perdas em Gilboa e desunidos como sempre.

Eles nos deram a melhor casa da cidade, e lá ficamos esperando para saber como Abner reagiria à coroação de Davi. Durante aquelas semanas, nasceu o primeiro filho de Davi. No oitavo dia, ele segurou-o nos braços enquanto nosso sacerdote, Abiatar, o marcou com o sinal de nossa aliança. O olhar de Davi ao segurar aquele bebezinho foi algo que eu nunca havia visto. Sua expressão demonstrou uma abrangência de emoções que não imaginei que um só homem pudesse sentir no mesmo instante. Havia uma avidez em seus olhos arregalados que eu só tinha visto no calor da batalha, mas combinada com ternura. Havia também o espanto e a maravilha transfiguradas que via lampejar em seu rosto quando rezava. Suas mãos longas e bem torneadas amparavam e acariciavam aquela criança como se fosse tão valiosa quanto ouro puro, porém frágil como a asa de uma libélula. Enquanto segurava o garoto diante da multidão, ele ria e chorava ao mesmo tempo. Eu olhava para aquela criança chorando, vermelha e enrugada, e tentava ver o que via Davi para sentir o que sentia. Porém foi inútil. Aquelas emoções me eram obscuras. Isso, pensei, é como deve ser o verdadeiro amor, que eu nunca sentirei.

Parecia que ser pai e ter um herdeiro acrescentaram uma dimensão extra a Davi. Ele sempre fora uma presença vívida e animadora em qualquer lugar que entrasse, mas agora ele voltava de suas visitas ao garoto, a quem deu o nome de Amnon, vibrando com uma força e uma energia ainda maiores. Sempre fora um ouvinte atento, pronto a aprender o que qualquer homem estivesse disposto a oferecer numa discussão, mas agora havia uma profundidade adicional às suas perguntas, uma visão mais abrangente por trás de suas decisões. Agora ele pensava além da passagem dos anos, em um futuro que cintilava à frente em termos de séculos. Uma coisa, imaginei, era um profeta dizer que alguém vai fundar uma dinastia. Outra, ao que parecia, era realmente se permitir acreditar nisso.

O momento para essa feliz transformação estava maduro, pois a difícil questão envolvendo Abner estava diante de nós. O general de Saul conseguira sobreviver em Har Hagilboa. Parece que ninguém sabia ao certo como havia escapado sem ferimentos, nem por que razão não estava ao lado de seu rei no clímax mortal da batalha. Ninguém sussurrava "traição" — talvez porque não se atrevessem. Porém por alguma arte ou estratagema, aquele musculoso velho soldado conseguira salvar a própria pele e sobreviver para reunir os desgastados fiapos do exército derrotado de Saul sob seu comando.

Abner já tinha vivido muito para pensar em requisitar a coroa de Israel para si mesmo. Por isso, colocou o único filho vivo de Saul no trono, deixando claro que aquilo era apenas um gesto. Os filisteus tinham matado todos os filhos do rei menos aquele, Isbosete, que não estava na batalha por não ser um guerreiro. Desde o nascimento, Isbosete parecia um enjeitado naquela família de garotos e garotas altos e bonitos. Era retardado, devido a algum problema ocorrido no nascimento, segundo as mulheres diziam. Perambulava pela periferia da família, nunca merecendo mais do que piedade. Quando ficamos sabendo que Abner havia levado a concubina favorita de Saul para a cama, Davi convocou um conselho com Joabe. Os dois se mostraram indignados.

— É como se ele tivesse posto a coroa na própria cabeça — disse Davi, socando o braço da cadeira. — A mulher é de Isbosete, por lei. Abner se mostra imprudente ao cometer um insulto como esse. Até mesmo Isbosete poderia reagir a essa atitude.

— Isbosete? — repetiu Joabe, incrédulo. — O que é Isbosete? Um nome, e você não pode brandir um nome. Acha que ele iria se opor a Abner? Abner o esmagaria se ele movesse um dedo. Abner está com o que restou do exército nas mãos. E Abner não faz nada sem uma razão. Ele fez isso para mostrar que Isbosete não é mais que seu glorificado refém.

— Bem, se Isbosete não vai reagir ao insulto, eu reagirei — disse Davi. — Não vou permitir que a casa do rei seja apequenada dessa maneira.

Joabe pareceu satisfeito. Ele tinha razões para não gostar de Abner, e qualquer atitude de Davi contra ele o deixava satisfeito.

Estávamos preparados para a guerra, e a guerra chegou. Não uma guerra total, quando um povo luta para eliminar outro. Foi uma guerra tribal interna: uma sondagem, para ver onde estava o poder. Acho que

Abner já sabia que Davi iria prevalecer. Conhecia Davi, e seus talentos, melhor do que ninguém. Já havia contado com ele em guerras. Já o havia perseguido em vão quando era um fora da lei. Se não tinha conseguido neutralizar Davi quando ele estava em fuga e mal armado, não poderia esperar fazer isso agora, com os homens de Judá unidos em torno de sua bandeira. Acredito que Abner só quis se posicionar melhor para negociar alguns termos para manter certo poder. Não estava querendo abrir mão do domínio que desfrutava como braço direito de Saul. Por parte de Davi, ele não tinha muita inimizade pessoal em relação a Abner, o homem que o conduziu da obscuridade à grandeza no dia em que ele levantou a cabeça sanguinolenta de Golias na mão. Sabia que as perseguições de Abner durante os anos de exílio eram por ordem de Saul. Por isso as batalhas que travamos eram realizadas com engajamentos concatenados. Nossos jovens guerreiros saíam para essas escaramuças de coração leve, como que para travar competições e não combates mortais.

Tudo aquilo poderia ter sido resolvido com menos baixas não fosse por Joabe. Joabe e eu nunca fomos muito próximos. Ele era um homem prático e de pés no chão, que desconfiava do que não pudesse tocar ou cheirar. Desconfiava de minhas visões e deplorava o fato de Davi dar tanto valor a elas. Além do mais, acredito que tivesse ciúme de nossa intimidade, talvez sentindo que eu usurpava a intimidade que deveria ser dele como sobrinho de sangue de Davi. De minha parte, lembro-me do jovem de olhos frios que me jogou contra a parede no corredor da casa de meu pai, e que ergueu a lança para mim no dia seguinte, pronto para me trespassar. Mas eu sabia que ele amava Davi com uma afeição intensa e uma lealdade eterna. E acreditava que via sentimentos semelhantes em mim. Ademais, Joabe tinha testemunhado a utilidade de minhas previsões e, embora não desse valor a coisas misteriosas, era um bom soldado e valorizava qualquer arma que estivesse ao seu alcance. Então, ainda que não houvesse afeto entre nós, tratávamos um ao outro com civilidade.

Mas acho que ele não teria me procurado para falar sobre Abner não fosse por seu irmão mais novo, Abisai. Abisai era um guerreiro de cabeça quente, para quem a violência era uma coisa tão natural quanto respirar, mas mesmo assim nós dois forjamos uma inesperada amizade. Ele foi meu instrutor em armas quando entrei para o bando de Davi, e tínhamos mais ou menos a mesma idade. Abisai acreditava que minha vidência salvara Davi na noite em que surpreendemos Saul em seu acampamento. Foi Abisai quem instou Joabe a se aconselhar comigo, esperando que ele me convencesse a expor seu caso a Davi.

Entretanto foi difícil para Joabe solicitar minha ajuda. Eu estava em meus aposentos, depois da refeição, quando Muwat, de olhos arregalados, disse que Joabe estava na porta querendo falar comigo. Claro que o convidei para entrar e pedi ao me criado que lhe servisse vinho. Convidei Joabe a se sentar, mas ele preferiu ficar andando entre a janela e a porta, tomando seu vinho em dois grandes goles. Acenei para o garoto servir mais vinho, depois fiz um sinal de cabeça indicando que deveria nos deixar a sós. Talvez, pensei, Joabe se sentisse mais disposto a falar se nós dois estivéssemos sozinhos.

Ele estava olhando pela janela quando finalmente falou. As palavras se precipitaram atropeladas, sem preâmbulo.

— Meu irmão confia em você. Recomendou que eu me aconselhasse com sua pessoa. Quando os reinos de Judá e Israel estiverem unidos, só poderá haver um general no comando. A posição de Abner é forte. Ele comandou um grande exército, não meramente um bando de fora da lei, e em guerras, não em pequenas incursões. Ele tem toda Israel em suas mãos. Se ele ceder, se fizer isso para manter a paz, Davi terá uma grande dívida com ele. — Virou-se e olhou para mim, franzindo o cenho. — Será que o rei vai escolhê-lo e não a mim?

Fiz um gesto com as mãos abertas.

— Nós nunca falamos sobre isso.

— Mas o que você acha? O que você... vê?

— Se estiver perguntando se eu *previ* alguma coisa a respeito, não, não previ. O que vejo, como um observador normal da corte, é que você é sobrinho do rei, e seu general de confiança. Além do mais, não há ninguém com quem Davi conte tanto, em termos militares, quanto você e seus irmãos. E você é o único parente sanguíneo de quem ele gosta. Davi me contou que, quando era criança, sua mãe era a única das irmãs dele que demonstravam algum afeto ou consideração. Abisai é perito em armas e destemido, e Asael é o corredor mais veloz do exército. Davi conta com todos vocês.

— Mas será que é suficiente? Será que isso basta? — Ele tinha voltado a andar de um lado para o outro. — Abner tem toda Israel atrás de sua bandeira.

— Ou ao menos é o que ele quer que pensemos. Mas Abner já está velho — falei. — Esse é o lado anverso de toda sua experiência. Ele tem idade para ser seu pai.

— Mas ele não age como um velho. Não luta como um velho.

— É mesmo? Então por que ele não estava ao lado do rei em Har Hagilboa? — Pensei em Abner quando o vi na obscuridade pouco antes da aurora, dormindo em seu posto enquanto Abisai pedia que Davi o deixasse matar Saul.

— Você acha que existem dúvidas sobre a lealdade dele a Saul? — O cenho de Joabe relaxou, ele ergueu as sobrancelhas. Ele não tinha pensado nisso. Agora pude ver que estava acalentando a ideia. — E Davi também vê dessa forma?

Ergui os ombros e abri as mãos.

— Não sei. Eu não o aconselho em assuntos militares. — Permiti-me um sorriso irônico. — Levando-se em conta minha capacidade de luta, não estou em posição de fazer isso. — Joabe retribuiu meu sorriso, pegou a jarra de vinho e voltou a encher sua taça. — Mas eu *posso* dar um conselho a você, já que está pedindo — observei. — Fale com Davi. Apresente essa questão diretamente a ele. Com certeza é melhor saber o que ele pensa do que viver com essa constante inquietação.

— Talvez — concordou ele, passando o dedo pela borda da taça. — Talvez você tenha razão.

Mas Joabe não fez isso. Preferiu continuar remoendo a questão em particular com os irmãos Abisai e Asael. Dizer que aqueles três eram muito unidos não faz justiça à situação. Eles tinham partilhado mais do que um útero. Eram ligados pela crosta de tecidos cicatrizados resultante de longas e sangrentas campanhas. Se a batalha torna homens irmãos, aqueles três eram duas vezes mais ligados, arraigados ao hábito de vigiar cuidadosamente a retaguarda uns dos outros. E foi isso, acredito, que levou aos eventos da batalha do Tanque de Gibeão.

Deveria ter sido mais um de uma série de confrontos isolados entre exércitos naquele período de simulações entre homens de Israel e homens de Judá. Como em todos os confrontos do tipo, as regras de engajamento eram estabelecidas antecipadamente. Os jovens saíam para se enfrentar em números iguais. Dessa vez, seria apenas uma dúzia de jovens combatentes de cada lado. Qualquer elemento de apoio que os acompanhasse – oficiais, escudeiros – entendia que não deveria se envolver na luta. Ferimentos eram os resultados comuns desses confrontos; cada um lutava contra seu oponente até aplicar um golpe definitivo; ninguém queria matar o outro.

Eles começaram a lutar com espadas curtas, e de repente alguém gritou que um jovem tinha tombado morto. Alguém disse que o jovem tinha se rendido e que seu oponente deveria tê-lo poupado. Até hoje não sei o que aconteceu na verdade, de tão vaga que foi a centelha na conflagração que se sucedeu. Os dois lados entraram em ignição, resultando numa sede de sangue que envolveu todos os jovens, até todos estarem se atacando brutalmente e tombando com golpes mortais.

No frenesi daquela confusão, imagino que Asael tenha visto sua chance de ajudar o irmão. Ou isso, ou alguma fúria enlouquecida e incontinente o acometeu, e ele partiu para atacar Abner. Abner havia vindo ao tanque para observar e dirigir seus homens, não para combater. Não estava armado, nem usava uma armadura. Quando percebeu que um jovem guerreiro o havia escolhido para atacar, agarrou uma lança do homem mais próximo e correu. Asael contornou o tanque, diminuindo a distância entre os dois com facilidade. Abner tinha um antigo ferimento na perna que afetara seu joelho, o que o fazia mancar um pouco. Ele sabia que o jovem logo o alcançaria. Gritou por cima do ombro, dizendo que não queria lutar. Mas Asael continuou avançando, se aproximando. Então Abner, com as artimanhas de um veterano, transformou em vantagem a velocidade do homem mais jovem que avançava contra ele. Quando Asael estava a poucos passos do objetivo, a toda velocidade, Abner parou de repente. Apoiou a ponta da lança no chão à sua frente, posicionando-a num ângulo agudo, e deixou o próprio embalo de Asael propeli-lo para o cabo da haste. Incapaz de interromper seu ímpeto, Asael foi trespassado pela haste da lança. Ficou espetado como um javali. Mesmo assim, continuou tentando alcançar Abner, avançando mais alguns passos. Abner recuou um pouco, saindo do seu alcance. Asael ainda ficou de pé por um bom tempo, antes de seus joelhos cederem e ele tombar.

Abner ficou olhando para o cadáver, realmente angustiado.

— Será que seremos para sempre devorados pela espada? — Ergueu a voz em um brado melancólico. — Joabe! Seu irmão está morto. Acabe com isso. Já!

Chocado, Joabe fez soar sua trompa. Os homens cessaram a luta e depuseram as armas. Reuniram-se em torno de Joabe, em silêncio, enquanto ele retirava a lança e pedia aos amigos mais próximos de Asael para levantar o corpo. Eles marcharam a noite toda. De manhã, enterraram Asael no túmulo do pai em Beit Lehem.

Aquela morte fútil e indesejada fez mais do que terminar uma batalha. Marcou a mudança em direção ao estabelecimento de uma paz. Abner mandou uma mensagem a Davi: "A quem deve pertencer a terra? Faça um pacto comigo e colocarei toda Israel ao seu lado". Eu estava lá quando Davi recebeu a mensagem. Esperei que estendesse a mão para pegar a coroa que lhe era oferecida. Mas ele não respondeu nada. Levantou o queixo e olhou para a sala de audiência lotada. Quando o silêncio se estendeu, começaram os farfalhares e os pigarros. Homens mudavam de um pé para o outro, inquietos. Notei que uma gota de suor brotava na testa do mensageiro. Foi ele, afinal, quem rompeu o silêncio.

— Senhor — falou. — Que resposta devo levar ao general Abner?

Davi piscou e balançou a cabeça, como se retornando de pensamentos distantes. Olhou para o mensageiro como se tentasse lembrar a razão de o homem estar à sua frente. Depois falou numa voz límpida e calma, com uma leve sugestão de sorriso brincando nos cantos dos lábios.

— Leve as seguintes palavras a Abner: "Eu farei um pacto com você. Mas não venha até mim a não ser que traga Mical, filha de Saul. Quero minha esposa de volta".

Fiquei atônito, como muitos outros próximos a ele. Nenhum de nós havia ouvido uma palavra dele sobre aquela questão. Mais tarde, ele me chamou para ir aos seus aposentos.

— O que você achou da minha condição? — perguntou.

— Você não falou nada sobre Mical nesses últimos anos. Não sabia que ainda pensava nela. Fiquei surpreso. Mas vejo que foi uma grande jogada estratégica.

— Estratégica? — Olhou para mim sobre a taça de vinho. — Como assim?

— Você sobe ao trono de Israel com a filha de Saul ao seu lado, apazigua as vozes dos legalistas e une as tribos do norte e do sul.

— Sim, foi o que Abigail disse. Foi dela a sugestão para eu fazer isso.

A sagacidade e a rapidez de raciocínio daquela mulher eram de um talento raro. Mostravam ou um grande altruísmo ou um alto grau de segurança na própria posição. Nas últimas semanas se tornara claro que Abigail estava grávida do que seria o segundo filho de Davi. Para uma mulher, não era pouca coisa. Mas quando Mical desse um filho a Davi, tal descendente seria duas vezes real, com uma linhagem que superaria a ordem de nascimento quando a questão da sucessão fosse considerada.

Enunciei meu pensamento em voz alta:

— Mical traz o sangue de Saul para unir as dinastias.

Davi me lançou um olhar intenso.

— O sangue de Saul? — Uma expressão de nojo passou pelo seu rosto. — Eu não quero o sangue de Saul. Sangue de derrotas e loucura. Prefiro que minha descendência *não* tenha esse sangue.

— Jônatas tinha esse sangue — observei em voz baixa.

A expressão de Davi suavizou, desfazendo as rugas da testa.

— É verdade. — Sorriu, um sorriso triste e orgulhoso. — E você lembra como Mical gostava dele? Mas esqueço que você não a conhece. Bem, pois vai conhecer em breve. Natã, você vai até Abner com o mensageiro, para garantir que meus termos sejam entendidos, e que fique claro que não são negociáveis. Não deixe de falar com Isbosete também. Assim é mais apropriado. Ele deve fazer parte do que diz respeito à irmã dele. Aliás, para ser mais conveniente, para ela deve parecer que as instruções vieram dele. Depois de obter o consentimento de Isbosete, vá junto com quem eles mandarem para buscá-la.

Falei com cuidado, olhando para minhas mãos.

— Já faz muitos anos — dez anos, pelo que me lembro — que você não a vê. Ela era uma garotinha na época. Com certeza deve ter mudado muito. Na aparência, sem dúvida. E talvez também de coração. Já considerou que ela pode ter desenvolvido laços de afeição com Palti, depois de tanto tempo como sua mulher? Com certeza eles devem ter filhos. Você perguntou?

Davi se levantou de repente, empurrando a cadeira para trás, que fez barulho ao arrastar no chão.

— Aquela garota arriscou a vida por mim. Acha que amou outro homem depois? — Jogou a cabeça para trás e deu um sorriso irônico. Ele tinha razão de ser vaidoso, não digo o contrário. Mas não se trata de uma característica atraente, nem mesmo em um rei. — De todo modo, o que isso me importa? Não tenho nada a ver com Palti, nem com o que pode ou não existir entre os dois. O casamento foi um insulto grave. Nunca deveria ter se dado, e agora eu tenho o poder de desfazer isso.

"Traga-a até mim, Natã. Vou posicionar sentinelas nas muralhas."

Foi uma jornada quente e empoeirada desde Hebron, atravessando o Vale do Jordão até chegar à fortaleza de Abner em Maanaim. Abner me recebeu com cortesia, como alguém receberia um pajem favorito. Soltou um grande suspiro de alívio quando o mensageiro relatou que Davi havia aceitado sua oferta.

— Então o derramamento de sangue entre nossas tribos pode finalmente acabar — falou. — Vou levar a filha de Saul para ele, e depois vou convencer os benjamitas da minha tribo a aceitar Davi. O resto se encaixará naturalmente. Quanto à questão da mulher, Isbosete não será contra. Eu posso falar em nome dele.

— Mesmo assim, meu rei deseja que eu consulte Isbosete, e é o que eu farei.

Abner olhou para mim com uma carranca.

— Vai consultá-lo? — Sua expressão desanuviou e ele deu de ombros. — Então pode ir. Pode falar com ele, se quiser. Ele *não* vai se opor.

Abner tinha razão: Isbosete não poderia se opor a uma lufada de vento forte, de tão acuado que se encontrava. Murmurou que desejava que Davi fosse feliz com sua irmã e que se sentia honrado com o parentesco.

Portanto, fiquei surpreso na manhã seguinte ao ver Abner montado diante de um destacamento de vinte homens armados para nos escoltar até a casa de Palti em Galim. Estavam levando uma liteira vazia, com cortinas. Ao meio-dia, quando paramos para dar água para as mulas, fui até Abner e perguntei, em voz baixa, se a escolta armada significava que ele esperava dificuldades. Ele se levantou, flexionando os ombros e esfregando a base do grosso pescoço, onde fieiras de cicatrizes se enodavam no tecido de um velho ferimento de faca. Lançou-me um olhar quase hostil. Imagino que não fosse comum ele ser chamado a dar explicações para os que considerava subordinados, em especial um subordinado jovem como eu.

— Você devia ser o profeta. Achei que poderia me dizer o que vai acontecer. — Emitiu um som entre uma risada e um grunhido. — Quando um reino depende de alguma coisa, eu sempre antevejo dificuldades. Assim, se não acontecer nada, nenhuma culpa. Mas se acontecer, bem, é bom estar preparado. — Em seguida se afastou, pedindo que alguém lhe trouxesse um pedaço de pão.

Já era final de tarde quando avistamos a cidade. Abner mandou que acampássemos no vale para não entrarmos na vila no crepúsculo. Quando as barracas foram erguidas, ele me puxou para dentro de uma delas.

— É você quem vai levar a mensagem a Palti — falou. — É uma questão delicada. Você é um bom mensageiro, já ouvi dizer. Vai ser capaz de fazer isso melhor do que um velho e rude soldado como eu. — Deu a mesma risada fungada e irônica. — E se alguém acabar pondo tudo a perder, melhor que seja um garoto de Davi.

Fazia algum tempo que não me chamavam de "garoto". Senti um calor subindo pelo rosto. Para minha vergonha, eu estava corando.

— Não sei por que isso sobra para mim — falei. — Você era o braço direito de Saul, que arranjou esse casamento injusto e impuro. Não caberá então ao homem de Saul desfazer a situação?

— "Injusto", "impuro"... Não sei como você consegue aguentar o gosto dessas palavras na boca! — Virou para o lado e cuspiu, como que para reforçar sua afirmação. — Isso na época foi uma questão de poder, e continua sendo agora. Você sabe o que é poder, Natã. Eu conheço você. Ninguém deixa de ser um garoto fazendeiro para se tornar um primeiro conselheiro. Ah, sim, eu sei sobre você – fez parte do meu trabalho saber quem estava reforçando o tutano do meu oponente e arrancando o coração do meu rei. Toda essa alta conversa de "tronos" e "coroas" e "linhas que não podem ceder". — Disse isso com a voz em falsete, num registro de menininha, para zombar de mim. Mas logo voltou ao seu resmungo grave habitual. A voz dele soava como um rebolo em movimento. — São armas poderosas, palavras como essas, para brandir contra um homem com a mente aflita e o espírito fraco. Sim, eu me dei ao trabalho de rastrear suas origens, averiguar se você era autêntico ou um impostor. Sei tudo sobre o seu pai assassinado e sua aldeia saqueada. Deve ter sido uma coisa incrível de ver, uma criança declamando tudo aquilo. Eu conheço os soldados: são todos supersticiosos, sempre em busca de sinais ou presságios. Mas Davi não é bobo. Ele teria farejado um charlatão óbvio, por isso sei que você deve ter dado um belo espetáculo. E sei outra coisa também: qualquer um que fique tão perto de um rei, como você, passa a entender as alavancas que acionam o poder, bem como o custo do óleo que deve lubrificá-las. Vá falar com Palti e traga essa mulher. Diga que quero que ela esteja na estrada uma hora depois do nascer do sol.

Eved hamalek, pensei comigo mesmo enquanto subia a encosta no crepúsculo. E o servo não pode escolher suas tarefas. Abner tinha razão: melhor que a mensagem fosse entregue por mim. Não tinha dúvida de que Abner usaria de força, se esta fosse necessária. Melhor que a ameaça permanecesse à distância, em uma barraca no vale, do que entrar de armadura sem pedir licença pela porta da frente.

Mas não existe uma maneira cortês de dizer a um homem que alguém veio buscar sua esposa. Palti me recebeu com curiosidade. Era um homem bem-apessoado, com cabelos escuros e uma boca sensual. Se Mical fosse parecida com Jônatas, como disse Davi, os dois fariam um bonito casal. Claro que ele já sabia que Abner estava acampado no vale. Acho que esperava que eu tivesse vindo pedir sua ajuda nas negociações entre os benjamitas e as forças judaístas de Davi. Comecei a explicar que as hostilidades logo iriam acabar, que Abner fizera uma proposta de paz e que Davi havia aceitado.

— Que bom — disse ele, servindo duas taças de vinho e me oferecendo uma. Peguei a taça e bebi sofregamente, buscando coragem para dizer o que era necessário. Sem suspeitar de nada, Palti ficou animado com minhas notícias. — Já estava na hora de pôr um fim nisso. Todo mundo sabe que Isbosete não é um rei. Os benjamitas vão receber bem uma reconciliação, tenho certeza. As ameaças que enfrentamos se tornaram grandes demais para uma só tribo. Gilboa mostrou muito bem isso.

—Abner vai ficar contente com o seu apoio, assim como o rei Davi — comentei. Esvaziei a taça e respirei fundo. — Mas há uma condição.

—Ah?

— Palti, Davi quer a mulher dele de volta.

—A mulher de volta? Mas ele tem as mulheres dele – a viúva carmelita, a israelita, e ouvi dizer que tomou outra esposa recentemente, como parte de um tratado com os nortistas, a filha do rei gesurita, não foi? Mas não vejo o que isso...

Finalmente, quando assimilou o significado daquilo, Palti encostou-se a uma coluna para se apoiar.

— Ele não pode pedir isso. Não depois de dez anos. O que ela pode significar para ele depois de todo esse tempo? Nós temos filhos... O mais novo ainda não tem cinco anos. Durante todo esse tempo ele nunca mandou notícias. Nem quando o pai e o irmão dela morreram no campo de batalha. — Andava de um lado para o outro, levantando a voz. — Nenhuma palavra durante o luto dela. Ele não deve sentir nada por ela. Isso é apenas orgulho...

— Não, Palti — repliquei. — Não é orgulho. É política. Ele precisa disso. Você pergunta o que ela significa para ele. O casamento foi um convite para Davi ingressar na dinastia de Saul. Agora que a casa de Saul está reduzida, ele precisa retomar esse lugar. Davi vai ser rei, não só de Judá, mas também de Israel. Samuel vaticinou isso. Você não pode se interpor no caminho.

— Se já foi vaticinado, como você diz, então vai acontecer esteja ele com Mical ao seu lado ou não.

Levantei minha mão.

— Basta. Seu casamento não era válido sob nenhuma lei a não ser o decreto de um rei. Esse rei agora está morto. Outro rei deu sua palavra. Agora vá falar para Mical se preparar. Abner quer partir para Hebron uma hora depois do amanhecer. Vou voltar com uma liteira para o transporte dela. Se você foi feliz durante esses anos, fique contente com isso. Mas aceite que está acabado. Pois está acabado, Palti. — Esperei uma reação. — De um jeito ou de outro.

Deixei a ameaça pairando entre nós e me virei para sair. Quando levantei a tranca da porta, dei uma olhada para trás. Palti estava jogado na coluna, a cabeça entre as mãos. Os ombros convulsos. Se ele, um homem severo, tinha baqueado com aquela notícia, como seria com Mical? Tive medo do que aconteceria de manhã. Quando a pesada porta se fechou atrás de mim, me encostei por um momento, ofegante.

Dormi intermitentemente naquela noite, ouvindo os roncos sonoros dos soldados ao meu redor. À primeira luz, saí e acordei os homens destacados para carregar a liteira. Quando nos aproximamos, Palti saiu da casa vestido para viajar. Atrás dele, com passos hesitantes, apoiada por duas criadas, vinha uma figura alta e esguia envolta por um manto de viagem. Antes de a porta se fechar atrás dela, vi um garoto puxando a irmã, que chorava com os braços estendidos. O rosto do garoto estava molhado de lágrimas. Quando Palti ajudou Mical a entrar na liteira, eu pus a mão em seu ombro. Ele se virou.

— Você não pode estar cogitando ir com ela, Palti.

— Eu pretendo segui-la — explicou. — Quero falar com o rei, implorar...

— É inútil — falei. — Fique aqui e cuide de seus filhos. — Abaixei o tom de voz. — Eles precisam de pelo menos um dos pais. Pode não ser bom para você lembrar Davi de seu adultério.

— Eu preciso tentar — insistiu.

Dei de ombros. Aquilo eu ia deixar para Abner. Ele era o comandante da expedição. Cabia a ele ordenar que Palti ficasse em casa.

Mas Abner não pareceu preocupado.

— O calor vai acabar com ele — falou. — Ou o terreno. Ele não é jovem. Não está numa mula. Acho que não vai conseguir acompanhar a marcha de soldados treinados. — Mas, no transcorrer da manhã, o calor aumentou, e Palti não deu sinal de desistir. De vez em quando ele gritava o nome de Mical, para que soubesse que ele a estava seguindo.

Ao meio-dia levei pão e água para Mical, passando o odre pela cortina. Ela aceitou a água com as mãos trêmulas, mas não pegou o pão. Conduzi minha mula até a retaguarda, onde Palti cambaleava, a túnica ensopada de suor, o rosto roxo como uma uva. Inclinei-me para falar com ele.

— Não é justo com ela o que você está fazendo. Ela precisa se reconciliar, se preparar para encontrar o rei. Como vai poder fazer isso ouvindo você gritar o nome dela? Você só está aumentando a sua aflição.

Palti não respondeu nada e continuou cambaleando em frente. Joguei um odre de água aos seus pés, montei na mula e continuei cavalgando. Quando emparelhei com Abner, ele se virou para mim.

— É melhor alguém calar a boca desse cão uivante, senão eu mesmo vou fazer isso.

Não muito tempo depois, quando Palti voltou a gritar, um dos soldados mais jovens – um bom imitador – começou a repetir seus gritos em tom zombeteiro. Outro jovem entrou no jogo, respondendo com uma voz aguda. Logo um bando deles começou a chamar e a responder, acrescentando insinuações obscenas. Virei para Abner.

— É melhor você acabar com isso. Não é apropriado para a esposa de um rei ser tratada com esse linguajar.

— Você tem razão. — Abner virou sua mula e foi até onde estava Palti. Palti nem olhou para Abner, continuou andando, ainda que seu corpo estremecesse com o esforço. Abner parou a mula na frente de Palti.

— Chega! Dê meia-volta e retorne para casa. — Palti continuou ignorando-o. Sem erguer os olhos, deu um passo para o lado para contornar a mula de Abner. Abner deu uma pancada forte na omoplata de Palti com o cabo da lança, fazendo-o cair para trás, levantando uma nuvem de pó. Imediatamente ele se apoiou nas mãos para se levantar. Abner deu um giro na lança e aplicou um golpe na têmpora de Palti, fazendo-o cair na terra de novo. O sangue escorreu do corte acima da orelha.

— Não vou dizer mais uma vez. Vire-se e retorne para casa. Da próxima vez que eu usar esta lança, você vai sentir a ponta dela.

Palti gemeu e se esforçou para se levantar. A caravana tinha parado. Todos observavam a cena, esperando para ver se Palti voltaria ou daria mais um passo à frente para ser morto.

De repente houve um movimento. Mical tinha aberto a cortina da liteira e saído, piscando sob a luz forte. O véu havia caído sobre seus ombros, e seus cabelos soltos esvoaçaram quando ela correu na direção de Palti. Acho que teria corrido direto para os braços dele se Abner não tivesse se interposto entre os dois com a mula. Mical ergueu a rosto sulcado de lágrimas.

— Faça o que ele diz, Palti. Volte para os nossos filhos. Eu vou implorar para o rei. Vou dar um jeito de voltar para você.

Os olhos de Palti buscaram o rosto dela.

— Jure — falou.

— Juro.

Abner desmontou da mula e a agarrou pelo braço.

— Que vergonha! — gritou. — Você desonra seu marido, o rei! Fique feliz se esse fato não chegar até ele.

Torceu o braço dela nas costas com força, empurrou-a até a liteira e quase a jogou lá dentro. Ele devia ter mais cuidado, pensei. Mical iria se lembrar disso.

Abner resmungou alguma coisa e deu ordem de marcha. Virei-me na sela e vi Palti ajoelhado no pó, adernando. E vi a mão pálida de Mical pela cortina da liteira, acenando para ele. Logo depois subimos uma pequena encosta e viramos na estrada para Hebron.

Já quase escurecia quando chegamos às muralhas da cidade. Entramos, entreguei minha mula ao garoto do estábulo e fui até a liteira. Àquela altura Mical já tinha reposicionado os véus, mas eu pude ver os seus olhos. Não estavam mais tristes. Só consegui ver fúria neles. Uma serpente de cólera aninhada dentro daquela mulher.

Quando fui informar Davi que Mical já havia chegado, ele não pareceu ter pressa em vê-la. Fiquei surpreso – achei que pelo menos a curiosidade o teria provocado. Mas também fiquei contente. Não queria que ela fosse trazida até ele do jeito que estava, tensa da viagem, marcada por lágrimas e cansada ao ponto da exaustão. Ele perguntou como Palti tinha aceitado a notícia.

— Mal — respondi. — Veio atrás de nós até Baurim.

— Foi mesmo? Sinto muito por isso. Mande para ele um carneiro de pelagem comprida, que todos adoram, uma parelha de bois, e alguns outros presentes que você considere pertinentes. Não preciso de outro inimigo ali, se puder evitar. Ele deve saber que eu não o culpo por essa questão.

Achei que animais pouco fariam para aplacar Palti, e cogitei se Davi era tão insensível quanto aparentava. Não que ele fosse um homem sem experiência em afetos profundos, mas onde então estava sua empatia? Soterrada, imaginei, embaixo de seu egoísmo. Ainda todo equipado, fiquei esperando sua pergunta seguinte, sobre como Mical havia recebido sua ordem. Mas ele não perguntou. Seus pensamentos estavam todos em Abner e em seu poder de influência sobre os benjamitas. Naquela noite, ao que parecia, Davi estava sendo um rei, não um homem. À época aquilo me preocupou. Mais tarde, teria razões para desejar que tivesse sido sempre assim.

— Estou planejando um banquete para Abner e seus homens hoje à noite. Pode mandar dizer a Mical que ela não precisa comparecer. Acho que não vai se importar em não comparecer a um banquete de soldados. — Fez uma pequena pausa. — Depois de uma viagem tão longa.

E depois de ter sido arrancada dos filhos e ver o homem com quem é casada há dez anos quase ser trespassado na frente dela, pensei. Mas o que eu disse foi:

— Joabe e Abisai estarão no banquete?

— Por acaso, não. Eles estão fora. Numa incursão.

— Melhor assim — falei.

Davi aquiesceu.

— Você vai ter de lidar com isso em algum momento. E logo.

— Eu sei.

Foi um dos banquetes mais espetaculares, com vinho em abundância, o ar denso de deliciosos aromas da gordura dos carneiros girando nos espetos e suculentas aves assando nos fornos de barro. Quando a escuridão caiu e as tochas foram trazidas, as labaredas pareciam dançar com uma luminosidade extra. A música também foi notável. Davi convidou alguns músicos da tribo de Abner, em sua homenagem, o que o deleitou. Não houve uma música que pedisse que eles não conhecessem, em geral em alguma variação original.

Davi sentia-se à vontade nessas festividades, sabia agir como um soldado e participar das brincadeiras grosseiras, e como rei para deixar claro que se lembrava de momentos de bravura e sacrifícios, enaltecendo cada homem por suas atitudes. Foi generoso com Abner, não exigindo nenhuma primazia, preferindo tratá-lo com a deferência que um homem mais novo deve a alguém mais velho. Todos os presentes no salão puderam perceber que se tratava de um homem estimado, até amado por Davi. Ficou claro que o jovem rei e o velho soldado estavam prontos para a reconciliação. Abner gostou da atenção. Imagino que seus anos recentes ao lado de Saul, sempre alerta para os sintomas de loucura, não teriam dado margem a noites tão prazerosas. Já tarde da noite, Abner se levantou da cadeira. Estava corado e instável por causa da bebida, e vários convidados olharam de lado para o vizinho, conjeturando o que viria a seguir. Abner levantou a taça, fazendo um brinde a Davi.

— Nós somos o seu osso e a sua carne. Em tempos passados, você nos liderou e nos trouxe para casa. Que volte a ser assim. Você será o pastor de todo nosso povo. Prometo que, da próxima vez que nos encontrarmos, toda Israel estará sob a sua bandeira.

O salão irrompeu em brados, os homens batendo nas mesas, quando Davi levantou e abraçou Abner. Mais de um guerreiro esfregou os olhos com as costas da mão à visão do grisalho general oferecendo seu amor e lealdade ao novo rei.

Abner partiu no dia seguinte ao meio-dia. Menos de uma hora depois, Joabe e seus homens chegaram de outra direção, trazendo uma longa fileira de carroças cheias de pilhagens. Davi chamou Joabe para honrá-lo por sua incursão bem-sucedida, mas quando chegou aos aposentos de Davi, Joabe já sabia que Abner tinha vindo e já partido. Também tinha ouvido falar, ou deduzido, que o tom do banquete fora mais do que amigável, e que Abner fora tratado com distinção. Joabe era um soldado, não um diplomata. Nunca havia aprendido a controlar suas expressões. Quando adentrou no aposento de Davi, a expressão estampada em seu rosto era da mesma raiva ostensiva que eu havia visto mais jovem, quando ele me jogou contra a parede na casa do meu pai.

— Você teve o comandante do inimigo em suas mãos e o deixou ir embora? — Não esperou para ouvir a resposta de Davi, continuando: — Como pode imaginar que é possível confiar nele? Toda essa conversa de união dos reinos. Não é plausível que você acredite que ele vá levar isso a sério. Ele veio aqui para estudar suas posições e avaliar suas forças. Vai voltar seguido por um exército.

Nesse momento ele se virou para mim.

— Natã, por que você não orientou o rei a esse respeito? Com certeza você pode ver isso, não?

— Joabe, o que vejo é um irmão desolado alimentando sua sede de vingança. Mas lembre-se de que Asael atacou Abner primeiro.

— Uma coisa não tem nada a ver com a outra. — Joabe cuspia as palavras, com uma fúria incontida.

— Se é assim, esse seu acesso de raiva é ofensivo e injustificável — interveio Davi. — Você é um guerreiro, não um político. Não discorde de mim nessa questão. Abner sabe que as tribos devem se unir e que precisa de mim para fazer isso. Ao menos ele consegue deixar de lado sentimentos pessoais e ver o quadro mais amplo. — Davi se virou para servir mais vinho. — Experiência é importante nessas questões.

Por ter se virado para o outro lado, Davi não viu a expressão que perpassou o rosto de Joabe à menção da palavra *experiência*. Saber julgar os homens fazia parte do perfil de Davi. Mais tarde, ponderei se aquela observação fora de fato resultado de um erro de julgamento ou uma atitude calculada, designada para provocar exatamente o efeito que provocou. Mas, na época, achei apenas que havia faltado tato. Quando Davi voltou-se com duas taças de vinho e ofereceu uma a Joabe, este a recusou, o que não era seu hábito.

— Você tem razão — concordou. — Estou cansado demais para discutir isso agora. Se me permite, vou me retirar.

Davi deu de ombros, passando a taça de vinho para mim. Mais tarde, exigiu saber de mim por que eu não tinha visto o que aconteceria naquela noite e na manhã seguinte: por que não dei nenhum aviso. Eu poderia ter perguntado o mesmo a ele. Não é preciso ser vidente para entender a raiva e o ciúme de Joabe, nem para prever que alguma coisa grave poderia resultar daquilo. Homens criados em uma cultura de vinganças de sangue não mudam de um dia para o outro.

Na manhã seguinte, Abner estava morto perto dos portões de Hebron. Assim que saiu dos alojamentos do rei, Joabe despachou um mensageiro, supostamente a pedido do rei, para encontrar Abner onde ele havia acampado para passar a noite, na cisterna de Sirá. A mensagem dizia que Davi queria que ele retornasse a Hebron. Sem dúvida ainda embalado pelos bons sentimentos da noite anterior, Abner se apressou para atender a convocação. Joabe ficou esperando. Assim que Abner passou pelos portões, Joabe o pegou pelo braço e o puxou para o escuro, dizendo que queria dar uma palavra em particular. A "palavra" foi uma adaga na barriga; o pagamento de uma dívida de sangue por um irmão.

Davi mandou me chamar logo depois da alvorada, quando a troca de guarda descobriu o cadáver. Estava tirando a bata de dormir enquanto um criado o ajudava a vestir uma túnica.

— Pode deixar, eu faço isso sozinho — ordenou impaciente, puxando o tecido fino até rasgar em sua mão. — Não tem importância. Eu vou ter de rasgar essa roupa de qualquer jeito. — Aí virou-se para mim. — Como você não anteviu isso?

Eu conhecia aquele olhar vago e vazio. Sabia a aparência de sua ira. Já tinha sentido antes, nas cavernas de Hores, no dia em que fui incapaz de interpretar a profecia sobre Jônatas. Agora sentia mais uma vez aquele olhar duro, intenso e penetrante. Lutei para fazer do meu rosto uma máscara de compostura, apesar de tremer por dentro.

— Eu poderia fazer a mesma pergunta a você, meu rei. Joabe foi seu fiel guerreiro em Adulam, nas florestas de Zife e nos tumultos de Ziclague. Acompanhou você no exílio, ficou ao seu lado na desgraça. Agora, quando tudo pelo que vocês lutaram – juntos – está para cair em suas mãos, ele fica sabendo que você andou oferecendo um banquete em reconhecimento ao homem que nos perseguiu. Além do mais, o homem que matou o irmão dele. Joabe sabe que você queria torná-lo subordinado àquele homem. Mesmo assim, quando ele veio falar com você ontem, em vez de uma palavra de afeto, um gesto de reafirmação, em vez de se aproximar dele, como tio e como amigo de toda uma vida, você o insulta e o manda embora. Então eu pergunto: como *você* não anteviu isso?

Eu nunca tinha falado assim com ele, não com minha própria voz. Vi uma veia pulsando na têmpora dele, os punhos fechando e abrindo ao lado do corpo. Os olhos estavam arregalados de surpresa ante as minhas palavras. Preparei-me para uma explosão.

Mas ele baixou a cabeça. Quando falou, ainda estava zangado, os lábios apertados. Mas não houve uma erupção. Sua voz saiu baixa, contida, mas ele cuspia as palavras como se tivessem um gosto amargo.

— Você, Natã, é o único com coragem suficiente para me dizer a verdade. — Levantou a cabeça e se recompôs. — Venha comigo. Vou até os portões para ver o corpo. — Virou-se e eu o segui, suando de alívio.

— Será uma atitude sábia? — perguntei enquanto caminhávamos. — Não seria melhor se manter distante desse assassinato?

— Como posso fazer isso? Essa atitude impensada de Joabe põe tudo em risco. Os benjamitas nunca se aliarão a nós agora, sem Abner para persuadi-los. Vão dizer que cometi uma traição infame. — Lutei para acompanhá-lo enquanto ele se apressava pelo corredor.

— Você está enganado. Eles vão se juntar a nós. O Nome já disse. Mas agora você precisa agir. Faça Joabe pagar, e pagar caro por sua atitude.

— Mas como vou fazer isso? — perguntou. — Eu não posso perdê-lo. Não com Abner morto. Você tem razão. Você sempre tem razão. Eu *ia* colocar Abner no comando. Era necessário. Mas agora Joabe é o único general competente que me resta. Nossas guerras não vão terminar só pelo fato de as tribos estarem unidas. *Se* elas se unirem, depois do que aconteceu esta noite. Isso será apenas o começo. Preciso de um general experiente para mandar contra os filisteus, e contra todos os outros que farejarem a nossa fraqueza e cobiçarem este Rincão. Eu preciso de Joabe.

— Não estou dizendo para matá-lo. Os benjamitas, entre todos os povos, podem entender isso, se você classificar como uma dívida de sangue. Mas você precisa se manter afastado. Deve lamentar o fato.

E deve encontrar uma forma de castigar Joabe, ainda que o mantenha sob seu comando.

— Obrigado, Natã. — A voz dele gotejava sarcasmo. — Obrigado por me apontar um caminho tão nítido e fácil.

Era uma manhã de sol, e pisquei quando saímos na praça. As ruas estavam lotadas, o movimento habitual distribuído pelas pessoas aglomeradas, cochichando sobre a notícia do assassinato. Davi não olhava para a direita nem para a esquerda, nem cumprimentou ninguém, seguindo com seus passos rápidos até o portão. Os guardas estavam em volta do corpo, afastando os curiosos, mas abriram caminho quando Davi se aproximou.

Abner estava onde havia caído, as pernas retorcidas uma sobre a outra. A cabeça foi fraturada quando bateu numa quina de pedra que agora penetrava seu crânio. Provavelmente a queda o havia matado antes que a facada no ventre surtisse efeito.

Davi deixou cair a cabeça e cobriu os olhos com uma das mãos. Falou em voz baixa, para que só eu escutasse.

— Será que Abner deveria ter morrido como um plebeu? Agachou-se ao lado do corpo e pegou a cabeça rachada entre as mãos. Um líquido amarelo-claro escorreu entre seus dedos, mas ele não pareceu perceber. — Olhe só para você. Seus pés não estavam agrilhoados, suas mãos estavam desatadas. Mas você caiu como se cai diante de uma artimanha e uma traição.

Davi se levantou, agarrando a túnica que tinha rasgado acidentalmente e começou a se rasgar com alarde e espetáculo. E deu um belo espetáculo. Seus olhos mostravam realmente tristeza e raiva. Ergueu a voz.

— Rasguem suas indumentárias! Este homem era um general de Israel. Prestem o respeito que merece. — Virou-se para os homens na guarda, cabeça baixa, olhos no chão. — Tragam Joabe aqui, e digam para vir em trajes de luto! — Os soldados se entreolharam, voltaram a olhar para os próprios pés. Parecia que nenhum deles queria levar aquela mensagem ao general. — É uma ordem! — bradou Davi. — Já.

Cheguei mais perto.

— Deixe-me fazer isso. É melhor que seja eu.

Davi virou-se para mim de repente, o olhar candente. Ele podia ter aceitado o fato de que também tinha responsabilidade por aquela ocorrência, mas ainda transbordava ressentimento por eu não a ter previsto. — Então vá — ordenou, dando-me um empurrão forte, quase um soco. — Seja um mensageiro. Ao menos esse é um serviço que você *consegue* prestar.

Joabe estava em seu alojamento na barraca dos soldados, com Abisai ao seu lado. Ainda trajava seu uniforme militar.

— Pelo amor à sua vida, Joabe, tire essa túnica manchada de sangue. Davi quer falar com você.

Ele não se moveu.

— Levante-se! Você não me ouviu?

— Eu ouvi — admitiu em voz baixa. — Mas por que deveria me apressar para minha própria execução?

— Joabe — falei. — Ele não pretende matar você. Mas não force a mão. Vista uma roupa de penitência e vá até o portão. — Joabe me deu uma olhada, os olhos vítreos, o corpo caído, inerte. — Faça isso, homem, se quiser viver.

Abisai pôs uma mão no ombro do irmão.

— Confie em Natã. Faça o que ele está dizendo.

Joabe olhou para o irmão e se levantou, parecendo entorpecido. Abisai o pegou pelo braço e o levou em direção ao depósito, onde poderiam encontrar algum saco para servir como traje de penitência.

Pouco depois, Joabe saiu da barraca vestindo uma tanga e com um xale de aniagem feito a partir de um saco de cereais. Quando ele surgiu em meio ao aglomerado que se abriu para sua passagem, Davi fitou aquele corpo peludo e cheio de cicatrizes de batalhas com um olhar incandescente. Em seguida virou as costas para ele e encarou a multidão.

— Saibam que um príncipe, um grande homem de Israel, tombou hoje. E hoje me sinto fraco, mesmo eu, um rei ungido. Os filhos de minha irmã Zeruia são selvagens demais para mim. Que eles sejam castigados por sua vilania.

Virou-se de novo para Joabe e apontou para o chão.

— Deite-se na terra e lamente por Abner, filho de Ner. — Joabe se ajoelhou lentamente. Parou por um momento. Pude ver o quanto aquilo lhe custava – ele, um general, parente do rei. Mas a vontade de viver é mais forte até que o orgulho. Encostou o rosto na terra ao lado dos pés de Davi.

O semblante de Davi estava avermelhado, a boca formava uma linha fina. As pupilas estavam enormes e negras, mesmo na luminosidade do sol matinal. Deu um passo à frente e chutou Joabe nas costelas, com força. Joabe suprimiu um gemido de dor. Ergueu os braços instintivamente, para proteger a cabeça.

— Você e sua casa carregam a culpa por isso. Que sua casa nunca deixe de ter alguém sofrendo. — Deu mais um chute em Joabe. — Que os assassinatos persigam a sua descendência. Que seus filhos conheçam a fome. — Era uma praga pesada, e Joabe se encolhia no chão como se as palavras o golpeassem. Mas quando terminaram as agressões, vi que seu corpo ficou mais relaxado. Palavras e pontapés eram uma coisa, a espada do carrasco era outra. Quando o rei amainou sua fúria e cessou sua torrente de maldições, Joabe tirou os braços da cabeça. Como não houve mais pontapés, ele percebeu que eu tinha falado a verdade, que o rei o deixaria viver.

Na confusão daquele dia, Davi não teve tempo de pensar em Mical. Naquela noite, lembrei-me tardiamente de falar sobre ela. A governanta do palácio me informou que Davi não havia feito nenhum arranjo específico para ela, mas que Abigail havia mandado suas criadas para cuidar dela. Fui ver como ela estava. A criada que me abriu a porta enunciou mil desculpas, mas Mical não me recebeu.

— Mical diz que não está bem, que deseja descansar. — Quando me virei para ir embora, a garota, que eu sabia ser inteligente, estendeu a mão para me deter, logo puxando-a de volta. — Meu senhor, ela não come nada. Mal bebe água. Nós – eu e minha ama – tememos por ela.

— É mesmo? Você fez bem em falar comigo.

Em seguida fui direto falar com Abigail. Entre nós não havia necessidade de preâmbulos. Assim que ficamos a sós, ela despejou seus pensamentos.

— Eu sei o que você vai dizer, Natã. Por que eu pressionei Davi para fazer isso? Na verdade, estou me fazendo a mesma pergunta. Você acreditaria se eu dissesse que fiz isso por ela?

Eu devo ter feito uma expressão de dúvida. Ela estava de pé, andando de um lado para o outro. A cintura era arredondada pela gravidez, mas ela tinha o rosto afilado. Notei que, salvo a largura da cintura, Abigail estava muito magra. Sua debilitante doença já começava a tomar conta. Fez uma careta enquanto andava. Por um instante, uma dor aguda transpareceu em seus olhos, e eu a vi – estirada em um ataúde, Davi segurando sua mão descarnada, um garotinho chorando no canto. Foi a aparição de um momento. Quando pisquei, já havia se dissipado. Mas eu sabia que era uma visão real. Uma pontada de tristeza me penetrou. Abigail era minha amiga e confidente.

— Sente-se — falei. Servi uma taça de vinho e dei a ela. Ela bebeu como um homem, num gole sequioso, e estendeu a taça pedindo mais.

— A dor é tão forte assim? — perguntei em voz baixa.

— Às vezes. Quando estou cansada. À noite é pior.

— Abigail...

Ela fez um gesto de mão, como que para encerrar o assunto.

— Não. Na minha idade estar grávida é uma bênção. Mais do que isso. É um milagre. Eu achava que era estéril – por causa de Nabal, cinco anos casada sem filhos. — Passou a mão no estômago protuberante. — Só quero viver o suficiente para gerar esta vida, só isso. — Ela não tinha perguntado diretamente, mas ouvi a pergunta pairar no silêncio.

— Você vai viver — falei. — E ainda mais. O suficiente para que seu filho a conheça.

Ela sorriu.

— Um filho? Que bom. E vou viver para vê-lo. Isso é mais do que eu esperava. Estou satisfeita. Agora posso aguentar qualquer coisa... — Tomou mais um gole de vinho e se recompôs. — Natã, estou feliz por você ter vindo, e não só por causa de suas palavras de apoio. Venho me questionando sobre o que fiz, e o que posso fazer por Mical, agora que ela está aqui. Eu cometi um erro. Realmente achei que ela desejaria isso. Sim, sim, achei que seria bom para Davi, para esta casa, para restaurar o vínculo com Saul, para silenciar futuras requisições nessa direção. Mas também pensei que ela fosse como eu.

"Eu desprezava Nabal, meu marido. Detestava suas bebedeiras e sua loucura, muito antes de ter conhecido Davi. Mas depois... depois que conheci Davi... Natã, ele estava lindo naquele dia, quando o encontrei na estrada. Vestido para a batalha, o cabelo preso atrás, a pele oleada. E com raiva – você sabe como ele fica quando está com raiva. Eu podia sentir. Sentir o calor irradiando dele. Seu sentido de propósito, sua motivação, o quanto ele se controlava, mas o quanto podia se mostrar feroz quando se soltava. O autocontrole. E depois, a maneira como ele me tranquilizou, quando entendeu o que eu estava fazendo. Sua bondade e seus bons votos quando me mandou para casa. Casa. A casa daquele idiota nojento que quase tinha matado todos nós. Tive de voltar para casa e aguentar Nabal e uma de suas festas com bebedeira. Tive de olhar para ele, a barba encrostada de comida, vinho e cuspe manchando sua túnica. Tive de ouvir suas piadas sujas e estúpidas e vê-lo passando as mãos untuosas em todas as mulheres que o serviam. Ouvi-lo se gabar que enfrentou bandoleiros maltrapilhos, sabendo que se não fosse por mim ele estaria morto, afogado no próprio sangue. E desejando, de coração, que ele *estivesse* morto.

"No dia seguinte, quando já estava sóbrio, fui contar para ele. Contei o que tinha feito, e como ele era um idiota. Ele se levantou, cambaleou até a latrina e vomitou. Você sabe como pode ser violento o vômito de um bêbado – os olhos dele estavam injetados de sangue quando terminou. Aí ele teve um ataque. Dizem que fui eu que provoquei aquilo com minhas palavras. Não é verdade. Ele mesmo foi o responsável. Ele já tinha arruinado o próprio corpo. Tenho certeza de que teria tido o ataque de qualquer jeito naquele dia, por conta dos excessos, tivesse eu falado ou não a verdade.

"Mas eu fiquei contente. Mais contente ainda no dia seguinte, quando ele não se levantou. Então, no décimo dia, ele morreu, deixando Davi livre para me propor. Tive de manter a compostura quando ele veio me fazer a proposta. Mas, assim que fiquei sozinha, dancei de alegria pelo meu quarto. Verdade, Natã, achei que Mical se sentiria da mesma maneira. Como poderia saber que ela amava esse homem chamado Palti?"

Passou as mãos pelo rosto.

— O que eu posso fazer?

— Nada — respondi. — Seja boa com ela, como tem sido. Eu e você sabemos que Davi tem um grande dom para inspirar amor. Ele já teve o amor dela uma vez. Vai saber como reconquistá-la, tenho certeza.

E na época eu tinha certeza. Mas como qualquer homem podia achar que tinha certeza. Ou seja, com a mesma probabilidade de estar certo ou errado. Abigail preferiu achar que eu estava dizendo que tinha certeza da outra maneira e se consolou com minhas palavras, o que já foi alguma coisa. Eu gostava dela e não queria que se autoflagelasse. Não no pouco tempo que ela tinha de vida.

A notícia da morte de Abner correu depressa, chegando logo à sua fortaleza em Maanaim. Como Davi havia previsto, todos lá imaginaram que sua mão estivesse por trás. Isbosete, filho de Saul, certo de estar marcado para morrer, entrevou-se na própria cama, paralisado de medo. Dois dos comandantes da companhia de Davi, supondo que a avaliação de Isbosete estivesse correta, decidiram prestar um serviço a Davi, imaginando que assim cairiam em suas boas graças. Invadiram o aposento de Isbosete e o mataram a facadas. Não demorou muito para os dois assassinos perceberem que tinham julgado mal a questão. Quando chegaram a Hebron com a cabeça de Isbosete num saco ensanguentado, Davi cortou suas mãos e seus pés e os pendurou sobre o Lago Hebron. Fui com ele para examinar os corpos sangrando, balançando no cadafalso. Davi olhou para os dois, o rosto inexpressivo.

— Agora talvez as pessoas entendam que eu queria que essas matanças entre as tribos cessassem de uma vez por todas — falou.

Talvez, pensei comigo mesmo. E talvez entendam que você não mostrou clemência com os assassinos do rei, mesmo que o rei fosse seu inimigo, como era Saul, ou um pobre títere como Isbosete. Mas seja o que for que as pessoas sejam levadas a acreditar, eu sabia que mais uma vez um assassinato fora cometido, e que mais uma vez o resultado só aumentaria a ambição de Davi. E talvez alguns outros vejam essa coincidência e a considerem suspeita.

Fossem quais fossem os cochichos em particular, a reação do público foi exatamente a que Davi desejava. Na semana seguinte, chegaram enviados de todas as tribos de Israel, até mesmo dos benjamitas de Abner. Houve muitas especulações, com muitas lembranças dos tempos anteriores à cisão de Saul com Davi, quando ele os comandou em tantas e tão vitoriosas batalhas.

Em algum momento durante todas essas conversas, Davi finalmente se lembrou de Mical.

— Acho que eu deveria falar com ela — disse, quando vários emissários esvaziaram o salão de audiência. — Venha comigo. Vamos vê-la agora. — Seu tom de voz era de um homem comentando sobre uma tarefa. Refleti a respeito. Com dias seguidos cheios de questões vitais como foram os anteriores, achei que a curiosidade, se não desejo ou pura bondade, poderia ter provocado aquela atitude zelosa.

Encontramos Mical sentada perto da janela de seu alojamento, olhando para a praça abaixo. Usava uma bata cinzenta lisa, os cabelos puxados para trás sob um lenço bem amarrado na cabeça. Quando se virou para nos olhar, nem mesmo a insipidez de seus trajes conseguiu embotar sua beleza. Estava muito magra — depois fiquei sabendo que havia comido muito pouco nas duas semanas desde sua chegada, mas as faces encovadas e o cinza de sua bata só serviam para enfatizar a beleza de seus olhos. Vi a tensão esvanecer do corpo de Davi e um largo sorriso iluminar seu rosto. Sensualista, pensei. Ele quer fazer um herdeiro com Mical, e está aliviado por ela não ter se tornado uma velha. O rosto dela, entretanto, não foi animado por nenhum alívio. Na verdade, Mical mal registrou nossa entrada no quarto. Davi andou até ela, murmurando palavras de boas-vindas e estendendo a mão. Porém ela manteve as mãos entrelaçadas no colo, resoluta. Se Davi percebeu isso, não hesitou, pois se abaixou e a pegou pelos ombros, levantando-a com delicadeza até ficarem frente a frente — ela era muito alta. Em seguida a abraçou. O corpo dela não correspondeu ao abraço, em vez disso pareceu se encolher e enrijecer. Como estava atrás de Davi, vi o que ele não podia ver: os olhos dela, ausentes e opacos, fitando a distância sem nem mesmo piscar. O rosto era frio e inexpressivo.

Davi se desenlaçou do abraço, ainda a segurando pelos ombros, murmurando platitudes gentis e perguntando como ela estava, se precisava de alguma coisa. Mical continuou passiva nos braços dele, mas assim que se viu livre, ela voltou a sentar, olhando para o chão. Davi passou os dedos pelo tecido áspero da bata dela.

— Isso não está bom — ele falou. — Vou mandar trazer algumas sedas e linhos. Você pode escolher o que quiser. Minha nova esposa, Maaca... você já a conheceu? Talvez não... ela é filha do rei de Gesur, e seus alojamentos são fora do palácio. Um casamento político. Você sabe como é... — Um rubor subiu pelo pescoço dele e começou a colorir sua face. Talvez estivesse percebendo que aquela conversa não estava sendo um bom gambito. Poucas vezes eu o tinha visto tão constrangido. Percebi então que a falta de reação de Mical o estava enervando. — De qualquer forma, ela trouxe uma habilidosa costureira para cá. Faz ótimos trabalhos. Vou fazer com que ela seja posta à sua disposição.

A conversa de Davi gaguejou para um desastrado convite para comparecer ao banquete da noite, em homenagem aos mais recentes emissários. Ainda assim, ela não disse nada. E quando saímos de seu alojamento, ela não se despediu.

No corredor, Davi deu de ombros.

— Nós temos tempo — falou. — Quando tudo isso... — Fez um gesto com o braço. — Quando as coisas estiverem resolvidas...

Mical não foi ao banquete daquela noite e, se Davi notou sua ausência, não comentou nada. Uma semana depois, quando foi ungido como rei de Israel, ela estava lá com as outras esposas. Mas enquanto Abigail, Aimoã e a nova esposa, a princesa gesurita Maaca, estavam vestidas de sedas brilhantes e joias, Mical se destacava com a mesma bata e sem joias — quase em trajes de luto. Também não participou dos cantos de louvor.

Dessa vez, a unção foi acompanhada por ritos e cerimônias na íntegra. Finalmente Davi era o que eu havia vaticinado: rei de Judá e de Israel. Finalmente nós éramos uma nação.

Davi tinha acabado de completar trinta anos.

XI

LOGO FICOU EVIDENTE QUE DAVI precisaria procurar uma nova capital se quisesse realmente forjar as tribos em uma nação. Os israelitas deixaram claro que se sentiam menosprezados pela localização do rei em Hebron, no centro de Judá, mas uma mudança para a velha capital de Saul em Geba estava fora de questão, pois seria uma afronta à tribo de Davi. E as relações nesse sentido eram incertas. Como era inevitável, alguns dos seus homens mais leais foram rebaixados, ou se sentiram rebaixados, quando Davi incorporou os homens de Benjamin em posições de autoridade.

A cabeça de Davi ficou muito ocupada com o problema, mas ele tinha pouco tempo para fazer alguma coisa a respeito, em meio à pressão de assuntos urgentes. Foram anos de derramamentos de sangue, pois todos os nossos inimigos se voltaram contra nós, tentando desestabilizar o novo reinado enquanto ainda lutávamos para nos consolidar. Porém aqueles também foram anos frutíferos, quando a família de Davi aumentou e se expandiu, como apropriado a um rei. O filho de Abigail, Daniel, chegou logo depois da unção, mais uma razão para banquetes e comemorações. Depois Maaca, antes de completar um ano de estada na nova casa, deu à luz um notável menino chamado Absalão. Logo em seguida, deu à luz à primeira e única filha de Davi, a radiante menina

Tamar. Também houve novas esposas: Hagite, que lhe deu um filho chamado Adonias; Eglá, cujo primeiro filho foi chamado de Itreão; e Abital, cujo filho se chamou Sefatias.

Não tive oportunidade de conhecer suas últimas mulheres, desposadas para unir algumas tribos. Davi deixou bem claro que elas seriam honradas e que sempre seriam bem tratadas, mas seu interesse diminuía assim que conseguia um herdeiro. Quando queria a companhia de uma mulher, ainda era Abigail quem ele procurava, mesmo quando sua doença se agravava cada vez mais. Também passava tempos na casa separada de Maaca, mas não ficava bem claro se a atração era pela bela princesa gesurita, pelos filhos que tinha com ela ou por ambas as coisas.

Eu frequentava os alojamentos das mulheres quando tinha razões para isso, é claro. Como sempre, ia visitar e me consultar com Abigail, enquanto sua saúde precária ainda permitia. Dois meses depois da unção, fui falar com Mical, relutantemente, a pedido de Davi e em seu nome. Àquela época ele já a havia convidado para sua cama em algumas ocasiões, mas se mostrou muito insatisfeito com o resultado.

— Ela mudou, Natã — confidenciou-me Davi na manhã seguinte a um desses encontros. Ele mandara me chamar logo cedo, e seu rosto estava abatido, como se não houvesse dormido. Os criados ainda estavam por lá realizando suas tarefas matinais. Antes de responder, inclinei a cabeça na direção deles e lancei um olhar a Davi. Ele percebeu a situação e logo dispensou todos.

— Como poderia não ter mudado? — comentei. — Faz dez anos que vocês foram marido e mulher. E ela passou por maus bocados...

Ele me interrompeu com um gesto, não desejando, creio, ouvir a relação de perdas e pesares que suas atitudes haviam causado.

— Ela está fria. É como me deitar com um cadáver. Da primeira vez eu pensei, bem, como você diz, faz um longo tempo, ela sofreu muito... Não vou me impor. Esperei uma semana, duas. Mas foi a mesma coisa na vez seguinte, e na seguinte. Rígida, reservada... Não consigo nem que ela olhe para mim, muito menos... — A voz dele diminuiu e ele virou para o outro lado, envergonhado. — Eu não apelaria a você, mas Abigail não está bem, desde o parto, e não quero sobrecarregá-la. Por isso quero que fale com Mical e saiba o que ela deseja. Eu posso dar qualquer coisa. Menos, é claro... — Mais uma vez a voz dele esmaeceu. Poucas vezes o vi tão constrangido. — Se for os filhos dela, por exemplo... Talvez ela sinta falta deles. Posso entender como isso pode ser triste para uma mulher, mas a última coisa que desejo são filhos de outro homem por perto, causando ressentimento nos jovens príncipes. Não vou me arriscar a esse tipo de coisa na minha casa. Você terá de ser claro a esse respeito: se eu trouxer os filhos para cá, ela vai ter de viver em outra casa, fora do palácio.

Fiquei mexendo em um pergaminho aberto na mesa para não ter de encará-lo.

— Não acho que seja tão simples — observei.

— É mesmo? — O tom de voz de Davi mudou. De repente ele estava tenso. — Bem, deixe-me simplificar a coisa. Eu dou uma casa a ela. Trago os filhos dela para cá. Faço qualquer coisa razoável. Em troca, preciso que ela se comporte como minha mulher. Preciso que você descubra como fazer isso acontecer. Não é simples?

Ergui os olhos e sustentei seu olhar, que agora estava zangado. Retribuí aquele olhar com minha expressão mais dura. Mas, *eved hamelek*, depois de algum tempo abaixei a cabeça e concordei.

— Como quiser — falei, e esperei que ele me dispensasse.

Mical me recebeu, pois era obrigada, mas com a mesma passividade silenciosa que o rei havia descrito. Ficou olhando resolutamente para o chão enquanto eu desfiei um grande discurso sobre como Davi se preocupava com seu bem-estar, se sentia perturbado por sua aparente infelicidade e gostaria de fazer o que pudesse para contentá-la, dentro das circunstâncias vigentes. Vi suas sobrancelhas se erguerem ante as palavras *circunstâncias vigentes*. Ela permaneceu calada.

— Ele diz que pode mandar buscar os seus filhos, se você quiser.

Nisso, ela se levantou de súbito e olhou para mim, estreitando os olhos.

— Meus filhos? *Meus* filhos? Eles são filhos de Palti também, e ele os ama. Vocês acham que eu o privaria desse último consolo, depois de ter sido emasculado e humilhado? Acham que eu os traria aqui para servir de atendentes e sicofantas para a chorosa ninhada do rei? — Abanou furiosamente a cabeça e voltou a se recolher, sentando-se mais uma vez e olhando para o chão, comprimindo os lábios como que para garantir que seus verdadeiros sentimentos não mais escapassem.

— "Ninhada", você os chama — falei em voz baixa. — Mas um desses jovens príncipes ou princesas poderia ser seu filho. Sei que o rei deseja muito isso. Esse filho seria o herdeiro perfeito...

Mical olhou para mim.

— No fundo ele continua um pastor, não é, em busca da ovelha perfeita para produzir um carneiro de corte?

— Escute. Você está aqui, ele é o rei. Agora esta é a sua vida. Esses fatos não vão mudar. Por que não tornar tudo mais fácil para si mesma? Deixe que ele lhe proporcione essas coisas que melhorem a sua vida. Vocês não podem mudar o passado, mas podem mudar o dia de hoje, e o dia depois de amanhã...

Ela me interrompeu com uma risada tensa.

— *É isso* que se passa por sabedoria nesta corte? É o melhor que o grande profeta do rei pode fazer? — Deu outra risada, mas vi que seus olhos marejavam. Percebi então que a única generosidade que eu poderia fazer por ela seria me retirar, antes que sua carapaça duramente forjada se rompesse e expusesse toda sua dor.

Saí do quarto dela e fui direto para o de Abigail, onde fiz um resumo de nossa conversa.

— Não sei o que dizer ao rei — falei.

— É difícil — concordou ela. — Ele é vaidoso demais para entender.

Sondei-a com um olhar. Ela sorriu.

— Natã, você não é o único que às vezes pode dizer a verdade. Nós podemos amá-lo sem ser cegos à maneira de ele ser. Eu já entendi que Davi é o que é por conta de seus defeitos.

Senti uma súbita vontade de abraçá-la. Tive uma dolorosa premonição de todos os anos vazios à frente, quando eu não poderia mais buscar seus conselhos. Quando eu estaria sozinho, sem um ouvido sábio para escutar minhas mais profundas preocupações com o rei.

Abigail pareceu perceber minha tristeza, pegou minha mão entre as dela e afagou-a de forma confortante. Ainda era uma mãe para mim, depois de todos aqueles anos. Eu ia sentir falta disso também.

— Eu tenho observado Mical — continuou ela. — Não penso mais como pensava, até um mês atrás. Não acredito que Davi possa recuperar o afeto dela, mesmo que se dedique a isso. E ele não vai fazer isso. Não é suficientemente importante para ele. Talvez seja só o que se possa esperar – que outros assuntos importantes o distraiam e ele perca o interesse e deixe a pobre mulher em paz.

Não muitos meses depois Abigail estava morrendo, e passei muitas horas ao lado dela, conversando, enquanto ela ainda tinha forças para isso, falando de todas as grandes coisas que haviam sido realizadas com a ajuda dela e das grandezas que jaziam à frente. De uma coisa nós não falamos, e me senti grato por ela não ter perguntado. Eu não via nada no futuro de seu meigo filhinho, o pequeno e afável Daniel, que estava sempre ao lado dela naqueles dias e lhe proporcionou grandes alegrias.

Realmente, o garoto não chegou a completar seis anos. Foi levado por uma enxurrada. Davi chorou muito sua morte. Ele adorava todos os filhos, mas nutria especial carinho por Daniel, por ser uma lembrança viva de Abigail. O garoto ganhou sua preferência depois da morte da mãe, e Davi o chamava sempre que tinha algum tempo sobrando.

Quando o corpinho envolto em linho foi posto na terra ao lado da mãe, os ombros de Davi tremiam com seus soluços, e ele procurou apoio no sacerdote Abiatar. Lembro dos garotos mais velhos ao lado do pai, Amnon e Absalão, mudando de pé, inquietos, os olhos secos. Amnon, na época com quase sete anos, parecia acabrunhado, zangado por não ser o centro das atenções. Absalão, filho de Maaca, nascido apenas alguns meses depois de Daniel, tinha um sorrisinho estampado no rosto, como se aqueles procedimentos o divertissem. Bem, pensei, são apenas garotinhos. Não é nada de mais que não saibam como se comportar em uma ocasião de tanta solenidade.

A forma como Davi lidou com aquela tristeza foi procurando um problema que absorvesse sua mente. Envolveu-se totalmente na procura de uma nova capital, debruçando-se sobre mapas, conferenciando com estrategistas. Concentrou-se em um reduto numa colina chamado Jebus. Era uma cidade de aproximadamente quarenta e cinco dunans* – só um pouco maior que Hebron, porém mais segura e mais defensável. Situada em um aguilhão estreito em forma de ponta de flecha, entre o vale profundo do Quidron e o vale dos queijeiros próximo a Hinom, ficava bem na fronteira entre as terras dos benjamitas e dos judaítas, e por essa razão chamou a atenção de Davi. Era um local estabelecido havia muito tempo e reconhecidamente impenetrável. Josué tentou tomar a cidade, mas fracassou. Mais tarde, os benjamitas e judaítas tentaram por sua vez conquistar o local e foram também rechaçados. Não era uma cidade fácil de ser tomada e não poderia ser invadida por uma só tribo.

Os jebuseus eram do povo dos canaanitas, e refugiados hititas foram bem recebidos ali quando seu reino caiu sob o domínio dos Povos do Mar. Eles ofereceram seus talentos como construtores e seus guerreiros para reforçar as defesas de Jebus. Até nossas tribos conquistarem as terras ao redor, o rei jebuseu instalou ali a sede de seu governo e tornou a cidade a mais importante das montanhas. Como nós também

---

* Unidade de medida utilizada em Israel, que equivale aproximadamente a mil metros quadrados. (N. T.)

não conseguimos tomar a cidade, com o tempo acabamos aceitando aquele enclave estrangeiro em nosso meio. Vivíamos junto com eles, fazendo comércio em paz.

Porém, agora Davi estava de olho na cidade. Acompanhei-o enquanto ele enaltecia suas qualidades, sendo que para ele a principal, entre elas, era a forte conexão com todas as nossas tribos. Além do mais, sua localização no espinhaço central a situava fora do alcance das incursões filisteias. Apesar de estar longe das rotas de comércio – a Estrada do Mar na costa e a Estrada do Rei ao leste –, era perto o bastante da Estrada da Serra da Montanha, que ligava Hebron a Siquém. Embora a cidade atual se comprimisse num único esporão das colinas da Judeia, havia espaço para expandir o assentamento em diversas direções. Ademais, apresentava uma grande vantagem: um suprimento permanente de água, vinda de uma fonte sofisticada e bem protegida que corria o ano todo, a Gion.

Davi estudou todas aquelas vantagens concretas. Em seguida, como costumava, pôs de lado o aspecto prático. Encerrava-se o pragmático, substituído pelo poeta e místico.

— Este é um lugar sagrado, Natã. Melquisedeque governou a partir daqui, e ele era ao mesmo tempo rei e sacerdote. Um rei deve ser mais do que um chefe de guerra...

Eu podia ver nos olhos dele os dois argumentos, o racional e o romântico. Minha preocupação era de estarmos escolhendo uma luta desnecessária com um povo que não era nosso inimigo, quando ainda tínhamos inúmeros adversários nos nossos calcanhares.

— Tem certeza de que queremos mexer nesse vespeiro? — perguntei. — Pois se tentarmos e fracassarmos, teremos um inimigo bem no coração dos nossos territórios, e num momento em que não podemos nos dar a esse luxo.

— Você está me perguntando isso como Natã ou como... como... — Davi nunca conseguia encontrar um nome para a voz inominável dentro de mim.

— Estou falando por mim mesmo.

— Então tenha fé. Não vou ser leviano. Mas uma cidade como essa, com uma fonte de água segura e excelentes fortificações, e bem na fronteira entre Judá e Israel, eu poderia vasculhar o Rincão e não encontrar outra. Que cidade poderemos ter aqui, Natã... — E ele continuava elaborando seus planos mentais, até alguma questão urgente chamar sua atenção e ele ter de mudar de assunto relutantemente.

De forma discreta, Davi mandou localizar comerciantes que conheciam o local, ou escravos que tinham trabalhado ali, questionando-os em detalhe sobre todos os aspectos da cidade, sua disposição, suas defesas e os hábitos dos moradores. Como as relações já eram pacíficas havia um bom tempo, muitos conheciam bem o local e partilharam suas informações com prazer em troca dos favores do rei.

Às vezes, se os informantes eram muito experientes, Davi falava com eles pessoalmente, depois de requisitar um juramento severo de que eles não revelariam o encontro. Estive presente em todos aqueles momentos. Acredito que ele esperava que eu tivesse uma visão para dizer qual a melhor forma de estabelecer seu ataque. Mas nada me ocorreu, e às vezes meus pensamentos divagavam enquanto Davi lidava com os maçantes detalhes sobre a guarnição e a rotina dos portões, e como eram irrigadas as plantações do vale fora das muralhas. O escriba Seraiá também estava sempre presente, anotando tudo o que era dito. O que eu não sabia é que cada fragmento de informação estava sendo compilado em uma espécie de plano mestre da cidade. Quando o ano virou mais uma vez, Davi estava convencido de ter obtido um relato completo. Quando afinal ele desenrolou as peles que Seraiá produzira, Jebus estava diante de nós.

Era uma visão desanimadora. Os informantes de Davi tinham descrito, com detalhes, o poder das defesas da cidade. As muralhas pareciam ser intransponíveis: resistentes fortificações de rocha nua com cinco cúbitos de espessura. Tampouco um sítio seria praticável.

Os jebuseus gozavam de excelentes colheitas, segundo nossas fontes, e suas reservas estratégicas de graos e forragem estavam sempre cheias. Quanto à água, a fonte era muito bem defendida.

— Bem, vai ter de ser — refletiu Davi, passando o dedo pelas marcas que mostravam a fonte e suas defesas. — Fica fora das muralhas, como deve ser, e aqui embaixo, no pé da colina. Se eles aumentarem as muralhas para abrangê-la, terão que deixar a cidade baixa aberta e possibilitariam um ataque por cima. — Assim, as muralhas da cidade paravam a uns cinco cúbitos da nascente. Em tempos de paz, isso não era problema. O portão da água permanecia aberto e os cidadãos vinham e voltavam com seus odres ou vasos de argila. Para tempos de guerra, os jebuseus tinham construído uma trincheira de proteção que chegava a uma torre alta com vista para a nascente. A trincheira propiciava alguma cobertura para os que fossem buscar água; lá de cima, os arqueiros na torre poderiam se defender contra um ataque.

A orientação lógica para um ataque seria a partir do norte. A montanha, Har Moria, era desocupada e dava vista para a cidade. A partir do sul, os soldados teriam que escalar as encostas íngremes do Vale do Quidron mesmo antes de chegarem às formidáveis muralhas da cidade. Davi estava bem adiantado no planejamento de um ataque maciço a partir do norte, mesmo admitindo que seria custoso. Mas todos esses planos se mostraram desnecessários.

Eu estava dormindo profundamente quando um criado entrou para me acordar, dizendo que Davi queria me ver com urgência em seu alojamento. Foi no meio da noite que percorri os corredores silenciosos. Bocejando, o camareiro me deixou passar pelas sentinelas noturnas. Davi estava sentado em frente a um jovem estrangeiro ricamente vestido. Joabe postava-se atrás dele, carrancudo e belicoso. Detalhados desenhos de Jebus estavam dispostos sobre a mesa.

Não foi feita nenhuma apresentação.

— Diga a ele — falou Davi, tenso. — Diga o que acabou de nos dizer. — O jovem correu um dedo pelo pergaminho, entre a fonte e as muralhas da cidade, um espaço que calculei ser de mais ou menos cinquenta cúbitos. Fez uma curva fechada para o oeste até uns trinta ou quarenta cúbitos de distância. Apontou com o dedo aquele ponto do pergaminho, virou a mão para cima e deu de ombros. Tive tempo de observar que era uma mão imaculada: aquele jovem não era nem guerreiro nem trabalhador.

De repente as linhas cuidadosamente traçadas, calculadas com precisão, borraram e se espalharam. A tinta, molhada, se espraiou em manchas pretas pelo pergaminho claro.

— Por que você fez isso? — gritei, indignado ao ver o trabalho de Seraiá tão descuidadamente arruinado. Mas depois vi que o líquido não era tinta, mas água. A temperatura caiu. Cruzei os braços para me proteger da fria umidade. Sentia-me tragado por suas sombras. Pude ouvir a água, o gotejar constante de um córrego passando pelas pedras. Eu estava abaixo da superfície, embaixo da terra, em um leito rochoso, numa fissura profunda que se enchia de água. Senti a água passar pelas minhas coxas, chegar ao meu peito. Quando o córrego encheu a cavidade, a água transbordou. Em seguida a pressão do líquido abriu caminho por uma fenda entre as pedras e jorrou para cima, para fora, destruindo tudo com uma súbita turbulência no solo e no ar. Gion. *Giha*. A palavra significava jato de água. Agora eu estava na superfície de novo, ao lado da fonte de Gion, com as maciças muralhas de Jebus assomando à minha frente. Vi a água abrindo caminho no solo. Com o tempo, a fissura escondida se esvaziou e a força do fluxo diminuiu.

Toque o tzinnor *e a cidade cairá. Esperar pela água. Quando enfraquecer, avançar.*

O ar voltou a esquentar. Davi me agarrou pelos ombros e me sentou em sua cadeira. O mapa sobre a mesa estava intacto, as linhas perfeitamente visíveis.

— Como ele sabia? — O rosto do jovem estava pálido, os olhos arregalados. — Como ele sabia sobre o *tzinnor*? Apenas o rei e um punhado de seus serviçais mais confiáveis sabem disso.

A voz de Davi saiu suave e zombeteira.

— Imaginei que um vidente reconheceria outro. Natã, este é Zadoque, sacerdote de Araúna, o governante de Jebus. Ele diz que teve uma visão de mim tomando a cidade, e veio para negociar os termos para seu povo.

Não consegui falar nada de tanto que me sentia mal. Apontei para uma bacia e cambaleei até o canto para usá-la. Davi pediu uma toalha limpa a um criado e ele mesmo enxugou o meu rosto. Embora continuasse aturdido, com um pé na evanescente visão e outro no aposento do rei, notei que os olhos de Zadoque estavam estatelados.

Quando consegui falar, virei-me para ele.

— Você veio com termos de rendição?

Joabe deu sua risada áspera como casca de árvore.

— Rendição? Araúna? De jeito nenhum. Ele acha que o sacerdote dele aqui veio para nos lançar um feitiço. Está ameaçando de nos tornar todos cegos e mancos se ousarmos tentar penetrar suas muralhas.

— Mas nós não precisamos penetrar as muralhas — falei.

— O quê? — perguntou Joabe, rispidamente.

— Prossiga — disse Davi.

— Podemos tomar a cidade por dentro. Um pequeno destacamento. Escaladores. Eles podem entrar por um desses dutos de irrigação que passam pelo Vale de Quidron.

— Foi isso que você quis dizer quando falou "Toque o *tzinnor*"?

— Eu falei isso? Não sei o que eu disse. Mas o que eu vi foi a água passando por baixo da cidade, pelas pedras, até uma fonte... Vi um túnel escavado na rocha, da nascente até um poço. Se subirmos o poço, chegaremos a outro túnel. Este corre bem por baixo das muralhas. É assim que a cidade obtém água quando sitiada. Nós achávamos que a nascente era defendida pelas fortificações acima, mas é melhor do que isso. Eles não precisam sair das muralhas nunca. Eles canalizaram a água para uma cisterna dentro das muralhas, para usar em tempos de guerra. — Virei para Zadoque. — Não é isso?

Zadoque parecia chocado. Esperava vender essa informação por um alto preço. Agora eu a havia fornecido a Davi de graça. Deveria estar refletindo sobre o reconhecido fato de que reis em geral não têm muito apreço por traidores de outros reis.

Joabe andava de um lado para o outro.

— Então só é preciso subir pelo poço...

— Só? — interveio Zadoque, recuperando a voz. — É uma ascensão vertical, uma vez e meia mais alta que este prédio. As muralhas são escorregadias.

— E nós estaríamos pesadamente armados — refletiu Davi. — Se alguém lá dentro souber de nós, bastará jogar uma pedra na nossa cabeça e acabou. Muito arriscado. Um trabalho para homens corajosos ou muito desesperados.

Joabe deu um passo à frente e pegou Davi pelo braço.

— Alguém como você era, meu rei, no dia em que se ofereceu para lutar contra o gigante de Gate. Você poupou minha vida depois de Abner. Deixe-me fazer isso, como recompensa. — Os dois ficaram se olhando nos olhos por um longo tempo. E Davi acabou concordando.

— Que seja — falou.

Era o período de colheita. A estação em que os reis iam à guerra. Davi marchou, em força, para Har Moria, ao norte da cidade. Era a primeira vez que Israel e Judá entravam numa batalha como um só exército, e foi uma demonstração impressionante. Davi havia ordenado uma marcha noturna. Quando o sol apareceu, os habitantes de Jebus viram uma colina densa de arqueiros, lanceiros e atiradores.

Quando o dia raiou, Araúna empregou o que pensou ser sua melhor tática. Sobre as maciças muralhas posicionava-se um triste exército de deformados, mancos, cegos e leprosos. Era uma visão de encher o coração de medo. Um insulto e uma tentativa de magia negra. Soldados de infantaria se mostram notoriamente supersticiosos na véspera de uma batalha. Nossos homens acreditavam que matar uma pessoa desgraçada – alguém afligido por alguma doença ou desfiguração — era um convite à mesma desgraça para si mesmos. Por isso, raciocinou Araúna, aqueles infelizes eram uma linha de defesa eficiente. Até mesmo os cegos e mancos podem derrotar um exército que tenha medo de acertar neles. E atrás daquela infeliz vanguarda ele dispôs seu verdadeiro exército, os arqueiros e os caldeirões de óleo.

Enquanto os jebuseus olhavam para o norte, eu já estava ao sul das suas muralhas, com Joabe e um pequeno e selecionado destacamento de elite de guerreiros conhecidos por todo o exército como os Poderosos Homens de Davi. Eu era o guia, usando os detalhes da minha visão para levá-los até o *tzinnor*. Mesmo no escuro, foi fácil. Sentia-me atraído pelo local como que por uma linha de força. Quando o encontramos, nos jogamos no chão e nos cobrimos com folhas e gravetos para não sermos vistos por nenhuma sentinela ou guarda da torre quando o sol se erguesse. Teríamos de esperar pela água, como aconselhara minha profecia. Naquela estação, a nascente era bastante ativa, jorrando cinco ou seis vezes por dia em grandes jatos que podiam perdurar por mais de uma hora. Só logo depois que amainasse é que seria seguro rastejarmos pelo duto, entrar pelos túneis e tentar subir o poço no curto período até o leito subterrâneo recarregar. Se errássemos em nossa sincronia, corríamos o risco de sermos pegos pelas águas turbulentas nos corredores. Ficaríamos presos e nos afogaríamos.

A espera foi difícil. Eu sentia o cheiro do suor de Joabe. Meus músculos se contraíam e doíam pelo esforço da imobilidade. Do outro lado da cidade ouvíamos o clangor de cabos de lanças em escudos e os brados dos exércitos se insultando. Sabíamos que uma segunda unidade também estava em movimento pelo flanco. Os melhores guerreiros de Davi fechavam o círculo pelo oeste, para estarem preparados para invadir o Portão da Água se nossa missão fosse cumprida. Uma terceira força, principalmente de aposentados e civis trajados para parecerem guerreiros, se movia para o leste, cujo único papel era confundir Araúna.

Finalmente ouvi outro som, mais animador... de água forçando seu caminho pela terra. O riacho, que vinha fluindo regularmente, jorrou um arco de água, um jato pulsante, seguido por outro, e outro, por quase uma hora. Assim que tivemos certeza de que a cheia havia passado, nós avançamos. Joabe foi primeiro, veloz e abaixado, posicionando-se de forma a ver os arqueiros jebuseus andando pelo parapeito da torre acima de nós. Ficou agachado, o arco retesado, pronto para disparar se um dos guardas o avistasse. Esperávamos ardentemente que isso não acontecesse. Não queríamos atrair a atenção para a muralha ocidental. Posicionando-se, Joabe esperou que o arqueiro se virasse para fazer um sinal. Abisai avançou rastejando, rápido como um lagarto, achatando-se para entrar no duto enlameado. Eu fui em seguida.

O duto não era comprido, mas a rocha nua rasgou minhas perneiras, fazendo sangrar meus braços e a canela. Avancei o mais rápido que minha força permitia. O cano não tinha um tamanho uniforme, e quando se estreitou de repente eu tive de disciplinar minha mente para não ceder ao pânico. Entre uma golfada e outra, a água era um riacho correndo com poucos centímetros de profundidade. Mas tive de afastar a imagem de que eu estava sendo acuado no escuro, incapaz de avançar ou recuar enquanto o riacho se encorpava num poderoso fluxo de água. Não ajudava muito o fato de Abisai, à minha frente, ser mais magro que eu, e talvez capaz de passar por alguma fresta onde eu não coubesse. Respirei fundo quando afinal o duto se abriu em um túnel e consegui ficar de pé. O túnel era formado basicamente por rocha viva, uma fissura natural, alargada apenas quando necessário por cinzel e marretas.

Tateamos nosso caminho pela pedra fria e úmida, seguindo em direção do poço de luz que indicava o local de ascensão.

Era uma visão desalentadora – paredes lisas e curvas de pedra molhada e escorregadia subindo verticalmente a partir da cisterna construída pelo homem, que era o estoque de água de Jebus em tempos de guerra. Não falávamos nada, sem sabermos se o túnel acima estaria vigiado perto do poço ou se apenas a entrada do túnel era guardada, como esperávamos. Zadoque afirmara que só uma pequena unidade de elite conhecia o segredo da cisterna, um número de homens suficiente para manter uma guarda discreta em tempos de paz e para transportar água em tempos de guerra. Nossa esperança era que esses poucos homens tivessem sido chamados para as muralhas do leste.

Abisai apontou para a escuridão acima. Bem no alto, no teto da caverna, um anel de ferro se engastava na rocha. Em tempos de guerra, quando a cisterna estivesse em uso, uma corda passava por esse anel, de forma que um grande odre podia ser baixado para tirar água da cisterna. Nosso plano de escalar o poço dependia desse anel. Eu esperava que estivesse firme. Abisai tinha um pedaço de corda forte e fina enrolado no corpo. Ajudei-o a desenrolar a corda enquanto esperávamos o restante dos homens. Quando Joabe se juntou a nós conduzindo a retaguarda, Abisai estava com a corda estendida na beira da cisterna e tinha amarrado um fio forte ligando a ponta da corda à haste de uma flecha. Passou a flecha em silêncio a Ira de Tecoa, que era o melhor arqueiro do exército. Ira assestou a flecha em seu arco, apontou, respirou fundo, exalou e disparou. Passou raspando, por isso tivemos de recolher a corda e tentar mais uma vez. Na segunda tentativa a flecha passou pelo lugar certo, levando a corda junto. Todos nós seguramos a outra ponta quando Joabe começou a subir, uma mão após a outra, o torso forte ondulando com o peso de seu corpo. Quando chegou ao nível da beira do poço, balançou o corpo, usando seu peso como um pêndulo até conseguir alcançar e segurar na borda. Na primeira tentativa ele não conseguiu, tendo de voltar no balanço, abanando o braço. Na segunda tentativa pôde se agarrar a um afloramento rochoso por um instante, mas não conseguiu se manter e voltou a se balançar, praguejando baixinho. Finalmente, na terceira tentativa, ele se manteve na beirada e se jogou para uma saliência, onde ficou por um momento, arfando como um peixe fora d'água. Em seguida o ouvimos tentando amarrar a corda para que se pendesse da borda, permitindo que o resto de nós pudesse subir mais facilmente, apoiando os pés na parede escorregadia enquanto nos erguíamos pela corda.

Eu disse "mais facilmente", mas tive de lutar para subir devagar pela escorregadia face rochosa, esfolando as mãos e exigindo o máximo dos meus músculos. Tremia como uma medusa quando finalmente alcancei o beiral e os braços fortes de Abisai me puxaram para a segurança da saliência. Por sorte, exaurido como estava, tinha pouco a fazer no restante daquele dia de trabalho. Os guerreiros de Joabe surpreenderam dois guardas do túnel e os despacharam com espadas curtas, rapidamente, com não mais que um grunhido emitido como última manifestação mortal. Quando chegamos à luz, corremos até o pé da muralha onde os arqueiros guardavam o portão da água. Estavam de costas, prestando toda a atenção além das muralhas, onde manobrava a vanguarda de Davi, fora do alcance de suas flechas. Ira e Shem, nossos melhores arqueiros, retesaram os arcos e apontaram, pensando em acertar os arqueiros ali em pé. Porém Joabe, honrado demais para acertar um homem pelas costas, fez um chamado, de forma que eles viraram para serem crivados de flechas pela frente. Ira acertou seu homem no olho, que desabou onde estava e saiu da visão abaixo das ameias. Shem acertou seu alvo na garganta. O homem lutou inutilmente para arrancar a flecha do pescoço, mas cambaleou até despencar pelo parapeito baixo. Caiu com um clangor de armadura e um baque de carne e ossos quebrados bem aos meus pés, levantando uma nuvem de poeira vermelha. Passei por cima dele e corri para ajudar nas polias que manejavam os grandes portões. A vanguarda de Davi surgiu de repente, surpreendendo os jebuseus pela retaguarda enquanto o exército principal arremetia contra as muralhas. Quando o sol se pôs, a cidade era nossa.

Foi a primeira vez que vi a lua perolada subir atrás daquelas muralhas, onde as toscas escadas de sítio pendiam tortas depois da batalha, alguns degraus quebrados na pressa da subida. Davi estava na plataforma, banhado pela luz das estrelas. Apoiado na muralha, os braços estendidos ao lado do corpo, sangue e sujeira da luta encrostados na pele. O vento noturno agitava seus cabelos molhados de suor. O rosto estava manchado de fuligem e salpicado de sangue, porém radiante. Virou-se para mim, sorrindo.

— É aqui que começa — falou.

Pensei nele alguns anos antes, prostrado sobre as cinzas de Ziclague com seu bando de foras da lei prestes a se amotinar. Se aquele fora o ponto mais baixo de sua existência, esse momento, sobre as ameias da cidade que havia tomado para si, poderia marcar seu apogeu. Fiquei ali parado, respirando o ar noturno e tentando assimilar todos os detalhes.

Lá embaixo, na cidade, ouviam-se os sons dos soldados farreando, suas vozes embargadas pelo vinho entoando desafinadas canções de vitória. Embora houvesse choros e lamentos que vinham das casas dos vencidos, não havia gritos nem estertores de dor e medo. Davi havia determinado restrições, e seu exército seguia suas ordens. Não haveria estupros essa noite, nem matanças a esmo. Ele já havia rebatizado a cidade. Agora era Ir Davi – a Cidade de Davi. Era nossa casa, o coração da nossa nação, a sede do nosso reino. Davi pretendia curar os ferimentos dos derrotados, não os sangrar. Todos os que se renderam puderam voltar para suas casas, tanto canaanitas quanto hititas. Poupou até a vida de Araúna, permitindo que saísse da cidade, desarmado e sob escolta, para se retirar em sua casa de fazenda na montanha acima da cidade.

Gostaria de poder escrever que aquela noite marcou o fim dos derramamentos de sangue. Entretanto não foi o caso. Assim que as notícias da nossa vitória chegaram às cidades filisteias da planície litorânea, eles mobilizaram seus vários exércitos e marcharam contra nós, pensando em atacar antes que o poder de Davi na nova capital se consolidasse. Eu tive uma visão – debilitante, dolorosa – exortando-o a ir ao encontro deles na planície. E foi o que fizemos, lutando e vencendo seus exércitos por partes antes que juntassem forças e viessem contra nós. Mesmo depois disso, eles continuaram sendo um espinho ao nosso lado, se recusando a desistir de atormentar nossos assentamentos na Shefala. Porém, ao longo dos anos, nós os rechaçamos cada vez mais para longe, até que o que restou da outrora poderosa filisteia foi um punhado de cidades encolhidas que mal conseguiam sustentar os guerreiros que guardavam suas muralhas. No final do processo, muitos de seus melhores homens nos procuraram, rogando para que Davi contratasse os seus serviços. Hoje temos uma unidade de seus mercenários que lutam por nós.

Houve outras vitórias. Não tenho vontade de reviver cada uma dessas batalhas, como quando marchamos de Ir Davi para subjugar Moabe, Edom ou os amonitas. Mas, embora eu tente, não consigo me esquecer desses anos. As imagens vêm a mim em sonhos. Muwat diz que, às vezes, eu grito em pesadelos dos quais não consigo acordar. Outras vezes, acordo com o coração acelerado e suores frios escorrendo pela testa. Nessas noites, a escuridão se torna repleta de gritos dos moribundos, e o alívio só chega ao nascer do sol.

Seja o que for. O que fosse necessário. Depois de dez anos de violência, finalmente nossos vassalos se espalhavam da fronteira do Egito até as margens dos Dois Rios. Finalmente, estávamos tão estabelecidos que podíamos dar uma pausa aos nossos inimigos. Eles examinavam o pesado custo de fazer guerra contra nós e vinham em busca de paz. As pilhagens aos derrotados – o ouro, os escudos, os cavalos – nos enriqueciam. Os que buscavam acordos ofereciam presentes de ouro, de alabastro — lindos recipientes que jamais havíamos visto. Havia cálices de metal entalhado e espadas ornadas de marfim. Não éramos mais um grupo de pastores e fazendeiros empobrecidos, mas um povo com um comércio florescente e cuja amizade era desejada e altamente valorizada.

Davi atraiu todos os que podiam ajudar nessa formação e nesses incrementos. Não se importava com a origem da tribo, nem mesmo se alguém fosse *ivrim*. Nosso sumo sacerdote, Abiatar, o único sobrevivente do massacre de Saul em Nobe, veio a entender que deveria partilhar deveres ritualísticos com o jebuseu Zadoque, e que os votos e sacrifícios deveriam manter quaisquer elementos de seu estilo de veneração que não conflitassem com os nossos. Joabe conseguiu realizar sua ambição, ser general do exército de Israel, mas Davi trouxe um dos promissores jovens tenentes de Abner, Benaia, para comandar as crescentes tropas de recrutas e mercenários estrangeiros. Davi se impressionava em especial com os homens que chegavam a nós vindos do outro lado do mar, de antigos reinos insulares onde jovens treinavam para a guerra com búfalos bravios. Era um esporte perigoso, exigindo grande aptidão atlética, coragem e agilidade. Foi entre esses fortes e habilidosos estrangeiros que Davi escolheu seus seletos guarda-costas. O que se mostrou sensato, pois não demonstrou favoritismo para com os homens de Judá ou de Benjamin.

À medida que as guerras se reduziam a escaramuças e nosso poder aumentava, Davi conseguia passar menos tempo com comandantes militares e mais tempo com engenheiros e supervisores, que se distribuíam pelo território escavando cisternas, abrindo estradas, fortificando conexões e de certa forma transformando nosso povo disperso em uma nação.

Foi uma época em que qualquer homem podia buscar e encontrar justiça. Acho que a própria experiência de Davi como fora da lei, um homem falsamente acusado, o fez decidir por um tratamento justo para com seus súditos, agora que tinha poder para isso. Naqueles anos, ele nunca se cansou de atender petições, ouvindo durante horas todos os lados das disputas, tendo prazer em deslindar todos os fios de uma contenda e pesando as evidências dispostas à sua frente. Qualquer um que se sentisse descontente com as decisões dos anciões de suas próprias cidades podia sujeitar a questão a Davi pessoalmente, sabendo que seria ouvido com atenção.

Nessa época, Davi compôs algumas de suas melhores músicas, ensaiando corais para reverenciar o Nome em ritos musicais que atraíam multidões para as cerimônias. Nessas ocasiões ele participava dos corais, conduzindo a melodia com sua voz sublime, enriquecendo a harmonia, o rosto erguido aos céus, iluminado pelo êxtase de uma ligação sempre renovada com o divino. Quando a notícia se disseminou, músicos e cantores – tanto homens como mulheres – se congregaram aos seus serviços. Era impossível caminhar pelas alamedas sem ouvir maravilhosos sons fluindo de quase todas as janelas: de flautas e alaúdes, de cantores e ritmistas. A vida da cidade se movia ao ritmo e às melodias de uma partitura musical sempre em mutação.

Havia também a percussão dos centros de produção. O intimidador arranhar de pedras de cantaria nas rampas. O dobre de marretas de ferro soando em rochas relutantes. O rugido das forjas, queimando a noite toda para reparar as ferramentas feridas durante o dia.

Hirão, o rei de Tiro, mandou sândalo para Davi – a madeira aromática e valiosa das florestas do norte – e artesãos peritos em revestimento de pedra para construir este lindo palácio. Davi escolheu o local, no alto da serra, ainda que na época ficasse fora da muralha da cidade. Foi uma atitude ousada, mas mostrava a confiança em sua visão. Ir Davi, dizia ele, tinha o dobro do tamanho de Jebus. Ele preencheria aquela lacuna empurrando a cidade para o oeste, em direção ao cume do Har Moria. E ali, declarou, construiria um templo para a nossa arca e a traria para casa afinal, para aquela cidade no coração do Rincão. Assim que o primeiro estágio do palácio estava concluído, ele emitiu ordens para que aquilo fosse feito.

Quando chegou a notícia de que a arca estava a um dia de viagem, nós não dormimos e fomos à fonte de Gion para nos purificarmos. Depois nos trajamos em lindas indumentárias de linho que Davi mandou fazer para a ocasião. Eram túnicas simples que lembravam batas sacerdotais, mas feitas com maior lisura, sem corantes, brocados ou adornos. Davi não usou nenhum adereço roxo, nenhum símbolo de seu reinado quando foi receber a arca. Diante dela, todos éramos seus servos.

Ficamos esperando nos portões da cidade enquanto a arca se aproximava. Era *sohorhim*, a hora da luz, quando os portadores surgiram no alto do Monte das Oliveiras. As oliveiras viraram suas folhas, de modo que as superfícies cintilavam. Davi expressou sua ansiedade, quase um gemido. Então, em um repentino lampejo de luz, os raios do sol brilharam nas asas douradas do querubim sobre a arca. A multidão exultou. Davi fez o sinal, e os corais dispostos por ele começaram a cantar. Címbalos, sistros, flautas, liras, tambores – todos os músicos que a cidade abrigava, e havia centenas, foram chamados para lançar seus lindos sons aos céus. Logo a procissão estava no vale, a cortina que protegia a arca ondulava no vento quente. Podíamos ouvir as vozes dos cantores e cantoras entoando os versos que Davi havia composto para a ocasião:

> *Enaltecei, proclamai seu Nome,*
> *Proclamai suas maravilhas para a nação,*
> *Cantai para ele, cantai graças a ele...*

Bem à minha frente, Davi não conseguia parar quieto. Mexia os braços ao lado do corpo, esticando os dedos em direção ao solo, estremecendo como se trespassado por uma grande energia. Respirava fundo e com sofreguidão. De repente, levantou o queixo e deu um grito – como um pagão, porém mais agudo, mais meigo – com lindas notas que encheram de alegria todos os corações. Logo depois estava descendo a encosta, animado como um garoto, ardente como um amante, correndo em direção à arca. Quando chegou até ela, jogou-se no chão em prostração total, os braços abertos como que num grande abraço. Foi um momento de amor entre ele e o Nome, o grande Uno que o havia abençoado, amparado e trazido àquele momento. Eu sabia como ele rezava: já havia sentido seu ardor. Agora todo o povo sentia. Pude ouvir os suspiros e os gritos de todos ao meu redor enquanto o poder do momento perpassava a multidão. Quando Davi se levantou, ele o fez sobre braços fortes e ternos. Em seguida começou a dançar.

Eu nunca havia visto aquela dança, e nunca mais a verei. Ele se contorcia, batia os pés, saltava, a expressão iluminada pelo êxtase, abrindo caminho à frente da arca na procissão em direção aos portões da cidade. As multidões o seguiram, com música e aplausos ensurdecedores. Todos nós fomos envolvidos pelo poder de sua dança, enchendo as ruas com um enxame de corpos alegres e saltitantes.

Depois de algum tempo eu não consegui mais continuar. Meus pulmões clamavam por ar, meu peito ardia, meus pés estavam cansados e esfolados pela abrasão das pedras. Davi, entretanto, continuava à frente, dando saltos no ar. O linho leve de sua túnica esvoaçava, mostrando os contornos dos músculos rígidos que percorriam seu corpo do quadril às coxas. Havia completado quarenta anos recentemente, mas seus membros continuavam fortes e esguios, marcados por traços finos de tecido cicatrizado de antigos ferimentos. Não se incomodou em se expor. Estava distante, perdido na dança. Não havia preocupação com a dignidade real, por um másculo autocontrole. Era alegria pura, incontida, liberta. Davi estava livre de si mesmo. Era uma chama brilhante, uma energia animal dançante e em movimento, giratória e saltitante. Percebi então que o que eu presenciava era uma veneração pura – linda – e me desvencilhei de minhas próprias inibições e continuei dançando, captando a alegria que fluía dele como centelhas.

Davi mandara construir um pavilhão no cume do Har Moria. Flâmulas dos mais lindos tecidos tremulavam nos brilhantes pilares de cobre. Ele conduziu a arca dançando até o pavilhão, para em seguida se curvar ante o sumo sacerdote, que fez seu solitário percurso até os recessos do interior cortinado onde só ele podia entrar, purificado em um rigoroso ritual. Pairava no ar o aroma de incenso, a fragrância de cedro das chamas sacrificiais, o delicioso e penetrante odor das oferendas queimando. Davi virou-se, com um sorriso de puro deleite no rosto, e um poço de sensações transbordou sobre mim – e acho que em todos nós próximos a ele. Quaisquer reservas ou apreensões a respeito dos atos que nos haviam trazido àquele dia pareceram se dissolver como a gordura no altar de sacrifícios, subindo como vapor e se dissipando ao vento.

Davi bateu no meu ombro – sua mão estava quente, pesada – e nos viramos na direção do palácio. Ele havia organizado a distribuição de bolos de mel e ótimos pães para todos, e quando passamos pela multidão todos queriam beijar sua mão ou a barra de sua túnica. As risadas eram francas e abertas, mas meu rosto estava molhado de lágrimas. Um sorridente criado manteve a porta aberta para nós, e Davi se voltou para acenar à exultante multidão antes de adentrar no recinto mais fresco. Eu estava exausto e acalorado, mas ele esbanjava energia. Apesar do peito arfante e da respiração funda e sôfrega, e apesar de recoberto por uma fina camada de suor, seu cheiro era doce e refrescante como trigo moído. Seu rosto brilhava e sua pele luzia. Eu não queria que aquele momento terminasse, por isso andei ao seu lado, com nossos lábios ainda sorridentes. Quando chegamos ao pé da escada que levava aos seus alojamentos, vimos Mical no patamar acima, sentada no parapeito da janela. Ela está aqui, pensei, de coração jubiloso. Eis aqui o momento da reconciliação. Ela está esperando por ele, preparada afinal.

— Você viu? — A voz dele, sua linda voz, soou alta e leve. Davi subiu os degraus na direção dela, os braços abertos para um abraço. Mical se levantou, mas se afastou em vez de se aproximar, o rosto contraído numa expressão de repulsa. Perdido como estava em sua alegria, Davi não entendeu e tentou abraçá-la. Mical recusou o abraço com um violento empurrão. Davi não estava preparado para aquilo e perdeu o equilíbrio. Teria rolado pela escada se eu não estivesse atrás para ampará-lo.

Então Mical falou, com uma voz baixa e íntima:

— O rei de Israel não se prestou uma honraria hoje? — Jogou a cabeça para trás, estreitando os olhos. — Expondo-se diante das jovens escravas de seus súditos como uma meretriz?

A cabeça de Davi baqueou como se houvesse levado uma bofetada. A luz de seu rosto se tornou cinzenta, sua expressão de alegria se apagou.

— Foi diante do Nome — justificou-se. Em seguida se recompôs e levantou a voz. — Foi diante do Nome, que me escolheu. — Batendo no próprio peito. — Escolheu a *mim*, não seu pai ou ninguém da sua família. Quem designou a *mim* como regente de todo seu povo de Israel! — Deu um passo em direção a ela, ameaçador. Apesar de eu mesmo me encolher ante sua crescente indignação, estendi o braço e toquei-o com a mão. Achei que naquele momento ele poderia matá-la.

Davi recusou meu toque.

— Eu *vou* dançar ante o Nome, vou me desonrar ainda mais, me rebaixar em minha autoestima. — Aproximou o rosto do dela, baixando a voz em um insinuante sussurro. — Mas entre as jovens escravas que você menciona, eu continuarei sendo honrado!

Davi a empurrou e saiu andando com passos rígidos, com uma atitude agora inequivocamente real. Mical continuou no patamar, olhando para ele. Um leve tremor percorreu seu corpo. Nossos olhos se encontraram. Os dela estavam inexpressivos, vazios. Durante anos ela vinha alimentando aquela serpente de ódio aninhada em seu interior, devorando tudo ao alcance. Agora, finalmente, o bote se consumara. A serpente havia partido, sem deixar sequer uma centelha. Desviei o olhar e segui o rei. Quando fechei a porta de seu aposento particular, ele nem se virou para falar.

— Eu nunca mais quero olhar para o rosto dela. Providencie para que seja assim.

— Devo mandá-la de volta a Palti? — Eu não devia ter perguntado. Soube no instante em que as palavras foram proferidas. Deveria ter simplesmente agido. Mas as palavras não podiam ser desditas.

— Nunca! Ela continua sendo *minha* mulher. Minha. — Bateu no próprio peito, mas sua mão estava tremendo. — Eu dei a ela todas as chances. Tolerei sua frieza durante anos, ficando ao seu lado, mesmo ela não desejando nada comigo. Nem uma palavra delicada ou um olhar mais meigo, muito menos a possibilidade de fazer um filho, embora ela soubesse o quanto eu queria, e deveria saber também que seria de seu próprio interesse. Ela poderia ser a mãe do meu herdeiro. Mas, que seja. Estou cansado dessa mulher. Mas aqui ela ficará até a morte. Acomode-a em algum canto escuro, e avise para não aparecer na minha frente, sob risco de morte.

Aquele encontro na escada reverberou por muitos meses seguintes. No centro de seu triunfo, em seu momento de mais intensa alegria, Mical conseguiu dilacerar o coração de Davi. Abriu uma fenda, e o ódio fluiu para o interior. Ódio e lembranças. O insulto de Mical lembrou Davi de uma ofensa anterior, provocada por Merabe, irmã mais velha de Mical. Não acredito que Davi tenha perdido um instante remoendo sobre Merabe até aquele momento. Merabe, que havia feito objeções quando Saul, em seu entusiasmo inicial com Davi, a prometeu em casamento. Davi preferia Mical — lisonjeado por sua afeição, atraído por sua semelhança com Jônatas. Mas agora, com a sensação abjeta causada por Mical, Davi resolveu recordar aquele antigo insulto.

Essa amargura se disseminou como uma mancha durante aqueles meses dourados de construções e realizações. Davi tornou-se obcecado por Merabe e mandou investigar quantos filhos ela tinha com o marido Adriel. Quando soube que tinham cinco filhos jovens, ele começou a se afligir. Os garotos eram novos, mesmo o mais velho ainda não chegara à idade de ingressar no exército. Mas pude perceber os seus cálculos, imaginando quanto tempo restava até que um deles pudesse oferecer uma alternativa plausível, se elementos de descontentamento no norte israelita começassem a se formar em torno de um descendente de Saul que o desafiasse.

Claro que um desses descendentes morava conosco, comendo todos os dias na mesa do rei. Davi vinha mantendo sua promessa a Jônatas, de que seria o guardião de sua dinastia. Infelizmente — ou, talvez, felizmente, já que não poderia haver rivalidade entre os filhos do rei —, a "dinastia" de Jônatas consistia apenas de um garoto vivo, um pobre rapaz que sofria de um caso grave de pé torto e não conseguia andar sem ajuda. Davi sempre fora muito generoso com o garoto. E por que não seria, já que ele não poderia jamais oferecer a menor ameaça ao seu reinado?

Mas Davi não havia feito voto nenhum a Merabe e não lhe devia nenhuma simpatia. Sempre que bebia demais, Davi começava a insultar as duas mulheres, Mical e Merabe. Eu tentava distraí-lo, enunciando o fato inconteste de que nenhuma das duas significava nada para ele. Era nessas ocasiões que eu sentia falta de Abigail. Talvez ela tivesse encontrado uma forma de convencer Davi de que aqueles insultos pequenos e antigos – a tolice de uma garotinha; o insulto de uma mulher ressentida – não valiam o tempo de um poderoso monarca que deveria estar lidando com questões mais importantes, como seus tratados e suas fronteiras. Eu tentava dizer essas coisas e, às vezes, por algum tempo, ele parecia concordar.

Mas meus argumentos voltaram-se contra mim pouco tempo depois, quando uma delegação de gibeonitas veio negociar seus acordos. Com Davi e seu clã, alegaram, eles não tinham problema. Mas com a tribo de Saul persistia uma dívida de sangue. Saul tinha tentado exterminá-los, e exterminá-los numa violação de antigos votos.

De alguma forma, talvez por desonestidade, Davi levou a delegação gibeonita a se lembrar dos netos de Saul. Eu estava presente na conversa e senti sua manipulação, mas de início não percebi aonde ele queria chegar. Davi fingiu ter deixado escapar o fato de os cinco garotos morarem e serem criados em uma província rural mal defendida, e logo mudou de assunto para outras questões. Porém, mais tarde, à mesa, de alguma forma ele conduziu a conversa para a questão de dívidas de sangue e sua gravidade, e à longa tradição entre nossas tribos que permite se tomar uma satisfação sem reprimendas. Vi o chefe da delegação gibeonita trocar olhares com seus associados. Olhei para o rei. Uma raposa, pensei. Ele vai fazer os gibeonitas executarem seu trabalho, e não por causa de uma simples dívida de sangue. Simplesmente por uma dívida com sua vaidade e orgulho ferido. Vou conversar com ele mais tarde, pensei. Vou fazer com que deixe claro a esses homens que a família de Saul está sob sua proteção. Mas enquanto me preparava para confrontá-lo quanto a essa questão, resolvi não fazer isso. Não era certo o que os gibeonitas iriam fazer, com ou sem uma sanção tácita. E se esses herdeiros não fossem eliminados, e crescessem e se tornassem depois uma ameaça, Davi teria de matá-los pessoalmente, o que provocaria um opróbio. Resolvi deixar o assunto e aceitar o resultado.

E os gibeonitas foram atrás dos filhos de Merabe. Levaram-nos para Gibeão, onde foram assassinados de uma maneira horrível, empalados lado a lado no alto de uma montanha.

Quando correu a notícia da forma como haviam sido mortos, eu fiquei doente, enojado comigo mesmo por não ter agido para evitar aquelas mortes. Davi fingiu desalento. Quando fez isso em público, eu deixei passar. Mas quando, numa ocasião privada, ele começou a me dizer o quanto estava triste, eu não o deixei prosseguir.

— Você pode dizer isso ao mundo — observei em voz baixa. — Na verdade, você *deve* dizer isso ao mundo. Mas eu sei como você provocou isso, e sei por que o fez, *todas* as razões, políticas e pessoais. — Parei por ali. Eu estava pisando em terreno incerto. — Eu não o aconselhei contra isso, e por isso não posso condená-lo por essa mesma razão. Mas aqueles garotos eram inocentes. Acho que seria bom realizar algum ato público para se apartar do incidente.

Davi aceitou meu conselho; na verdade, não só o acatou como fez um bocado de alarde. Despachou um destacamento para resgatar os restos mortais dos garotos. Ao mesmo tempo, enviou uma guarda de honra a Jabes para desenterrar os restos mortais de Saul e seus filhos. Fez com que todos fossem sepultados juntos, com uma grande cerimônia, no túmulo do pai de Saul na terra dos benjamitas. Lá, ele chorou mais uma vez, com a maior sinceridade, pela perda de Jônatas e à memória de Saul e de tudo que ele fora um dia. Visto de fora, tudo pareceu muito bem-feito. Porém, virando-se a página, um cancro se revelava. Ele não mandou buscar Merabe, nem mandou suas condolências. A podridão estava lá para quem quisesse ver. De minha parte, considerei aquilo como mais um ato necessário, feito para assegurar o reinado e construir o Rincão, mas nunca procurei saber o que acontecera com Merabe. Imagino-a como Mical, de olhos vazios, em uma longa e amargurada penitência por ter insultado um jovem que se tornou rei, vivendo seus dias vazios na infelicidade e na solidão.

Meus dias, por outro lado, nunca eram vazios. Minha vida se media pelos passos de Davi, e naqueles anos ele caminhava em um ritmo exaustivo. Eu estava sempre ocupado a seu serviço, para suas confidências. Com o passar do tempo, como já disse, nos envolvíamos cada vez menos em guerras, e eu me senti feliz por isso. Nos intervalos cada vez maiores entre campanhas, eu atuava como conselheiro em seu seleto círculo interno, e quando não era necessário ao seu lado eu passava o tempo em conversas com os delegados que vinham até nós de outras terras, tentando aprender o que pudesse com eles, obtendo informações que poderiam ser úteis ao rei no futuro de maneiras ainda não claras.

E assim nós prosseguimos, até a escaramuça contra os filisteus, sobre a qual escrevi, quando Davi vacilou por um momento e Abisai intercedeu para salvar sua vida. Por medo ou amor, chegou-se à decisão de que ele não mais deveria comandar o exército em batalha. Fiquei feliz, como todos os que se preocupavam com ele. Mas, como já esclareci, eu estava cego e não antecipei as consequências, nem boas nem más, resultantes daquela decisão. Quando comecei a escrever esta crônica daquele tempo, sabia que fora um ponto de inflexão na vida de Davi. Mas na época não sabia que estávamos à beira de uma crise que iria dilacerar sua alma e alterar seu destino.

Nunca me esquecerei do dia – sufocante e modorrento – em que meus olhos se abriram para a verdade.

XII

SEMPRE PENSEI QUE, se um inimigo quisesse espionar Davi, seria um trabalho fácil. Não seria necessário penetrar em seus conselhos secretos ou infiltrar um homem em sua guarda pessoal. Era necessário apenas um par de ouvidos e acesso aos recintos reais. Só de ouvir o que ele cantava já proporcionaria uma ideia acurada de seu estado de espírito. Já ouvi que os músicos transbordam seu coração e sua alma. Na maioria dos casos isso é um exagero. Não no caso de Davi.

Desde seu impensado flerte com a esposa de Urias, eu tinha notado um novo brilho na natureza de suas seleções musicais. Quando os corais de homens e mulheres chegavam, depois das refeições, ele sempre pedia canções comemorativas ou hinos de vitórias. Suas composições daquele período eram criações poderosas, que refletiam a construção da cidade, elaboradas com sons densos e simétricos, quintas perfeitas empilhadas umas em cima das outras como as sólidas edificações de um rei alegre e poderoso.

O ano avançara rapidamente desde a estação amena do plantio. O calor abrasador da época de colheita chegou como uma pedra de moinho, espremendo as energias de todos. Numa atitude que lhe angariou muito apreço do povo, Davi instruiu seus capatazes a deixar os trabalhadores descansarem no auge do calor do dia. Afirmou que seu édito honrava a memória de nossos ancestrais, que labutavam no calor das forjas do Egito. Os que podiam — os altos funcionários, os criados mais próximos ao rei — também tiravam vantagem do sossego do meio-dia e interrompiam o trabalho por uma ou duas horas. Pairava a tranquilidade nos aposentos privados do palácio enquanto os mais afortunados desfrutavam seu descanso.

Ao contrário dos outros, eu gostava do calor. Despertava-me lembranças das tardes quentes de minha infância em Ein Gedi. Gostava de caminhar pelo jardim àquela hora morosa ouvindo o zumbido grave das abelhas, sentindo o aroma picante das agulhas de cedro secas caídas sobre o orégano silvestre que se espalhava entre as fendas das pedras do pavimento. Do aposento do rei, fluíam as notas de sua harpa. Davi estava compondo, tocando certas passagens, repetindo alguns compassos, mudando uma nota aqui outra acolá. Sentei num banco e me recostei na parede morna, fechando os olhos e deixando a música acariciar meus ouvidos. Devo ter cochilado. Entrei em um sonho vago e feliz, ou um devaneio. Porém o sonho foi perturbado por uma nota de inquietação. Quando despertei, notei que a música havia mudado. Davi estava trabalhando com intervalos estranhos. Ouvi com mais atenção. Não eram mais quintas. Trítonos. Estranhos sons que roubavam da música seu poder de encantar. Tomei consciência da pedra nas minhas costas, de sua aspereza. Mudei de posição para aliviar o incômodo de uma saliência na rocha. O brilho do sol machucou os meus olhos, uma lâmina de dor. Minha vista embaçou. Tapei os ouvidos com as mãos, tentando calar a dissonância. Logo depois me levantei.

Assim que me viu à porta, suas mãos se afastaram das cordas. Pôs a harpa de pé e se levantou. Com um gesto, dispensou os cortesãos que formavam sua plateia. Quando eles saíram da sala, seus olhos, atormentados, examinaram meu rosto.

— Então você sabe. — Era uma afirmação, não uma pergunta. A voz dele estava grave. — Suponho que você sempre soube. Você me avisou que eu seria descoberto. E agora, como sempre, os eventos lhe dão razão.

Começou a andar de um lado para o outro, pegou um vaso de alabastro e começou a girá-lo nas mãos, examinando-o para não ter de me encarar.

— Como você soube que a esposa de Urias está grávida? — demandei. — Você voltou a se encontrar com ela?

— Claro que não. Eu disse que não tinha mais nada a ver com ela depois daquela noite, e mantive a palavra. Esta manhã ela mandou sua criada para abrir a audiência. Usava uma joia que dei de presente à sua ama, para que eu soubesse quem era. Trocamos uma palavra em particular. O que posso fazer, Natã? É como você disse. Eu não devia ter feito isso, levar para cama a mulher de um homem que luta bravamente por mim enquanto fico em casa sem fazer nada. O exército não vai gostar. Não quero fazer de Urias um inimigo, especialmente agora que a batalha corre a nosso favor, e principalmente por causa de seu valor e da disciplina de seus homens.

— Aqui está sua resposta — falei. Só conseguia ver uma saída. Abjeta e desonrosa, mas era a única forma de proteger o rei. — Mande chamar Urias. Ofereça uma licença, como recompensa por seus bons serviços. Ela não pode estar grávida há muito tempo. — Fiz as contas na cabeça. — Ainda não se passaram dois meses? Se ele se deitar com a mulher logo, a criança pode ser assumida como seu filho. — Não acrescentei que a criança seria um *mamzer*. Nada poderia mudar isso. E Davi, mais do que qualquer outro, sabia o que significaria essa mentira.

— Você acha mesmo? — Franziu o cenho, considerando aquela possibilidade. — Imagino que possa funcionar. Você sabe, claro, que os oficiais prestam um juramento de continência durante uma campanha. Mas se ela fosse minha mulher e eu ficasse fora durante dois meses... Urias não seria o primeiro homem a quebrar esse juramento. Eu já lhe disse que ela é linda. Daria tudo para ver pessoalmente o que o desabrochamento de uma gravidez poderia proporcionar...

Suponho que ele tenha visto meu olhar de censura, pois não completou a sentença. Andou até a porta e mandou o criado que estava lá fora chamar um mensageiro real. Quando voltou a olhar para mim, as rugas de seu cenho tinham desanuviado.

Rabá, nas montanhas depois de Jordão, não ficava muito longe para um mensageiro bem montado, e Urias se apresentou no salão de audiências quatro manhãs depois. Davi o recebeu calorosamente. Perguntou a Urias sobre a disposição das tropas e as táticas de batalha. O relato de Urias não acrescentou mais explicações úteis que os relatos diários dos mensageiros, muito bem atualizados por Joabe. Mas Davi também recomendou Urias por sua participação na eliminação dos amonitas, enaltecendo-o no salão. Depois de um intervalo decente, ele o dispensou com delicadeza.

Quando Urias o saudou e virou-se para sair, Davi acrescentou, como que casualmente:

— Vá para sua casa e faça um escalda-pés. Você tem uma longa e cansativa jornada pela frente.

Atendendo a uma sugestão minha, ele mandou meu criado hitita Muwat em seguida, levando iguarias da despensa real. Urias tinha muitos hititas em seus serviços domésticos, e Muwat era amigo de alguns deles. Eu o havia instruído a ficar próximo à cozinha, sob o pretexto de esperar para retornar com os utensílios reais. Era uma boa oportunidade para ouvir as fofocas da cozinha e se informar sobre o que diziam os criados sobre sua ama e seu estado, se dissessem alguma coisa.

Por essa razão, fiquei chocado ao encontrar Muwat me esperando em meus aposentos assim que voltei do salão de audiências.

— O que é isso? — perguntei. — Por que você não está na casa de Urias?

— Ele não foi para casa. Está nas barracas dos oficiais. Distribuiu a comida e o vinho do rei entre eles. Acho que ele pretende dormir lá...

É claro, pensei comigo mesmo: *o rei tinha* que cornear o único homem santarrão do exército. Urias pretendia manter seu voto. Não iria sequer se arriscar a deitar os olhos em sua linda esposa. Girei nos calcanhares e voltei à sala de audiências.

Quando cochichei a notícia a Davi, ele praguejou. Jogou um manto leve sobre os ombros e foi pessoalmente às barracas. Eu fui atrás. Ele entrou, cumprimentou os homens com seus habituais gracejos soldadescos. Não era uma coisa incomum o rei estar ali e, embora todos tenham se levantado quando ele entrou, pouco depois voltaram aos jogos de dados e às taças de vinho enquanto Davi fazia a ronda, chamando seus oficiais pelo nome até chegar a Urias, fingindo surpresa ao vê-lo ali.

— Você acaba de voltar de uma longa jornada... por que não foi para casa?

Urias levantou-se para saudar o rei, sorrindo. Era um homem bonito, alto e trigueiro, com dentes bonitos e o cabelo escuro trançado à maneira dos hititas.

— Os homens de Judá e os homens de Israel estão acampados ao relento e no solo duro. Meu general Joabe não desfruta de confortos esta noite. Como posso então ir para casa para comer, beber e dormir com minha mulher?

Davi não teve escolha a não ser cumprimentá-lo pela integridade. Trocaram algumas palavras e depois Davi disse:

— Tire ao menos mais um dia de folga aqui, descansando. Depois mando você de volta aos seus irmãos no campo de batalha.

Na noite seguinte, Davi convidou Urias para um banquete em sua homenagem. Acomodou-o em sua almofada pessoal e não parou de lhe servir vinho não diluído. Percebi que de início Urias relutou em beber tanto, mas não poderia recusar os muitos brindes do rei. Logo a quantidade de bebida desarmou suas restrições e ele começou a esvaziar taça atrás de taça, até ficar claro que estava embriagado. Já bem tarde, ele saiu cambaleando, mais uma vez auxiliado por Muwat. Novamente, porém, mesmo bêbado, ele se recusou a ir para casa, desmaiando num catre nas barracas.

Na manhã seguinte, quando chegou ao salão de audiências para ser dispensado pelo rei, Davi não mostrou sinais de seu descontentamento. Encarregou Urias com ordens para Joabe, e quando pôs o pergaminho enrolado e lacrado na mão de Urias, afagou-o com a outra mão e lhe deu um abraço. Depois levantou a voz para a assembleia:

— Pois não há um homem no meu exército em quem eu tenha mais confiança. Realmente, Urias é um soldado-modelo — um exemplo de dever, disciplina, coragem e lealdade. Vá com as minhas bênçãos e traga-nos a vitória!

O que ele vai fazer agora, perguntei a mim mesmo enquanto andava de um lado para o outro, esperando seu chamado para pedir conselhos, para elaborar algum outro plano. Estava com medo, pois não tinha nada a oferecer. Seria uma questão de semanas – um mês, no máximo dois – e a gravidez ficaria patente. Urias saberia que o filho não era dele, e então?

Quando Davi afinal me chamou, havia outros presentes. Esperei impaciente até o fim da discussão sobre pequenas petições e projetos cívicos, esperando que Davi me pedisse para ficar quando os outros fossem dispensados. Mas ele não deu sinais de que queria que eu permanecesse, mesmo depois que fiquei para trás até parecer suspeito e, sem ter recebido nenhuma indicação, tive de me retirar.

Uma semana se passou desde então. No oitavo dia, eu estava presente na audiência matinal quando um mensageiro de Joabe chegou para comunicar as últimas notícias da linha de frente. O rei o chamou assim que o viu e ordenou que falasse.

— Meu senhor, os homens de Rabá nos atacaram de surpresa em campo aberto; nós os rechaçamos até os portões da cidade deles. Mas os arqueiros na muralha dispararam. Seis oficiais tombaram.

Davi esmurrou os braços de sua cadeira e se levantou de repente.

— Seis? O que Joabe estava pensando quando deixou esses homens ao alcance dos arqueiros das muralhas?

— Meu senhor, o ataque ameaçou nossas posições. Ele tinha que fazê-los recuar. — O mensageiro fez uma pausa, olhando para o chão. — Seu general Joabe disse para não deixar de reportar que seu bravo servidor hitita Urias está entre os mortos.

Davi desabou em sua grande cadeira e cobriu o rosto com as mãos. Eu já tinha visto melhores atuações. Pensei então, enquanto estava ali, em todas as vezes que vi Davi chorar por mortes que muito o beneficiaram. A morte de Saul. O assassinato de Abner e Isbosete. Os filhos de Merabe empalados. Já o tinha visto rasgar suas roupas até mesmo por mortes que ele havia causado com as próprias mãos, como a de meu pai. Já tinha visto Davi rasgar as próprias roupas tantas vezes que era incrível que ainda tivesse uma túnica intacta para jogar nas costas.

Recordei Urias como o havia visto pela última vez, aqui neste salão. Lembrei-me do pergaminho lacrado. A mão de Urias pegando-o da mão do rei. Enquanto a dor latejava em meu cenho, vi aquela mesma pele desenrolada sobre o tronco áspero que servia de mesa na tenda de Joabe em Rabá. Vi o rosto de Joabe sob a luz de velas, contraído enquanto lutava para decifrar a escrita. A caligrafia era tosca, não o trabalho de um escriba treinado. Quando Joabe entendeu o significado, sua expressão registrou choque, depois nojo. Amassou a pele com o punho e jogou-a no chão.

Ponha Urias na linha de frente, onde a luta for mais feroz, depois faça os homens recuarem e o deixarem desprotegido.

Palavras que o rei não poderia confiar nem a seu leal escriba, Seraiá. Não eram ordens de batalha. Era uma sentença de morte, escrita pelo próprio rei, entregue pelas mãos do condenado. E Joabe, vivo por conta da tolerância do rei desde o assassinato de Abner, não teve escolha a não ser acatar a ordem. Vejo o rosto de Urias quando ele registra o que lhe está sendo pedido. Uma expressão de interrogação perpassa por sua testa franzida. Ele repete a ordem, para saber se Joabe tem certeza do que está pedindo. Joabe, tenso, disfarça seu mal-estar com uma demonstração de raiva, repetindo sua ordem rispidamente. Urias faz uma reverência, uma saudação e deixa a tenda. Uma hora depois está nas muralhas, o escudo erguido contra a chuva de flechas que se abate sobre ele.

A visão esmaeceu. Através das imagens evanescentes vejo que Davi continua parecendo chocado, o rosto coberto. Suspiros e expressões de tristeza criam um murmúrio pelo salão. Urias era um homem amado, um oficial admirado.

Davi esfregou as mãos no rosto e se levantou. Andou até o mensageiro, que refugou. Ninguém gosta de trazer más notícias a um rei. Mas Davi pousou as mãos sobre os ombros do mensageiro e olhou-o nos olhos.

— Leve a seguinte mensagem a Joabe: Não se entristeça com essa questão. A espada sempre cobra o seu preço. Intensifique o ataque à cidade e a destrua. — Olhou ao redor e levantou a voz. — E assim esses excelentes soldados serão vingados!

Naquele momento, todos no salão soltaram um grito, cantos de vitória encheram seus lábios. Não me juntei a eles. Minha boca tinha gosto de vômito.

Seja o que for. O que fosse necessário. Mas isso – a morte de Urias, e os outros bons homens que tombaram com ele –, essas mortes não eram necessárias para ganhar ou manter um reino. Essas mortes não foram necessárias para nada, a não ser para um capricho de Davi. Era simplesmente abuso de poder.

Dei meia-volta e saí da sala de audiências. Não parei nas portas de cedro, nem mesmo no portão do pátio. Os guardas devem ter entendido minha expressão, pois correram para me abrir passagem. Atravessei a cidade sem retribuir saudações nem cumprimentos e fui direto até o Portão do Estrume, passando pela debulhadora, onde as mulheres trabalhavam com os grãos da colheita. Os resíduos de poeira entraram nos meus olhos, picaram meu rosto. Continuei andando, sem sequer enxergar os arbustos de oliveiras. Quando as árvores me esconderam, ergui o rosto para o céu ardente. O que eu tinha feito da minha vida, para dedicá-la a serviço de tanto mal?

Eu me via como um homem nas mãos do Nome — servindo o rei escolhido para liderar seu povo neste Rincão. Mas que espécie de deus poderia desejar tal perfídia, tal traição? Que espécie de nação poderia surgir sob tal líder? Se Davi era o homem que vivia no coração desse deus, como minha voz interna tantas vezes me afirmou, que espécie de divindade de coração sombrio me mantinha em seu domínio?

Agarrei um chumaço de cabelos e arranquei-o com as raízes sanguinolentas. Depois me abaixei para pegar um punhado de terra amarelada e esfregar no meu latejante escalpo. Olhei para cima e localizei o sol claro e quente, depois me virei para o sul e o oeste, na direção do Vale do Sal. Andei até minhas pernas se transformarem em geleia, antes de me jogar sob a tênue proteção de um arbusto espinhoso e esperar pela morte.

Chorei até quase não haver mais água em meu corpo para verter lágrimas. Parei de suar. No início, a sede era uma coceira, depois se tornou uma dor. Minha boca ficou pegajosa, depois seca, como folhas mortas. Minha pele enrugou e envelheceu diante dos meus olhos. Sentia uma dor lancinante nos tornozelos. Surgiram visões: densas, passageiras, incansáveis. Não havia descanso para elas, nenhum lugar para me esconder. À noite elas brotavam e giravam, vindas do céu cravejado de estrelas. De dia, eram sombras nos rochedos nus dos penhascos, murmúrios no hálito quente do vento.

Sonhei que um pastor de passagem gotejou água nos meus lábios crestados, acordei no escuro e encontrei um odre cheio de água ao lado da minha mão. Tive força suficiente para levar o odre aos lábios e beber.

Depois continuei andando. Andei até minhas sandálias romperem e as pedras afiadas esfolarem a sola dos meus pés. Minha pele queimada descascava em tiras prateadas, minha carne murchava na armação de meus ossos. Bebi de poças de lama; comi insetos e vermes. Durante alguns dias, andei em meio a uma multidão de fantasmas murmurando e gritando. Os moabitas massacrados caíam no chão se debatendo, os cavalos tropeçavam relinchando. O soldado filisteu cujo pescoço esmaguei levantou-se e se postou diante de mim, segurando a cabeça nos ombros com as mãos ensanguentadas. Naqueles dias, eu tinha certeza de que estava nas garras da loucura. Mas então os corvos se afastaram de mim, virando de costas, espalhando-se em uma centena de direções diferentes. Depois vieram os outros, que não eram fantasmas, mas gente que ainda andava depressa sobre a terra. Não os vi como eram, mas como seriam. Eles não me viram – na verdade, às vezes passavam através de mim, envolvidos em comportamentos ou conversas das quais eu não fazia parte. Entendi que estava vendo o futuro: fragmentos do que viria a ser. Com frequência eu gritava de tanta dor. Mas em outras vezes me sentia consolado, pois eu conseguia ver, por um instante, o padrão do todo.

Então, uma noite, acordei de um sono inquieto para encontrar o mundo iluminado pela radiação fria da lua cheia. Eu estava no deserto havia um mês. Sentia-me como uma cabaça oca, leve como o ar. Estava consumado. O doloroso futuro se descortinava à minha frente. Davi teria o trono, a coroa, a linhagem de descendentes que o Nome lhe prometera. Mas pelo resto de sua vida, ele seria escaldado pelas consequências de suas escolhas. Minha tarefa era dupla: estar contra ele e estar ao seu lado. Despertar sua consciência e poupá-lo da dor que aquilo lhe causaria. Ajudá-lo a aguentar os difíceis dias e anos que estavam à sua frente.

Minha sombra saltava diante de mim como um gigante. Com enorme esforço, pus um pé diante do outro e comecei a longa caminhada de volta para casa.

XIII

— Você parece uma poça de mijo de camelo! Está quase transparente! — Fiz uma careta quando Davi passou os braços rijos e musculosos pelos meus ombros para me abraçar. Ele se afastou. Manteve-me a certa distância e me examinou de cima a baixo. — Estou com medo de quebrar você em dois! O que andou fazendo consigo mesmo? Disseram que foi chamado para o deserto por uma de suas visões. Ainda bem que foi chamado de volta, enquanto ainda resta alguma coisa de você! — Pegou no meu braço, solícito, como se eu fosse um inválido. — Natã vai se alimentar e beber nos meus aposentos. Tragam vinho e carneiro assado... Não, esperem. Carneiro, não. Forte demais, depois de um jejum tão longo. Você precisa ir devagar, recuperar suas forças. Tragam pão e coalhada, olivas e orégano... e um pouco daquelas ótimas uvas vermelhas de Amon.

Durante todo o caminho até seus aposentos as palavras se despejaram de sua boca. Ele estava animado, jovial. Até seus passos pareciam saltitantes, como se estivesse levando a vida dançando.

— Aconteceu tanta coisa enquanto você esteve fora. Sabe que Joabe me chamou para ir a Rabá? Sim! Ele quis que eu, na verdade, o exército quis, acabasse com os amonitas e tomasse a cidade real. Joabe já tinha feito todo o trabalho duro, é claro. Capturou o suprimento de água; então era só uma questão de tempo... Mas o mais importante, Natã, é que o exército, o meu exército, quis que eu estivesse lá. Eles quiseram que eu os comandasse à vitória. Queriam a vitória em meu nome. Gostaria que você estivesse lá quando tiramos a coroa da cabeça do ídolo deles e pusemos na minha. Vou dizer uma coisa. Eu não estava preparado para isso. — Deu uma risada franca e cheia de alegria. — Pesava um talento! Ouro puro, e quantas pedras preciosas... Vou mandar trazer para você ver, mais tarde...

"Enchemos os nossos celeiros e o tesouro. Não dá para contar quantas mulas atravessaram o Jordão. Tivemos de construir plataformas flutuantes. Todos que lutaram agora estão ricos. E as famílias dos que tombaram também. Escravos... agora temos uma força de trabalho para qualquer tipo de projeto. Não só o povo de Rabá. Todas as cidades amonitas caíram quando a notícia correu. Poupei a vida deles, embora tenham resistido. Você soube dessas coisas? Foi muito bem-feito. Ajudou a fazer os outros se renderem. Nunca vi um povo mais feliz em ser escravizado. Estavam esperando que os queimássemos vivos e passássemos seus filhos no fio da espada. Bem, por que não esperariam? Eles tinham ouvido falar sobre os moabitas. Mas aquilo foi necessário. Desta vez eu vi que poderia ser diferente. Nós os pusemos para fazer tijolos, e os mais habilidosos estão trabalhando para nós como ferreiros, construindo machados e debulhadoras. Haverá muitas mudanças agora. Vamos dobrar o tamanho desta cidade, como sonhei que o faríamos, mas na metade do tempo. Será uma cidade maravilhosa. Estou com algumas ideias, Natã. Senti sua falta! São tantas as coisas a respeito das quais preciso dos seus conselhos... Olhe, olhe só isso..." — Puxou-me pela mão e me levou pelo quarto até uma alcova. Lá havia uma mesa baixa, sobre a qual fora montado o modelo de um edifício que eu nunca tinha visto igual, um grande trabalho, como diziam que nossos ancestrais fizeram para os faraós. O modelo estava incompleto. Havia sido montado com peças que podiam ser separadas e movidas ao redor, para tentar diferentes efeitos. Davi fazia isso enquanto falava, removendo colunas estriadas e dispondo-as em pares, ou em trincas, sempre falando, falando sem parar...

— Estive pensando, como é que eu vivo neste belo palácio enquanto a arca do Nome é abrigada em uma tenda? Temos que guardá-la num templo, percebe, Natã... feito com os melhores materiais... com as muralhas mais majestosas... — Circulava em torno da mesa, rearranjando os elementos. Estava tão perdido na alegria de sua criação que nem notou que eu me mantivera quieto, em silêncio.

Apenas quando a comida chegou ele interrompeu seus planos grandiosos. Sentamos em silêncio diante das bandejas, ele me pressionando a comer, mas só peguei algumas uvas. Ele estava com uma na mão, girando-a entre o polegar e o indicador.

— Ah, sabe, estou com uma nova esposa. A viúva do meu oficial Urias. — Lançou-me um olhar rápido. Mantive a máscara do meu rosto. — O nome dela... acho que você não a conheceu. É Betsabá. Ela... — Um rubor lhe subiu pelo seu pescoço. Sua pele clara sempre enrubescia depressa. Agora estava em chamas. — Nunca tive uma mulher como ela, Natã. Ainoã, eu a respeito, é claro. Como poderia não respeitar, sendo a mãe do meu primogênito? E você sabe que sempre amei Abigail. Como eu sinto falta dela! Você também gostava dela, eu sei... Vocês dois, meus mais sábios conselheiros... Maaca é linda, mas essa... Maaca foi um casamento de palco, e com Abigail eu sempre me senti como um garoto. Betsabá faz com que eu me sinta um homem.

Mordi a língua, tentando conter uma ânsia de repulsa. Será que ele realmente achava que eu precisava ouvir aquilo? Olhei para baixo, lutando para manter uma expressão neutra. Não devo ter conseguido, pois ele pôs a mão em meu braço.

— Escute. Sei que não foi uma boa coisa. E você estava certo em ser contra. Mas está feita. Enfim, o filho que tanto nos preocupou vai nascer no meio do inverno.

Permaneci calado. Depois de um constrangedor momento de silêncio, Davi voltou a tagarelar sobre os seus projetos, seus planos. De repente, sem razão nenhuma:

— Mas então, só eu estou falando. Conte o que aconteceu com você. Você viu alguma coisa interessante por aí, sozinho todo esse tempo?

— Oh, muitas coisas — respondi. — Coisas que serão úteis para você, sem dúvida, quando chegar a hora. Mas eu não estava sozinho. — Pensei nas multidões, nas vozes. — Havia um homem, vítima de uma grave injustiça. Eu queria saber a sua opinião sobre o que deve ser feito por ele.

— Diga logo! — Inclinou-se para a frente, atento. Ele adorava brincar de juiz.

— Ele era muito pobre. Só tinha um carneirinho e nada mais. Nenhum rebanho. Criou o carneiro dentro da choupana em que morava, junto com os filhos. Dividia sua côdea de pão, o animal até bebia da sua caneca. Nunca se viu tanta afeição entre um homem e um animal. Andava sempre com ele aninhado no peito.

— É mesmo? — A expressão dele suavizou. Ele tinha se envolvido emocionalmente na história. — Eu já fiz isso uma vez quando era pastor, com um carneirinho órfão. Fiquei muito apegado. Sei como é. Continue.

— Então, um dia, o homem mais rico da aldeia, que tem tudo, rebanhos e manadas, recebe uma visita. Só que em vez de matar um de seus animais, ele rouba o carneirinho do pobre homem, mata o bichinho e serve ao seu convidado.

Davi jogou de lado o cabo da uva que tinha na mão.

— Esse homem merece morrer! Diga o nome dele! Vou fazer com que pague quatro vezes mais pelo carneiro, pois ele foi avarento e não teve piedade.

— O nome dele? — falei em voz baixa. — Você quer mesmo saber quem ele é, esse homem avarento e impiedoso? O homem que tinha tudo?

— Pela graça do Nome, sim.

— Esse homem é você.

Davi se levantou de repente, derrubando as uvas, que rolaram pelas lajotas.

Também me levantei, esmagando as uvas com os pés. A polpa vermelha sangrou como uma ferida aberta. Aproximei-me dele e ficamos nos encarando fixamente. Davi retribuiu meu olhar, insolente. Ele pretende ser descarado a respeito, pensei. Acha que o estou castigando pelo adultério. Não percebe que eu sei sobre o assassinato.

Falei em voz baixa:

— Você. Que ganhou tudo. Você é cem vezes mais culpado que o homem rico que acabou de condenar. Você tirou mais do que a mulher de um homem. Tirou a vida dele. — A expressão de Davi mudou em um segundo ao perceber que eu sabia de toda a extensão de seus crimes.

Virei-me abruptamente e atravessei o recinto até a alcova. Olhei para as peças do modelo, a floresta de altas colunas, a suntuosidade dos capitéis espiralados. Aquela arrogância me deixou nauseado. Varri a mesa com a mão, jogando as peças no chão e esmagando tudo com meu calcanhar. Quando voltei a falar, não foi com a minha voz, mas com a outra. Dessa vez, porém, eu consegui ouvir minhas palavras. Não houve nenhuma dor ofuscante, só frieza quando o brutal julgamento saiu de meus lábios.

— O Deus de Israel diz o seguinte: *Você nunca construirá o templo. Você está maculado de corpo e alma por seus massacres e derramamentos de sangue. Por isso, essa grande e sagrada tarefa não é para você. Eu o ungi rei de Israel. Resgatei-o do bando de Saul. Eu lhe dei Israel e Judá. Se não fosse suficiente, eu lhe daria duas vezes mais ou ainda mais. Por que, então, você zombou de meus mandamentos? Você passou Urias na espada. Tomou a mulher dele em adultério. Agora saiba o seguinte: a espada nunca abandonará sua dinastia. Provocarei uma calamidade em sua própria casa. Pegarei suas mulheres e as darei para outro homem diante de seus olhos, e ele dormirá com suas mulheres sob este sol. Você agiu nas sombras, mas isto eu farei acontecer em plena luz do dia, à vista de toda Israel!*

O silêncio no recinto foi tão completo que consegui ouvir os abafados passos dos pés descalços de um criado no corredor, o ruído dos cascos de um jumento passando pela rua abaixo. Davi ficou imóvel, enrubescido. Os olhos dele cintilavam. Os punhos fechados ao lado do corpo. Ergueu os punhos fechados, retesando os músculos dos braços. Agora ele vai me matar, pensei. Mas ele levantou as mãos à cabeça e puxou os cabelos.

— Eu me declaro culpado diante do Nome.

Caiu de joelhos e abaixou a cabeça, cobrindo-a com os braços como que se defendendo de um golpe. Seu corpo tremia. Ele chorou. Estendi meus braços e afastei os dele com delicadeza. Pus as mãos em concha em seus cabelos macios. Senti uma onda de amor e pena por ele enquanto seu futuro me era revelado.

Pensei em Moisés, falando para nossos ancestrais depois de lhes transmitir a lei. "Coloquei as duas coisas diante de vocês, a bênção e a maldição", falou. "Vida e morte. Portanto, escolham a vida."

As escolhas de Davi já tinham ficado para trás, irrevogavelmente. Ele iria conhecer tanto a bênção como a maldição, todas nas medidas mais extremas possíveis. Tudo tinha acontecido com ele. Tudo aconteceria com ele. Todas as alegrias humanas. Todas as tristezas humanas. *Pagar quatro vezes mais*, disse ele. Com suas próprias palavras. E assim seria. Pela vida que havia tirado, quatro vidas daqueles que amava seriam arrebatadas em ruinosa violência.

— Ouça-me. — Agora a voz era a minha. Coloquei a mão sob seu queixo e levantei seu rosto molhado. — Essas coisas que previ, nem todas acontecerão com você agora. Você vai seguir vivendo, se tornará famoso, fará grandes coisas e se alegrará com elas. Mais tarde, quando estiver velho, você vai pagar por tudo. Por ora, o primeiro preço que irá pagar é o seguinte. O filho que você vai ter, esse *mamzer* que produziu, não viverá.

Prepare-se para isso. Quanto ao resto, tire da cabeça. Sinta-se feliz de o Nome ter perdoado seu pecado e o deixado viver para se redimir.

E Davi se redimiu. Entregou-se plenamente à vida penitente, jejuando, rezando, confessando sua perfídia e execrando-se em público. Tornou-se um homem melhor nos pequenos assuntos cotidianos, e até um rei melhor e mais sábio nos grandes assuntos de Estado. Assim como as confissões de seus malfeitos tornaram os crimes de conhecimento público, também as palavras de minha profecia se difundiram, primeiro pela cidade e depois pelo Rincão. Nosso povo, que se consolava com o oráculo de Natã, agora falava em vozes sussurrantes da maldição do profeta. Se as pessoas já tinham medo de mim antes, a aversão se tornara extrema. Pessoas comuns atravessavam a rua para me evitar; mulheres cobriam o rosto com os mantos e faziam sinais contra mau-olhado.

Só Davi continuava me procurando, cobrindo-me de honras e atenções. Fui o primeiro a ouvir sua canção de lamentos e rezas de contrição. Durante dias, semanas, foi a única canção que cantou. Acredito que foi uma das mais lindas que compôs.

> *Purgue meu aspersório até eu me purificar;*
> *Banhe-me até eu estar mais branco que a neve...*
> *Esconda seu rosto de meus pecados;*
> *Apague todas as minhas iniquidades.*
> *Modele um coração puro para mim...*
> *Salve-me da culpa e do sangue...*
> *Você não deseja que eu faça sacrifícios;*
> *Não deseja oferendas queimadas;*
> *Só deseja o sacrifício de um espírito arrependido;*
> *Você não desprezará*
> *Um coração contrito e dilacerado.*

Assim ele cantava. E assim, suponho, acreditava. E ainda assim, como eu havia dito, Javé exigia sacrifícios dele. Uma culpa de sangue demandava um pagamento em sangue.

XIV

No inverno, poucos dias depois de a criança nascer, o rei mandou me chamar. Estanquei diante da porta. Betsabá estava lá, a criança adormecida aninhada em seu peito. Eu não esperava aquilo.

Estava de cabeça baixa, virada de costas para mim. Mas mesmo naquela visão parcial, pude ver que era uma mulher notável, como Davi havia dito: pele clara e macia, uma cascata luzidia de cabelos cor de obsidiana, que ela usava soltos e descobertos. Mesmo com a bata folgada era possível discernir as pernas longas e esguias, o quadril flexível e os seios arredondados e generosos nos quais se apoiava o bebê, cujos cabelos espessos eram testemunho de sua paternidade. Quando Davi me apresentou, ela deu um passo para trás. Seus olhos foram uma surpresa: de um azul luminoso. Outra surpresa: apesar da silhueta alta e bem formada, o rosto que olhou para mim era de uma criança. Ela era muito jovem.

Constrangido, sem saber como cumprimentá-la, perguntei como ela estava.

Sua voz, quando ela respondeu, era débil como de uma garota tímida, quase inaudível.

— Muito bem, obrigada. Muito melhor do que tenho direito. — Abriu um sorriso rápido, muito breve, mas era como se o sol houvesse aparecido. Um homem poderia fazer muita coisa para ganhar aquele sorriso, pensei.

Davi limpou a garganta.

— É o primeiro dela, sabe. Ela nunca teve filhos com... ele. As parteiras disseram que nunca viram um primeiro filho sair tão fácil. E sei que não são apenas palavras. Ainoã, Abigail, Maaca, Hagite, Eglá, Abital... — Ele as contava nos dedos, as mulheres com filhos seus. — Todas elas, da primeira vez, longos partos. Dias, às vezes. Mas Betsabá... — Olhou para ela e sua expressão suavizou. — Ela me procurou no amanhecer e disse que sentia as primeiras dores — então ela dormia na cama dele, mesmo no fim da gravidez —, e ao meio-dia eles me entregaram meu filho.

Davi quis pegar o garoto. Betsabá pôs o bebê nas mãos grandes de Davi, nas quais ele de repente pareceu bem menor — e era de bom tamanho, para um recém-nascido. Os olhos de Betsabá encararam os de Davi por um instante, compartilhando descomplicada alegria de um filho recente. Mas logo depois ela mordeu o lábio inferior e sua expressão ensombreceu.

— Nós... eu o convidei a vir porque queria que você o visse. — Mostrou-me o bebê. — Está vendo como é saudável. Eu... nós... estávamos pensando se... você já me disse que essas suas profecias nem sempre se dão a interpretações diretas. Que você só vê uma parte, talvez, mas não o todo.

— Sim — concordei. — Era como costumava ser. Antes que visões do deserto tornassem tudo claro para mim.

— O que estou perguntando... o que estamos perguntando... é o seguinte: É certo que esse garoto vai morrer? Existe algum espaço no que você disse, no que lhe foi mostrado, que possa nos dar esperança?

Olhei de um para o outro. Os olhos deles — âmbar-escuro e azul profundo — fixavam-se em mim como os olhos de um arqueiro, mirando alguma verdade que imaginavam. Contive meu coração. Examinei o bebê nas mãos de Davi. De pele rósea, perfeito, as mãozinhas fechadas socando o ar. Fechei os olhos. Os braços dele caíram flácidos, escorregando da mão de Davi. As mãozinhas se abriram, os dedos rígidos ficaram imóveis. A pele cinzenta como argamassa. Crostas de muco seco tapando suas narinas, as pálpebras.

— Sem esperança.

Betsabá deu um grito e levou a mão à boca. Davi teve um sobressalto e apertou a criança no coração.

— Vocês não vão ter de esperar muito. Vai ser logo.

A febre aumentou na noite seguinte. Queimou o menino vivo durante seis dias. Durante todo esse tempo Davi jejuou, prostrado ao ar livre, no chão frio do inverno.

Cortesãos vieram a mim, os que se preocupavam com ele, implorando para eu falar com Davi, pedir que comesse e se abrigasse, caso contrário o rei poderia também adoecer e morrer. Eu não os atendi, sabendo que era inútil. Joabe tentou argumentar com ele, assim como Zadoque e Abiatar. Mas Davi não lhes deu ouvidos.

Quando o bebê morreu, no sétimo dia, ninguém se atrevia a comunicar a notícia, preocupado com que ele fizesse alguma coisa terrível, tão grande fora seu sofrimento durante a doença. Estavam todos ali em pé a certa distância de onde ele estava, discutindo a respeito, quando eu cheguei. Não sei se ele entreouviu alguma coisa, ou se minha presença foi suficiente para abrir seus olhos para a verdade.

Passou a língua seca sobre os lábios rachados.

— A criança morreu? — perguntou com a voz rouca.

— Sim.

Davi respirou fundo, mas antes de exalar já estava de pé.

— Preparem-me um banho! — Seus criados se entreolharam, confusos. — Já! — demandou, espanando a sujeira da pele e se encaminhando para a casa de banhos. Todos correram atrás dele. Depois de se banhar ele pediu óleos para se ungir, vestiu roupas limpas e foi até a tenda da arca, onde se prostrou. Depois voltou para casa e chamou Betsabá, imagino que para consolá-la. Mais tarde, pediu uma grande refeição, para a qual convidou seus conselheiros mais próximos.

Joabe sentou-se à sua frente, visivelmente perplexo. Finalmente desabafou, em seu jeito direto de soldado.

— Eu não o entendo — falou. — Quando a criança estava viva você jejuou e chorou. Agora que está morta você enxuga os olhos e se banqueteia.

Davi deixou a coxa de frango de lado e limpou a boca. Respondeu com o ar cansado de um homem obrigado a explicar o óbvio.

— Quando o menino estava vivo, eu pensei: Quem sabe? Talvez o Nome tenha piedade de mim, por isso jejuei e chorei para meu filho viver. Agora ele está morto, por que devo jejuar? Jejuar pode trazê-lo de volta? — Seus olhos marejaram. — Eu devo ir até ele, mas ele nunca virá de volta até mim.

Mandou que trouxessem seus seis filhos vivos para perto dele, para se consolar. Os garotos eram Amnon, Absalão, Adonias, Sefatias e Itreão, e sua única filha Tamar, irmã de sangue de Absalão. Levantei-me e saí da sala antes que chegassem. Não conseguiria olhar para eles.

Naquela noite, decidi sair da casa de Davi. Eu sabia demais sobre o que estava para acontecer para continuar lá. Perguntei se poderia me alojar em algum aposento fora do palácio e vir prestar meus serviços quando ele precisasse. Davi me deu sua casa do outro lado do vale, aninhada nos velhos pomares de amêndoas e oliveiras. Queria demolir a casa e construir uma maior, com pedra revista e cedro que sobrara do material enviado pelo rei de Tiro. Mas eu disse que não. Assim que entrei naqueles cômodos despidos, sabia que uma casa melhor não me seria mais adequada. Sabia que aquelas grandes janelas manteriam os quartos frescos no calor do verão e deixariam o sol entrar para aquecer as paredes caiadas no inverno. Quando Muwat abriu as janelas pela primeira vez, o sol brilhou nas lajotas rosadas, desgastadas e lisas por gerações de pés em movimento. A luminosidade refletiu para o teto, me fazendo piscar ante a luz. Quando abri os olhos, eu o vi; de cabelos escuros, olhos vivos, o lindo garoto com a expressão grave e pensativa. A promessa. A razão.

Foi a visão de um momento, mas eu sabia, com toda certeza, que era uma visão verdadeira, que ele viria a esta casa e se postaria ali, naquela janela. Não tenho nenhum filho sanguíneo, trazido do vazio por amor, orgulho ou desejo. Mas vi que teria um filho espiritual, meu de alma e de coração. Que o serviria como servi a seu pai, até ele ganhar tanta sabedoria que não precisaria mais de meus conselhos, e eu poderia viver meus últimos dias em paz, livre das visões e da dor que as acompanhava.

E sabia que o faria aqui mesmo, nesta casa, como fiz. Como faço.

XV

No mês da colheita das azeitonas, era bem comum ver estrangeiros percorrendo os caminhos desta montanha, levando varas para cutucar os galhos e sacos de estopa para colher as frutas maduras. Eu estava sentado no terraço, o portão externo aberto. O movimento da luz quando as nuvens passavam pelo vale, o tom prateado das azeitonas na hora do meio-dia, o brilho do sol nas pedras da cidade e a mudança do seu perfil com a continuidade das obras de construção – tudo isso me dava prazer.

Estava com um pergaminho aberto na mesa à minha frente, um trabalho de história escrito no Egito. Desde minha estadia com os filisteus, eu tinha me interessado pelos nossos vizinhos e seus deuses, porém os glifos egípcios são difíceis, com vários significados que dependem do contexto. O sol quente nas minhas costas e o zumbido grave das abelhas estavam me deixando sonolento demais para o esforço necessário para acompanhar o texto.

Avistei duas mulheres subindo o caminho para minha casa. Achei que eram coletoras, pois as árvores nos terraços acima da minha residência estavam carregadas de frutos, mas, quando se aproximaram, vi que não carregavam nem varas nem sacas.

O caminho terminava numa trilha de cabras depois da minha casa, que era a última do conjunto. Não poderia pensar que pretendessem vir até mim. Nenhuma das mulheres da cidade pensaria em vir me procurar. A maioria, na verdade, andaria uma hora a mais para se desviar do meu caminho. Com exceção de Muwat, que cuidava das minhas simples necessidades, eu vivia totalmente só. A multidão de pessoas em torno de Davi, com quem eu ainda passava boa parte do meu tempo, já era mais do que eu desejava em termos de companhia humana. Eu me refugiava na minha casa em busca de solidão, e poucos em torno do rei lamentavam minha ausência. Sabia muito bem que a maioria das pessoas respirava aliviada quando eu saía da sala.

Mesmo assim, as mulheres se aproximavam. Deixei o pergaminho se fechar sozinho. Usavam mantos lisos e tecidos crus, arranjados modestamente na testa. Continuaram andando com facilidade mesmo quando o caminho se tornava íngreme próximo à casa, por isso imaginei que fossem jovens. Só quando se aproximaram notei que o couro de suas sandálias era muito bem trabalhado.

Muwat havia ido ao mercado da cidade, por isso não tive escolha a não ser recebê-las pessoalmente. Afastei a cadeira da mesa devagar e fui abrir o portão para perguntar o que desejavam.

Quando a mais alta se dirigiu a mim pelo nome, reconheci aquela voz tímida de menina, embora só a tivesse ouvido uma vez. Assim como um acorde que destoava do conjunto, sua presença feriu uma nota inquietante. Mulheres da realeza não saem da cidade sem uma escolta, nem vestidas em trajes domésticos. Murmurei um cumprimento formal e fiz sinal para ela entrar. Falou algumas palavras em voz baixa com a criada, que aquiesceu e foi se sentar no banco do jardim.

Dentro da casa, ela foi até a janela, tirou o manto emprestado e o deixou cair descuidadamente no chão. Por baixo ela usava uma bela bata de linho, tingida de azul-claro da cor do céu, sutilmente bordada na barra e nas mangas num tom mais escuro — a cor dos olhos dela —, e um cinto com filigranas prateadas. Os cabelos pretos estavam presos nas costas, atados com um belo filete prateado.

Como ela se atrevia a vir até aqui – de forma assim furtiva, disfarçada e nitidamente sem o conhecimento do rei? Esperei que se virasse para falar, mas ela não fez uma coisa nem outra.

— Não creio que você tenha vindo até aqui para admirar a paisagem — comentei friamente.

— Na verdade, Natã, eu nem sei bem por que vim. — Os lábios dela tremeram, e havia algo apelativo em sua voz. — Não tenho razão para esperar gentilezas de sua parte... logo de você. — Os olhos dela marejaram e lágrimas escorreram por sua face. Ela não fez menção de enxugá-las.

— Sente-se — falei. A sala era parcamente mobiliada – eu preferia assim –, mas tinha um bom divã do palácio, que Davi me mandara de presente. Ela hesitou um pouco antes de sentar, a coluna ainda bem ereta, apesar do tremor nos ombros. Todo seu rosto – seu lindo rosto – estava molhado, e ainda assim os olhos continuavam a verter lágrimas. — O que aconteceu? — perguntei, menos rispidamente. — Por que você veio me visitar?

— Estou grávida de outro filho.

Não era uma notícia surpreendente. Era fato bem conhecido que o ardor do rei por Betsabá não tinha arrefecido no segundo ano de casamento. Muwat me contava as fofocas do alojamento dos serviçais: Betsabá estava com o rei todas as noites a não ser durante o período do mês em que era proibido, que era quando Davi cumpria seu dever com suas diversas outras esposas.

— E isso é uma coisa tão aflitiva? — perguntei. — É natural que você pense sobre a última vez. Mas agora é diferente. Essa criança não será vítima da ira divina. Não precisa ter medo.

— Não estou com medo da ira divina — disse ela.

— Mas você está tremendo.

— Eu tenho medo de você, Natã. E tenho medo do rei.

Dei risada.

— Por que *você* teria medo do rei?

— E por que eu *não* teria medo dele? — Ergueu os olhos, a expressão subitamente severa. — Você acha que não tive medo quando fui arrastada de casa no meio da noite, para ser abusada e descartada?

Olhei-a com frieza. É fácil alegar estupro, mesmo para quem provocou a sedução. Ainda assim, desviei a visão de seu olhar feroz, dedilhando o material de escrita na minha mesa enquanto respondia.

— E suponho que não houvesse um local privado dentro da sua casa onde você pudesse ter se banhado, em vez de usar o telhado bem embaixo do terraço do rei. — Minha voz pingava sarcasmo. — Sim, claro, você não percebeu. Não fazia ideia de que seria vista e apreciada, convidada para a cama dele. Uma garota entediada com o marido ausente; você nunca chegou a imaginar como seria divertido ser desejada por um rei.

— Como você pode pensar... — A voz dela era baixa e furiosa. — *Convidada?* — Seus lábios carnudos se apertaram numa linha maldosa. — Você é bem cego para alguém que vê tanto! Eu fui àquele teto em busca de *privacidade*. Com exceção de uma única criada, todos os serviçais da casa de Urias eram homens. A maioria ex-soldados, jovens que serviram com ele e foram feridos de alguma forma. Ele os acolhia e lhes dava trabalho. Você acha que era fácil estar naquela casa com todos aqueles olhares em cima de mim, com meu marido ausente? Eu precisava fazer meu ritual de purificação e não conseguia desanuviar meus pensamentos para as preces temendo que pudesse estar sendo espiada em meus movimentos. O teto, no escuro, era a única privacidade que eu tinha. Ou ao menos foi o que pensei...

Ela olhou para mim, desafiadora. Em seguida baixou os olhos.

— Não pense que já não me castiguei por meu erro. Todo dia, todos os dias, pergunto a mim mesma por que subi naquele telhado. Você faz ideia de como ele agiu naquela noite? Ele me usou como... um receptáculo. As marcas nos meus seios levaram um mês para sarar. Fiquei com medo que Urias voltasse para casa de licença e visse aquelas marcas.

Rememorei aquela primavera, quando as tropas de Davi se agruparam sem ele pela primeira vez e fui chamado por um rei furioso que havia deixado até Joabe com medo. Lembrei-me do meu próprio medo enquanto esperava minha audiência com ele naquela manhã. E nós éramos homens que conhecíamos Davi, que o amamos durante quase toda nossa vida. Olhei para Betsabá e de repente me senti como naquela longa noite depois de ter voltado de Beit Lehem, quando fiquei esperando o surgimento de alguma visão. Agora sabia por que me senti tão doente naquela noite. Durante toda aquela vigília, Davi a estava estuprando. E eu me permiti chamar aquilo de sedução. Quando voltei a olhar para ela, sentia vergonha de meus pensamentos. De certa forma, eu também a havia violado.

— Quando ele me pôs para fora — me atirando uma joia, como se eu fosse uma meretriz exigindo pagamento —, estava acabado para ele, mas não para mim. Passei a viver meus dias com medo, sabendo que minha vida pendia por um fio, esperando que a notícia de minha desonra chegasse até Urias — Urias, um homem para quem a honra era tudo. Ela ergueu o queixo. Seus olhos se fixaram em algum ponto distante. — Você já viu uma mulher ser apedrejada até a morte, Natã? Eu vi. Meu pai me fez assistir quando eu era garota, para saber o que acontecia com as mulheres infiéis. E quando meus sinais mensais não se manifestaram eu pensei naquela mulher, no som de seus gemidos, na carne dilacerada, nos ossos esmigalhados... No final do processo, ela não tinha mais rosto... — Passou a mão pelos olhos, como se para remover a imagem. Quando voltou a falar, sua voz era um murmúrio. — E agora sou culpada disso também; por só ter pensado em mim naquelas semanas. Era por Urias que eu deveria ter medo. Agora eu sei disso. Mas como poderia pensar que Davi o mataria? Quem faz isso a um homem leal e inocente? E depois, meu filho – meu bebê, meu garotinho inocente... — Os ombros dela tremeram com outro soluço. — Ele sofreu, Natã. A febre o queimou vivo. E eu tenho de ficar com o homem que causou tudo isso. Dormir na cama dele. Tentar fingir que ele não é um monstro...

— O rei *não* é um monstro. Tem seus defeitos, como todos os homens. Davi errou. Mas reconheceu o erro diante do povo. Ele se arrepende. Quantos reis têm a humildade de fazer isso? Ele reza pedindo perdão todos os dias. Luta, todos os dias, para ser um homem melhor. Você precisa ver...

— Eu não consigo ver! E nem você, Natã, porque escolheu não ver a verdade. Deixou seu amor por ele cegá-lo. Mas eu só consigo ver o que ele tirou de mim. Meu filho. Meu marido. Meu próprio corpo. Tudo, com exceção da minha vida. Porque ele pode. Pode fazer o que quiser. Você é o único de quem ele tem medo.

— Não. Não de mim. Ele tem medo do Nome.

— E você fala pelo Nome. Estou pendurada nesse fiapo de alento que é a minha vida, Natã. Mantendo-me para transmitir uma vida ao meu filho. — Gotículas de suor perolavam sua testa. Ela estava muito pálida.

— Vou buscar um pouco de água para você — falei, encaminhando-me ao jardim. Apoiei a testa contra a parede áspera da fonte da casa até a pedra arranhar minha pele. Fiquei um longo tempo ali. Lá estava mais uma vez, mais uma camada de malignidade, mais profunda. Um filete de sangue escorreu pelo meu rosto. Lambi os lábios e senti gosto de ferro. Afastei-me da parede e passei o dedo no corte. A criada de Betsabá estava de pé ali perto, olhando para mim. Pegou o jarro da minha mão e se abaixou para enchê-lo.

Quando acabou, pedi que despejasse a água fresca em minhas mãos em concha. Lavei o sangue da testa. Depois peguei o jarro e voltei para dentro. Betsabá estava deitada no divã, o rosto encostado na almofada. Enchi um copo e pus na mesa baixa ao seu lado. A respiração dela estava ofegante. Sentei numa cadeira ao lado da janela e fiquei esperando. Pouco depois ela se levantou e pegou o copo com água.

— Você o amava? Urias?

Ela fez uma pausa, inclinando a cabeça e o pescoço longo e esguio.

— Eu não pensava em amor. Ninguém falava sobre esse assunto. Não fui criada para esperar isso. Era uma criança quando meu pai me prometeu, e fui mandada para a cama de Urias assim que sangrei pela primeira vez. Ele era um bom marido. Era o que meu pai dizia, e fui criada para não questionar o que meu pai dizia. Eu me sentia orgulhosa, por ser conhecida como a esposa de Urias. Ele nunca me tratou mal. Eu choro pela morte dele. Isso é amor?

Foi minha vez de dar de ombros.

— Como eu poderia saber?

— Como poderia?

Ficamos em silêncio. Lá fora o sol mergulhava, lançando longas sombras pelas lajotas esmaltadas. Observei os pequenos veios percorrendo a pedra rósea, mas só conseguia ver carne e cartilagens; pele esfolada e tecidos arrancados.

— Você ainda não me falou por que veio aqui. Por que assumiu esse risco.

— Eu vim pedir... averiguar se você poderia... Natã, preciso saber o que você vê. Para esse filho que estou gestando. — Pôs os dedos longos de forma protetora sobre o ventre. A luz refletiu na safira que cintilava no dedo. — Você disse que o outro era pagamento pela dívida de sangue. Mas e este? Ele vai viver?

Fiquei de pé e abri as mãos.

— Não é assim que funciona. Eu não posso... — E então olhei para o rosto dela – lindo, mesmo agora, inchado e com olhos vermelhos de tanto chorar. Como poderia deixá-la nessa aflição? Eu lhe devia uma esperança, ao menos como compensação por meu mau julgamento.

— Só posso dizer que, como vi tão claramente a outra morte, não vejo nada para esse...

De repente ele estava lá, um lindo garotinho de cabelos claros, de pé perto da janela, virando para mim, a expressão toda sorridente. Eu já o tinha visto, da primeira vez que entrei nesta casa. Na ocasião eu sabia que era filho de Davi. Agora entendia que era o filho de Betsabá, o rebento crescendo dentro dela.

Tinha um filhote de águia no pulso, e enquanto falava a ave andou pelo seu braço e esfregou a cabeça no rosto dele. Virou para o outro lado, e quando voltou a olhar para mim estava mais velho, um jovem sorridente, com um diadema dourado na testa. Havia mapas sobre a mesa e ele se debruçou sobre eles, apontando alguma coisa, antes de erguer os olhos com uma pergunta. A visão se dissolveu, e pude ver o que estava atrás dele, além da janela. A mesma janela alta e arqueada, as grandes persianas de madeira abertas para a paisagem. Mas era uma paisagem totalmente transformada. Onde deveria haver pomares, havia casas. A cidade se estendia pelo vale e até o pé desta colina. Ao longe, em Har Moria, o sol resplandecia sobre as colunas douradas de um grande templo branco...

Foi a minha vez de vacilar. Cambaleei até o divã e me sentei pesadamente, tateando como um cego pelo copo. Estava vazio. Ela tirou o copo de minhas mãos e o encheu, depois o levou aos meus lábios para que eu pudesse beber. Estendi minha mão trêmula em direção ao seu ventre. Fechei os olhos e senti o poder me percorrer.

— Ele vai ser rei, Betsabá.

Ela teve um sobressalto e levou a mão à boca.

— Mas como? Como pode ser? Com todos esses irmãos... Amnon, já quase um homem, e Absalão, Adonias... e todos os mais novos... — Eu a vi fazendo cálculos de cabeça.

— Eu sei. — Não podia revelar nada mais do que eu sabia: as visões de fratricídios, traição e perfídia do deserto. — Não posso dizer como isso será, mas console-se. Esse menino que está em você vai viver e florescer. Eu o vi coroado.

Betsabá se levantou e começou a andar de um lado para o outro.

— Mas como... eu não... terá de ser diferente, entre o rei e mim. Se meu filho for ocupar o trono, vou precisar...

Os pensamentos dela corriam. Eu queria lhe oferecer consolo, mas só tinha provocado uma grande perturbação.

— Betsabá — falei. Aproximei-me e pus as mãos em seus ombros, forçando-a a se acalmar. Seus olhos dardejantes examinaram meu rosto. — Deixe que isso se desenvolva como deve ser. Fique contente em saber que seu filho vai viver. Deixe o resto como está. Não é preciso correr nessa direção. Isso chegará até nós, muito em breve.

XVI

A PARTIR DAQUELE DIA, DEIXEI DE SERVIR UM REI e comecei a servir um reino. Desde meu período no deserto, entendi que o destino de Davi estava fora de minhas mãos. Ele teria de passar pelos castigos que havia merecido, e nada que eu dissesse ou fizesse poderia remover aquele fardo. Mas também não iria me omitir e suspender meu amor e minha orientação. Assim como o Nome, eu ainda amava Davi e continuaria ao seu lado para prestar o apoio que pudesse e fazer com que tomasse as decisões mais acertadas, a despeito das dores autoinfligidas que ele teria de sofrer, e também para ter certeza de que o reino seguiria protegido e íntegro até o filho de Betsabá se tornar rei.

Para fazer isso, entendi que precisava garantir um lugar seguro ao lado do jovem príncipe. Seria uma questão delicada, pois eu sempre fizera questão de evitar quaisquer relações com os filhos de Davi. De início, era a indiferença normal de um jovem em relação a qualquer criança que não fosse o próprio filho. Eu considerava crianças como um assunto de mulher – não havia nada para eu fazer a respeito. Depois, quando os príncipes cresceram e os mais velhos começaram a frequentar as audiências e festas de Davi, percebi que o segundo a nascer, filho de Abigail, era o único que cumpria suas pequenas tarefas – de pajem ou serviçal – com alguma seriedade ou dignidade. Mas quando Davi morresse, caberia ao mais velho, Amnon, o papel de líder inconteste e imprestável de um bando selvagem e teimoso, irascíveis uns com os outros e desdenhosos com todo mundo.

Mesmo em circunstâncias comuns, os herdeiros de Davi teriam sido mimados e lisonjeados em um nível perigoso, com apenas o pai em posição de estabelecer seus limites. Mas como não tinha recebido nenhum amor do próprio pai, Davi fez questão de se derramar sobre os filhos. Amava-os como um pai pródigo, sem estabelecer deveres ou impor condições. E como ele não os restringia, tampouco o mundo o fazia. Por isso eu os considerava, imagino, como uns pestinhas mimados. Então, quando fui para o deserto, vi no que eles se transformariam. Depois disso, não conseguia mais olhá-los no rosto e inventava todas as desculpas que podia pensar para evitar a companhia deles. Agora, de repente, eu teria de reverter meu papel.

Esperei que em algum momento Davi falasse comigo sobre o estado de Betsabá e preparei cuidadosamente o que me propus a dizer. Mas um mês se passou, depois dois, e nada me foi dito. Davi continuou fazendo suas redenções públicas sobre a questão de Urias, e imaginei que não se sentisse à vontade para levantar qualquer questão comigo relacionada àquela ocorrência. Percebi que deveria mudar isso, deixando claro que agora eu aceitava seu casamento e suas consequências. Quando eu via Betsabá, era sempre à distância, caminhando com suas criadas no pátio ou ouvindo música no corredor, e não dava para saber se seu estado era ou não evidente. Mas tinha de pensar que sua gravidez já deveria estar patente naquela época para Davi, que, segundo os informantes de Muwat, continuava a se deitar com ela quase todas as noites.

Afinal decidi que, já que ele não falava, eu falaria. Davi estava em seus aposentos particulares com Joabe e outros de seu círculo interno. Pouco mais cedo houvera música e vinho e muitas conversas entusiasmadas. Com o adiantado da hora, o ambiente estava mais calmo. Joabe tinha adormecido em sua cadeira. Vi Davi reprimir um bocejo.

Fez menção de se levantar, pretendendo, suponho, nos dispensar e se retirar. Antes que conseguisse fazer isso, pus a mão em seu braço. Ele bocejou mais uma vez e me lançou um olhar sonolento.

— O que foi? Já está tarde, e você ainda vai ter de passar por aquela trilha de cabras no escuro. Não pode esperar até amanhã?

Baixei minha voz para que só ele pudesse me ouvir.

— Por que você não diz nada sobre a criança que Betsabá está gestando?

— Como você sabe? — perguntou ele rispidamente.

Virei as palmas das mãos para cima e dei de ombros.

— Como não saber?

— Mas você disse que não vê questões pessoais...

Joabe se mexeu. Fiz um gesto para Davi abaixar a voz. Reduzi meu tom a um sussurro.

— Não vejo questões pessoais que não tenham consequências. Isso... tem consequências.

— Como assim? — Pareceu alarmado. — Você disse que o menino que morreu era o pagamento da dívida de sangue. Como esse agora...

Levantei minha mão.

— Não dessa forma. Não vejo nada de ruim para essa criança.

— Então como?

Eu tinha o discurso preparado, bem ensaiado.

— Os seus filhos. Joabe treinou os mais velhos – Amnon, Absalão e Adonias – como seus escudeiros; Abiatar ficou com os garotos mais novos, Itreão e Sefatias, como acólitos. Mas Joabe e Abiatar têm seus próprios filhos. Eu não tenho filhos. É difícil chegar a essa idade que estou sem ninguém. Sem um filho para ensinar, ninguém para orientar. Você não precisa de outro general, de outro sacerdote. Mas seja qual for o filho mais velho que se tornar rei, ele vai precisar de alguém como eu, que possa ficar diante dele e falar a verdade. Se eu o servi, se fui valioso, esse menino...

Ele ergueu uma das mãos e me interrompeu.

— Está dizendo que esse filho de Betsabá vai ser um profeta? Você viu isso?

Eu ia dizer que sim, que tinha visto. Não podia dizer a ele a verdade. Fazer isso soaria um alarme sobre o destino de seus filhos mais velhos – questões sobre as quais eu não podia falar. Para servi-lo, agora eu precisava despistá-lo. Eu havia ensaiado como o enganaria descrevendo uma falsa visão. Pretendia usar uma parte do que *tinha visto* – a cidade muito maior, estendendo-se pelas sete colinas, as luminosas colunas do templo, erguidas pedra por pedra em Har Moria. Mas pensei em povoar a visão com um rei numa zona difusa, o rosto invisível, de costas para mim, ouvindo arrebatado seu irmão mais novo, cujo rosto jovial estava iluminado de poder divino...

Mas essas mentiras morreram nos meus lábios.

— Não — respondi. — Eu não vi isso. — Senti um grande turbilhão de emoções. Até aquele momento, eu não tinha sentido falta de um filho. Mas agora, tendo inventado aquilo, comecei a sentir um grande vazio, uma sensação de perda. Nada que eu tivesse fingido poderia comover mais Davi. Ele ficou de pé, me levantou da cadeira e me abraçou. — Se for um menino, a criança ficará sob seus cuidados. Eu o designo a ser o seu professor, Natã.

XVII

Poderia ser dito que ele encontrou o caminho até mim. É como pareceria para qualquer um que não soubesse melhor. Um salmista poderia interpretar de outra forma, dizendo que ele foi trazido até mim nas asas de uma águia.

Uma grande tempestade havia desabado durante a noite, com raios e ventos fortes como raramente vemos nestas montanhas. De manhã a ventania se acalmara, mas a chuva continuava a cair sem parar, enchendo os vales ressecados até transbordarem, despejando-se pelas rochas em rápidas enxurradas. Era um dia para ser passado dentro de casa, junto ao fogo e com as janelas fechadas. Não era um dia para se esperar visitantes.

Muwat estava limpando minha armadura – àquela altura opaca pela falta de uso, felizmente – quando se surpreendeu com as fortes batidas no portão exterior. Jogou um xale na cabeça e saiu para atender.

O garoto não esperou para ser anunciado e entrou todo molhado, enquanto seu criado – um egípcio alto e magro – se encolhia ensopado e infeliz atrás dele. Não se apresentou nem ofereceu cumprimentos, simplesmente estendeu os braços e abriu os polegares para me mostrar um ovo cuidadosamente aninhado nas mãos em concha.

— Eu encontrei isso. No fundo daquela saliência ao pé do penhasco, lá para o leste, onde nascem as árvores de terebinto. — O rosto dele estava afogueado, e os olhos azuis, azul-escuros como os da mãe, brilhavam de entusiasmo e urgência. — Minha mãe diz que você sabe quase tudo, disse que você vai ser meu professor quando eu tiver idade suficiente. Estou com cinco anos. Vou fazer seis no mês da poda das videiras, e minha mãe diz que aí eu vou ficar com você. Mas eu disse a Hophra que nós precisávamos vir hoje, pois quero saber o que fazer com isso. Eu teria subido para pôr o ovo de volta no ninho, mas Hophra não me deixou. Disse que a pedra fica muito escorregadia na chuva. Acho que deve ser um ovo de águia. Era um ninho bem grande, só dava para ver a beirada.

— Realmente *é* um ninho de águia — falei, lutando para manter a compostura. Eu estava esperando esse dia havia muito tempo. Agora minha cabeça estava leve de alegria e entusiasmo. Respirei fundo, tentando parecer calmo. — Há um casal que volta àquele penhasco todos os anos. Venha até aqui, onde está mais quente, enxugue-se e vamos decidir o que fazer com esse ovo.

Ficou esperando pacientemente até Hophra enxugar seus cabelos encharcados. Aceitou com educação uma cuia de caldo quente, depois se sentou perto do fogo enquanto eu lia para ele um pergaminho que fazia um relato da vida das águias.

— Como nós não sabemos quando esse ovo foi posto, não sabemos quando vai chocar — expliquei. — Também pode ter se estragado no outono. Mas como não podemos devolver o ovo ao ninho, a melhor coisa que você pode fazer é construir algo como um ninho, um lugar quente e macio. E esperar. Se chocar e você alimentar o filhote, ele vai se apegar a você. Vai ser seu, se você quiser.

— Eu quero! — replicou ele, o rosto radiante de prazer, porém em seguida franziu a testa. — Mas eu não posso levar esse ovo para casa. Meus irmãos mais velhos não são muito bons para os animais. Principalmente se perceberem que é algo de que eu gosto. Vão quebrar o ovo nas pedras, só por diversão.

— Então deixe o ovo aqui. E pode vir todos os dias, se quiser, para ver como está.

— Eu gostaria muito, se eles me deixarem.

— Tenho certeza de que vão deixar. Mas posso falar com eles, se você acha que vai ajudar.

E assim começou. Sem cerimônia, sem nem mesmo uma apresentação, ele se tornou parte da minha vida. Na verdade, tornou-se o único propósito. Todos os dias, eu não via a hora de escutar o som de sua mãozinha entusiástica batendo na porta. Tive de me disciplinar para não ficar esperando por ele, olhando pela janela, observando a entrada como um pretendente apaixonado. Betsabá o batizou como Salomão, da palavra *shalom*, paz, mas também da palavra que em algumas ocasiões quer dizer "substituição", pois era o filho que ela esperava que a consolasse depois de sua perda.

Vim a adorar aquele rostinho intenso, a forma como franzia o cenho antes de fazer uma pergunta. E que perguntas, da boca de uma criança.

— Todos os rios correm para o mar — afirmou. — Mas o mar nunca está cheio. Como pode? — Ou: — O sol nasce e o sol se põe, depois volta para onde nasce. Como ele faz esse percurso? — Eram perguntas de uma inteligência curiosa, e eu fazia o melhor possível para respondê-las, extraindo conhecimentos dos egípcios e dos ensinamentos dos astrônomos de Ur. Mas às vezes o rosto dele se contraía, e a pergunta era tão profunda que quase não dava para acreditar que vinha da cabeça de um garotinho. — Os homens nascem e morrem, mas a terra continua para sempre. Por que, então, damos tanto valor à nossa curta vida? Será que nós somos tão importantes como pensamos? — Nesses casos, eu respondia o melhor que podia, rezando por uma inspiração, com medo de que uma resposta insatisfatória ou, pior ainda, uma platitude abalasse sua confiança e o afastasse de mim. Mas isso não aconteceu. Para minha alegria, ele parecia tão ansioso quanto eu pelos momentos que passávamos juntos.

O ovo resgatado por ele chocou – como eu sabia que chocaria, pois tinha visto a pequena águia na minha visão. Era uma bola penugenta com um pio tonitruante e um tremendo apetite. Salomão era incrivelmente carinhoso e paciente com ela, desfiando carne de peixes dos rios, alimentou-a aos pedacinhos, rindo quando não conseguia acompanhar o ritmo das ruidosas exigências da avezinha. O pássaro crescia tão rápido que parecia mudar de aparência diariamente.

— Sabe que a águia é chamada de a rainha dos céus? — comentei. — Por que você acha que é assim? — Falamos então sobre os olhos argutos da águia, e de como um rei deve ser visionário, enxergando além da superfície das coisas; como a velocidade e a força da águia superavam a dos outros pássaros, assim como um rei deveria almejar superar os seus súditos. Falamos sobre sua habilidade como caçadora, e de como um rei deve ser um provedor para seu povo.

Então, inesperadamente:

— As águias são implacáveis e pegam o que quiser — observou ele.

— Os reis também fazem isso. — Passou o dedo pela cabeça penugenta da pequena águia. A ave fechou os olhos e esticou o pescoço com prazer.

— Meu irmão Amnon disse que meu pai pegou minha mãe desse jeito.

Olhei para ele com severidade. Estava com o cenho bem franzido, com uma expressão atormentada no rosto.

— Seu irmão devia saber que não se fala essas coisas — repliquei.

— Ah, ele diz qualquer coisa. E não só para mim. Ele gosta de irritar as pessoas. Está sempre zombando de Adonias, e *odeia* Absalão. A única com quem ele é simpático é Tamar — bom, todo mundo é simpático com ela, Tamar é muito boazinha. Mas Absalão — ele é irmão de sangue de Tamar, você sabe, os dois têm a mesma mãe, Maaca.

Enfim, Absalão odeia ver Amnon com Tamar. Disse para as criadas dela que Amnon não pode mais ver a irmã em particular. Houve um grande alvoroço a respeito.

Fechei os olhos e respirei fundo. Senti o sangue fugindo do meu rosto.

— Tudo bem com você? Quer que Hophra traga alguma coisa? Quer que eu chame Muwat?

— Não — respondi, forçando um sorriso. — Não é nada. Só uma dor de cabeça. Já vai passar.

Era natural, é claro, que Salomão falasse sobre os irmãos. Disse a mim mesmo que deveria me endurecer a esse respeito. Mesmo assim, as palavras me atravessavam como lanças, e tive de lutar para manter a compostura e me concentrar em nossa lição.

Claro que Salomão não era a única fonte de fofocas em torno dos príncipes mais velhos. Na cidade, era difícil não ouvir os cochichos sobre suas afrontas – que eram numerosas – e de suas inimizades, que eram uma ameaça mortal. Eles foram criados como espinhos selvagens, dilacerando tudo o que tocavam.

Apesar de ter uma visão clara e saber avaliar os homens nos mínimos detalhes, Davi se mostrava totalmente cego aos defeitos dos meninos que gerara. Quando eu ainda estava ao lado dele durante a juventude dos garotos, às vezes Davi ficava sabendo que um ou outro príncipe tinha abusado de um escravo, insultado alguém mais velho ou tratado mal sua montaria. Nessas ocasiões, ele costumava achar graça e zombar do queixoso, insinuando que lhe faltava a sagacidade ou a autoridade para lidar com traquinagens infantis. Mas depois seria notado, de formas sutis, que a afeição do rei pelo queixoso diminuía quando ele passava a ocupar a fila dos fundos dos banquetes, ou até deixava de ser convidado para esses eventos. Os cortesãos que se preocupavam com suas posições logo notaram isso. Assim, as afrontas dos meninos deixaram de ser comentadas ou castigadas. À medida que eles se aproximavam da idade adulta, o que era travessura se transformou em maldade.

Se a semente já não era promissora e faltava uma adequada orientação paterna, o ambiente também teve parte da culpa da criação sem limites. Os meninos mais velhos eram filhos dos anos de sangue, amamentados pela figura de Davi consolidando seu poder. Naqueles dias, a crueldade era uma constante.

Amnon tinha treze anos e servia como escudeiro de Joabe quando nos batemos contra os moabitas e os matamos aos magotes. Até hoje me lembro da expressão em seu rosto de garoto, mal entrando na maturidade e ainda de bochechas rosadas. Em meio àquele campo de batalha malcheiroso, recendendo a suor, a medo e a excremento, entre os gritos dos moribundos e as súplicas dos condenados, ele dando risada. Rindo e cutucando com o pé um moabita no chão, encolhido como uma lesma, tentando se esconder para escapar da contagem mortal.

— Este aqui! — gritava. — Não se esqueçam deste aqui — ele está na contagem.

Joabe, que perpetrava a matança com o rosto pálido e os lábios comprimidos, olhou para ele surpreso. Para qualquer guerreiro honrado, matar no calor da batalha era uma coisa, massacrar prisioneiros desarmados era bem diferente. Pude ver que estava prestes a admoestar o garoto. Mas a reprimenda morreu em seus lábios. Até ele, seu parente e seu general, já tinha aprendido que Amnon estava acima de qualquer punição.

Também não ajudava o fato de serem crianças bonitas, todas produtos de lindas mães. Amnon tinha a sensualidade morena e os olhos escuros de Ainoã, transfigurados na versão masculina em um corpo forte, com olhos sonolentos, longos cílios e uma boca carnuda. Absalão, por sua vez, tinha a beleza imaculada e aristocrata da mãe, mas irradiando o esplendor vital do pai no lugar da palidez da mãe. Era alto e esguio, com cabelos grossos ruivos dourados, dos quais era muito vaidoso. Adonias, filho de Hagite, Sefatias, o garoto de Abital, e Itreão, de Eglá, eram os que mais pareciam irmãos, portadores de uma beleza de cabelos escuros e pele cor de oliva. Os príncipes de Hebron, como eram conhecidos os jovens nascidos naquela cidade, passaram a comparecer às audiências matinais quando completaram treze anos. Davi esperava que eles adquirissem alguns conhecimentos sobre a ciência de governar. Formavam um grupo impressionante, alinhados atrás do trono do pai. Para os que não conheciam a natureza deles, a impressão era de que Davi era afortunado por ter uma prole tão bonita.

Logo se tornou claro que todos os garotos mais velhos tinham herdado o apetite sexual do pai e que eram precoces, mas Amnon era insaciável. Meretrizes e escravas, garotos, meninas – ele os tinha a todos, indiscriminadamente. Nenhuma jovem criada se sentia segura ao passar por ele no corredor. Ele a jogava de cara na parede e a possuía no espasmo do momento, e também se entregava a orgias que duravam dias, organizadas por seu depravado primo Jonadabe. A única reação de Davi a tudo isso foi dar uma casa própria aos garotos mais velhos, onde eles podiam seguir seus impulsos dissolutos fora de sua visão direta.

Fiquei extremamente contente quando eles se mudaram do palácio e deixei de correr o risco de encontrá-los todas as vezes. Salomão também pareceu ter gostado. Ficou perceptivelmente menos tenso e excitado em seus modos, mais cordato no uso da abundância de pergaminhos da biblioteca do rei em dias em que o clima não se mostrava favorável. Mas, nos dias mais claros, Salomão preferia ficar ao ar livre. Quase todas as manhãs nos encontrávamos na minha casa e saíamos caminhando, com sua águia emplumada voando para caçar e voltando a pousar por perto para comer sua presa. Salomão adorava a natureza e era tremendamente curioso com seus processos, até mesmo com o menor dos insetos. Costumava correr na minha frente, subindo encostas e montículos, parando numa saliência plana e girando com os braços abertos, abraçando o mundo.

— Meus olhos nunca se cansam de ver, nem meus ouvidos de ouvir — exclamou ele um dia, quando o puxei para mais perto e o abracei, encantado com seu entusiasmo juvenil pela vida, sua alegria com o mundo e com tudo que nele existia. Prestava atenção a todas as formas de vida. Fizemos grandes estudos de formigas, por exemplo, e descobri que, além de seu fascínio pelos hábitos de pequenas criaturas, ele também se interessava por instruções morais e raciocínio filosófico.

Certa vez, eu estava empoleirado sobre uma pedra enquanto ele, abaixado no chão, observava um formigueiro, fascinado pelo tamanho das cargas que as minúsculas criaturas carregavam, com a tenacidade com que transpunham qualquer obstáculo. Depois de mais ou menos uma hora, ele virou seu rosto radiante para mim.

— Elas não têm nenhum capataz, nem generais dando ordens, mas ainda assim fazem seu trabalho. Será possível para uma nação ser assim, com todos trabalhando de boa vontade pelo bem comum?

— A maioria das nações foi construída sobre as costas de escravos e trabalhos forçados — falei, considerando a questão. Eu levava tudo que ele dizia a sério, pois era grande sua fome por respostas.

— Mas já vi homens se sacrificando por outros no campo de batalha — replicou ele. — Um líder que inspire o povo pode fazer com que eles deem mais do que imaginam ter. Todas as guerras terminam, e aí tudo que foi destruído tem de ser refeito. É um desperdício, acho. Nossos melhores homens almejam ser capitães e generais, pois seus líderes recompensam essas habilidades. Mas talvez existam outras aptidões, outros homens, que possam pensar em uma maneira de *não* lutar. Talvez um verdadeiro líder conseguisse encontrar esses homens e treiná-los, assim como treinam um exército... — Parou de falar, pensativo. Fiquei ali parado, prendendo a respiração, me esforçando para acreditar que aqueles pensamentos pudessem se originar da cabeça de um mero garoto. Mas logo me recompus e o conduzi ao que se seguiu: uma consideração sobre os líderes da nossa história.

Era natural, a partir daquilo, voltar-se para os líderes da nossa história. Falar de Moisés, o insurgente relutante, ou de Josué, o guerreiro brilhante. Dos juízes que governaram com sabedoria e clemência durante os anos em que nosso povo não confiava na figura de um rei. Salomão, com sua capacidade de juntar pedaços de uma discussão com outra, antecipou a suposição de que nossa relutância em ser governados por um rei tivera origem no nosso longo sofrimento sob os faraós, cuja memória esvaneceu com as lembranças da escravidão. Foi uma sábia conclusão, e levou naturalmente a um estudo de Ramsés, o grande construtor, suficientemente impiedoso para ordenar a matança das crianças de seus escravos *ivrins*. Salomão mergulhou de cabeça na dor de nossos ancestrais, imaginando sua impotência ao verem seus filhos homens serem capturados e mortos. Mas em seguida me surpreendeu ao mudar de perspectiva, lutando para ver a questão pelos olhos do faraó.

— Quando você é rei, deve agir contra o que ameaça o seu povo. Ramsés temia que os *ivrins* se tornassem numerosos e se rebelassem. Mas isso porque ele os tratava tão mal. É óbvio o que deveria ter feito. O Egito é um país rico. Ele tinha condições de tratar todos com justiça. Se os homens trabalhavam arduamente, eles mereciam ser recompensados, mesmo que fossem escravos. Aí eles teriam menos razão para se rebelar. Era disso que eu estava falando antes, sobre encontrar maneiras de não provocar guerras que causam tanta destruição. Imagine quanto o Egito poderia ser rico hoje se não tivéssemos partido, se Ramsés nos tivesse feito parte da sua nação. Se eu fosse rei... — Parou de falar, levantando o queixo e olhando à frente. — Mas não vou ser rei, claro.

Em seguida se virou para mim e suas palavras fluíram depressa:

— Eu não acho que Amnon vai ser um bom rei. Ele odeia as pessoas comuns. Não se preocupa nada com elas. Quase dorme nas audiências públicas e raramente comparece às reuniões de conselho do meu pai. Mas Absalão está sempre presente, quando é permitido. Acho que meu pai preferia que Absalão fosse o mais velho. Amnon obriga as pessoas a fazer o que ele quer por medo. Absalão é mais esperto. Faz a gente pensar que ele gosta da gente, mesmo que na verdade não goste... — Parou de repente. Deve ter notado minha expressão de tristeza e tentou disfarçar. — Claro que eu não diria essas coisas para ninguém mais. Só para você. Eu posso dizer qualquer coisa para você, não posso? Como faço com minha mãe.

Eu precisava manobrar com cuidado.

— Sua mãe já falou com você sobre quem vai ser rei depois... depois... — Percebi que não conseguia dizer as palavras.

— Só uma vez. Disse que nem todo rei passa o trono para o filho mais velho.

— É verdade — concordei. — Nós não temos uma longa tradição de reinados, como algumas outras nações. Se o seu pai viver bastante, vai chegar o momento em que irá decidir quem vai sucedê-lo, e terá de ser alguém que o povo aceite. Mas essa decisão pode estar anos à frente. Seu pai ainda é um homem vigoroso.

Salomão inclinou a cabeça e olhou para mim, abrindo mais os olhos. Não precisei falar mais nada. Mesmo sendo criança, ele sabia captar uma inferência. Vi que estava pensando a respeito.

— Mas ainda é cedo para se falar sobre isso. Esqueça esse assunto, por enquanto — recomendei. — No momento você está fazendo a melhor coisa, aprendendo e adquirindo sabedoria. Se quiser, posso falar com o rei sobre deixar você ir a alguns conselhos menos importantes. Nunca se sabe, ele pode permitir, mesmo você sendo ainda novo. Mas agora chegou a hora de praticar sua leitura. — Bati com o dedo no papiro que havia trazido da biblioteca do palácio. — Apesar de não ser mais a potência que era na época de Ramsés, o Egito ainda é uma nação importante para nós. Seu pai foi sábio em fazer as pazes com eles. Seja quem for o rei depois dele, vai precisar manter essa paz. Sabe que os egípcios chamam sua escrita de "sinais de deus"? Eles acreditam que as palavras têm poderes...

Voltamos nossa atenção à decifração de glifos, e Salomão, intrigado e maravilhado, se atirou com tudo a esse novo desafio.

XVIII

— Você soube que Amnon está doente? Meu pai está preocupado. Chegou a ir até a casa dele, e ele nunca vai lá. — Usando o estilete na tábua de cera, Salomão não ergueu os olhos para dar aquela informação.

Eu estava atrás dele, observando se escrevia as letras corretamente. Quando ele falou, o cálice de cerâmica que eu segurava caiu da minha mão e se espatifou no assoalho.

Salomão virou-se e olhou para mim, confuso.

— Deve ser só uma diarreia. Muita gente tem isso nesta época do ano...

— Sim, é claro — falei, tentando suprimir o enjoo que me subiu na garganta. Muwat ouviu o cálice cair e chegou com uma vassoura, pronto para varrer os cacos. Ficou olhando da soleira da porta. Já estava comigo havia muito tempo para conhecer os sinais. Fiz um pequeno gesto tranquilizador com a mão. Não queria que ele falasse sobre esse assunto na frente de Salomão. Eu sabia o que estava por vir.

Com dificuldade, consegui emitir algumas palavras engasgadas.

— Já chega por hoje. Você estudou bastante. Vamos continuar amanhã.

— Mas ainda não terminei...

Muwat encostou a vassoura e andou até a mesa, pegando o estilete da mão de Salomão e juntando a tábua e os pergaminhos.

— Agora o mestre precisa descansar.

Salomão pareceu prestes a protestar sua dispensa, mas logo viu meu rosto, pálido e porejando suor.

— Desculpe, vejo que não está passando bem. Espero que não seja o mesmo de Amnon. Não é por causa dele, é? Você ficou preocupado? Não achei que você ia se incomodar. De todo modo, sei que ele vai ficar bom. Minha irmã Tamar vai à casa dele hoje, fazer um de seus bolos doces. São muito gostosos, sabe? Ela sempre faz esses bolos quando a gente está doente. Amnon disse que é só o que ele tem vontade de comer.

Assim que Salomão saiu pela porta, Muwat me ajudou a chegar ao divã. Fechou as janelas e trouxe alguns panos úmidos para pôr na minha testa febril e uma cuia com um medicamento para o meu estômago.

Chegaram a dor e a náusea, como de hábito. Além disso, o que não costumava acontecer, minha língua inchou e minha garganta fechou. Era a primeira das visões que eu não falaria em voz alta. Não poderia dar nenhum aviso. Só podia ser uma testemunha silenciosa, quisesse ou não.

Fiquei deitado de costas, ofegante, enquanto a tarde caía e surgia o crepúsculo. Eu estava no divã da minha casa, mas podia ver Amnon, nu em sua cama, os cílios dos olhos escuros semicerrados numa sensualidade sonolenta, passando a mão ritmicamente pelo pênis ereto. Amnon, acostumado a ter todos os seus desejos carnais satisfeitos, por mais bizarros ou abjetos que fossem. No mundo de Amnon, onde tudo era possível, o inalcançável tinha um apelo selvagem. Durante meses, ele ficara obcecado pelo único corpo feminino do reino que lhe era negado.

Era impossível para ele se aproximar dela. No palácio, ela ficava trancada no alojamento das mulheres com a mãe, Maaca, que a vigiava como uma cadela vigia seus filhotes. Nos banquetes e cerimônias, ou mesmo em reuniões íntimas familiares, Absalão vigiava cada movimento da irmã. Tamar, que acabara de completar dezesseis anos, era a única filha de Davi. Já estava estabelecido que seria usada, muito em breve, em algum importante lance diplomático. Que ela seria uma rainha era inquestionável; a questão interessante era qual de nossos aliados Davi honraria com o casamento.

A visão mudou. Vi Davi no jardim das mulheres, admirando um bordado de Tamar, enquanto um pássaro de pescoço vermelho esvoaçava e cantava entre eles. Davi devolveu o tecido a Tamar, que abriu um sorriso tímido. Era uma linda garota, clara como a mãe, com cabelos ruivos dourados e a pele tão clara que era quase translúcida. Ela corou, contente com a atenção do pai. Estava feliz por ter sido escolhida para levar um agrado ao seu importante meio-irmão. Para uma garota tão bem guardada, era sempre uma ocasião especial ter permissão para sair do alojamento das mulheres. Estava entusiasmada por poder ir até a cidade. Eu a vi com sua camareira, escolhendo um vestido. Tamar escolheu um vestido de seda com listas verticais coloridas, um decote alto e mangas compridas, que preservava sua modéstia virginal.

Senti cheiro de lenha queimando e o delicioso aroma de um bolo no forno. A visão mudou mais uma vez: Tamar na casa de Amnon, suas mãos delicadas misturando um viscoso extrato de tâmaras no preparo de uma consistente massa de nozes. Os bolos chiaram quando ela os colocou na panela de metal quente. Amnon gemeu. Ele diz que está doente demais para ficar sentado na sala de recepção. Precisa se retirar para o quarto. Precisa de tranquilidade. Precisa de um pouco de paz. A delicada presença de sua jovem irmã é tudo o que seus nervos esfrangalhados conseguem suportar.

Levantou-se do divã com dificuldade e andou vacilante até o quarto, enquanto Tamar o seguia com os bolos. Foi uma interpretação e tanto. Encostado na porta, Jonadabe, primo de Amnon, abriu um sorriso de aprovação. Amnon estava fazendo o papel que Jonadabe havia prescrito. Toda a farsa daquela manhã tinha sido ideia dele. Filho mais velho do irmão de Davi, Samá, Jonadabe era tão dissoluto quanto o pai. Criado de forma privilegiada como sobrinho do rei, logo aprendeu a disfarçar sua natureza com um comportamento de cortesão adulador. Quando era garoto, aderiu a Amnon como um carrapato, aturando seus casuais deslizes e crueldades ostensivas até se tornar um capanga indispensável, cúmplice e alcoviteiro. Estudou minuciosamente todos os laços de família na complexa corte do rei. Sabia que Davi adorava os filhos com um fervor cego e incondicional. Por isso, deduziu que se Amnon fingisse estar doente, Davi faria tudo que pudesse para o bem do filho. E nada menos que a autoridade de uma ordem do rei poderia tirar Tamar do recinto das mulheres. Agora, com os criados dispensados se retirando, ele é o último a sair. Mas, ao sair, abre um sorriso para Amnon e faz um gesto rápido e obsceno. Os olhos de Amnon riem divertidos. Tamar, arranjando os bolos dourados, não vê nada.

Ela oferece os bolos – cheirosos, fumegantes – ao irmão. Amnon joga a bandeja no chão e a puxa para a cama. De início, ela fica apenas indignada. Abrigada, protegida do conhecimento dos atos mais sombrios da família, Tamar é tão inocente a respeito do mal quanto qualquer criança de sua época. Da depravação de Amnon ela não sabe nada. Até mesmo Absalão, que odeia Amnon e adora manchar seu nome, sentiu necessidade de protegê-la. Assim, ela pensa que seu meio-irmão mais velho está fazendo alguma brincadeira estranha, ríspida e desagradável.

Só quando ele a joga de costas e levanta seu vestido ela entra em pânico e luta para tentar se libertar. Mas agora ele a subjugou, e é muito mais forte. Tamar é uma garota de raciocínio rápido. Percebendo que não pode lutar contra ele, tenta argumentar. Quando ele enfia as mãos entre suas coxas, ela argumenta. Como ele pode fazer uma coisa daquelas com ela? Como pode fazer isso consigo mesmo? Isso vai ser sua ruína, uma vergonha, assim como para ela, sem dúvida.

Amnon não a está ouvindo. Com o queixo caído de desejo, ele abre as pernas da irmã à força. Em pânico, Tamar tenta uma jogada desesperada: Peça a Davi, ela grita. Peça autorização para os dois se casarem.

— Ele pode mudar a lei se souber o que você sente; não vai recusar a um pedido seu. Quando ele recusou um pedido seu? — Mas sua voz sai débil e esganiçada. Amnon a silencia com os lábios, os pelos da barba arranhando seu rosto. Ela sente uma pressão dolorida entre as pernas. Agita-se e se contorce, tentando resistir. Não adianta. Uma dor lancinante, o tecido rompendo. Alguns empurrões violentos e está consumado: um espasmo, um estremecimento, e Amnon desaba sobre ela, ofegante. Tamar é tomada por uma vertigem de dor e vergonha. Começa a chorar, a vomitar. Mas ele ainda não acabou. Alguns minutos depois ele a pega pelos cabelos e a arrasta para a cabeceira da cama. Puxa seus joelhos para cima, vira-a de bruços e se esfrega no corpo dela, tentando ficar duro. Enfia os dedos nela – agora molhada do próprio sangue e do sêmen dele. Esfrega-se naquele fluído, mas não adianta. Furioso, ele a põe de costas, contemplando seu rosto choroso. Bate nela, primeiro com a mão aberta, depois com o punho fechado. Tamar ouve um ruído dentro de si mesma, um roçar de osso contra cartilagem. O sangue escorre de seu nariz quebrado. Ela cospe um dente. Amnon pega o rosto dela e esfrega em sua virilha. Tamar é um trapo inerte de dor. Não consegue mais lutar contra ele. Não tem mais por que lutar. Recebe o pênis dele na boca ensanguentada e engasga com o sangue na garganta.

De manhã, não há nada que ele não tenha feito com ela. Seu ato final é jogá-la no chão. Um jorro de líquido quente molha sua cabeça. Tamar abre os olhos ardendo. Amnon está de pé acima dela, sacudindo os últimos pingos de urina do pênis.

— Saia daqui.

Tamar olha para cima, abana a cabeça, segura-se na guarda da cama.

— Não. Por favor. Eu imploro. Não me faça sair à rua. — A voz dela sai distorcida pelo sangue congestionando o nariz quebrado. — Se você me envergonhar desse jeito, vai ser pior do que o que já fez comigo.

Amnon passa por cima dela, vai até a porta e chama o criado. Uma ordem simples e brutal:

— Tire *isso* daqui.

Tamar está de joelhos na calçada estreita em frente à casa de Amnon quando a porta bate atrás dela. Puxa sua bata amassada. A seda cede fácil. Ela arranca as mangas virginais. Na pele clara de seus braços, os hematomas já começam a arroxear. Ela pega punhados de terra, esfregando-os no cabelo ensopado de sangue e urina.

A cidade está despertando. Na luz acinzentada, um garoto chega para esvaziar um penico noturno; uma garota sai para buscar água. Seus rostos matinais se franzem com a visão da garota ferida, mas ninguém faz nada para ajudar. Eles sabem muito bem de quem é aquela casa. Já viram outras humilhações. Mas uma mulher nota a seda púrpura rasgada da bata manchada de sangue. Seus olhos se arregalam. Tamar fala com ela, perguntando o caminho para a casa do irmão, Absalão. Quando Tamar se levanta e sai mancando, os murmúrios correm à sua frente: a filha do rei. Com o meio-irmão. Quando ela chega à casa de Absalão, seu futuro brilhante transformou-se numa mácula de desespero.

Eu estou impotente, a baba me escorre da boca. Quando os soluços de Tamar esmaecem, meus ouvidos ficam zumbindo por algum tempo, antes de eu começar a ouvir os rotineiros sons matinais da minha casa abafando o alarido da visão – o ranger da corrente do poço quando Muwat pega água, os passarinhos e os galos saudando o sol. Sento-me, zonzo e doente, e falo em voz alta, para experimentar minha voz, verificar se as horas de silêncio forçado já acabaram para mim. Um grito estrangulado. Chegando com a água, Muwat corre para junto de mim para ver se estou bem.

Consegui dizer a palavra *caldo*, e quando Muwat sai para providenciar, alguns filamentos do que restou da visão bruxulearam. Absalão, examinando o rosto ferido da irmã, seus braços machucados. Pude sentir a fúria surgindo dentro dele. A honra violada da irmã de sangue mancha sua própria dignidade. Sinto seus pensamentos encaminhando-se para a satisfação quente de uma rápida vingança. Mas depois prevejo um conflito e um autocontrole conseguido a duras penas. Ele percebeu que Amnon, julgando os outros a partir de suas próprias paixões devassas, estaria armado contra qualquer ato de vingança cega, qualquer explosão violenta e impensada. Na verdade, tal coisa poderia ser até o que ele esperava. Em tais circunstâncias, em defesa própria, Amnon poderia matar Absalão, seu principal rival pelo trono, e se a faca que ele usasse tivesse a ponta envenenada, quem pensaria em investigar? Senti a resolução de Absalão: a única resposta que daria a Amnon seria o silêncio. Deu uma ordem a Tamar: não diga nada a respeito. Pouco depois Muwat chegou com meu caldo, e os fiapos de visão se dispersaram em fragmentos. Peguei a cuia e lutei para dar um gole.

Absalão esperava que seu pai agisse. Era natural procurar Davi em busca de justiça, tanto como pai quanto como rei. Como pai, Tamar era a única filha de Davi. Como rei, ele tinha todo o direito de estar furioso. O casamento estratégico de Tamar, há tanto previsto, agora estava fora de questão, e leis importantes tinham sido desrespeitadas – e por um príncipe coroado, que deveria obedecer às leis.

Mas Davi não fez nada. Se chegou a brigar com Amnon, isso aconteceu em particular. Com o passar dos dias, tornou-se claro que não haveria consequências públicas. Nenhuma punição. Resoluto, Absalão reagiu a isso com um silêncio de ferro. Só Maaca falou.

Filha de um rei, esposa favorita de outro, Maaca estava acostumada a ser ouvida. No dia seguinte ao estupro, ela implorou para ver o marido. Como tinha sua própria casa fora do palácio, era comum que Davi a visitasse. Mas ele não apareceu naquele dia, nem no dia seguinte, mandando dizer que sentia muito, mas assuntos graves consumiam todo seu tempo, que iria vê-la assim que estivesse disponível. Imagino que quisesse esperar até passar seu primeiro acesso de emoções. Se assim foi, ele a julgou mal.

Muwat, que era amigo da principal criada de Maaca, me fez um relato do confronto entre os dois. O rei chegou à casa dela no terceiro dia depois do estupro, encontrando Maaca ainda prostrada e deprimida. Puxou uma cadeira, segundo relatou a criada, sentou-se perto dela no divã e pegou sua mão, tentando consolá-la. Quando recuperou a compostura e começou a falar, Maaca perguntou quais os preparativos para a execução de Amnon.

O rei se surpreendeu.

— Você está louca? — retrucou. — Executar o meu primogênito?

— Então qual castigo você propõe? — perguntou Maaca, a voz tensa.

O rei se levantou e começou a andar de um lado para o outro. Quando afinal falou, foi em voz baixa, como que se perguntando a si mesmo.

— Uma punição de Amnon vai restaurar a honra de Tamar? Não, não vai. Irá consertar seu rosto desfigurado? Não, tampouco fará isso. Se eu punir meu filho, isso tornará minha filha apta a ser noiva de um rei, ou na verdade de qualquer pessoa de importância governamental? Não, esses planos devem ser postos de lado. Que bem fará então desunir minha família por conta desse assunto infeliz? Já basta que minha filha esteja arruinada. Por que arruinar também meu filho e herdeiro? Não é tarde demais. Ele pode mudar. Só tem pouco mais de vinte anos. Eu ainda cometo erros, erros graves, com muito mais idade que ele.

Maaca se levantou com dificuldade, boquiaberta.

— Como você consegue? — Movendo-se de forma desequilibrada ao redor dele. — Você está dizendo que vai deixar esse estupro, esse ato de incesto, sem uma resposta? Esse crime pelo qual o castigo é a morte...

Davi levantou a mão.

— Não é bem assim. Essa... coisa... aconteceu dentro dos muros da cidade. A lei diz que nesse caso a mulher deve gritar. Mas nenhuma testemunha se apresentou para dizer que Tamar tenha gritado...

— É você quem está louco! Que testemunha se atreveria a acusar o seu filho brutal? Você viu Tamar? Os hematomas no corpo dela, o nariz quebrado, o dente faltando. Você acha que ela não gritou? Você está dizendo – você não pode estar dizendo isso – que foi ela quem provocou essa abominação?

Davi abriu as mãos.

— Não estou dizendo isso. Mas algumas pessoas poderiam dizer.

Maaca avançou contra ele, esmurrando-o no peito, gritando. Àquela altura a criada, apesar de não ter sido dispensada, retirou-se para a antessala, assustada. Só conseguiu ouvir o rei repetindo o nome da esposa, tentando aplacar sua raiva.

— Maaca — disse Davi. — Pense. Você não pode querer que os detalhes dessa questão sejam trombeteados pela corte. Sim, eu sei, infelizmente a notícia da agressão já está correndo pela cidade. Mas quanto menos alimentarmos essas fofocas, melhor para todo mundo. Inclusive para Tamar. Você precisa entender.

— Eu não vejo nada disso! Só vejo fraqueza, covardia. Você não será um pai adequado se não...

— Já chega! — Davi levantou a voz. — Vou tratar para que Tamar seja levada para a fazenda de Absalão. É uma linda mansão, eu mesmo a escolhi, anos atrás, nas montanhas de Baal-hazor. Ela pode se refugiar em silêncio. Vou cuidar para que tenha uma casa, criados, tudo o que precisar. Vamos encerrar esse assunto e seguir em frente.

Depois disso ele saiu, passando pela criada na antessala sem nem a notar, alisando a frente da túnica onde Maaca tinha agarrado o tecido.

Quando Muwat me contou tudo isso, eu o agradeci e pedi que me deixasse sozinho. Eu precisava pensar. A decisão do rei estava errada, sem dúvida. Eu sabia quais seriam as consequências. Mas meus lábios estavam selados. Eu teria de me juntar ao coro do silêncio ensurdecedor. Ou ao menos foi o que pensei.

XIX

— Maaca pediu para você ir falar com ela — disse Betsabá inesperadamente. — Ela sabe que eu me encontro com você. Tenho certeza de que você sabe do que se trata.

Inclinei a cabeça para ver o reflexo dourado do sol e fechei os olhos com um suspiro.

— Não — respondi. — Não sei.

Fazia só dois meses que Tamar havia sido estuprada. Depois de uma breve ausência das audiências matinais, Amnon estava de volta ao seu lugar habitual ao lado do rei, onde Absalão o ignorava ostensivamente. Davi tentava disfarçar o rompimento entre os dois com tensas tentativas de bom humor. Para visitantes estrangeiros e consulentes agrários, sem dúvida a situação passava despercebida. Entretanto, assim como a corda de uma harpa cuja afinação é forçada uma ou duas voltas além do tom adequado, os ânimos estavam retesados ao limite. Toda vez que eu comparecia ao salão, podia sentir a insuportável tensão sempre presente.

— Não seria producente — expliquei. — Não posso dar o que ela deseja.

Betsabá escolheu um figo maduro da bandeja de prata sobre a mesa entre nós.

— Mesmo assim, eu ficaria agradecida se você falasse com ela.
— Desviei os olhos quando seus lábios carnudos se fecharam sobre o

luxuriante figo. Mesmo depois de tantos anos de abstinência, às vezes era difícil estar perto de uma mulher tão sensual como Betsabá. Não sei se ela tinha consciência do efeito que às vezes exercia; com certeza eu tentava esconder de todas as formas. Quando acabou de comer o figo, limpou os lábios com um quadrado de linho. — Não é fácil com Maaca — confidenciou. — Nossas relações são corretas, eu poderia dizer... mas a incomoda a precedência que Davi me dá. Ela é a única de nós com sangue real. A não ser Mical, claro, mas, como você sabe, ela não... — Deixou a sentença inconclusa. — De todo modo, se Maaca se sentir de alguma forma menosprezada, ela pode se tornar minha inimiga se eu não fizer tudo que puder para evitar.

Eu mal tinha visto aquelas duas mulheres juntas. Pouco a pouco eu havia me afastado dos procedimentos diários da corte. Não fazia sentido estar lá, depois que o Nome ordenou a penitência de Davi e selou meus lábios para não o aconselhar em qualquer coisa relacionada. Para alguém cujo trabalho sempre fora falar, era difícil manter esse silêncio forçado, e a trepidante tensão entre os príncipes mais velhos me era exaustiva. Era mais fácil ficar em casa, contando as luas cheias, ensinando Salomão a esperar que os eventos se desdobrassem, como eu sabia que aconteceria.

Eu abria exceções, é claro. Não queria que minha ausência se tornasse tão evidente que acabasse sendo notada. Servia ao rei como um assessor normal, opinando sobre questões cotidianas não relacionadas às revelações de minhas vidências no deserto. Uma vez por semana eu visitava Betsabá. Nós nos sentávamos em seu terraço particular. No pátio abaixo, Salomão treinava sua águia. O recém-nascido de Betsabá dormia num cesto ao seu lado, na sombra das frondes de uma palmeira. Eles tinham dado ao jovem príncipe o nome de Natã. Eu me senti honrado. Davi acreditara de coração no que eu havia lhe dito sobre não ter filhos, e isso, bem como uma carta branca na educação de Salomão, era uma grande recompensa.

O pássaro de Salomão estava enorme – com uma envergadura de mais de três cúbitos, o olhar feroz e uma força letal.

A águia voava acima de nós, planando numa termal alta. Salomão deu um assobio penetrante. Imediatamente a ave mergulhou em sua direção. Betsabá e eu nos surpreendemos em uníssono, mas o grande pássaro pousou na delicada mão enluvada do garoto com leveza, dócil como um pombo. Salomão olhou para cima, apreciando nossos sorrisos de aprovação.

Às vezes essa confortável amizade entre mim e Betsabá ainda me surpreendia. Éramos unidos, claro, por uma devoção apaixonada pelo filho dela e ligados pelo segredo de seu destino. Comecei a me encontrar com ela como faria qualquer pedagogo, para discutir o progresso de meu pupilo. E, no começo, Salomão era tudo sobre o que discutíamos. Aliás, nós dois poderíamos falar alegremente durante horas sobre esse único assunto sem nos cansarmos. Porém, à medida que Betsabá foi me conhecendo, seus temores diminuíram e ela começou a mostrar mais de si mesma. Ela tinha um raciocínio rápido e uma intuição arguta. Contava também com uma resiliência pragmática que a permitiu, assim que deixou de temer pelo filho, começar a reparar as fundações podres de seu casamento. Foi suficientemente sábia para perceber que seu relacionamento com o rei iria dar as cores da relação dele com o filho e que, se tivesse que deixar de lado certos fatos desagradáveis e lembranças amargas para conseguir isso, ela assim o faria. Em insinuações e alusões, Betsabá me deixara perceber que este era o seu objetivo. Quando olhava para ela agora, eu não via mais uma garota atormentada, mas sim uma mulher madura e autoconfiante, segura em relação à sua precedência com o rei.

— Essas últimas semanas foram muito difíceis para a relação de Davi com Maaca. Claro que em meio à tanta tristeza, a primeira coisa que ela pediu ao rei foi a punição prevista. Qualquer um poderia ter dito a ela que era um equívoco. Uma execução pública. — Betsabá soltou uma pequena gargalhada, em sinal de desdém. — Você sabe como é o rei quando se trata dos próprios filhos. Não digo que não tenha ficado bravo com Amnon. Claro que ficou. Ficou furioso. Ficou se culpando. Disse que sua própria luxúria e incontinência tinham estabelecido um triste exemplo para os filhos. Rezou muito por Tamar, por Amnon, pedindo que o Nome suavizasse o coração de Amnon e direcionasse seus passos no caminho certo. Mas você sabe como ele é. Sentimentos e orações são uma coisa, ações são outra. Ele é teimoso quanto ao que deseja ou não ver. Nem foi se despedir de Tamar, sabe, quando ela partiu com a caravana para a fazenda de Absalão em Baal-hazor. Pobre garota. Ela pediu para vê-lo, implorou por isso. Mas ele evitou, usando um pretexto ou outro. Não conseguiu nem se despedir. Simplesmente a eliminou, e você sabe que Davi era louco por ela. Tenho certeza de que foi por não conseguir aguentar suas cicatrizes, ter de encarar a evidência do que Amnon fez. É como se, enquanto ele não vir, a coisa não aconteceu. Na época ele ficou bravo com Maaca por ela ter sugerido a execução de Amnon. Dispensou-a e passou a se recusar a vê-la. Acho que não a viu mais desde então. Finalmente ela me procurou, pedindo que eu intercedesse a seu favor. Acho que foi muito difícil para ela, buscar minha ajuda.

— E você a ajudou?

— Ah, sim. Eu tentei. Sinto muito por ela. E pela filha.

— Claro que sente — concordei. — Mais do que ninguém, você sabe o que é...

Ela me interrompeu.

— Não, por favor. Não pense mais nisso. Não leva a nada. Nenhum de nós pode mudar o passado, menos ainda alguém como eu, que não teve o poder de alterar os eventos enquanto eles estavam acontecendo. — Fechou os olhos por um momento e recostou a bela cabeça para trás, com uma expressão de tristeza passando pelo cenho. — Mas agora — continuou, inclinando-se para a frente —, eu *tenho* algum poder, e também algumas escolhas. E escolhi olhar para a frente, não para trás, e ser a melhor esposa que puder. De qualquer forma, esses dois — parou no meio da frase, procurando, creio, uma palavra que não fosse "estupros" ou "crimes", e acabou preferindo deixar um espaço em branco na sentença —, meu e de Tamar... não são comparáveis. Eu não era virgem. Davi não era meu irmão.

Inclinei a cabeça.

— Como queira.

Salomão havia soltado a águia mais uma vez, e os olhos de Betsabá acompanharam seu gracioso voo no céu.

— Ele está usando você como escudo... suponho que saiba disso.

— Como assim?

— Ele diz que se o Nome quisesse castigar Amnon, ele já teria ouvido isso de você.

Estremeci. Claro que Davi consideraria o meu silêncio como um assentimento. Como poderia saber a verdadeira razão?

— Bem — falei —, se for de seu gosto que eu fale com ela, isso já é uma boa razão.

Ela sorriu.

— Ótimo. Então, vou combinar para que ela esteja conosco da próxima vez que você vier.

Eu mal conhecia Maaca. O pai dela, rei de Gesur, foi o primeiro líder nas nossas fronteiras a buscar a paz conosco, e Davi ficou feliz em garantir o norte e selar o tratado com o casamento, principalmente quando viu a princesa. Instalou-a em uma casa principesca, como cabia à sua posição, com seu próprio espaço e seus conhecidos serviçais gesuritas. Por isso eu só a via quando ela vinha ao palácio para funções de Estado, e nunca tive oportunidade de falar diretamente com ela. Era fato notório que Davi passava muito tempo na casa de

Maaca, principalmente nos primeiros anos do casamento, quando os filhos eram novos. Absalão e Tamar pareceram sempre ocupar um lugar especial na afeição de Davi.

Nosso encontro se deu nos aposentos de Betsabá. Maaca não quis se sentar, o que significava que eu também não poderia me acomodar. Estava ereta como uma estaca, a cabeça erguida e o pescoço comprido ornado de contas de ébano polido. A bata de seda também era preta. Mantinha as mãos entrelaçadas na frente do corpo.

— Dizem que você é a consciência do rei. — A voz dela era densa como um creme, com um forte sotaque de sua infância no norte. Inclinei a cabeça. Achei melhor não responder. — Todos esses anos, quando meu pai me disse que tinha arranjado esse casamento para mim, eu senti medo. Não queria abandonar meu povo e meus deuses, deuses familiares que eu conhecia pelo nome, que podia ver, tocar e venerar nos lugares sagrados. Senti medo do seu deus, desse deus cujo nome nem posso pronunciar, cuja imagem não posso ver. Mas meu pai disse que estava tudo bem, pois apesar de não ter um rosto, esse Nome tinha uma voz, que falava através de um profeta, que era destemido e dizia ao rei se ele estava agindo bem ou mal.

O olhar dela, ao dizer isso, era dilacerante. Capaz de marcar uma estela. De repente eu estava evitando olhar para ela, examinando o mosaico do piso.

— Mas agora sei que isso não é verdade. Você diz que o Nome lhe forneceu leis, que vocês mantêm em sua arca e proclamam como sagradas. E agora uma dessas leis, uma das mais incisivas dessas leis, foi desobedecida. Mas o rei não faz nada, e a Voz do Nome está em silêncio. Como isso pode acontecer?

— Sei que você... — Eu estava gaguejando, minhas palavras tropeçavam na minha boca. A Voz do Nome, ela tinha me chamado, mas minha própria voz era uma grosa, um graveto quebrado farfalhando impotente ao vento. Peguei um pouco de água e tentei falar novamente.

Mas minha língua não se moldava às palavras que se formavam na minha cabeça. Então senti a pontada da dor, o negrume se abatendo. E novas palavras encheram minha boca e se articularam, em alto e bom som. *Quem é você para questionar o ungido do Nome? A justiça é feita quando eu a ordeno, no vento quente e na maré bravia, quando as montanhas tremem e a terra se abre para engolir todos os que me ofenderem.* Eu tinha aberto os braços e me aproximado de Maaca, cobrindo sua visão. Ela se encolheu, se afastou. Quando o acesso passou, deixei cair os braços e recuei, levando as mãos aos olhos para amenizar uma dor terrível.

Betsabá nunca tinha me ouvido falar como profeta, e seus olhos se arregalaram. Ficou olhando para mim e para Maaca, sem saber o que fazer. Àquela altura eu estava encolhido de dor, e ela se moveu hesitante em minha direção e fez um sinal ao seu criado, encolhido num canto.

— Traga uma cadeira para Natã — gritou. — Não está vendo que ele está passando mal?

Com o rosto pálido, Maaca cambaleava em direção à porta, correndo para se afastar logo de mim.

— Maaca — chamei com delicadeza, agora com minha própria voz outra vez. Ela parou e se virou. Sua postura não era mais de uma aristocrata, mas sim tímida e temerosa.

— Sobre o que eu disse. Significa que o crime contra Tamar *será* punido, mas não está nas mãos de Davi. — Ela olhou para mim com uma expressão interrogativa. Levantei as mãos num gesto de impotência. Não podia falar mais claramente. *Fazê-lo pagar quatro vezes mais*, dissera Davi em seu severo julgamento do homem que roubou o carneirinho. — O rei também está esperando um castigo. Os assuntos estão relacionados. Não posso dizer mais do que isso. A justiça será feita. Mas não agora. Console-se com isso, se puder.

XX

A CEVADA AMADURECEU E FOI COLHIDA duas vezes naquele tempo de espera. Durante aqueles dois anos, abandonei-me aos fragmentos de felicidade que conseguia colher quando afastava o terror do futuro. Havia alguns dias dourados, quando o trabalho de construção e reparos prosseguia, quando a música enchia os salões do rei, quando a cidade parecia banhada numa espécie de esplendor.

Forjamos muitas novas alianças nesse período e não lutamos em nenhuma guerra. Algumas poucas escaramuças de fronteira, meramente, travadas com poucas perdas de vidas. Por causa disso, permitiu-se que Salomão seguisse suas próprias inclinações de uma forma que não teria sido possível para os príncipes de Hebron, criados em tempos de guerra. Salomão mostrava pouco interesse por assuntos mortíferos. Era ágil e rápido com uma espada, preciso com um arco, tendo passado por suas lições necessárias com graça e eficiência, mas não buscou aperfeiçoar suas habilidades além de um nível de proficiência necessário.

Mas se as atividades soldadescas não o interessavam, os próprios soldados eram outra história. Adorava se reunir com os homens e ouvir suas histórias de campanhas passadas em primeira mão. Depois ele me procurava para fazer todos os tipos de perguntas sobre as questões maiores que estavam em jogo nas batalhas que descrevia. Era fascinado por estratégia, capaz de entender como um confronto era visto tanto por um soldado comum como do ponto de vista do comandante. Até mesmo o taciturno Joabe se abriu ante a delicada porém persistente necessidade do jovem em saber todos os detalhes – por que ele tinha usado aquela tática numa campanha específica e não outra, quais as características que buscava ao promover um homem nas fileiras, quando estabelecer um sítio e quando forçar um ataque. Eu encontrava os dois enfronhados nessas discussões, diante de mapas de areia desenhados na terra. Depois, Salomão vinha falar comigo sobre algum detalhe de uma batalha que ouvira de Joabe, e comparávamos com o que se sabia de famosas batalhas do passado. Quando descobria que esse rei ou aquele general tinham usado táticas semelhantes, ele ficava tremendamente satisfeito.

— Tudo o que acontece já aconteceu antes — opinou certo dia. — Com um bom estudo abrangente, é possível ter os meios à mão para vencer qualquer batalha e ser mais esperto que qualquer inimigo. Parece-me que não existe nada de novo sob o sol. — Mas depois fez uma pausa, olhando para a cidade além dos pomares. — O que seria novo, claro, é acabar com todas essas lutas. Essa seria uma boa época para se viver.

Não demorou muito para a mente ágil do garoto ultrapassar a minha e, com a permissão de Davi, chamei outros especialistas para agir como tutores. Contratamos destacados magos do oriente e eruditos etíopes do sul. Arquitetos de Tiro e do Egito, poetas e bardos das ilhas dos Povos do Mar, astrônomos dos Dois Rios, encantadores de serpentes, domadores de cavalos, até mulheres sábias e herbalistas – o que fosse necessário para alimentar seu insaciável apetite intelectual.

Atendendo aos meus pedidos, Davi permitiu que ele tomasse seu lugar ao lado dos irmãos mais velhos no salão de audiências, três anos antes do que qualquer outro tivesse tido tal privilégio. Quando estava prestes a completar dez anos, daquele jeito súbito que às vezes acontece com os meninos, entre a lua crescente e a lua minguante ele começou a se transformar de garoto em homem. Um rosto forte surgiu daquela face redonda, com malares altos e finos como os da mãe, emoldurados por um cenho bem definido e uma mandíbula enérgica. Era um rosto chamativo, sem a beleza clássica de Absalão, mas iluminado por um olhar inteligente. Já era uma criança elegante, e parecia estar conservando sua graça em um corpo mais desenvolvido.

Salomão vinha falar comigo depois das audiências de Davi, ávido para discutir os julgamentos do pai, analisando cada questão sob vários pontos de vista, reavaliando o que fora dito, revisando os argumentos expostos ao rei como que para torná-los mais persuasivos. Nunca recuou de suas opiniões bem fundamentadas, mas ficava pensativo se chegasse a uma conclusão diferente da do pai quanto a alguma questão julgada.

E em um ou dois anos essas instâncias aumentaram. Houve uma sombra naqueles dias iluminados de sol: Davi começou a mostrar sua idade. Um momento de desatenção aqui, uma incapacidade de se lembrar de um fato ali. Às vezes uma expressão indecisa na boca e nos olhos, certa falta de atenção quando as audiências se prolongavam um pouco mais. A voz de Davi – sua linda voz – tornou-se roufenha quando ele se cansava. A pele também perdeu seu brilho saudável, assumindo uma palidez ressecada e empapelada. E a mais óbvia de todas as mudanças: o cabelo – aquela juba vasta e brilhante – começou a diminuir e a rarear.

Tudo isso ficou muito claro para mim, que o conhecia havia tanto tempo, e para Salomão, por ser incrivelmente observador. Mas coube a Joabe, direto como sempre, colocar aquilo em palavras.

— Ele está começando a parecer um cachorrinho com sarna — comentou comigo, debruçado por cima da mesa na festa da lua nova. Eu também tinha visto; Davi tinha passado distraidamente a mão pelo cabelo, e um emaranhado de fios saiu nos seus dedos.

Dei de ombros.

— Ele já não é mais jovem; não se pode esperar que conserve os cabelos para sempre.

Joabe me interrompeu.

— Não é por causa do cabelo. Há alguma coisa errada com ele. Está sempre cansado. Logo Davi... que nunca precisava de descanso. E olhe só para ele – com essa capa pesada, nesse clima.

Enquanto ele falava, vi Davi se levantar para fazer uma saudação. Era o sinal para terminar o banquete. Todos ficamos de pé, os bancos arranhando as lajotas de pedra do piso. Mas Absalão deu um passo à frente e levantou a mão.

— Pai, antes de se retirar... Como deve saber, é a estação de tosquia nas terras que me deu em Baal-hazor. Esperamos estabelecer um recorde de armazenagem de lã neste ano, e prometi uma festa a meu povo. Lá é muito bonito nesta época, e eu me sentiria honrado se fosse apreciar as melhorias que fiz na fazenda, ver o que realizei com seu generoso presente. Será que pode me dar a honra de comparecer à minha festa? Você... e meus irmãos. — Virou-se e fez uma reverência para Amnon. — Todos os meus irmãos.

Todos no salão prenderam a respiração. Era a primeira vez que Absalão trocava um olhar que fosse com Amnon em dois longos anos. Amnon, que estava bebendo bastante, não teve agilidade para recompor a expressão. Olhou para Absalão, de queixo caído.

Davi olhou para os filhos, um por um, sorrindo. Desceu de seu tablado e andou na direção de Absalão com os braços abertos para um abraço. Ficou abraçando-o por um bom tempo, e quando se afastou seu olhar demonstrava tanto amor que tive de desviar os olhos daquela intimidade.

— Absalão, meu filho. — A voz estava trêmula de emoção. — Meu filho, Absalão. — Levou uma das mãos aos olhos, lutando para se recompor. — Fico contente por ter sido diligente e melhorado as terras que lhe dei. Mas fico mais contente ainda por ter feito esse convite. — Virou o rosto e deixou o olhar pousar sobre Amnon por alguns instantes. — Mas eu tenho compromissos a cumprir e só posso viajar se levar metade da corte comigo. Não quero sobrecarregar os seus recursos com essa multidão.

— Pai, não me sobrecarregaria de jeito nenhum. Nós temos tendas, o clima está ameno...

Davi levantou a mão.

— Você vai com seus irmãos... — Voltou a olhar para Amnon. — Com todos os seus irmãos. Façam uma festa para jovens. Será melhor assim, sem o fardo de um rei e seu séquito e tudo que isso implica.

O rei saiu da sala e a festa se dissolveu, aos poucos, como sempre acontece nas festas. Os que ainda estavam envolvidos em conversas abastecidas a vinho continuaram em pequenos grupos aqui e ali, tirando suas conclusões finais, partilhando uma última piada, enquanto os entediados, os mais cansados e os amantes ansiosos logo saíram para o conforto de suas camas, aliviados por terem sido liberados. Somente duas pessoas continuaram imóveis em seus lugares. Uma delas era Amnon. Seu rosto parecia uma lousa usada, escrita, apagada, reescrita. Dava para ler tudo ali: medo, depois alívio; confusão, depois raiva. Dava para ver enquanto refletia a respeito: uma sincera atitude de reconciliação? Um lance na batalha pela consideração do pai? Uma armadilha mortal? Caso fosse esta última, como escapar, agora que o rei dera sua permissão ao convite – na verdade, sua bênção de coração? Vi Jonadabe atravessar o salão para ir até Amnon – ele estava sentado com o pai, Samá, a algumas mesas de distância. Inclinou-se, falou no ouvido de Amnon. Amnon virou-se para ele, protestando, mas Jonadabe disfarçou o momento com uma gargalhada, segurando a mão de Amnon quando ele ia se expressar, levantando-o do banco para um abraço e tapas nas costas numa demonstração de bom humor. Foi tudo muito bem tramado, e Amnon teve presença de espírito para corresponder. Quando os dois passaram pela minha mesa no caminho de saída, Amnon ostentava um esgar nos lábios que poderia passar por um sorriso.

Mas eu continuei ali, chocado. Mesmo enquanto meus olhos seguiam Amnon pela sala, eu já estava em Baal-hazor. O sol nascia de um horizonte ondulante, iluminado pela névoa de pastos novos. Os carneiros andavam na coroa da luz matinal, as pontas das pelagens pesadas brilhando como filamentos de ouro. Atrás deles, as altas escarpas de Golan marchavam para o norte até montanhas distantes ainda salpicadas de neve. O belo casarão, abrigado pela grande teia do vale, já estava acordado. No ar parado, nuvens de fumaça de lenha subiam preguiçosamente dos fornos de barro. No campo, equipes estendiam cordas, levantando grandes tendas de pele de cabra enquanto serviçais estendiam tapetes coloridos. Um condutor apressava sua parelha de mulas, carregada de lenha, por uma última subida, os churrasqueiros montavam seus tripés sobre covas recém-abertas.

Uma figura frágil saiu da casa e atravessou o pátio para pegar jarros de leite de cabra fresco. Parou no meio do caminho, erguendo a cabeça para cima para acolher o sol cálido da primavera. O véu escorregou para trás, e a luz iluminou seu cabelo ruivo-dourado. Os olhos estavam fechados, a boca formava um sorriso privado.

Ficou ali parada por um momento, oscilando levemente. Em seguida seus olhos se abriram, e sua expressão era feroz. Vi os lábios dela se movendo. Uma única palavra se formou. *Logo.*

XXI

Os príncipes partiram separadamente para a festa, os mais velhos com seus séquitos, os mais novos em caravanas com seus serviçais. Salomão viajou com os príncipes mais novos, animado, como qualquer garoto, com a perspectiva de uma festa. Eu o acompanhei na partida, fingindo partilhar de sua alegria, mas sabia que o garoto que retornaria estaria muito mudado. Quando o reencontrei, dez dias depois, havia uma sombra em seus olhos, uma nova gravidade e firmeza. Como professor e pupilo, normalmente não nos abraçávamos, mas naquele dia abri meus braços, e ele se aproximou e se deixou abraçar.

Fazia frio para aquela época do ano, por isso pedi que Muwat acendesse um pequeno fogo. Salomão sentou-se sobre os calcanhares em frente à lareira e falou sobre o que havia presenciado.

— Uma das piores coisas foi que tudo começou como um festival maravilhoso — começou a dizer. — Acho que o melhor que eu já tinha visto até então. Não como os festivais da cidade, com cantores profissionais e todos esses vinhos e comidas caras que separam as pessoas importantes das pessoas comuns. Lá todos estavam juntos: grandes proprietários de terra e humildes pastores, músicos eruditos que Absalão levou da cidade e as pessoas do local, tocando instrumentos feitos por elas mesmas. Havia prêmios para os tosquiadores, corridas de jumentos. Contadores de histórias. Danças. Crianças correndo por toda parte. Absalão pensou em tudo. Até os príncipes mais novos tinham diversão. Meu irmão Natã estava lá com a governanta, rindo e correndo com os garotos pastores. E a comida era simples e boa: pão quente e suculentos pedaços de carneiro que saíam do espeto para acompanhar. E vinho, é claro. Rios de vinho. Todos estavam animados. Não poderíamos estar mais despreparados quando aquilo aconteceu.

Sua expressão desanuviou por um momento, mas logo voltou ao que era desde que fugira de Baal-hazor; o olhar atormentado de um garoto que testemunhara um fratricídio. Eu também fora obrigado a assistir, prostrado na minha casa, com a língua inchada. Porém deixei-o falar, pois me pareceu bom que expressasse aquilo em palavras.

Em uma visão, eu tinha visto quando Absalão recebeu Amnon e o tratou como um convidado de honra, servindo os melhores cortes de carneiro, muita bebida e, à noite, cordatas garotas camponesas para dividir sua tenda. De início, Amnon se mostrou reservado, desconfiado das intenções do irmão. Mas no terceiro dia das festividades ele já tinha relaxado, acreditando que a reconciliação era genuína. À tarde, ele estava muito bêbado. Nesse momento confluíram os assassinos, inclementes como uma matilha de lobos. Três o seguraram enquanto outros três o esfaquearam.

— Adonias também estava bêbado — continuou Salomão. — Foi por isso que ele entrou em pânico, acho. Gritou que os brutos de Absalão também iam matar todos nós, e aí ele e Sefatias e Itreão e os outros todos correram para onde tínhamos deixado as mulas. Vi Itreão pegar Natã e colocá-lo numa mula à sua frente. Adonias gritava, mandando todos se separarem para que Absalão não conseguisse pegar a todos nós.

— Mas você não fugiu.

— Não. Eu sabia que aquilo só dizia respeito a Amnon. E quando vi que Natã estava protegido... De todo modo, eu estava com Tamar, que soluçava. Absalão a tinha levado até a tenda pouco antes do ataque.

Estava toda velada, mas eu sabia que devia ser ela. Porque eu sentia saudade de minha irmã, sabe, e uma das razões de querer ir a Baal-hazor era reencontrá-la. Eu estava procurando por ela, perguntando a todos onde estava Tamar. Comecei a pensar que ela não viria à festa porque Amnon estava lá, e fiquei desapontado, considerando se deveria pedir a Absalão que me deixasse fazer uma visita particular. Então, quando a vi, fiquei tão contente que fui direto falar com ela. Eu tinha acabado de abrir caminho entre um monte de gente para chegar até a tenda, mas, antes que conseguisse dizer uma palavra, Absalão gritou para Amnon, que estava recostado no seu lugar de honra. Amnon virou-se para ele. Ele estava sorrindo, nunca vou esquecer isso. Absalão fez um sinal a Tamar e ela tirou o véu. Acho que Amnon nem a reconheceu. A expressão dele não mudou. Continuou sorrindo. Imagino que depois de tanto beber ele estava bem entorpecido. Mas aquilo foi o sinal para os homens de Absalão, que estavam todos vestidos como convidados. Eles agarraram Amnon. Acho que naquele momento ele a reconheceu, no último momento, quando as facas o penetraram. Quando Amnon foi esfaqueado, Tamar simplesmente desabou, chorando e tremendo, por isso eu a segurei, e ela se agarrou a mim. Tudo o mais foi uma confusão de gritos e choros e pessoas fugindo, tropeçando umas nas outras, mesas virando... Aí Absalão pegou Tamar pela mão e a afastou de mim. Estava com uma mula selada para ela e cavalos de carga prontos. Já estavam na estrada para Gesur enquanto Amnon jazia com o sangue ainda pulsando no corpo.

"Coube a mim embrulhar o corpo dele para pôr num esquife e organizar seus homens para trazê-lo de volta para cá. Aí fui pegar minha mula e voltei logo atrás."

Eu também tinha visto aquilo. Seu rosto grave era um centro calmo no turbilhão. Eu o vi tomar a iniciativa, tranquilo em meio ao pânico, um garoto chamando a atenção de homens adultos, passando pela poça de sangue para fazer o necessário pelo irmão. Ninguém questionou sua autoridade. Ficou ali gesticulando para uma ou outra pessoa para trazer água e lavar panos, trazer uma mortalha e uma maca. Quando o corpo estava tratado e embrulhado, ele chamou os carregadores. Seguiu atrás deles, sóbrio e digno. Outros se inspiraram nele, deixando de lado o pânico e se alinharam atrás numa procissão ordenada. Vi tudo isso, e, enquanto Salomão andava pelo campo, outras visões povoaram a minha mente: eu o vi como um homem, um rei de estatura, liderando procissões cada vez maiores, o sol refletido na tiara de ouro em sua testa, iluminando o vermelho brilhante, o roxo pesado e os lindos brocados de suas vestes.

Depois daquela visão, ainda abatido pela dor, me arrastei do divã e pedi que Muwat ajudasse a me banhar e vestir meus trajes de corte, e me colocar num jumento, como se eu fosse um ancião que não podia andar a pé até o portão da cidade. Davi estava em audiência quando entrei no salão. Não tinha ouvido nada sobre Baal-hazor. Ocupei meu lugar e fiz o melhor possível para retribuir seu sorriso de cumprimento. Já fazia uma semana ou mais que eu não o via ali, e ele pareceu feliz e comovido em me ver. Joabe estava no meio de um longo relatório sobre questões das fronteiras. Deixei meu olhar vagar pela sala. A plateia parecia bem desfalcada sem os príncipes e seus séquitos. Em seguida notei Jonadabe na periferia da multidão e fiquei pensando. Ele estava sempre com Amnon. Os dois eram inseparáveis. Por que ele não estava em Baal-hazor?

Tive minha resposta assim que os primeiros refugiados empoeirados da festa invadiram o salão, embalados por uma maré febril de rumores em pânico. Em meio a choros, gritos e vestes sendo rasgadas, as terríveis palavras passaram de boca a boca: todos os príncipes estavam mortos. A armadilha de Absalão massacrara todos os seus irmãos.

Quando essas palavras chegaram a Davi, sua expressão desabou, seguida pelo seu corpo, que pareceu deslizar do grande trono para o chão de pedra. Um lamento entrecortado saiu de seus lábios, que durante muitos anos só havia emitido sons de doçura e poder sonoro. Abri caminho até ele. A multidão ao redor se afastou para que eu passasse. Ajoelhei-me ao seu lado, apoiando a cabeça dele no colo. Eu queria dizer que não era verdade, mas meus lábios ainda estavam selados e não emitiam palavras. Pelo canto dos olhos vi Jonadabe também lutando para abrir caminho em meio ao caos. Incerto quanto às suas intenções, os soldados barraram seu caminho, afastando-o do rei. Levantei a mão para Joabe, fazendo sinal para que o deixasse passar. Joabe o agarrou pelas costas da túnica e o empurrou até o rei.

Ajoelhou-se ao meu lado e se debruçou, quase gritando no ouvido de Davi.

— Meu rei! Não acredite que eles mataram todos os jovens, todos os seus filhos. Só Amnon foi morto.

Os olhos de Davi, sóbrios como poços molhados, examinaram o rosto de Jonadabe, confusos, famintos para acreditar nesse mal menor, incapazes de fazer isso. A mão dele agarrou meu braço, como uma garra.

— É verdade o que ele diz? — murmurou com a voz rouca.

Eu não podia formular palavras, mas tentei tranquilizá-lo gesticulando com o corpo de todas as maneiras. Senti-o desfalecer nos meus braços. O tempo quase parou, numa agonia de espera. Então as sentinelas das muralhas mandaram a mensagem: Adonias se aproximava. Itreão vinha logo atrás a pouca distância.

— Está vendo? — disse Jonadabe. — Os filhos do rei estão chegando, como disse este seu servo, que assim seja.

Joabe o olhou com desconfiança, antes de agarrá-lo e fazer com que se levantasse até os dois ficarem olho a olho.

— Como você sabe disso, sua serpente? O que mais você sabe?

Naquele momento houve uma agitação na porta e Joabe se virou para ver, sem largar Jonadabe. Adonias havia chegado ao salão e Davi lutou para se levantar, o rosto molhado, porém mais aliviado, os braços abertos para receber o filho. A multidão se abriu para deixar Adonias se aproximar do pai, abraçando-o, chorando.

Nesse momento eu me esgueirei. Não precisava esperar para ver os outros filhos chegando em casa e sendo acolhidos pelo pai, nem ver Salomão entregar a Davi o corpo mutilado de Amnon. Sabia que seu alívio e sua alegria pelos filhos poupados se transformariam em dor e tristeza pelo filho assassinado. E, depois disso, haveria a solidão e uma saudade corrosiva pelo que havia fugido para o exílio.

Eu sabia, também, que as pessoas que falavam das maldições de Natã acreditariam que elas estavam se realizando. Davi tinha perdido o bebê. Tamar, sua única filha, fora estuprada e espancada. Agora o filho mais velho estava morto. O rei tinha pagado o preço por seu pecado em relação a Urias, não tinha? Depois de um período de luto por Amnon (durante o qual, para ser honesto, ninguém, além de Davi e Ainoã, realmente lamentou), a cidade foi envolvida por um clima de alívio, quase festivo. A maioria dos componentes da corte e muitas pessoas comuns ficaram contentes por se verem livres do jovem príncipe errático e perigoso. Só eu sabia o verdadeiro peso que saíra da balança. Uma retribuição quádrupla, como fora decretada por Davi. E aquele julgamento ainda não estava completo.

XXII

Maaca mandou me chamar assim que terminou o período de luto oficial por Amnon. Eu nunca estivera em sua casa, mas conhecia a bela residência ao lado do palácio, em uma rua onde apenas os mais importantes cortesãos de Davi podiam morar. Tinha um terraço esplêndido, com uma vista que só perdia para a do rei, de onde se avistava o Vale do Quidron e as cadeias de montanhas esverdeadas contra o fundo azul do céu. Quando um criado me levou até esse terraço, fiquei tão atônito com a vista que a princípio nem notei Joabe, sentado a uma sombra no canto, as musculosas pernas esticadas à frente. Assustei-me quando se dirigiu a mim, e ele deu risada.

— Não esperava me encontrar, profeta? — perguntou. — Então, afinal você não sabe de tudo.

— Eu nunca disse que sabia, como você sabe muito bem — retruquei, mas em tom leve e retribuindo seu sorriso. — Talvez você possa me esclarecer algumas coisas.

— Você está se referindo à razão de estarmos aqui? É uma boa pergunta. Eu...

Nesse momento Maaca entrou no terraço. Não estava mais de preto, e usava um vestido brilhante cor de lavanda, com véus muito leves e brancos soltos sobre os cabelos. Joabe se levantou quando ela entrou, mas Maaca fez sinal para ele se sentar e me apontou uma cadeira ao seu lado.

— Então você sabia sobre isso. — A voz dela era firme, sem afetação. — Você sabia que meu filho ia matá-lo.

— Sim — respondi. — Sabia. — Fiz uma pequena pausa. — E você?

— É claro que eu não sabia! — Seus dedos longos agarraram os braços da cadeira. — Você acha que eu teria permitido, sabendo que o condenaria ao exílio? Amnon, aquele pulha inútil. Eu cuspiria no cadáver dele. Agora ele tirou o trono dos meus *dois* filhos. — Levantou-se de repente, ficou andando pelo terraço. Ela não caminhava como uma dama da corte, andava como um homem. A seda de sua bata farfalhava queixumes. — E eu... fiquei privada dos meus filhos e dos favores do rei meu marido. Ele nem me vê mais. Imagino que me culpe, assim como você. Acha que fui cúmplice. Tolos. Eu não vim até aqui, depois de abandonar minha casa e meus deuses, para criar um fora da lei e uma filha desonrada. Bem, se ele me culpa, eu o culpo. Davi não deveria ter deixado isso nas mãos de Absalão. Teve dois anos para ver o coração sofrido do meu filho endurecendo. Como pudemos estar tão cegos para achar que Absalão iria perdoar, que poderia se reconciliar? E agora até o rei meu pai está correndo perigo. Ele acolheu Absalão – não poderia recusar santuário a um parente de sangue. Mas ele não quer uma cisão com Davi. Ele...

— Não haverá cisão alguma. — A voz rude de Joabe chegou até ela. — Davi está feliz por Absalão estar em segurança. Já mandou dizer isso ao seu pai.

Maaca virou o rosto, uma expressão de alívio e surpresa.

— Mandou? Como você sabe?

— Foi meu irmão Abisai quem levou a mensagem. O rei não confiaria essa missão a um mensageiro comum. Apesar de ter de dar a impressão de obedecer à lei nessa questão, isso é doloroso para ele. Você sabe melhor que ninguém o quanto Davi ama esse seu filho. É só olhar para ele. Está doente de saudades. Não está comendo. Acho que você deveria falar com ele, Natã. Ver se consegue transmitir um pouco de bom senso. Ou ao menos consolá-lo.

Consolar, pensei. Que consolo eu poderia oferecer? Que consolo já tinha lhe oferecido? As visões da prometida grandeza só o levaram a feitos sangrentos e uma autoimportância que o fez pensar que estava acima da lei. E depois disso, o quê? Ameaças terríveis. Maldições. Silêncio. Eu não podia falar com ele com a voz do Nome, mas talvez Joabe tivesse razão. Talvez ao menos eu pudesse oferecer algum consolo e conselhos como amigo.

— Vou fazer isso — concordei.

— Quando for falar com ele, pode falar também por mim? — disse Maaca. — Diga a verdade, que eu não sabia nem endossei essa coisa. Ele acredita em você. Em vocês dois. Foi por isso que os convidei a vir aqui. Já não sou mais jovem. Não há nada para mim nesta cidade sem meus filhos, sem a consideração do meu marido. Quero que ele tenha uma boa opinião sobre mim, e quero meus filhos de volta. Se existe alguém que tenha alguma influência sobre ele, são vocês dois. — Olhou para o piso e abaixou a voz. — Eu não fui criada para suplicar. Mas estou implorando.

— Você vai fazer isso? — perguntou Joabe, assim que saímos.

— Ah, sim. Vou apresentar o pedido dela, mas não vou aconselhá-lo a respeito.

— Por que não?

— Porque se fizesse isso, teria de dizer que acho melhor que Absalão continue em Gesur.

— O quê? Então você não quer que ele seja rei?

— O que eu quero não está em questão. Mas já que você pergunta, eu acredito que Absalão seria um rei muito deficiente.

— Bem, acho que está enganado a esse respeito. Acho que ele é decidido e estratégico. Veja só como ele se vingou. Dois anos, ficou esperando. Isso mostra falta de impulsividade. Depois houve um planejamento excelente, a execução impecável. Impiedosa, sim. Mas às vezes um rei precisa ser impiedoso para fazer o melhor para o seu povo. Tamar estava sob a proteção dele; sua honra também foi manchada. Absalão agiu como um homem. Era necessário.

Quantas vezes eu tinha ouvido Davi justificar matanças com aquelas mesmas palavras? O eco me fez tremer. Joabe continuou:

— Ele é menos brutal que Amnon, e muito mais inteligente. De qualquer forma, nós precisamos dele. Está na idade certa, tem a dose certa de experiência, de forma que daqui a alguns anos... e talvez tenhamos poucos anos, do jeito que o rei está. — Lançou-me um olhar inquisitivo. — É Salomão, não é? Você quer pôr o seu pequeno acólito no trono. — Deu uma risadinha. — Tão puro que você é, mas afinal está atrás de poder, como todos nós.

Fiz um gesto de mão. Não importava os motivos que Joabe me atribuía, e de qualquer forma eu não poderia explicar nada para ele.

— Não cabe a mim determinar a sucessão. De qualquer forma, a linha de candidatos ainda é muito longa, mesmo sem os dois mais velhos, antes de chegarmos a Salomão. Ele ainda é um garoto, só tem doze anos.

— Bem, enquanto você pensar assim. E eu não sou contra Salomão, não pense que sou. Ele é brilhante, não há dúvida. Já vi homens adultos – guerreiros experientes – com menos senso estratégico que ele. Mas, como você diz, ainda é um garoto. Mas se você está pensando em indicá-lo como rei, é melhor ir falar com Davi. Do jeito que ele anda ultimamente, talvez não dure até aquele filhote criar garras e dentes suficientes para vencer a luta com seus companheiros de ninhada.

Estávamos nos aproximando dos portões do palácio e quis mudar de assunto antes que fôssemos entreouvidos discutindo questões tão delicadas. Por isso levantei uma questão que vinha me intrigando.

— Onde está o seu primo Jonadabe, filho de Samá? Achei estranho ele saber tanto sobre o assassinato. Achei que você pensasse o mesmo.

— Aquele merdinha puxa-saco. — Joabe resfolegou uma bola de cuspe e lançou-a no chão. — Todo esse assunto pesa nos ombros esqueléticos dele. Foi Jonadabe quem entregou Tamar a Amnon numa bandeja como uma galinha assada. Depois, quando Absalão fez seu pequeno espetáculo com o ramo de oliveira, Jonadabe viu como Davi gostou e achou que Absalão poderia estar em ascensão. Aí ele mudou de lado. Isso é mais um ponto a favor de Absalão, ele vai aceitar ajuda de onde vier. Não guarda rancores. Pode ser um traço útil em um rei. Absalão usou Jonadabe, aquele vira-casaca, para atrair Amnon. Jonadabe fez parte do assassinato, tenho certeza. Eu o pressionei um pouco, mas ele é mais resistente do que aparenta. Nem Abisai conseguiu fazê-lo confessar.

— Onde ele está agora?

— Em Beit Lehem, na casa de Samá. Eu disse que não queria mais vê-lo aqui na cidade.

— E o que Samá diz sobre tudo isso?

Joabe deu risada.

— Muita coisa. Sempre praguejando, aquele velho barbudo boca-suja. Mas eu disse que Jonadabe tinha de ir para Beit Lehem ou seguir a estrada para Gesur com os outros assassinos, e que eu não poderia garantir a segurança nessa estrada. — Abriu um sorriso. Dava para ver que estava gostando de colocar Samá em seu devido lugar. Mas em seguida sua expressão ficou mais soturna. — Sério, Natã, à parte de todo esse negócio, estou preocupado. O rei não está bem e agora a sucessão é incerta. Enquanto Absalão estiver no exílio, Adonias é o seguinte na linhagem, mas não acho que ele está preparado. Nem sei se um dia estará. Ele é mais manso que os dois mais velhos, mas não vejo muita substância ali. Se houver qualquer tipo de ameaça ao rei enquanto isso não estiver resolvido... Bem, eu não gosto desta situação. Vou pessoalmente até Hebron, para me certificar de que nenhuma das antigas facções de Saul está tendo ideias. Espero que você possa fazer algo pelo rei. Acho que talvez seja o único que possa fazer alguma coisa.

XXIII

Será que um homem pode envelhecer num piscar de olhos, se mostrar luzidio e fulgurante em um dia, e seco e estorricado no outro? Assim pareceu ser com Davi. Ele me recebeu em seu aposento particular, onde já tínhamos nos encontrado tantas vezes. Em todas as minhas recordações desses encontros, Davi era um efervescente clarão de energia, o centro de todas as conversas, uma fonte de gestos generosos, visão e sagacidade. Agora eu o via recostado no divã baixo, coberto por uma manta de pele de carneiro, embora o dia estivesse ameno e aberto. Havia uma bandeja de prata na mesa ao lado. Uvas, damascos, figos. Pão, queijo cremoso, azeitonas. Nada tinha sido tocado. O jejum havia drenado sua vitalidade. Os olhos grandes no rosto encovado, sempre tão expressivos, agora só mostravam pesar. Seu rosto, seu rosto bonito, estava chupado e marcado por rugas, os recôncavos abaixo dos malares parecendo como se um escultor houvesse afundado demais os polegares na argila.

— Você não pode continuar assim — falei.

O rosto dele se iluminou com a sombra de um sorriso.

— É o meu profeta falando comigo de novo, afinal?

Abanei a cabeça.

— Aquela voz está em silêncio, por ora. Mas você não precisa de um profeta para dizer que precisa comer. Estou falando como seu súdito, que se preocupa com você. E como seu amigo, espero. Você não pode ficar sem comer.

Ele deu uma risada sussurrante.

— É incrível quantas coisas um rei não pode fazer.

— Você também é um homem. Sujeito às necessidades humanas. Devia comer alguma coisa.

— Eu devia comer alguma coisa. Devia fazer muitas coisas que não venho fazendo, e não deveria ter feito muitas coisas que fiz. Meu coração está oco como uma cabaça, Natã. Se sou um homem, como você diz, eu mereço ser classificado entre os homens mais baixos. Um dos deveres mais básicos de um homem não é criar os filhos, mantê-los em segurança, fazer com que atinjam uma maioridade honrada? Qual é a vantagem em forjar um reino, vencer guerras, construir esta cidade, para fracassar nessa tarefa mais básica – uma tarefa que o mais ignóbil pastor consegue fazer em sua choupana? E o que eu criei? Que espécie de homem podem me considerar, que deu origem a estupradores e assassinos? Que espécie de homem merece esses filhos?

— Você tem muitos filhos. Não só esses dois. Você chora por Amnon. Ninguém o culpa por isso. Um homem deve chorar pelo filho perdido. Mesmo que a morte tenha sido um castigo por seu ato contra a irmã, mesmo que ele tivesse sido castigado pela sua justiça e não pela mão do irmão, ainda assim você teria direito de lamentar por ele. Quanto a Absalão, ele está seguro em seu exílio, sob a proteção do avô. Você deveria se consolar com isso.

— Deveria? Deveria mesmo? Como, se só consigo pensar no quanto sinto a falta dele? Durante dois anos ele esteve comigo no salão de audiências, e a única coisa que me preocupava era seu ódio pelo irmão mais velho. E agora sei que ele também me odiava, porque eu não fiz nada... E agora o perdi... — Seus olhos fundos marejaram, ele olhou para o outro lado. Depois de um momento, levantou a mão e fez sinal para eu sair.

A luz do sol entrava pelas grandes janelas e se esparramava pelo chão. Fingi não ter visto seu gesto, fui até as portas altas e as abri para seu terraço particular. Saí no dia claro e parado. A pedra do balaústre era quente ao toque. Olhei para cima e vi o que esperava ver... a águia, pairando em alguma elusiva corrente de ar que minha pele não conseguia sentir. Olhei para baixo e procurei entre as palmeiras e oliveiras no jardim lá embaixo. Lá estava ele, numa postura concentrada. Todo de branco, reluzente sob o sol forte.

Voltei para dentro e me aproximei do divã de Davi. Pousei a mão no ombro dele, sentindo seus ossos.

— Vamos até lá fora comigo — falei. — Quero lhe mostrar uma coisa.

De início ele não deu sinal de ter ouvido, mas depois – por quê, eu não sei – deu um suspiro profundo e jogou as pernas no chão. Apoiou-se no braço que estendi e fomos juntos até o terraço. Apontei para o pássaro, depois para o jardim. Naquele momento Salomão sentiu nossa presença e levantou a cabeça. Sua expressão se abriu num sorriso igual ao da mãe. Ergueu a mão em uma saudação, que foi retribuída por Davi. Em seguida Salomão emitiu uma série de assobios agudos. A águia fez uma curva, mas em vez de voltar ao pulso de Salomão, ela girou e veio até nós, pousando no balaústre à nossa frente, batendo suas grandes asas. Virou seus olhos dourados e indiferentes na direção de Davi, que retribuiu seu olhar, estupefato.

— Existem beleza e poder aí — falei em voz baixa. — E não estou falando apenas do pássaro. — Fiz um gesto indicando o rosto intenso e animado sorrindo para nós. — Estou falando do garoto – do jovem – que treinou esse pássaro. Estou falando do seu filho. Um filho do qual você *pode* se orgulhar. Os seus pecados têm consequências, mas o Nome não o abandonou, rei.

Davi virou-se para mim, a cor voltando ao seu rosto.

— Mande o garoto vir aqui. Diga que vou comer com ele. Chame o meu filho.

* * *

E assim começou. Aos doze anos, Salomão tornou-se um bálsamo para o coração partido do pai, a adorável companhia e alegria de sua velhice.

Mas se afeição era uma coisa, sucessão real era outra. Ninguém levava em conta o garoto de doze anos nesse processo. Adonias, o seguinte em idade depois de Absalão, parecia ser o herdeiro presumido. Mas Adonias não ocupava a mesma posição nas considerações do pai. Davi sempre se vira em Absalão, e por que não? Absalão tinha a mesma natureza imprevisível, os mesmos dotes físicos, a mesma capacidade de atrair seguidores. Não só Davi lamentava o seu exílio. Mas ele não fez nada para nomear seu herdeiro, e parecia que o próprio rei ainda não decidira sobre aquela questão.

Com o passar dos meses, as lembranças do assassinato foram se apagando. Tornou-se claro o surgimento de uma facção pronta a dizer que Absalão tinha agido de acordo com seus direitos, que lhe deveria ser permitido retornar do exílio. Pedi a Muwat para sondar sobre o assunto, e em pouco tempo ele foi capaz de confirmar, usando sua rede de criados hititas, que a facção partidária se concentrava na casa de Maaca, o que não me surpreendeu, e era liderada por Joabe, o que me surpreendeu.

Quando interpelei Joabe a respeito, ele foi direto.

— Há movimentações em Hebron — falou. — Estamos mantendo a pressão, para garantir, mas acho que existe um risco real vindo de lá se não houver um sucessor designado, no caso da morte de Davi. E, vamos ser sinceros, nessa idade isso pode acontecer a qualquer momento. Eles não gostam de nós, Natã. Não gostam de pagar impostos para construir esta cidade, que progride, enquanto Hebron se tornou secundária. Não veem os frutos dos impostos que pagam, como nós vemos. E fora da cidade, os fazendeiros de Judá estão descontentes porque seus excedentes de suprimentos têm de ser vendidos a preços estabelecidos para alimentar um exército estacionário e os sacerdotes, que moram e gastam seu dinheiro nesta cidade e se casam com as mulheres daqui, não de lá. Eles sabem que podem obter mais por seus produtos no mercado livre. O fato é que as pessoas se acostumaram com a paz. Já se esqueceram de como era antes. Não dão valor ao que Davi fez por nós, como já o fizeram outrora. A situação não está boa. Acho que Absalão deveria voltar para haver um herdeiro definitivo, um homem com experiência militar, que poderia ser rei amanhã, se for o caso. Davi não vai permitir. Ele gostaria. Sei que ele quer, mas ele já distorceu a lei em causa própria com Urias, como você foi tão rápido em apontar com suas parábolas. E não gostaria de ser visto fazendo isso de novo. Você, talvez, seja o único capaz de convencê-lo. Elabore mais uma ou duas parábolas. — Lançou-me um olhar de avaliação. — Mas você não vai fazer isso.

— Não — confirmei calmamente. — Não vou.

— Eu não consigo entender você. Nunca consegui. Absalão se vingou de uma grande injustiça. Por que você o odeia tanto?

— Eu não o odeio pelo que ele fez — respondi. *Eu o odeio pelo que ele vai fazer, como você também vai odiar, Joabe, no devido tempo.* Assim falei no meu coração. Mas não podia enunciar aquelas palavras em voz alta. Joabe saiu de mau humor, resmungando sobre a minha intransigência.

Uma semana depois, voltei a me lembrar daquela conversa quando uma viúva da cidade de Tecoa se apresentou diante de Davi para um julgamento. Estava em trajes de luto e parecia alguém que se lamentava havia muito tempo. Ficou prostrada, murmurando palavras de agradecimento pelo rei ter concordado em ouvir seu apelo. Davi sentiu-se nitidamente comovido com sua saudação, e acenou para um de seus criados para ajudá-la a se levantar e sentá-la numa cadeira, o que era raro para um suplicante na sala de audiências.

— Qual é o seu problema? — perguntou com delicadeza.

— Meu rei, esta sua serva tem dois filhos. Como costuma acontecer entre irmãos, eles tiveram uma discussão enquanto cuidavam da lavoura e partiram para a violência, sem ninguém por perto para separá-los. Um deles matou o outro com um golpe, e agora todos os homens do meu clã insistem em que eu entregue o criminoso para ser executado. — Começou a chorar, mas continuou falando entre as lágrimas, com grande compostura. — Meu senhor, eu sei que a lei determina, mas meu filho não queria matar o irmão. Ele é tudo que me resta. Eles apagariam a última brasa que resta dentro de mim, deixando meu falecido marido sem nome ou representante na terra. — Enterrou o rosto nas mãos.

O rei ficou nitidamente comovido.

— Vá para casa — disse delicadamente. — Vou emitir uma ordem para seu filho ser poupado. Se alguém lhe disser alguma coisa, mande-o vir falar comigo e ele nunca mais a incomodará.

A mulher ergueu o rosto choroso, piscando.

— O senhor vai impedir a vingança de sangue, de forma que meu filho não seja morto?

— Pelo testemunho do Nome, nenhum fio de cabelo de seu filho cairá no chão. — Davi fez sinal de que o assunto estava encerrado, e um guarda se aproximou para escoltar a viúva para a saída.

— Por favor, permita que esta sua criada diga mais uma palavra ao senhor, meu rei.

— Pode falar — aquiesceu Davi, um pouco surpreso.

— Vossa majestade é sábio como um anjo e me passou seu julgamento. Mas não traz o próprio filho de volta do exílio. Todos devemos morrer. Somos como água despejada no solo, que não pode ser recolhida.

— Em nome de quem você está falando? — questionou Davi rispidamente.

A mulher, talvez abalada pela mudança do tom de voz, lançou um olhar amedrontado na direção de Joabe, que, percebi, estava suando. O rei percebeu o olhar e virou-se para Joabe. A viúva – se é que era viúva – gaguejou enquanto replicava:

— Esta sua serva pensou: que a palavra do senhor meu rei propicie consolo, pois o senhor meu rei é como um anjo de Deus, capaz de compreender tudo, de bom ou de mau.

Davi se mexeu na cadeira, irritado com aquela dissimulação.

— Não me esconda o que vou perguntar. Foi Joabe quem mandou você dizer isso?

A mulher torceu as mãos trêmulas.

— É como o senhor diz. Seu servo Joabe foi quem me instruiu.

Joabe aproximou-se e se prostrou, pronto para a cólera de Davi. Houve um longo silêncio. Quando Davi falou, foi com o queixo erguido e olhando para além de Joabe, para os cortesãos e suplicantes reunidos no salão.

— Eu não perdoo meu filho. Não vou recebê-lo de volta nesta corte. Mas vou terminar seu exílio. — Olhou para Joabe, estirado no piso aos seus pés. — Joabe, faça o seguinte. Meu filho pode retornar ao Rincão. Eu não vou recebê-lo. Ele não pode voltar a esta corte, mas vou deixar que more fora da cidade, onde a mãe dele pode se consolar com sua presença. Vá e traga-o de volta. Traga de volta meu filho Absalão.

Joabe deixou escapar um longo suspiro de alívio. Pôs-se de joelhos, os braços estendidos, palmas das mãos para cima. Davi levantou da cadeira e deu um passo adiante. Tomou as mãos de Joabe e o levantou. Ficaram frente a frente por um momento, olhos nos olhos. Em seguida o rei o abraçou. Para alguns no salão de audiências, imagino que tenha sido um momento de reafirmação. O frágil rei protegido e apoiado pelos braços fortes de seu robusto sobrinho. Um rei aceitando o conselho de seu querido general. Que havia reconhecido as boas intenções de Joabe e permitido que seu coração amolecesse na questão de seu filho. Pôde-se ouvir um suspiro de alívio e satisfação no salão lotado. Atrás do trono, eu também suspirei. Mas para mim foi um suspiro de resignação, de cansaço, de desespero.

XXIV

ABSALÃO RETORNOU SEM FANFARRA. Davi lhe concedeu algumas terras perto das de Joabe, acalentando a ideia de que Joabe poderia ficar de olho nele. Acho que Davi acreditava que o jovem precisava da orientação de Joabe e ficaria feliz em se estabelecer com uma vida de modesto e próspero fazendeiro. O que apenas demonstrava o pouco que conhecia do próprio filho.

Absalão não ficou quieto por muito tempo. Sua primeira atitude foi limpar sua área de cultivo para montar barracas e um campo de treinamento. Adquiriu uma *merkavá* e cercou-se de um principesco séquito de cinquenta pajens e guarda-costas. Como comandante da guarda, nomeou seu primo Amasa, o filho mais novo da irmã de Davi, Abigail. Joabe fora mentor e patrono de Amasa, promovendo-o rapidamente na hierarquia. O movimento pareceu ser uma forma de atrair Joabe para mais perto e ao mesmo tempo ressaltar as ligações reais de Absalão. Se Davi não o restaurasse ao estado de príncipe sucessor da coroa, aparentemente Absalão estava disposto a fazer isso por si próprio. Passava quase todas as tardes com Amasa, exercitando seus homens no que outrora fora um ondulante campo de cevada.

As manhãs, contudo, eram outra questão. Muwat me contou que Absalão criou o hábito de se posicionar no portão da cidade logo cedo, quando chegavam os suplicantes das aldeias ao redor para serem ouvidos pelo rei. Absalão assumiu a função de receber todos os que chegavam, organizando uma espécie de corte informal bem ao lado dos portões da cidade. Muwat fez um impressionante relato da cena ali, e logo cedo numa manhã meio fria eu peguei um de seus xales, cobri minha cabeça e fui até a praça do portão, para me misturar com a multidão e ver por mim mesmo. Absalão chegou pouco depois, montado numa mula lustrosa, rodeado por um séquito de belos jovens, altos e fortes, portando-se com a segurança e a atitude de soldados.

Alguns homens bonitos preferem se cercar de simples serviçais domésticos, mas Absalão claramente tinha a necessária confiança em sua perfeição física para não se preocupar com comparações. Ficou claro que não tinha passado seu tempo no exílio de forma ociosa, mas em treinamento. Irradiava saúde e energia, desde o caimento brilhante de seus cabelos longos até o tom bronzeado de sol de seus membros bem torneados. Sua vibração me remeteu a Davi – o Davi no auge de seus poderes, não fragilizado como se encontrava agora. Depois de serem recebidos na cidade por aquela figura radiante, como não se sentiriam desapontados quando afinal estivessem frente a frente com o envelhecido rei?

Posicionei-me na colunata sombreada da orla da praça, perto o bastante para observar, mas suficientemente longe para me misturar com a movimentação matinal. Absalão não poderia ser mais convincente. Parecia conhecer muita gente entre os habitantes da cidade, cumprimentando muitos pelo nome e perguntando por suas famílias. Mas seu foco principal era o fluxo constante de visitantes passando pelo portão. Andava sem pressa de um para outro, cumprimentando todos, sempre muito paciente com os que desejassem discorrer sobre os detalhes de suas petições. Olhava as pessoas nos olhos, às vezes pousando uma das mãos num ombro ou braço, criando um ambiente de camaradagem, aquiescendo ou enrugando a testa, sorrindo, de acordo com o requerido pelo teor da conversa. Tudo muito bem-feito. Muito bem-feito, e totalmente dissimulado. Dia após dia, homem após homem, a cada aperto de mão, Absalão estava recrutando sua facção. A *merkavá* e a criadagem lhe conferiam a pompa de um poder real, de um governante a ser seguido. Os encontros diários no portão o traziam ao nível do homem comum, o líder a ser amado. Eu não tinha dúvida de que todos aqueles viajantes voltariam às suas aldeias para contar aos seus vizinhos o quanto o rei Davi os havia desapontado, como parecia estar alquebrado, distraído e de repente muito velho. Mas o filho, ah, esse sim era um sujeito bonito e principesco que se mostrava disposto a ouvir – esse era um homem a seguir. Absalão era esperto; esse crédito ele merecia.

Tão ansioso estava Joabe para reintroduzir o herdeiro ao seio do pai, que não percebeu que estava levando uma víbora ao rei. Fiquei conjeturando como ele estava vendo as coisas no momento e resolvi descobrir. Tão perdido em pensamentos estava que me esqueci de tirar o xale de Muwat da cabeça quando me aproximei do portão, e a sentinela me interpelou rudemente quanto ao meu negócio. Se fosse um dia comum, eu teria me divertido com a expressão chocada no rosto dele quando tirei o xale.

Continuava murmurando desculpas quando o portão se fechou atrás de mim. Joabe interrompeu uma reunião com seus comandantes de unidade assim que um serviçal comunicou que eu o estava esperando.

— Você esteve no portão? — perguntou, direto como sempre. — Ele não está perdendo tempo, não é?

— Trata-se de um espetáculo e tanto — respondi.

— De fato. Não é o que eu esperava. Achei que ele iria esperar algum tempo, como fez com aquela outra questão. Ele está insistindo comigo para ser convidado para a corte.

— Você já falou sobre esse assunto com Davi?

— Não, e nem pretendo falar. Já estou caminhando em terreno movediço nessa questão. Falei com Davi sobre essa movimentação no portão, e sabe como ele reagiu? Com prazer. Ele sempre foi cego em relação aos filhos. Você sabe disso. Agora ele se diz contente por Absalão estar conquistando o coração do povo. Diz que sente orgulho dele.

Enquanto Joabe falava, meus pensamentos se transportaram para minha conversa com Mical, muitos anos antes. Ela tinha falado sobre o crescente ciúme de seu pai, Saul, de Davi, o jovem arrivista ganhando o coração do povo. Agora o próprio Davi estava sendo usurpado na afeição das pessoas, e o que havia intensificado a loucura de Saul não causava em Davi nenhuma preocupação. A diferença, suponho, era que Saul sabia que havia perdido o amor do Nome, por causa de Samuel. Por mais distante e indiferente que eu tivesse sido obrigado a ficar nos últimos anos, Davi sabia que eu estava ao seu lado e, por meu intermédio, ainda sentia o toque da mão divina em seu reinado.

— Acredito que se eu lhe pedisse para receber Absalão, ele poderia responder que sim — disse Joabe. — E, para ser honesto, agora que vejo esse jovem trabalhando, não sei bem se seria uma boa coisa. Estou começando a entender melhor o que você diz, Natã. Eu também não confio nele.

— E ele sabe disso?

— Acho que não. Embora acredite que pode estar pensando a respeito. Eu ignorei suas últimas duas mensagens.

— Ignorou mesmo? Ele não vai gostar disso.

Joabe sorriu.

— Tenho certeza de que não.

— Você tem alguém próximo a ele? — Se Joabe podia ser direto e decidido, eu também podia.

Ele me lançou um olhar penetrante, mas depois deu uma risada divertida.

— Você sabe que sim — respondeu.

— Amasa?

Fez um sinal afirmativo com a cabeça.

— Amasa. E outros.

Uma semana depois, Absalão pôs fogo na plantação de cevada de Joabe. Joabe me puxou de lado no corredor do palácio e me contou a respeito.

— Perda total, aquela plantação.

— Amasa não o alertou?

— Ele jura que não sabia. Amasa foi encarregado por Absalão para me trazer a mensagem de que isso era só um aviso. Ele pretendia queimar todas as minhas plantações se eu não fosse falar com ele.

— E você foi? — Achei que tinha visto Joabe em todos os estados de ânimo – violento, raivoso, com muito medo pela vida, entusiasmado de várias maneiras, com o fervor da batalha e os brindes à vitória. Mas nunca o havia visto parecer tímido, até aquele momento.

— Claro que fui — resmungou ele. — Não posso ficar abertamente contra ele. Se fizesse isso, ele não pararia de destruir minhas plantações. Ele tem poder, aquele jovem, está bastante claro. Davi é o único que pode lidar com ele, mas acho que agora é tarde demais, mesmo para isso.

— E então? O que ele queria?

— O que sempre quis. Falar com o pai, ser recebido na corte. Voltar a participar da sucessão. Foi o mais delicado possível quando cheguei lá. Desculpou-se pela plantação. Ofereceu-se para compensar a perda dos grãos. Disse que eu não tinha deixado outra escolha – nenhuma outra maneira de chamar minha atenção. Eu vou fazer isso, Natã. Pois pode ter certeza de que um dia vai acontecer. Davi deseja isso, de coração. Então eu posso capitalizar essa aproximação para não fazer um inimigo ali. Vou pedir a Davi que o receba.

— Faça o que tiver de fazer — falei. — Não vou me pronunciar contra.

Assim, Joabe levou o pedido de Absalão a Davi, que só esperava o menor pretexto para ver o filho que amava. Mesmo assim, Davi se comportou com distanciamento no primeiro encontro. Quando Absalão correu para beijá-lo, Davi virou o rosto e não se ofereceu para um abraço. Para disfarçar o momento, Absalão ofereceu o beijo cerimonial do suplicante, encostando os lábios no ombro de Davi, dando a impressão de que aquela respeitosa saudação de um estranho era tudo o que pretendia. Não sei bem por que Davi se evadiu de uma reconciliação total, pois estava muito claro o quanto ele desejava tomar o filho nos braços. De todo modo, a volta de Absalão injetou novo vigor em Davi. Passou a comer melhor, recuperou parte do peso perdido e começou a parecer mais forte.

Salomão, que se tornara um grande consolo para o pai, foi posto de lado assim que Absalão voltou à corte.

— É como se ele tivesse deixado de me enxergar — confidenciou Salomão comigo certa tarde, enquanto caminhávamos pelos bosques de amendoeiras atrás da minha casa. — Ele não manda mais me chamar. Só quer saber de Absalão. Adonias está zangado com a situação. Com o orgulho ferido, e deixa transparecer. O que é uma burrice, acho. O rei não gosta dessa atitude, que só faz Absalão parecer melhor ainda na comparação. Para mim, não é uma questão de orgulho, eu apenas sinto falta das conversas com meu pai. Há tanto a aprender com ele. Mas parece que Absalão não vê isso. Nem finge se interessar por qualquer coisa que Davi tenha a dizer. Com ele são só lisonjas e palavras vazias. Enfim, talvez eu volte a ser chamado, quando Absalão for para Hebron.

— Hebron? — Engoli a seco. — Quando? — Eu não esperava que aquilo acontecesse tão breve.

— Para a festa da lua nova. Ele diz que fez uma promessa quando estava exilado em Gesur, que faria um sacrifício na cidade em que nasceu. Disse que também seria bom para as relações com Judá. O rei não visita a cidade há muito tempo. Absalão disse que sua ida seria uma forma de mostrar que os membros da família ainda se lembram dos parentes. Então o rei disse para ele ir em paz. Absalão está escolhendo seus companheiros e já convidou outros da cidade que também querem fazer a peregrinação aos túmulos da família. Vai ser uma grande festa, acho. Eles vão partir à primeira luz.

XXV

Uma coisa é saber o que vai acontecer. Outra é confrontar o fato. Vá em paz, disse o rei a Absalão. Mas, claro, ele foi para a guerra.

Achei que ele teria mais paciência. A mesma paciência fria que usara contra Amnon. Se Absalão esperasse um pouco mais, jogasse com o grande amor que o rei sentia por ele, o poder teria fluído para suas mãos gradualmente. Em um ano, talvez, no máximo dois, ele só não seria rei no título. Àquela altura, bastaria um pequeno empurrão para desalojar Davi e requisitar o trono. Entretanto, Absalão não conseguiu esperar.

Cerca de duzentos homens partiram com ele para Hebron. Não digo que todos fossem conspiradores. Muitos sem dúvida juntaram-se a ele de boa-fé. Era uma longa tradição fazer um sacrifício nos antigos lugares sagrados de Gilo. Alguns seguiram Absalão por reverência, outros simplesmente para se divertir nas festividades que acompanhavam esses ritos, e outros, sem dúvida, pensando em cair nas boas graças do jovem príncipe que mais uma vez ocupava lugar de destaque na afeição do pai. Não sei qual proporção era formada por traidores natos e qual foi apanhada em eventos que não conseguiu antecipar. Porém, mesmo sem saber, aqueles duzentos homens formaram a semente da rebelião de Absalão.

Enquanto a coluna se dirigia ao sul pela estrada para Hebron, outros, bastante envolvidos na conspiração, espalharam-se para o norte e para o oeste do país, para cada cidade e aldeia onde Absalão havia prestado um favor ou dado seu beneplácito a algum requerente. Esses espiões e agentes de Absalão foram encarregados de avaliar seu apoio e a profundidade do descontentamento em relação ao rei. Absalão ficou esperando seus relatórios em Hebron. Em seguida calculou seus apoiadores e decidiu que tinha o que precisava para fazer sua jogada. Na festa do sacrifício, enquanto todos estavam bem alimentados e de bom humor, quando o vinho já havia fluído bastante, mas não demais, Absalão levantou-se e fez sua declaração. De início alguns ficaram confusos, mas os homens de sua facção o aclamaram em alto e bom som, e logo metade da encosta se aliava a ele. Em meio aos gritos, Absalão ordenou que soassem os chofares, proclamando-o rei.

Com o som daquelas trombetas, terminou meu longo silêncio. Finalmente, minha língua se soltou. Eu estava livre para falar novamente. Estávamos no salão de audiências quando me apresentei ao rei, informando que a lealdade dos homens do Rincão havia sido roubada por seu filho.

É uma coisa notável que, depois de todo o tempo transcorrido desde meu relato da visão da profecia, Davi tenha me ouvido imediatamente, mesmo que numa questão tão grave. Quando comecei a falar, ele se virou para mim, com uma expressão de espanto no rosto ao ouvir aquela voz mais uma vez. Em seguida, quando o significado de minhas palavras ficou claro para ele, houve um momento – muito breve – em que a dor contorceu suas feições. Ele, porém, não se deixou abater pela traição do filho que tanto amava. Dissipou logo aquelas emoções e começou a bradar ordens. Se eu era mais uma vez seu profeta, Davi era mais uma vez o meu rei – decidido, determinado –, um líder a ser seguido. Mandou chamar Joabe, Abisai e Benaia, que comandava sua guarda pessoal. Parei Joabe e o puxei de lado quando ele entrou no salão de audiências.

— Como você não ficou sabendo disso? E quanto a Amasa?
— Amasa é um traidor. Agora eu sei disso.

— E os outros? Você disse que havia outros.

Joabe livrou-se de minha mão em seu pulso e passou por mim.

— Você está perguntando para *mim*? — murmurou. — Você é o profeta. Por que você não sabia?

As primeiras palavras de Davi mostraram em que estratégia ele estava pensando.

— Eu não posso ficar aqui — falou. Quando Joabe fez menção de interromper, para explicar que a cidade tinha as melhores defesas, Davi levantou a mão e o silenciou. — Não vou deixar Absalão condenar nossa cidade à espada. É a mim que ele deve matar, não as pessoas desta cidade. Ele sabe disso. Por isso não vou manter esta posição, mas afastá-lo daqui. Vamos deixar que ele pense que fugimos de medo. Vou partir como um penitente humilhado, descalço e choroso. Deixar que me considere fraco. Deixar que me persiga até algum lugar onde possamos montar uma armadilha que se feche sobre ele. — Pediu mapas e logo tinha elaborado um plano. Mandou batedores à frente, em sigilo, para falar com três de seus mais leais apoiadores do outro lado do rio Jordão, na bem fortificada cidade de Maanaim. Essa fortaleza seria o nosso destino secreto e o ponto de partida onde prepararíamos nossa armadilha.

Embora tenhamos saído da cidade vestidos como pranteadores e penitentes, Davi tinha armas escondidas embaixo de fardos de palha nas carroças que nos seguiam. Iríamos nos movimentar depressa e viajar com pouca carga, exatamente como nos tempos em que Saul nos perseguia. Quando estávamos para atravessar os portões da cidade, notei que as barracas dos mercenários filisteus estavam abandonadas. Vi Davi olhando para as tendas vazias, uma expressão resignada no rosto.

— Eles voltaram para Gate — falou. — Não posso culpá-los. — Mas quando passamos pelos portões, Joabe ergueu a mão e deteve a coluna. Estávamos diante de um exército de seiscentos homens em formação, armados e prontos para a batalha. Itai, o capitão giteu, deu um passo à frente e fez uma saudação. Davi pareceu visivelmente comovido.

— Por que os seus homens se aliam a essa causa? O novo rei pagará por seus serviços, tenho certeza. Não tenho o direito de pedir que me sigam nesta luta incerta. Voltem para suas barracas. Eu os dispenso de seus serviços com honra.

Itai abanou a cabeça.

— Enquanto o senhor meu rei viver, eu estarei onde estiver, eu e meus homens, seja para viver ou morrer.

Davi estendeu a mão e apertou o braço de Itai. Seus olhos estavam marejados.

— Vocês tomaram essa decisão? Todos vocês?

— Todos nós, senhor meu rei.

— Então vamos marchar — disse Davi. Estava comovido demais para dizer mais alguma coisa.

Já tínhamos atravessado o Vale do Quidron quando um mensageiro chegou até nós informando que Zadoque e Abiatar estavam nos seguindo com a arca em uma longa e dolorosa procissão, com todos os seus filhos. Davi passou a mão pelos cabelos e abanou a cabeça.

— Não quero isso — falou. — Tenho de me movimentar depressa, e preciso que Absalão pense que estou partindo como um homem derrotado, não como um guerreiro com a arca como um ponto de reunião.

— Você vai ter de mandar todos voltarem — recomendei.

Ele aquiesceu, detendo a marcha até os sacerdotes nos alcançarem. Dirigiu-se a eles com a entonação triste e humilde de um homem incerto de seu destino.

— Levem a arca de volta para a cidade — ordenou. — Se eu estiver gozando dos favores do Nome, ele me trará de volta à cidade e me deixará reencontrá-la em seu lugar de direito. E se o Nome disser "Não tenho mais utilidade para você", estou pronto para isso. Mas a arca pertence à cidade, não às florestas. Esses dias estão no passado. Por isso voltem, com todos os seus filhos, e reponham o tabernáculo no local a que pertence.

Continuamos marchando, descalços e com as cabeças cobertas, como Davi ordenara, subindo o Monte das Oliveiras até pararmos para descansar no topo. Ao longo do trajeto, dezenas de pessoas saíram de suas casas, chorando e nos saudando. Muitos ofereceram tâmaras e milho seco, ou quaisquer suprimentos que tivessem em seus estoques, para sustentar nossa jornada. Somente um deles – um membro do clã de Saul – veio correndo até o rei, atirando pedras e vociferando insultos.

— Vá embora, vá embora, criminoso! — gritou. — Essa é a consequência por seus crimes contra Saul!

Abisai, sempre intempestivo, estava ao lado do rei e num instante interpôs-se no trajeto das pedras, a espada desembainhada e a faca curta na outra mão.

— Por que deixar esse cão morto abusar de você? — rosnou. — Deixe-me cortar a cabeça dele!

Davi segurou Abisai delicadamente, restringindo-o.

— O que isso tem a ver com você? Se meu próprio filho, sangue do meu sangue, quer me matar, por que os parentes de Saul não desejariam fazer o mesmo? — Virou-se e continuou a caminhar, deixando que o benjamita seguisse ao seu lado, atirando terra e proferindo insultos.

Sorri com amargura comigo mesmo enquanto andava ao seu lado, sentindo a dor aguda de um ocasional pedregulho que errava o alvo e acertava minha pele. Sabia que Davi queria que o relato dessa humilhação chegasse a Absalão. Davi sabia que ele iria querer mais provas do estado de espírito derrotado do pai.

Finalmente chegamos às margens do Jordão, onde Davi disse que iríamos descansar aquela noite. Enquanto armávamos um acampamento improvisado, um velho se aproximou dos piquetes pedindo para ver o rei. De início não o reconheci. Assim como nós, ele usava trajes rasgados e estava coberto de cinzas. Demorei um momento para perceber que era Husai, que fizera parte da corte de Saul e havia aconselhado Davi quando se juntou ao séquito real depois da batalha do Vale de

Elá. Era um sábio ancião cujo conhecimento Davi valorizava. Servira a corte de Davi por um tempo, até ficar velho demais e se retirar para suas terras na encosta ocidental da montanha. Davi cumprimentou-o efusivamente, puxando-o de lado para uma conversa particular.

— Preciso ser franco com você, Husai. Sinto-me comovido e honrado por ter vindo até mim, mas, na sua idade, você será um peso morto se vier conosco. Precisamos nos mover depressa e descansar pouco.

A expressão de Husai desmoronou. Davi estendeu o braço.

— Porém não estou dizendo que não pode me servir. Tenho uma grande incumbência para você, se estiver disposto. Vá para a cidade. Ofereça seus serviços a Absalão quando ele chegar. Diga que me viu, fraco e alquebrado, diga que os mercenários filisteus desertaram e que estou apenas com meu núcleo de guerreiros experientes. Fale que está pronto para servi-lo, como já me serviu um dia. Depois informe Zadoque e Abiatar de tudo o que vir e ouvir. Eles podem despachar os filhos para me informar dos planos de Absalão. Nós vamos enredá-lo, para pôr um fim na loucura desse jovem tolo.

Husai abraçou o rei e partiu de boa vontade para a cidade. Na verdade, ele chegou lá no momento em que as forças de Absalão passavam pelos portões, sem nenhuma oposição. A maioria dos cidadãos ficou dentro de suas casas, mas muitos o saudaram com entusiasmo.

Reunindo todas as suas forças, Husai andou até a frente da coluna e se apresentou a Absalão, bradando:

— Viva o rei!

Absalão levantou a mão, detendo a procissão.

— O que é isso? Husai? Essa é a sua lealdade ao seu velho amigo e meu pai?

— De maneira nenhuma! — retrucou Husai. — Estou do lado do nome que todos os homens de Israel escolheram, e ficarei com ele. A quem devo servir, senão ao filho de Davi? Assim como servi seu pai, agora sou seu servidor.

Somente um homem tão vaidoso como Absalão teria aceitado essa mudança de aliança tão imediata. Mas foi o que ele fez, e assim Husai ficou ao seu lado para nos mandar informações sobre o que aconteceria a seguir. Ao entrar no palácio, Absalão mandou chamar o eunuco chefe.

— Traga Betsabá até mim.

— Meu senhor, Betsabá e seus filhos partiram com Davi.

Absalão franziu o cenho. Aquilo ele não esperava.

— Quais das esposas do meu pai estão aqui então?

O eunuco manteve os olhos no chão, o rosto salpicado de suor.

— Sua mãe, meu senhor. Nenhuma outra. O rei ordenou que todas as suas esposas – menos a mãe de meu senhor – se refugiassem fora da cidade. Só as concubinas ficaram aqui.

A expressão de Absalão era fria e imóvel.

— Quantas?

— Meu senhor, eu não...

— Quantas?

O eunuco limpou a garganta.

— Dez, meu senhor.

— Muito bem. Arme uma tenda no telhado, deixe as laterais abertas. Traga as dez. Vou me deitar com elas esta noite.

— Meu senhor? À vista da cidade? As concubinas do rei?

— Como você diz. As concubinas do rei. E eu não sou o rei?

Não sei quantas daquelas jovens foram estupradas por Absalão naquela noite. Husai foi decente demais para testemunhar, e Davi nunca falou a respeito. Mas somente uma já teria sido suficiente para passar a mensagem: o que tinha sido de Davi era agora de seu filho.

Tenha sido qual for sua depravação, uma vez concluída, Absalão reuniu seu conselho. Amasa, seu general, e Aitofel, seu principal conselheiro, recomendaram uma marcha noturna para pegar Davi cansado e despreparado. Husai, querendo ganhar tempo para Davi chegar a Maanaim, abanou a cabeça e se expressou com estridência.

— Os homens que ainda seguem seu pai são poucos, talvez, mas são soldados corajosos. O rei não estará com eles esta noite, pode ter certeza. Terá encontrado algum buraco para se esconder, alquebrado como se encontra. Se mandar seus homens esta noite, Joabe e seu irmão Abisai, esses sanguinários filhos de Zeruia, terão uma armadilha preparada, pode estar certo. — Virou-se para Amasa. — Você conhece os seus primos. Sabe como lutam quando estão acuados. E se você perder alguns homens – mesmo que poucos – e não der um fim em Davi, essa informação vai abalar a confiança em seu levante. Espere, junte suas forças de Dan a Beersheva, reúna um grande exército e lidere-o pessoalmente. Vamos organizar um ataque esmagador.

Absalão olhou de Husai para Aitofel, considerando a questão.

— Acho que Husai tem razão nesse ponto. Vamos inspecionar as tropas. Depois esperamos, para marchar com toda nossa força. — Deu um bocejo exagerado e ergueu o punho num gesto lascivo em direção ao terraço. — De qualquer forma, esta noite já fiz o bastante para garantir meu reinado.

Uma hora depois, Husai mandou uma mensagem ao sumo sacerdote, que mandou os filhos Jônatas e Aimaás passarem a mensagem ao rei, revelando os planos de Absalão.

Enquanto eles percorriam o incerto e perigoso trajeto, evitando as forças de Absalão e se escondendo de seus aliados, Davi se retirou em sua tenda para tentar descansar um pouco. Mas, uma hora depois, percebi que ele não cedera ao cansaço. Comecei a ouvir música de harpa e o som de sua voz cantando com uma tonalidade próxima ao seu antigo poder e doçura.

Muitos estão falando de mim,
"Javé não o libertará".
Mas és um escudo ao meu redor,
Minha glória, o único que me ergue a cabeça para alto.

Eu chamo Javé,
E ele responde de sua montanha sagrada
Eu me deito e durmo;
Volto a acordar, pois Javé me sustenta...

Medo e fé, mas com a fé mais forte. As palavras me envolveram, me consolaram. Ele ainda cantava quando mergulhei em um sono restaurador.

Jônatas e Aimaás chegaram ao nosso acampamento pouco antes da aurora. Desperto e alerta, Davi sorriu ironicamente quando soube do sucesso de Husai. Depois nos deslocamos como costumávamos quando todos éramos muito mais jovens – aqueles tempos como foras da lei nos ensinaram o significado da agilidade. Quando o sol estava inteiro à mostra, todos os homens do exército do rei tinham atravessado o Jordão em segurança. Não foi uma coisa fácil. A água estava agitada e gelada, nascida nas neves do alto do Ha Hermon. Quando concluí minha difícil travessia, parei por um instante perto da margem para torcer minha túnica e recuperar o fôlego. Quando olhei para trás, me animei com o que vi. Estrangeiros e nativos do Rincão trabalhando juntos como irmãos, os nadadores mais fortes apoiando os que se seguravam para não se afogar nas cordas que estendemos de margem a margem. O exército de Davi – uma força mestiça e poliglota, forjada pelo amor e pela lealdade.

Os líderes de Maanaim, todos dedicados a Davi, mandaram carroças para nos buscar e uma guarda de honra para levar Davi à cidade, onde refúgio e suprimentos nos aguardavam. Resultado: nosso exército estava bem alimentado, descansado e pronto para o combate quando as forças de Absalão partiram para a perseguição.

Davi dividiu suas forças em três companhias, uma liderada por Joabe, uma por Abisai e outra por Itai. Pretendia também liderar pessoalmente um destacamento, mas seus generais o convenceram do contrário. Argumentaram que, como sua morte era o principal objetivo de Absalão, a companhia que ele liderasse se tornaria o foco de toda luta assim que fosse conhecida. Davi não gostou, mas entendeu a razão do argumento e concordou em permanecer na cidade e dirigir a batalha de lá.

Enquanto as tropas se reuniam na frente dos portões da cidade, Salomão veio falar com o pai e suplicou para participar da luta. Davi pôs as mãos nos ombros de Salomão e examinou o rosto intenso e animado do filho. Deu um sorriso.

— Não achei que você era um guerreiro. Natã diz que seus interesses não estão nessa direção.

— Isso é diferente — retrucou Salomão. — Quero lutar por você, pai. Eu sei como. Pode perguntar a Abisai...

Davi abraçou o garoto e ficou assim por um momento. Salomão ainda não tinha atingido sua altura adulta – o pai ainda ficava uma cabeça mais alto.

— Não é apropriado que um irmão pegue em armas contra outro — explicou Davi. — E, de qualquer forma, você só tem treze anos.

Salomão se desvencilhou delicadamente e deu um passo para trás. Fitou o pai com um olhar direto e firme.

— E quantos anos você tinha quando matou o gigante de Gate?

Davi deu um suspiro e abriu um leve sorriso.

— Eu era mais velho. — Mas a expressão dele suavizou. Olhou por cima do ombro para onde eu estava, logo atrás dele. Aquiesci brevemente. Salomão precisava fazer isso; o desejo comum de qualquer garoto se aproximando da idade adulta. Além disso, ele devia enfrentar para que as tropas se lembrassem de que tinha lutado. Como eu conhecia o seu futuro, sabia também que ele não estaria correndo um grave perigo. Davi olhou para mim para confirmar aquilo.

— Então vá — disse afinal. — Vá com Joabe. Ajude o escudeiro dele. Mas primeiro encontre uma armadura. Você não vai entrar em batalha de túnica.

Quando Salomão correu para o armorial, Davi me fez um sinal.

— Você sabe que ele vai estar seguro. — Não era uma pergunta. — Mas fique com ele, em todo caso. Vou ficar mais tranquilo sabendo que está ao lado dele.

Enquanto eu afivelava minhas perneiras, me senti contente em perceber que o couro estava encerado e flexível, e me senti grato a Muwat, que manteve meu equipamento em bom estado todos esses anos em que felizmente não precisei usá-lo. Não achei que teria de entrar mais uma vez numa batalha.

Quando as sentinelas mandaram a informação de que as forças de Absalão estavam se aproximando do Jordão, Davi reuniu seus generais. Depois de algumas emocionadas palavras de agradecimento por seus serviços e pela lealdade, ele olhou para as próprias mãos e respirou fundo.

— O que vou dizer agora não vai agradar a alguns de vocês. — Lançou um olhar intenso a Joabe e Abisai. — Mesmo assim, vou abrir o meu coração. Tratem meu garoto Absalão com delicadeza, por mim. Passe a palavra pelos seus soldados para pegá-lo vivo. — Itai manteve a expressão impassível. Abisai fez uma carranca. Mas Joabe mal se conteve. Seu rosto ganhou uma tonalidade arroxeada com o esforço que precisou fazer para conter sua contrariedade.

A batalha foi travada na floresta de Efraim, na margem leste do Jordão. Já antecipando esse movimento, Joabe dispôs uma força para atacar a retaguarda do exército de Absalão logo depois de ter atravessado o rio, para cortar sua retirada e forçá-lo à frente para o difícil terreno da margem ocidental. Gostaria de relatar que foi uma obra-prima estratégica, na qual a vaidade e a loucura de Absalão terminaram com poucas perdas de vidas. Infelizmente, não foi o que aconteceu. A batalha foi um banho de sangue, principalmente devido à confusão provocada pela densa floresta, com seus arbustos baixos e afloramentos rochosos que impediam o movimento e a coordenação – nossos, assim como os deles. Foi uma grande matança, da qual se diz que a floresta devorou mais soldados que as espadas. Houve mortes horríveis. Um arbusto em chamas, que deveria empurrar uma unidade para fora da floresta até um campo aberto, saiu de controle quando o vento mudou inesperadamente de direção. O incêndio que se seguiu engolfou mais de cem homens – entre eles nossos soldados. Quando os encontramos, os corpos eram casulos carbonizados. Outros, que caíram feridos, foram devorados vivos por leões e javalis que habitavam a floresta.

Coube a Joabe a liderança da vanguarda, e nós o seguimos durante um dia tão sangrento quanto qualquer outro que eu já havia vivenciado. Salomão lutou com habilidade e coragem, mas não vi nele o zelo de guerreiro do pai, nenhum prazer na matança, nenhuma sede de sangue. Demonstrou sua coragem quando outro jovem escudeiro caiu ferido em campo aberto, exposto aos arqueiros inimigos. Foi Salomão quem avançou pela chuva de flechas para arrastar o jovem a um local seguro.

Como acontece às vezes, no meio da tarde houve uma calmaria na luta. Eu estava no meio de uma tropa densa de soldados ao redor de Joabe. Ele estava abaixado, mãos nos joelhos, recuperando o fôlego, quando um de seus capitães de outra unidade saiu da mata gritando que tinha uma mensagem para o general.

Embora não conseguisse lembrar seu nome, sabia que era um dos principais capitães de Joabe. Coberto de sangue e suor, ele comunicou que acabara de deixar Absalão pendurado em uma árvore.

— Como assim? — disparou Joabe.

— Nós vencemos os guarda-costas dele — numa luta difícil, com muitos mortos. Quando viu seus melhores homens tombando – mortos ou feridos, todos –, Absalão fugiu para salvar a própria vida. Achou que conseguiria escapar entrando com sua mula na vegetação densa de árvores de terebinto. Estava forçando a montaria – esporeando até tirar sangue. A mula balançava a cabeça, assustada. Mas ele não conseguia controlar o animal. — Enquanto ele falava, eu sentia a resistência da mula às cruéis botas de Absalão lanhando suas laterais feridas, sua mão violenta puxando o freio da boca. Senti a pulsação do generoso coração do animal, forçado além de sua resistência. Eu via o que ela via, em grandes arcos largos dos dois lados, mas nada à minha frente. Senti o estado puro de seu medo das alterações de luz e sombra enquanto avançava entre as árvores. A agressão dos aromas era avassaladora – o cheiro de sangue, o fedor de medo emanado do homem no meu lombo. Por um momento deixei de ser Natã naquela clareira, transformando-me na própria mula. Mais uma vez senti o calcanhar agudo de Absalão na minha lateral. Estanquei. Absalão se debruçou para a frente para agarrar minha crina, mas quando fez isso eu escoiceei, jogando a cabeça para trás, bem abaixo de um galho de terebinto retorcido. As duas metades do galho tinham crescido distorcidas, como duas pernas entrelaçadas formadas ao longo dos anos, de maneira que uma das partes cedeu quando a cabeça do príncipe bateu, abrindo só o suficiente para prender seu pescoço, voltando um instante depois a prendê-lo numa forca de madeira, um cadafalso vivo. Saí de lado debaixo dele, libertando-me de seu torturante peso e pulando para a frente, deixando-o pendurado e indefeso, suspenso entre o céu e a terra. A visão terminou. Voltei a enxergar e sentir cheiros como um homem, por meus olhos e minhas narinas.

— Pendurado? — rugiu Joabe. — Então o filho da puta está morto?

— Não, senhor. Ainda está vivo, preso nos galhos daquela árvore alta... dá para ver a copa daqui — respondeu o capitão, levantando um braço trêmulo. Vi a árvore que ele apontava – grossa, graciosa, as folhas achatadas tremulando e cintilando na luz rasante.

Joabe segurou a rédea e passou a perna por cima da mula que montava.

— Você viu tudo isso e não o matou? Eu teria lhe dado um cinto e pagado dez shekels de prata.

— Nem por mil shekels eu teria levantado a mão contra o filho do rei. Nós sabemos da ordem do rei. Se eu tivesse desobedecido, você teria ficado ao meu lado contra a ira de Davi?

Joabe não respondeu. Virou a mula para um de seus escudeiros e pegou três dardos da bolsa do garoto. Em seguida tocou a mula na direção da floresta. Salomão subiu em sua montaria e foi atrás dele. Os outros atendentes de Joabe seguiram na retaguarda.

Absalão deve ter ouvido que nos aproximávamos dele através das árvores. Joabe parou sua mula e olhou para cima, e suas feições ásperas e marcadas suavizaram num sorrisinho satisfeito. Salomão chegou logo atrás, com uma expressão de cansaço. Os olhos de Absalão, congestionados e esbugalhados no rosto aflito, arregalaram-se ainda mais de medo. Tentou emitir um grito estrangulado, mas nada saiu de seus lábios arroxeados. Voltou a lutar para se libertar, puxando os galhos com toda sua força, esfolando as mãos na tentativa de separar os dois ramos. Mas a pressão em sua garganta e a falta de ar logo o deixaram exaurido. Só o que podia fazer era usar o resto de suas forças para segurar seu peso nos galhos, erguendo-se de vez em quando para aspirar um pouco de ar para o peito. Seus braços tremiam devido ao esforço. Seus cabelos longos se emaranhavam nos gravetos como fios de algodão em um fuso.

Se Joabe tivesse esperado – ainda que uns poucos minutos –, por certo Absalão teria expirado por sufocação. Mas assim como Absalão fora impaciente pelo poder, agora Joabe estava impaciente por justiça. Segurou os três dardos com a mão esquerda e tocou a mula à frente. Pegou um dos dardos com a mão direita.

— Este — gritou, mergulhando o dardo no peito de Absalão — é por trair o seu pai. Este — enfiou o segundo dardo — é por roubar o trono dele. E este — continuou, enquanto cravava o último dardo — é por ter me feito de bobo.

O corpo de Absalão relaxou, o rosto bonito transformado numa massa púrpura grotesca, a língua inchada pendendo da boca. Os escudeiros de Joabe, gritando de alívio e sede de sangue, correram para a frente e tiraram o cadáver da forquilha, arrastando-o no chão. Metade dos cabelos de Absalão continuou pendurada nos galhos, arrancada, ainda ligada a pedaços do escalpo sanguinolento. Salomão continuou afastado, os olhos sem expressão e os lábios apertados. Só quando os jovens se afastaram do cadáver ele deu um passo à frente. Abaixou-se e pegou uma pedra com cada mão. Por um momento, pareceu que ia profanar ainda mais o corpo do irmão. Mas ele se abaixou e posicionou as pedras com reverência. Depois se levantou e examinou o chão em busca de outras. Os outros jovens olharam para Joabe, confusos. Joabe ergueu o queixo e cruzou os braços.

— Vamos — falou. — Ajudem-no.

Em seguida deu meia-volta e retornou para o corpo principal de seu exército, onde ordenou que as trombetas soassem uma série de toques anunciando a vitória. Quando o sol cadente dedilhou as copas das árvores, o único som audível era o arrastar de pés nas folhas e o baque das pedras se empilhando sobre o corpo mutilado de Absalão e o túmulo erguido à sua volta. Quando tudo acabou, Salomão jogou terra nos cabelos e rasgou sua túnica. Mas, enquanto fazia as orações para o morto, manteve os olhos secos e a voz firme.

Salomão e eu tomamos a direção de Maanaim, para estar com Davi. Sabia que não chegaríamos antes da notícia da morte de Absalão, por isso não forçamos a marcha, descansando as mulas que nos transportavam, trôpegas e exaustas da batalha. Enquanto seguíamos, os chamados dos chofares passavam de uma unidade à outra, ecoando à nossa volta no ar esfumaçado. Quando ouviram o trombetear alto e exultante, as forças de Absalão se dispersaram e fugiram, sabendo que seu levante havia fracassado. Joabe mandou ordens: Deixem que atravessem o rio. Não haveria mais mortes. Nem perseguições.

XXVI

Bem antes que Salomão e eu chegássemos aos portões de Maanaim, uma sentinela na torre anunciou a Davi que via um homem correndo, sozinho.

Davi deu um pulo.

— Se ele está sozinho, é porque está trazendo notícias. — Sombreou os olhos com a mão, procurando por sinais do mensageiro à distância. Assim que o avistou, deixou seu lugar no portão e correu para recebê-lo.

Enquanto encurtava a distância entre os dois, o mensageiro gritou:

— Está tudo bem! Louvado seja o Nome, que nos entregou os homens que levantaram a mão contra o rei.

— Meu filho Absalão está bem? — perguntou Davi ainda de longe.

— Que meu rei saiba que o Nome se vingou de todos os que se rebelaram contra você!

— Meu filho Absalão está bem? — demandou Davi mais uma vez, com a voz trêmula.

Talvez por ser um estrangeiro, o mensageiro não sabia como suas palavras seguintes seriam recebidas. Seu tom de voz foi animado.

— Que os inimigos do rei e todos os que se levantaram contra você partilhem o destino daquele jovem!

O rei se virou, afastando cegamente todos os que correram para consolá-lo. Cambaleou de volta até o portão, gemendo como um jumento espancado. Foi Betsabá quem me contou tudo isso, quando cheguei com Salomão. A expressão dela clareou por um instante, ao ver Salomão incólume, mas logo foi encoberta por uma nuvem de angústia e preocupação.

— Ele está inconsolável — falou.

Fomos até seus aposentos. Davi estava estirado no divã do recinto interno e não nos admitiu. Da porta, consegui ouvir palavras roufenhas, repetidas muitas e muitas vezes:

— Meu filho, Absalão. Oh, meu filho, meu filho Absalão! Se ao menos eu tivesse morrido em seu lugar! Oh, Absalão, meu filho, meu filho!

Na frente daquela porta, senti um grande suspiro me estremecer. Davi não sabia, não podia saber, mas com aquela última perda seu castigo, a retribuição quádrupla que ele mesmo decretara, fora afinal concluída. A criança sem nome. Tamar. Amnon. Absalão. Este seria o último grande luto de sua longa vida, e o mais amargurado de todos.

Foi difícil para os soldados exaustos do combate que acorreram à cidade. Eles esperavam ser recebidos com mulheres cantando e comemorações. Em vez disso, tiveram de entrar calados em uma cidade onde pairava um silêncio funéreo.

Quando chegou ao palácio silencioso, Joabe foi tomado de fúria. Adentrou na antecâmara onde eu estava com Salomão e Betsabá e passou pelos criados que tentavam barrar seu caminho.

— Eu *vou* ver o rei, para quem acabo de obter uma vitória.

Não tentei impedi-lo, mas o segui, e quase levei com a porta na cara quando ele a fechou em sua raiva. Consegui botar o pé no último minuto para manter a porta aberta e entrei logo atrás dele. Davi estava voltado para a parede, a cabeça coberta com um xale. Joabe se postou atrás do rei, os braços cruzados e as pernas abertas. A expressão de Joabe se contorceu. Mal conseguiu pronunciar suas palavras engasgadas, tão intensa era sua ira.

— Que espécie de atitude é essa?

O rei rolou de lado, descobriu o rosto por um momento, olhou para Joabe com olhos molhados e inexpressivos e voltou a cobrir o rosto, gemendo.

— Você ao menos sabe o que está fazendo? — Joabe levantou a voz. — Você humilhou todos os seus seguidores. Todos nós que salvamos a sua vida no dia de hoje. E a vida de seus filhos, e a vida de suas esposas e concubinas. Você demonstra amor pelos que o odeiam e ódio pelos que o amam. Pois hoje você deixou claro que os oficiais e os soldados não significam nada para você. Se Absalão estivesse vivo e o resto de nós mortos, você estaria melhor? Estaria! Tolo, era isso o que você preferiria!

Davi não se moveu. Joabe chutou o tablado, com força.

— Levante-se! Vamos lá fora e diga uma palavra de apoio aos seus leais seguidores! Pois juro que se não se levantar e oferecer a esses homens o amor que merecem, nenhum deles estará aqui de manhã.

Lentamente, o rei ergueu a mão e tirou o xale de seu rosto abatido. Fixou o olhar em Joabe. Foi o olhar mais frio e inexpressivo que já vi na vida. Levantou-se. Andou até o cântaro, despejou água na bacia e molhou o rosto. Quando Betsabá entrou e tentou ajudá-lo, Davi a afastou delicadamente. Passou as mãos pelo cabelo molhado e endireitou o corpo. Respirou fundo e, sem olhar para Joabe, falou com uma voz baixa e mortal:

— Vou fazer o que você diz e deixar de lado meu luto, mesmo sem abandonar minha tristeza. — Sua voz parou por um instante na última palavra, mas ele respirou fundo de novo e se recompôs. — Mande uma mensagem a Amasa. Ele é tão minha carne e meu sangue quanto você, mas você matou meu filho, e ele o serviu. Portanto, ele será o comandante do meu exército. Não você. Você... — virou-se e lançou um olhar letal a Joabe — está dispensado.

Davi saiu andando, mantendo-se muito ereto. Vi as linhas de tensão em seu rosto, o esforço exigido por cada passo. Foi até o pórtico e chamou seus soldados. E lá ficou, por horas a fio, enquanto os homens passavam, falando com todos os que quiseram trocar uma palavra com ele. Não escondeu sua dor de ninguém. Não precisava. Ao contrário de Joabe, os soldados comuns não o culpavam por seu excessivo pesar. Eles o conheciam. Conheciam suas deficiências. Na verdade, acho que o amavam mais ainda por causa de suas fraquezas e por não esconder sua natureza passional e maculada.

Não fui com ele, preferindo ficar no aposento com Joabe. Vi o rubor de sua cólera clarear até dar lugar à tonalidade pálida e cinzenta de uma mortalha. Fiz um gesto para esvaziar o recinto e servi uma taça de vinho. Tive de pôr a taça na mão dele e dobrar seus dedos em torno da haste.

Assim que a porta se fechou e ficamos sozinhos, falei com ele em voz baixa.

— Isso não é o que parece. Não fique ressentido.

Joabe saiu de seu transe atordoado e olhou para mim.

— "Não fique ressentido?" Você perdeu o juízo? Acabo de ser afastado do meu comando – eu, que dezenas de vezes salvei a miserável vida de Davi, que o segui, que cometi assassinatos por ele... "Não ficar ressentido" quando ele me substitui por um traidor?

— Você precisa entender que é um estratagema — falei. — Ele precisa de Amasa para trazer os insurgentes de volta ao nosso lado. Não pode retornar ao palácio com metade da cidade encolhida de medo de sua ira por ter aclamado seu filho traidor. E também precisa recrutar os que continuam contra ele, prontos a aderir ao próximo homem que conseguir reunir os legalistas de Saul. Ele sempre foi uma raposa, você sabe disso. Está usando a tristeza pelo filho morto e a raiva de você como escudo para esconder suas verdadeiras intenções. Ele precisa de Amasa. Por enquanto. Mas não por muito tempo. Tenha paciência. Espere um pouco. Engula o seu orgulho. Quando o reino estiver recomposto em uma só peça, você poderá se vingar desse menosprezo. Pense nisso. Vai ver que estou certo. Você não é como seus irmãos. Não é impetuoso como Asael e Abisai. Nunca foi. A formação deste reino foi trabalho seu, tanto quanto do rei. Não jogue tudo isso fora em um momento de raiva, por mais que seja justificada.

Joabe tomou o vinho de um gole e depositou a taça na mesa com força.

— Você fala, você fala. E eu nunca sei como entender suas palavras. Você *sabe* essas coisas? Ou está jogando comigo por algum outro propósito? Se ele é uma raposa, o que você é? Uma serpente? Um rato? Você diz que o serve, mas deixa que ele se envolva em todos os tipos de infelicidade e desastre. Nunca sei qual é o seu papel. O que você diz pode ser ouro puro ou valer um jarro de mijo. Como um homem normal pode entender você? Eu nem sequer o *conheço*, depois de todos esses anos.

Abri as mãos ao lado do corpo.

— Tudo o que você diz é verdade — observei. — Eu sou um sopro, não mais que um vento sempre em movimento. Só posso pedir que acredite que sirvo ao reino. Este reino que você fez tanto para construir. Agora você pode fazer o que quiser. Mas pense no que eu disse.

Saí e o deixei lá, sozinho. Fui falar com Salomão. Era importante levá-lo comigo, para ficarmos atrás do rei, para que Davi nos visse quando nos procurasse.

XXVII

DAVI PARECEU SE SENTIR MAIS AMPARADO com as manifestações de amor que recebeu de seus guerreiros, que o procuraram um a um no portão. De qualquer forma, recuperou-se o suficiente para fazer os argutos julgamentos exigidos pelo rei naquela ocasião delicada. Ficamos em Maanaim para enterrar os mortos, prantear os caídos e tratar das lesões dos feridos. Durante esse tempo, Davi mandou emissários à cidade e às províncias oferecendo indultos e aplacando os temores dos rebeldes que esperavam punições. A promoção de Amasa o ajudou bastante. Porém Amasa não era metade do general – ou do homem – que era Joabe, e eu sentia nos ossos que Davi devia saber disso. Um sinal de que sabia: ele fez uma nova divisão no exército e dividiu o comando. Deixou Itai no comando integral dos filisteus leais. Benaia manteve o comando das outras legiões estrangeiras, inclusive da guarda pessoal do rei. Entretanto, o mais revelador foi que Abisai manteve o comando de sua própria companhia e também a do seu irmão. Assim, o controle direto de Amasa sobre o exército ficou severamente restrito.

A volta para Ir Davi foi seguida de muita comemoração. Voltamos de uma maneira bem diferente da que partimos. Davi foi escoltado para casa por um contingente que incluía representantes de todas as tribos e regiões. Houve música, claro, e dança. Todos os que vieram ao salão de audiências em busca de reconciliação foram recebidos. Até a vida de Simei, o parente de Saul que havia apedrejado Davi em sua fuga da cidade, foi poupada. Abisai protestou, é claro, implorando que o rei o deixasse despachar o homem, mas Davi recusou seu pedido e disse que preferia mostrar clemência. Ao estender seu perdão até mesmo a um caso como aquele, Davi quis deixar bem clara sua mensagem. Ele havia voltado ao trono como o rei de toda Israel.

Isso não quer dizer que houve paz nos últimos anos de seu reinado. Nosso belicoso povo é rápido em arejar pesares, em mudar de lado e fomentar revoltas. Mas Davi manteve sua mão firme naqueles anos finais, com julgamentos frios e bem dosados. Foi como se o encurtamento de seus dias e o fardo de sua doença o tivessem tornado mais consciente dos limites de sua força. E, dispondo de menos força, ele a usou mais sabiamente. Ao prestar atenção a pequenas disputas, ele agia para não permitir que se transformassem em grandes inimizades. Se a exigência subjacente fosse razoável, o Davi mais velho se mostrava mais propenso a aceitá-la. Por outro lado, o Davi mais velho era bem menos propenso a subestimar qualquer ato que pressagiasse uma rebelião. Se chegasse aos seus ouvidos alguma notícia de alguém fomentando um cisma, o homem seria eliminado com um despacho.

Nos meses seguintes ao seu retorno à cidade, Davi manteve Adonias mais próximo, pensando em testar seu valor, agora que ele não estava mais ofuscado por seus ferozes irmãos mais velhos. Ficou claro que Adonias esperava esse gesto e esmerou-se para merecer a atenção do rei. Porém logo se tornou dolorosamente claro que a capacidade de Adonias era restrita, que sua natureza era indolente e sua capacidade intelectual, limitada. Em pouco tempo Davi se tornou impaciente com isso e deixou de incluí-lo nos conselhos mais importantes, considerando mais fácil tratar desses assuntos com pessoas que conheciam melhor suas ideias.

Em vez de se considerar menosprezado, Adonias viu aquilo como uma licença para retomar suas atividades dissolutas. Concentrou-se em imitar Absalão, se não em sua capacidade, ao menos nos excessos, fartando-se de cavalos e carretas, contratando mensageiros e assumindo as pompas de um jovem que esperava ser rei. Davi, como era sua característica, dava de ombros diante daquela loucura quando se inteirava dos acontecimentos.

Absalão tinha herdado muito da mãe – o sentido de destino derivado de sua linhagem, o verniz e a postura que acompanhavam o fato de ser o filho de uma esposa favorita de sangue real. Adonias não tinha nenhuma dessas vantagens. Sua mãe, Hagite, fora um dos casamentos políticos menos importantes dos precários anos anteriores em Hebron. Nunca fora uma favorita. Assim que teve um filho com ela, o interesse de Davi esmoreceu. O rei raramente a chamava e, como seria comum em um garoto, Adonias sentia claramente o menosprezo. Aquilo foi, creio, uma pequena e amarga semente que ele cultivou com inveja ao longo do tempo.

Absalão dispunha de outras características que faltavam em Adonias, além da vantagem do nascimento. Absalão sempre se empenhara para ganhar o coração dos homens, e tinha um entendimento inato do que isso exigia. Adonias não dispunha dessas características. Vaidoso e fútil, só cultivava sicofantas e oportunistas. Sempre houve muitos dessa estirpe, prontos para bajular um jovem na linha de sucessão de uma coroa. Alguns dos seguidores de Absalão aderiram ao círculo de Adonias em busca do glamour superficial oferecido. Nada disso foi surpreendente.

Quem me surpreendeu foi Joabe. Em pouco tempo, ficou claro que Joabe se tornara o principal correligionário de Adonias. Joabe me culpava por seu afastamento do rei. Por isso não se inclinava a favorecer Salomão, vendo-o como uma criatura minha, independente de seus méritos. Suponho que tenha transferido a lealdade que tinha por Davi ao seu primo, pois considerava que este estaria mais apto a restaurá-lo ao poder total a que estava acostumado, em troca dessa lealdade. Comecei a tomar notas e a me manter vigilante quando percebi essa movimentação.

Não deixei de avisar Davi a respeito. Sabia muito bem que ele nunca mais amaria Joabe, mas achava que sentia falta de suas habilidades. E também senti que procurava uma forma de se livrar de Amasa. Foi em meio a uma trivial tentativa de insurgência da facção benjamita que Joabe encontrou seu momento, e Davi permitiu que ele se aproveitasse. Quando um benjamita descontente chamado Seva tentou recrutar correligionários, Davi reagiu ao primeiro sinal de dissensão despachando Amasa para lidar com o problema. Quando Amasa pôs tudo a perder e se deixou enganar por Seva e sua facção rebelde, Davi voltou-se para Abisai para comandar a perseguição e corrigir o problema. Joabe participou da campanha com o irmão. O encontro com as forças de Amasa aconteceu no grande rochedo de Gibeão. Joabe desmontou para cumprimentar Amasa, aproximando-se dele como se fosse um de seus irmãos, abraçando-o com o braço direito. Amasa nem chegou a ver a adaga desembainhada na mão esquerda.

Foi uma retribuição pela morte de Abner. Mas, dessa vez, Davi não lamentou nem imprecou. O rei preferiu ver a questão como um castigo exagerado de Joabe pela falha de Amasa em cumprir seus deveres. Ajudou o fato de Joabe ter encerrado aquela rebelião sem danos à cidade em que o patife havia se refugiado. Em um gesto que me fez lembrar Abigail, uma mulher da cidade se aproximou corajosamente de Joabe e implorou para que ele poupasse a comunidade. Joabe concordou. Se eles entregassem Seva, decretou, não haveria lutas. Naquela noite, uma comitiva de habitantes da cidade encurralou Seva, cortou sua cabeça e a atirou pelo muro para Joabe.

Davi demonstrou publicamente sua alegria pela cidade ter sido poupada e elogiou Joabe pela solução do incidente, aproveitando a ocasião para readmiti-lo como comandante geral dos exércitos, embora não fosse o comando total que ele já desfrutara. Davi deixou intocada a divisão de autoridade que havia criado sob Amasa, o que significava que Joabe não tinha o comando direto nas forças de Itai nem, ainda mais significativo, de Benaia. O fato incomodou Joabe. Demonstrou que o muro erguido pela morte de Absalão ainda persistia entre ele e Davi. Até certo ponto, Joabe continuou me culpando por isso, como se eu pudesse de certa forma ter previsto os eventos que causaram sua dissidência. Pessoalmente, não me importava. Joabe e eu nunca gostamos um do outro, desde aquele primeiro encontro no corredor da casa do meu pai. Na melhor das hipóteses, fomos educados e conseguimos trabalhar juntos por conta de certos objetivos. Porém agora esses objetivos divergiam.

XXVIII

Pude prenunciar muitas coisas. Mas uma coisa eu não vi. Não soube prever o fim de Davi. Imaginei, muitas vezes. Como não? Quando Saul nos perseguia pelas montanhas desérticas, ou quando as flechas dos filisteus escureciam o céu acima de nós, ou o óleo escaldante, direcionado a Davi, se despejava dos parapeitos e seus borrifos queimavam meus ombros, a morte estava a um passo. Quando me interpus entre ele e seus guerreiros furiosos e ensandecidos, ou quando lutávamos para nos manter à tona nas águas agitadas do Jordão, a sombra da morte pairava sobre Davi. Tudo em nossa vida emaranhada havia me preparado para testemunhar uma morte violenta. Porém não uma morte traiçoeira e silenciosa, se infiltrando pelas sendas da idade e da velhice: isso eu não tinha previsto.

Nunca conjurei uma visão de Davi como ele afinal se tornou: um homem encarquilhado, que tremia embaixo de uma montanha de cobertores. Como ele era muito forte, a doença demorou a dominá-lo afinal. Entretanto, aos setenta anos, finalmente ele estava acabado. Seu corpo perdeu toda a capacidade de se aquecer. Os constantes tremores eram como um ruinoso marasmo que o exauriram até ele não conseguir mais levantar da cama. E sua mente, também esgotada, parecia divagar, dificultando sua atenção a questões que exigiam uma decisão.

Quando seu estado piorou, Betsabá confrontou todos os protocolos da corte para permanecer ao lado dele, dia e noite, tentando confortá-lo de todas as formas possíveis. Acho que todos, com a possível exceção do confuso e aturdido rei, sabiam exatamente por que ela estava lá. Porém mesmo que seu motivo fosse ganhar tempo para Salomão, Davi se beneficiou em muito de seu ardor e de seus cuidados.

Adonias, ainda o herdeiro presumido ao trono, fez o melhor que pôde para frustrá-la nesse quesito. Não era apropriado, afirmava, que a esposa do rei estivesse sempre presente. Mesmo em seu estado de esgotamento, o rei recebia seus ministros e generais quando conseguia; esses homens não deveriam ficar esperando na antessala, girando nos calcanhares, enquanto uma simples mulher decretava quem poderia entrar e quando deveria sair.

Adonias nunca gostou de Betsabá, sentindo ciúmes de seu lugar na afeição do rei enquanto sua mãe continuava rejeitada. Entretanto ele forçou a mão cedo demais, quando Davi ainda tinha forças para resistir. Davi ignorou os protestos de Adonias e instruiu sua guarda pessoal, sob o comando de Benaia, a admitir Betsabá sem restrições e a confiar na palavra dela quanto quem poderia entrar ou sair. Não deveria surpreender que Salomão estivesse sempre presente, enquanto Adonias e quaisquer outros dos príncipes encontrassem o pai quase sempre dormindo quando queriam vê-lo.

Embora Davi tivesse se expressado pouco a respeito, acho que o conhecimento da aliança tática entre Adonias e o imperdoável Joabe pesou muito em sua mente. E o comportamento de Adonias, quando era admitido para ver o pai, não ajudava sua causa. Em todas as vezes, ele olhava para o pai com uma espécie de expressão faminta, como um homem examinando ansiosamente um carneiro na engorda, antecipando o dia do abate. Não chegava a tamborilar os dedos, mas dava a impressão de querer fazer isso, tão impaciente se sentia pela morte do pai. Mesmo frágil como estava, Davi percebia isso e sempre se mostrava conciso com Adonias, fingindo estar muito mais cansado do que estava de fato, para que o jovem fosse embora o mais depressa possível.

Durante esse período, Betsabá se desdobrou para assegurar o melhor tratamento possível para Davi. Saiu em busca de curandeiros e herbalistas, qualquer um que propiciasse algum momento de alívio. Entre eles, destacou-se uma jovem de Suném, pouco mais que uma menina, com um prodigioso conhecimento de plantas. Dizia ela que esse conhecimento fora transmitido de mãe para filha em sua família por muitas gerações. Ela sabia como preparar óleos mornos com grãos de pimenta, sementes de mostarda e outras plantas caloríferas, aplicando esses unguentos em compressas lentas e calmantes, pressionando e aliviando a arruinada pele de Davi enquanto entoava em voz baixa encantamentos em alguma língua antiga e havia muito esquecida. Pedia tigelas de água fervente, constantemente renovadas, que infundia com plantas aromáticas esmagadas. Isso dava às roupas de cama um aroma limpo e salutar, remetendo a fragrâncias de mel de ulmárias primaveris e ao cheiro pungente de trigo recém-ceifado dos campos. Fossem as ervas, os toques curativos (ela era habilidosa, parecia conhecer todos os músculos do corpo) ou meramente a presença de uma adorável garota (também era muito bonita), Davi reagiu bem a esses tratamentos. E assim, com a insistência de Betsabá, a garota, Abisage, se tornou a principal enfermeira e mais constante serva de Davi. Notei que Adonias não fazia objeção à presença dela no recinto quando visitava o pai. Na verdade, seus olhos passavam mais tempo em Abisage do que em Davi enquanto ela organizava e preparava seus medicamentos.

Salomão, por sua vez, propiciava um tipo diferente de cura. Sua presença parecia animar o espírito de Davi, que gostava de ter o jovem ao seu lado. Às vezes, quando tinha energia, ele compunha. Salomão tocava as notas da melodia nas cordas da harpa sob a direção de Davi e escrevia as letras. Embora o rei não tivesse mais fôlego para cantar, alguns desses salmos sobrevivem em sua melhor forma. Salomão levava as melodias e as letras diretamente do aposento de Davi para cantores e cantoras aprenderem, de forma que Davi podia ouvir os salmos que compunha interpretados por eles. Davi parecia ter grande prazer nisso, e Salomão sentia-se encantado em ser útil dessa forma.

— Você precisa ouvir essa — dizia Salomão. Ainda gostava de vir à minha casa quando não estávamos com o rei. Não mais para ter lições, pois ele já não precisava mais delas, mas, para minha alegria, ele parecia gostar da minha companhia e sempre me procurava quando tinha algum momento de folga. Ele tinha estado com o rei de manhã e queria me mostrar a nova composição que haviam criado juntos. — Escute, é uma beleza... — Cantarolou a melodia, seguindo a pauta que anotara: — *"Quem governa com justiça é como a primeira luz da manhã, um clima sem nuvens, raios de sol entre as flores, dedilhando o verde da terra..."* E depois vem esta parte mais adiante... *"Não será a causa do meu sucesso para desabrochar e meu desejo de florescer? Mas o mal será rastelado como espinhos..."* Eu adoro esse "rastelado". Dá para sentir a indiferença do gesto, a violência da interferência divina. Gostaria de ter uma voz como a dele, para poder eu mesmo cantar. Acho que vou falar com aquele cantor novo que chegou até nós vindo de Jezrael. Sabe qual é? Ele tem a voz mais afinada que já ouvi, com a exceção da do rei, claro... Eu gostaria de poder...

Salomão interrompeu a sentença e ficou surpreso ao ver Muwat entrar na sala, sem fôlego e jogando a cesta de mercado no chão de lajotas.

— O que foi? — perguntei preocupado, levantando da cadeira. — Alguma coisa com o rei? — Muwat abanou a cabeça, retraindo-se e levando a mão a um pedaço de pano na cintura.

— Não. Dizem que o estado do rei é estável. Não é o rei. É Adonias. O mercado inteiro está em polvorosa. Ele pendurou grandes cartazes para avisar que dará uma festa hoje em Rogel. — Eu conhecia o local – uma agradável nascente no Vale do Quidron, logo a sudeste das muralhas da cidade e situada numa grande clareira onde uma multidão poderia se reunir para grandes sacrifícios ou cerimônias. — Quase não consegui encontrar uma coxa de galinha para comprar, com toda a comida, inclusive carne de boi, de carneiro e toucinho, que está sendo preparada para ser enviada para lá. Dizem que todos os príncipes estão convidados...

— Todos os príncipes? — interrompi abruptamente. — E você? — perguntei a Salomão.

— Claro que não! Eu teria comentado se...

— Foi o que pensei. Quem mais eles mencionaram?

— Os cortesãos do rei da tribo de Judá. Não os benjamitas, eles não foram incluídos, ou pelo menos é o que dizem os boatos... mais sim Joabe e o sacerdote Abiatar, para fazer os sacrifícios.

— É mesmo? E eu não fui convidado, nem Salomão aqui, e tampouco Benaia, ou eu saberia. — Virei-me para Salomão, agora de pé, com os olhos atentos. Pus minhas mãos nos ombros dele. De repente, ele ficara quase da minha altura. Senti o poder irrompendo em mim, puro e doloroso, como se estivesse tocando uma chama viva. Ele também sentiu. Seus olhos grandes se arregalaram e um clarão de animação ruborizou sua pele cor de marfim. — Chegou a hora — falei. — Você está pronto?

Ele não me respondeu com palavras, mas a posição altiva de sua cabeça e a linha dos ombros foram a minha resposta.

No palácio, nem precisei perguntar por Betsabá. Ela nos esperava na antessala, e assim que entramos mandou os guardas saírem.

— É isso, não é? Adonias vai se declarar rei hoje.

— Vai, e já pode estar fazendo isso agora mesmo. E, se for o caso, a próxima coisa que fará vai ser matar você e o seu filho.

— Não! — Salomão enlaçou a mãe num abraço protetor.

— Pode soltá-la — falei. — Entre lá, Betsabá, e diga ao rei para colocar Salomão no trono. Lembre-o de que ele fez essa promessa a você, quando seu pecado provocou a morte do seu primeiro filho.

Ela olhou para mim, os olhos bem abertos, o rosto pálido.

— Mas ele nunca me fez essa promessa — murmurou.

Fiz um gesto de mão, descartando suas preocupações.

— Diga isso. Eu vou apoiar sua afirmação.

— Não posso — retrucou ela, hesitante. — Não é verdade.

— Você vai falar, se ama o seu filho. Vai fazer o que for necessário.

Ouvi as palavras saindo de meus lábios. Palavras de Davi. *Seja o que for.* Quantas vezes eu tinha amaldiçoado aquelas palavras – o poder utilitário que representavam, de que qualquer coisa podia ser feita na busca pelo poder. Agora eu também estava atrás de poder, e também faria o que fosse necessário para garantir esse poder.

— Vá logo — disse a Betsabá. — Eu entro depois de você e digo a ele como deve ser.

— Deve ser? Quer dizer que você sabe como será?

Sabia? Nesse momento eu não estava mais certo do que realmente sabia. Eu tinha visto Salomão coroado, a cidade desenvolvida, a glória do templo na montanha. Mas não tinha certeza de como aquilo aconteceria, nem se começaria hoje. Não mencionei minha dúvida a ela. Naquele momento, eu precisava que Betsabá acreditasse em mim.

— Já falei. Vá logo.

Esperei alguns instantes e entrei atrás dela. Estava ajoelhada ao lado da cama de Davi, sua mão trêmula segurando na dela.

— Os olhos de toda Israel estão voltados para cá — sussurrou ela. — Diga a eles quem o sucederá no trono. Senão... — A voz dela esmaeceu. — Senão, quando você descansar com seus pais, Adonias vai nos condenar à morte.

Foi então que apareci e me prostrei, como não o fazia havia alguns anos.

— Você disse que Adonias vai sucedê-lo como rei? Porque neste momento eles estão assumindo o seu trono na festa sacrificial, com o braço de Joabe por trás e o de seu sacerdote Abiatar pela frente. Se atentar os ouvidos, provavelmente vai escutar os gritos. Se você decretou isso sem me contar, a este seu criado, não direi mais nada.

— Eu não decretei tal coisa, como você sabe muito bem — respondeu Davi com a voz rouca. Seu rosto contorceu-se com a tensão. Fez força para se sentar. Ofegando por falta de ar, a pele manchada. A garota Abisage correu para ajudar, apoiando-o numa posição que facilitava sua respiração, passando as mãos pela sua testa e têmporas. Davi a afastou.

— Betsabá! — falou, com a voz muito clara. — Em nome do Senhor, que me resgatou de todos os problemas, juro que seu filho Salomão será meu sucessor como rei e ocupará o meu trono no dia de hoje.

Betsabá abaixou a cabeça e beijou a mão manchada de Davi.

— Que você viva — falou, com a voz entrecortada.

— Traga-me o sacerdote Zadoque e Benaia. — Eu já havia pedido que Muwat fosse buscá-los, e eles estavam esperando lá fora. — Levem-me para a cadeira — ordenou Davi. — Tragam o meu manto.

Abisage e eu ajudamos Davi a sentar em sua cadeira entrecalhada e de espaldar alto. Betsabá o envolveu em seu manto púrpura, dobrando-o de forma a esconder seus tremores. Quando Zadoque e Benaia entraram, Davi queria que vissem um rei, não um inválido. Registrei a surpresa no rosto dos dois. Benaia, que tinha audiências diárias com um rei, às vezes, fraco demais para erguer a cabeça, parou surpreso na porta ao ver um Davi mais parecido a si mesmo. Vi que seu rosto expressou alegria com a mudança. Mas quando Benaia e Zadoque começaram suas saudações e bons desejos, Davi os interrompeu abruptamente.

— Convoquem meus soldados leais, levem meu filho na minha mula para Gion. Zadoque, Natã, vocês dois vão ungi-lo aqui, como rei de toda Israel. Quando isso acabar, soem todos os chofares e proclamem "Viva o rei". Depois tragam-no e o sentem no meu trono. Pois eu digo a vocês aqui: Ele me sucederá como rei; hoje vou designá-lo rei de Israel e Judá.

Ajoelhei ao lado de Davi e cochichei em seu ouvido tudo o que eu tinha visto e que não podia dizer: a visão do grande reino que surgiria sob o governo de seu filho, toda sua grandeza e magnificência. Os julgamentos que ele faria e tornariam seu nome um sinônimo de sabedoria e governança ao longo dos séculos.

— E haverá paz, afinal — falei. — O que você começou, o que conseguiu com tanto sangue, estará consumado. Salomão vai concluir. E durante os dias de seu reinado o povo do Rincão viverá em segurança, cada um com seu próprio vinho e sua figueira.

Davi fechou os olhos e sorriu. Mas logo em seguida agarrou minha mão.

— E o templo? — murmurou.

— O templo! — Construí o templo para ele ali mesmo, pedra por pedra, os cedros lavrados inscritos com cabaças e sépalas, os orlados de ouro maciço cintilando no que era de mais sagrado. Descrevi cada detalhe da minha visão, e no final ele viu o que eu tinha visto. Davi recostou-se, respirando mais aliviado. Depois de algum tempo, uma ruga se desenhou em seu cenho.

— Ele vai ter de matá-los. Joabe, com certeza. Adonias, provavelmente. E outros...

Pus a mão em sua fronte.

— Agora não. Não precisa pensar nisso hoje. Garanto que você terá tempo. Com o que fizer hoje, você terá tempo para ficar ao lado dele, dizer como deve ser rei. Mostrar o que ele precisa fazer, dizer o que será... — Engoli a seco, como se quisesse engolir minhas palavras, mas elas saíram como deviam — ...necessário. — Naquele momento, o que fosse necessário seria o que fosse justo.

Davi suspirou.

— Não vai ser fácil para ele.

— No começo, não — concordei. — Mas você vai viver para ver com seus olhos o início da grandeza que começou a criar.

— Com a sua ajuda, Natã. Com a sua ajuda. — Pousou sua mão trêmula na minha cabeça e me deu sua bênção. Senti uma onda de poder passar por ele e por mim, e sabia que o Nome ainda estava com ele, animando sua alma, mesmo com o corpo falhando.

Alguém bateu à porta. O ajudante de Benaia me disse que todos estavam reunidos.

— Só estão esperando você para ir à nascente de Gion.

Peguei a mão de Davi, sentindo os ossos se mexerem na pele solta.

—Agora descanse — falei. — Descanse e ouça. O que você ouvir o fará feliz. — Levantei-me e fiz sinal para Betsabá. Ela veio se ajoelhar no meu lugar, acariciando meigamente as mechas dos ralos cabelos de Davi.

Lá fora a multidão já se reunia, com a notícia correndo aos gritos e sussurros pelas ruas da cidade. A guarda pessoal do rei formou fileiras, a luz do sol cintilando em suas armaduras polidas e nos escudos pintados em cores berrantes, as bandeiras estalando na brisa leve. Zadoque estava lá com seus trajes sacerdotais, seu acólito portando o grande chifre chanfrado do óleo sagrado que residia na tenda da arca. Em meio a isso tudo, Salomão brilhava em seus trajes de linho branco. Já montado na mula de Davi, coberta por um xairel cerimonial e com a crina penteada e ondulante. Com a cabeça altiva e orgulhosa.

Ocupamos os nossos lugares, Zadoque de um lado de Salomão e eu do outro. Benaia deu a ordem e começamos a marchar, com as botas dos soldados gravando uma tatuagem comemorativa nas pedras. Quando chegamos à Gion a multidão era enorme. Contemplei as altas muralhas que cercavam o espelho d'água da nascente. Havia pessoas em pé com água pelos joelhos.

Salomão desmontou e eu o conduzi até a fonte.

— Atenção — bradei. — Salomão, filho de Davi, que o rei escolheu neste dia, por vontade do Nome, para sucedê-lo e sentar em seu trono, para que ele possa ver com os próprios olhos o novo rei, e que o Nome possa exaltá-lo e torná-lo ainda mais renomado.

Zadoque deu um passo à frente e, ao erguer o chifre, um murmúrio percorreu a multidão. Inclinou o recipiente, deixando o óleo sagrado escorrer em um filete dourado da boca do chifre para a cabeça abaixada à sua frente.

Nesse momento Salomão se levantou, uma expressão de êxtase erguida na direção da luz do sol. O silêncio foi rompido. Um grito se ergueu:

— Viva o rei!

Em seguida soaram os chofares, ecoando pelas muralhas até parecer que a cidade inteira, até sua terra, pedra e argamassa gritavam de alegria.

Em Rogel, Joabe parou de repente, mastigando um suculento corte de carneiro. Virou a cabeça rapidamente em direção ao clamor.

— Por que a cidade está em polvorosa? — Naquele momento as flautas se juntaram aos sons, bem como címbalos e tambores, e as aclamações se levantavam com a música enquanto o rei ungido se encaminhava pelas ruas até a sala do trono. Joabe cuspiu o naco meio mastigado e abriu caminho até onde estava Adonias, que também estava de pé, olhando com uma expressão atônita em direção à cidade.

No palácio, nos aposentos do rei, Davi levantou-se ao ouvir os gritos de aclamação, o som dos chofares. Abraçou e beijou Betsabá, mantendo-a ao seu lado. Depois se recostou na macia pilha de almofadas preparada por Abisage para acomodar seu corpo doente. Como acontecia algumas vezes, houve um momento de alívio na tempestade de tremores. Os calafrios pararam. Davi ficou em silêncio, escutando.

E foi isso que ele ouviu: Todos os músicos que havia trazido à cidade. Todos os cantores e cantoras. Todas as crianças que cresceram com instrumentos nas mãos e canções nos lábios. Sua própria música. Seu presente para o povo, agora retornando com uma abundância magnífica. Davi tinha feito daquela cidade um coral acidental, uma orquestra sem pretensões. A onda de som subia e inchava. Então, por um longo momento, todas as notas se juntaram, com toda a música dos céus e da terra combinada afinal em um acorde sustentado, sublime e glorioso.

Posfácio

Davi é o primeiro homem na literatura cuja história foi contada em detalhes desde o início da infância até a velhice. Alguns estudiosos definem essa biografia como a peça mais antiga da história escrita, anterior à de Heródoto em pelo menos um milênio. Fora das páginas da Bíblia, porém, Davi deixou poucos traços. Uma única gravura descoberta em Tel Dan menciona sua casa. Alguns edifícios do período da Segunda Idade do Ferro podem ser associados a um líder de sua estatura. Mas eu tendo a concordar com Duff Cooper, que concluiu que Davi deve ter realmente existido, pois nenhum povo inventaria um personagem tão cheio de defeitos como herói nacional.

Entre os inúmeros estudos e análises de Davi, meus favoritos particularmente são a monografia clássica de Robert Pinsky, *The Life of David* (Schocken), e o recente estudo de David Wolpe, *David: The Divided Heart* (Yale). Esses dois envolventes relatos aceitam o personagem de Davi com todas as suas deslumbrantes contradições, sem a necessidade, comum em outras biografias, de venerações ou execrações radicais.

Inspirei-me bastante em três outras obras de referência: *The Jewish Study Bible* (Oxford), *City of David: The Story of Ancient Jerusalem* de Ahron Horovitz (Lambda), e *Life in Biblical Israel,* de Philip J. King e Lawrence E. Stager.

Meu rabino, Caryn Broitman, forneceu muitos esclarecimentos valiosos. Sou grata a Richard North Patterson e a Bob Tyler, do Cohen Group, por terem me apresentado ao dr. Joseph Draznin, que me beneficiou com sua visão estratégica de como Davi e Joabe podem ter planejado o ataque a Jebus.

Meu filho mais novo, Bizu Horwitz, foi um maravilhoso assistente de pesquisa durante nossa viagem a Israel, fazendo o papel do jovem e ágil Davi para o meu cansado Saul enquanto pulava na minha frente pelas montanhas rochosas atrás de Ein Gedi.

Fui agraciada por equipes editoriais notáveis, em especial nos Estados Unidos e na Austrália, e gostaria de agradecer principalmente a Paul Slovak, editor extraordinário, e meu agente e amigo Kris Dahl.

Sou grata ainda a meus primeiros leitores, Darleen Bungey, Elinor e Tony Horwitz, Christine Farmer e Laure Sudreau-Rippe. Mais especialmente, como sempre, ao incomparável e indispensável Graham Thorburn.

Em 2005, meu filho de nove anos de idade tomou a incomum decisão de aprender a tocar harpa, o que me fez refletir sobre aquele outro garoto harpista de muito tempo atrás. Em seu bar mitzvah, há cinco anos, ele tocou um arranjo do clássico de Leonard Cohen, "Hallelujah". Então, é para Nathaniel a quem devo tanto a inspiração para este livro, bem como a ideia de seu título.

West Tisbury, março de 2015

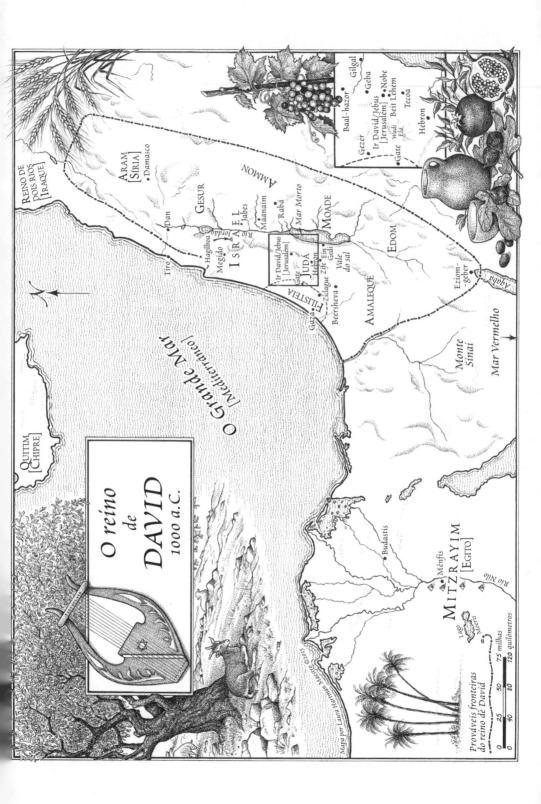

Este livro, composto na fonte Fairfield,
foi impresso em papel Pólen Soft 80 g/m², na Lis Gráfica.
São Paulo, julho de 2016.